BEATE SAUER

# Die Wächterin der Krone

*Buch*

England, im 12. Jahrhundert: Während König Richard im Heiligen Land weilt, versucht Prinz John die Herrschaft in England an sich zu reißen. Derweil werden die junge Robin und ihr Bruder Luce durch die de Thorignys – Gefolgsleute Johns und ihre Erzfeinde – von ihrem Land vertrieben. In den Wäldern finden sie Unterschlupf und kämpfen mit ihren Getreuen gegen Edward de Thorigny. Doch Robin steckt in einem schweren Konflikt: Ohne zu wissen, wer er ist, hat sie sich in Edwards Halbbruder Cederick verliebt. Dieser erwidert ihre Gefühle – doch als beide ihre wahre Identität erkennen, scheint das Schicksal ihrer Liebe besiegelt, und aus Liebenden werden Todfeinde.

Der Kampf zwischen den verfeindeten Parteien wird immer unerbittlicher. Dann zwingt ein Streit mit ihrem Bruder Robin, den Wald zu verlassen. Um ihren engen Jugendfreund, den Ritter Philip, zu retten, reist sie ins Heilige Land. Doch auch hier vermag die junge Frau Cederick nicht zu vergessen – und bald kreuzt er tatsächlich wieder ihren Weg …

Weitere Informationen zu Beate Sauer
sowie zu lieferbaren Titeln der Autorin
finden Sie am Ende des Buches.

Beate Sauer

# Die Wächterin der Krone

Roman

GOLDMANN

Dieses Buch ist auch als E-Book erhältlich.

Verlagsgruppe Random House FSC® N001967
Das FSC®-zertifizierte Papier *Pamo House* für dieses Buch
liefert Arctic Paper Mochenwangen GmbH.

1. Auflage
Originalausgabe Dezember 2014

Dieses Werk wurde vermittelt durch die
Literarische Agentur Thomas Schlück GmbH, 30287 Garbsen.
Umschlaggestaltung: UNO Werbeagentur, München
Umschlagmotiv: Ashley Lebedev / Trevillion Images
Th · Herstellung: Str.
Satz: DTP Service Apel, Hannover
Druck und Bindung: GGP Media GmbH, Pößneck
Made in Germany
ISBN 978-3-442-47933-7
www.goldmann-verlag.de

Besuchen Sie den Goldmann Verlag im Netz:

# Prolog

Während Robin über den Klosterhof ging, wippte der Köcher mit den Pfeilen bei jedem Schritt auf ihrer rechten Hüfte auf und ab. Sie war ein zierliches Mädchen, das man jedoch in dem groben Leinenkittel und den Hosen, die sie trug, ohne weiteres für einen hübschen Jungen hätte halten können. Ihre leuchtend roten, lockigen Haare hatte sie unter einer Mütze verborgen. Ihr schmales Gesicht wurde von großen braunen Augen beherrscht, die erwartungsvoll blickten.

Der Frühling war dieses Jahr besonders früh angebrochen. Deshalb hatte man die mit ölgetränktem Leder bespannten Holzrahmen bereits aus den Fenstern der Unterrichtsräume entfernt. Deutlich konnte sie hören, wie die anderen Schülerinnen lateinische Verben vor sich hin murmelten. Robin lernte gerne, anders als etliche ihrer adeligen Mitschülerinnen. Aber nach den ersten vier Wochen in der Klosterschule – Anfang April hatte ihr Stiefvater Yvain sie nach Barking gebracht – hatte sie die strenge Disziplin nicht mehr ausgehalten.

Deshalb hatte sie die Äbtissin Matilda aufgesucht und ihr erklärt, dass sie nur dann im Kloster bleiben würde, wenn sie gelegentlich ihrer eigenen Wege gehen dürfe. Schließlich habe ihr auch ihre Mutter immer viele Freiheiten gelassen.

Wenn es nicht der Wunsch ihrer Mutter gewesen wäre, dass sie die Klosterschule besuchte, wäre sie ohnehin nicht hierhergekommen.

Die Äbtissin hatte sie nachdenklich und auf ihre immer ein wenig einschüchternde Weise gemustert. Aber schließlich hatte sie Robin erlaubt, jede Woche einen Nachmittag lang das Kloster zu verlassen.

Robin hatte nun auch den vorderen Klosterhof durchquert, an dem die aus grauem Stein errichtete Kirche mit dem wuchtigen quadratischen Turm lag. Die Pförtnerin am Tor – eine rundliche Nonne um die fünfzig – erkannte sie und ließ sie passieren.

Jenseits einiger Felder, auf denen die ersten grünen Getreidehalme sprießten, konnte Robin die Themse in der Sonne funkeln sehen. Wie an dem Tag, als sie mit Yvain hier entlanggeritten war, erschienen ihr das Glitzern auf dem Wasser und der gewundene Flusslauf sehr vertraut.

*Ob ich mich noch aus der Zeit, als ich als kleines Kind schon einmal im Kloster gelebt habe, daran erinnere oder ob ich mir das nur einbilde?*, fragte sie sich. Auch die Äbtissin war ihr gleich wieder sehr bekannt vorgekommen, und anders als ihre Mitschülerinnen fürchtete sie sich nicht vor ihr.

Robin hatte vorgehabt, zu einem kleinen Wäldchen zu gehen und sich dort im Bogenschießen zu üben. Doch vor dem Holzwall, der den Ort Barking umgab, entdeckte sie nun Marktstände. Robin zögerte kurz. Das Gut in Wales, auf dem sie den größten Teil ihrer Kindheit verbracht hatte, war recht abgelegen gewesen, und sie hatte deshalb nur selten einmal einen Markt besuchen können. Rasch traf sie ihre Entscheidung. Vier freie Stunden lagen vor ihr. Eine davon konnte sie guten Gewissens opfern. Kurz entschlossen reihte sie sich in den Strom der Leute ein, die in Richtung des Marktes zogen.

Die ersten Stände waren die der Töpfer. Staunend betrachtete Robin die Schüsseln, Teller und Krüge, die in unterschiedlichen Farben glasiert waren. Auslagen von Fleischern und Bäckern schlossen sich daran an. Sie schienen von Würsten, Schinken, Brotlaiben und Kuchen schier überzuquellen.

»Kommt und kauft unser Wolltuch – es ist das beste weit und breit im Umkreis von London. Die Elle Leinen nur fünf Shilling …« Überall warben Stoffhändler um Aufmerksamkeit. An einem anderen Stand wurden Wachstäfelchen und Griffel angeboten.

Dann entdeckte Robin die Auslage eines Garnhändlers. Unwillkürlich trat sie ganz dicht an den Stand heran. Es gab Garne in matten Grün-, Braun- und Grautönen. Aber auch leuchtendes Blau und Rot war vertreten. Robin spürte einen Kloß im Hals und schluckte hart. Eine ihrer ersten Erinnerungen an ihre Mutter bestand darin, wie diese bunte Wolle spann. Sie hatte es immer geliebt, ihrer Mutter zuzusehen, wenn sie spann oder webte. Besonders fasziniert hatte sie es, wenn ihre Mutter stickte. Wenn auf dem Stoff eine bunte Linie entstand, die größer und größer wurde und unterschiedliche Formen annahm, schien es ihr, als sei der Faden lebendig. Sie war so stolz gewesen, als ihre Mutter sie zum ersten Mal selbst hatte sticken lassen. Nun war sie die Herrin über den Faden und konnte ihn zum Leben erwecken.

Zwischen den Wollgarnen lagen auch Seidenknäuel. Das Licht brachte die Farben zum Glühen, und doch fühlte sich das Garn – wie Robin wusste – wunderbar kühl zwischen den Fingern an. Manchmal hatte ihre Mutter von ihrer eigenen Mutter Aline – Robins Großmutter – erzählt, die eine Dienerin am Hofe der Königin Matilda gewesen war. Deshalb hatte Aline häufig mit Seide sticken können. In Robins Zuhause war dies dagegen ein seltener Luxus gewesen. Sie glaubte wieder, die warme Stimme ihrer Mutter zu hören und den Duft der Kräuter einzuatmen, nach denen sie immer gerochen hatte, und ihr schossen endgültig die Tränen in die Augen. Hastig wandte sie sich von dem Stand ab.

Sie ließ sich mit dem Strom der Marktbesucher weitertreiben und kam erst wieder richtig zu sich, als sie gegen jemanden stieß. »He, Junge, hast du keine Augen im Kopf?«, knurrte sie ein Mann unfreundlich an. Robin fand sich am Rand einer großen Menschenmenge wieder. Neugierig schob sie sich an dem Mann vorbei. Dicht vor dem mit Erde verstärkten Holzwall, der Barking umgab, befand sich ein Podest. Darauf stand ein hünenhafter Kerl, um dessen nackte, dicht behaarte Oberarme dicke Bronzeringe lagen. Herausfordernd grinste er die Menge an.

»Wer wagt einen Dolchkampf mit Colin, dem besten Dolchkämpfer nördlich der Alpen, ja des gesamten Abendlandes?«, tönte ein bärtiger Mann und deutete auf den Hünen. »Kommt schon, Leute, ich weiß, dass Colin einschüchternd wirkt. Aber wer den Kampf gegen ihn gewinnt, dem winkt ein großer Preis, ein Pfund in Gold.« Er ließ die Münze aus einem Lederbeutel auf seine Handfläche gleiten und präsentierte sie der Menge.

»Ich wage es!« Ein großer, kahlköpfiger Mann, über dessen breitem Brustkasten sich ein Wollkittel spannte, stieg die Stufen des Podiums hinauf.

»Oft ist das Glück dem Mutigen hold.« Der Bärtige lächelte ihn an. Auf einen Wink von ihm brachten Helfer einen Lederpanzer sowie Bein- und Armschützer aus Leder. Während sie diese dem Kahlköpfigen anlegten, gingen andere Helfer mit Holztellern durch die Menge und sammelten von den Zuschauern Münzen ein. Robin hatte kein Geld dabei. Sie wich zurück, versteckte sich in der Menge und schob sich erst wieder nach vorne, als sich die beiden Kämpfer gegenüberstanden. Um den Mund des Kahlköpfigen lag ein angespannter Zug, während der Hüne Colin völlig gleichmütig wirkte.

Einige Momente lang belauerten sich die beiden mit erhobenen Dolchen. Plötzlich trat der Kahlköpfige einen Schritt vor. Ein metallischer Laut ertönte. Etwas wirbelte durch die Luft, Lichtfunken blitzten auf. Dann ertönten fast gleichzeitig ein dumpfes Krachen und ein sirrender Ton. Der Kahlköpfige lag auf den Brettern, dicht neben ihm steckte sein Dolch im Holz.

»Bravo …« Die Menge johlte, klatschte und lachte, während sich der Kahlköpfige benommen regte und ihn die Helfer auf die Füße zerrten. Colin musterte ihn desinteressiert, als wäre er ein Stück Unrat.

Der Bärtige riss Colins rechten Arm in die Höhe, während er rief: »Nun, Leute, wagt noch ein Mutiger sein Glück?«

Robin wollte weitergehen. *Bestimmt werden alle weiteren Kämpfe genauso ablaufen,* dachte sie. *Colin wird sie mühelos gewinnen.* Doch der Mann, der nun die Stufen hinaufschritt, veranlasste sie stehen zu bleiben. Er war drahtig und nur mittelgroß. Graue Strähnen durchzogen seinen dunklen Bart und sein Haar. Seine gebräunte Haut ließ darauf schließen, dass er viele Jahre in einem südlichen Land zugebracht hatte.

»Ich würde gerne mein Glück versuchen«, sagte er ruhig.

»Na, ob sich Matthew, der Schmied, da nicht ein bisschen viel vorgenommen hat«, hörte Robin jemanden in ihrer Nähe murmeln.

»Dann wollen wir einmal sehen, ob Euch der Brustpanzer und die Bein- und Armschützer passen oder ob sie nicht zu groß für Euch sind.« Der Bärtige grinste und musterte den Schmied mit schief gelegtem Kopf.

Die Menge lachte.

»Ich hatte ohnehin nicht vor, sie zu benutzen.« Der Schmied winkte ab.

»Ihr solltet Mut nicht mit Tollkühnheit verwechseln«, begann der Bärtige. »Wenn Ihr ungeschützt kämpft, kann dies Euren Tod bedeuten.«

Der Schmied beachtete ihn nicht. Er zog seinen Dolch aus der Scheide an seinem Gürtel, ging auf Colin zu und blieb dann vor ihm stehen. Sein Gegner musterte ihn verächtlich. Einige Augenblicke belauerten sich die beiden. Schließlich riss der Hüne seinen Waffenarm hoch und sprang gleichzeitig in einer geschmeidigen Bewegung auf den Schmied zu. Die Menge stöhnte auf. Robin schloss die Augen.

Als sie langsam wieder die Lider öffnete, erwartete sie, den Schmied blutend auf den Brettern liegen zu sehen. Doch er war auf den Beinen geblieben und ganz offensichtlich unverletzt. Ja, er wirkte gänzlich wach und konzentriert, während der Hüne einen gereizten Eindruck machte. Erneut drang dieser nun auf seinen Gegner ein. Der Schmied wich ihm mit einer Bewegung aus, die so leicht und elegant war, als ob er tanzen würde.

Nun begann er den Hünen zu umkreisen, immer mit diesen tänzerischen Bewegungen. Sobald Colin ihn angreifen wollte, führte dessen Stich ins Leere. Urplötzlich erklang wieder ein metallischer Laut. Etwas wirbelte gleißend durch die Luft. Robin hielt den Atem an. Blut tropfte aus einer Wunde am Unterarm des Hünen, während sein Dolch auf den Brettern aufschlug.

»Du verdammter Mistkerl!« Mit einem wütenden Schrei stürmte der Hüne auf den Schmied los. Doch dieser drehte sich geschmeidig zur Seite, so dass Colin an ihm vorbeirannte. Gleich darauf trat der Schmied dem Hünen von hinten in die Kniekehlen. Bäuchlings schlug Colin auf die Bretter, während die Menge in ein johlendes Gelächter ausbrach.

Robin atmete tief und seufzend aus. *Wenn ich so kämpfen könnte wie dieser Schmied, könnte mir niemand etwas anhaben,* schoss es ihr durch den Kopf.

*

Unschlüssig stand Robin, die wieder wie ein Junge gewandet war, vor der Schmiede. In Hose und Kittel fühlte sie sich wohler als in den Kleidern, die sie immer im Kloster tragen musste. An einem Amboss bearbeitete Matthew das glühende Metall eines Spatens mit einem Hammer. Seine Schläge waren kraftvoll und geschickt. Während der Woche, die seit dem Markttag vergangen war, war es Robin ganz einfach erschienen, hierherzukommen und den Schmied zu bitten, sie im Dolchkampf zu unterrichten. Doch jetzt fühlte sie sich plötzlich unsicher. Nun packte Matthew das Spatenblatt mit einer Zange und tauchte es in einen Bottich voller Wasser. Zischend stieg Dampf auf.

Robin gab sich einen Ruck und trat auf den Schmied zu.

»Ich … ich habe gesehen, wie Ihr gegen Colin gekämpft habt«, begann sie stockend.

»Ach ja?« Matthew legte das Spatenblatt auf einem groben Holztisch ab.

»Ich möchte Euch bitten, mich im Dolchkampf zu unterrichten.« Nun war es heraus. »Ich kann Euch auch bezahlen.« Robin berührte den Lederbeutel an ihrem Gürtel. Darin befanden sich Münzen, die ihr Yvain zum Abschied geschenkt hatte.

»Und warum sollte ich das tun, Junge? Abgesehen von der gewiss fürstlichen Bezahlung?« Der Schmied wirkte unverhohlen amüsiert. Seine Augen, das sah Robin erst jetzt, hatten einen hellen Grauton. So wie das Grau eines nebligen Tages oder Rauch, der von einem lodernden Feuer aufstieg.

»Ich bin kein Junge.« Sie zog die Mütze von ihrem Kopf. Ihr rotes Haar fiel auf ihren Rücken herab. »Ich lebe im Kloster und besuche dort die Schule.«

»Dass ein Schulmädchen lernen will, mit Waffen zu kämpfen, ist nun wirklich ungewöhnlich.« Matthew musterte sie. Seine Stimme klang trocken. Noch immer wirkte er belustigt und nicht im Geringsten gewillt, auf ihren Wunsch einzugehen.

Zorn stieg in Robin auf. Trotzig starrte sie ihn an. »Falls Ihr darauf hinauswollt, dass ein Mädchen weniger Kraft hat als ein Junge … Ihr hattet auch weniger Kraft als Colin. Trotzdem habt Ihr ihn durch Eure Gewandtheit besiegt.«

»Colin ist ein muskelbepackter Dummkopf.« Matthew nickte. »Wissen eigentlich die Nonnen, dass du dich im Ort herumtreibst? Ich kann mir nicht vorstellen, dass sie dies gutheißen würden.«

»Die Äbtissin hat es mir erlaubt.«

»Tatsächlich? Nach allem, was ich über sie gehört habe, wundert mich das.«

»Ich lüge Euch nicht an«, erwiderte Robin hitzig. »Die Äbtissin hat meine verstorbene Mutter sehr geschätzt. Als Kind habe ich schon einmal im Kloster gelebt, als meine Mutter eine Zeit lang sehr krank war.«

»Wie lange ist deine Mutter tot, Mädchen?«

»Vor zwei Monaten starb sie an einem Fieber.« Robin blickte an Matthew vorbei. Noch immer stieg der Dampf in kleinen Wolken von dem Spatenblatt auf. Als sie den Schmied wieder ansah, wanderte sein Blick von dem Bogen, den sie über der Schulter trug, zu dem Köcher, der auf ihrer Hüfte hing.

»Du scheinst dich wirklich gerne im Umgang mit Waffen zu üben.«

»Ja«, antwortete Robin knapp.

»Und warum tust du das – statt wie andere Mädchen deine Fertigkeiten mit Nadel und Faden zu vervollkommnen?«

»Ich sticke auch gerne und gut.«

Matthew sah sie nachdenklich an.

*Weil ich nicht möchte, dass mir ein Mann jemals das antut, was meiner Mutter angetan wurde,* schoss es ihr durch den Kopf. »Ich ... ich möchte mich verteidigen können, wenn mich jemand angreift«, sagte sie stattdessen ausweichend.

Der Schmied musterte sie weiter prüfend. *Er weiß, dass ich nicht die ganze Wahrheit gesagt habe,* begriff Robin.

»Wenn du es schaffst, das Ziel zu treffen, das ich dir zeige, unterrichte ich dich«, sagte er dann.

»Einverstanden.« Robin nickte.

Matthew führte sie um die Schmiede herum und in einen lang gestreckten Garten mit frisch umgegrabenen Beeten. Am Rande einer Wiese blieb er stehen und deutete auf einen der zart belaubten Obstbäume in etwa fünfunddreißig Schritten Entfernung, an dem eine aus Stroh geflochtene Scheibe mit einer roten Markierung in der Mitte befestigt war. »Dort hängt dein Ziel. Du hast vier Versuche. Einer davon muss in die Mitte treffen.«

*Aber das Ziel ist viel zu weit weg*, wollte Robin auffahren. Doch dann begriff sie, dass der Schmied bestimmt genau auf diesen Einwand wartete, und biss die Zähne zusammen. Sie nahm einen Pfeil aus dem Köcher und stellte sich mit leicht gebeugten Knien hin, so wie es ihr ihr Bruder Luce beigebracht hatte. Sie fixierte das Ziel, atmete ein und ließ mit dem Ausatmen den Pfeil von der Sehne schnellen. Der Pfeil fiel vor dem Ziel zu Boden und bohrte sich ins Gras. *Nicht darüber nachdenken, konzentrier dich auf den nächsten Versuch,* beschwor sie sich in Gedanken. Auch die anderen beiden Pfeile verfehlten die Scheibe. Erst der vierte traf sie am Rand. Sie hatte versagt. Die Schamesröte schoss Robin in die Wangen.

Sie wagte es nicht, Matthew anzusehen, denn sie fürchtete sich vor seinem Spott. Sie hob den Köcher auf und wollte über die Wiese gehen, um die verschossenen Pfeile aufzusammeln.

»Du hast deine Sache gut gemacht, ich unterrichte dich«, hörte sie Matthew sagen.

»Was …?« Robin wirbelte herum. Sicher machte er sich nur über sie lustig. Doch seine Miene war ganz ernst.

»Aber ich habe die Scheibe doch nur einmal und die Mitte gar nicht getroffen«, stammelte sie.

»Das wäre auch sehr unwahrscheinlich gewesen.« Matthew lächelte sie an. »Auch selbst ein kräftigerer und erfahrenerer Schütze als du hätte damit seine Schwierigkeiten gehabt. Wichtig war mir, dass du dich der Herausforderung stellst. Und trotz der fehlgeschlagenen Versuche hast du nicht aufgegeben.«

»Dann darf ich also wirklich nächste Woche zu Euch kommen?« Noch immer konnte Robin es nicht ganz fassen.

»Ja, aber sag der Äbtissin Bescheid, dass ich dich im Dolchkampf unterrichte.«

»Das werde ich tun.« Strahlend erwiderte Robin sein Lächeln.

# 1. Kapitel

Robin legte den Lederköcher auf den Waldboden. Sie nahm einen Pfeil heraus und ließ dann den Bogen von ihrer Schulter gleiten. Die geflochtene Strohscheibe an der Buche, siebzig Schritt von ihr entfernt, war schon reichlich verwittert, obwohl sie schon einige Male erneuert worden war. Vor drei Jahren, kurz nachdem Matthew sich bereit erklärt hatte, sie zu unterrichten, hatte Robin die Scheibe an dem Baum befestigt. Seither war sie regelmäßig zu der Lichtung gekommen, um sich auch allein im Pfeilschießen zu üben. Hier im Wald fühlte sie sich heimisch und frei.

Robin positionierte sich breitbeinig und fixierte den verwaschenen roten Kreis in der Mitte der Scheibe, ehe sie den Pfeil auf die Sehne legte und den Bogen spannte. Diesen Bogen besaß sie erst seit einem Jahr. Matthew hatte ihn von einem arabischen Händler erworben und ihn ihr geschenkt. Die Enden der Waffe waren gerundet, und sie konnte damit viel weiter schießen als mit einem normalen Bogen.

*Du musst eins mit dem Pfeil werden*, hatte Matthew ihr immer wieder geduldig erklärt. Robin atmete tief ein. Mit dem Ausatmen ließ sie den Pfeil von der Sehne schnellen. Er blieb einige Fingerbreit neben dem roten Kreis stecken. Robin nahm einen weiteren Pfeil aus dem Köcher, konzentrierte sich wieder. *Ärgere dich nicht über einen Fehlschuss*, hatte Matthew sie gelehrt. *Das raubt dir nur Aufmerksamkeit und Kraft. Wichtig ist nur der nächste Versuch.*

Der Pfeil landete nicht direkt im Zentrum, aber innerhalb des Kreises. In rascher Folge schoss Robin weiter. Als der Köcher leer war, hörte sie die Geräusche des Waldes, das Zwitschern der Vögel und das Rascheln eines kleinen Tieres im Unterholz, erst nach einigen Momenten, so sehr hatte sie sich auf das Schießen konzentriert. Zufrieden stellte sie fest, dass nun fast alle Pfeile ins Zentrum getroffen hatten oder zumindest dicht daneben steckten.

Nachdem Robin die Pfeile aus der Scheibe gezogen und wieder in dem Köcher verstaut hatte, raffte sie an einer sonnigen Stelle trockenes Laub zusammen und setzte sich darauf. Der Apriltag war warm, wie auch überhaupt der Frühling in diesem Jahr wieder recht zeitig angebrochen war. Da und dort spitzten weiße und gelbe Blüten zwischen Moos und braun verfärbten Blättern hervor.

Robin nahm eine Kalebasse aus ihrem Bündel und trank einige Schluck Wasser. *Schon bald,* ging es ihr durch den Kopf, *werde ich nicht mehr auf diese Lichtung kommen können.* Yvain, ihr Stiefvater, würde sie abholen und mit sich nach Wales nehmen. Sie freute sich darauf, ihn wiederzusehen, und auch auf sein Gut und seine Knechte und Mägde freute sie sich. Denn sein Anwesen war ihr Zuhause.

*Die Äbtissin Matilda,* überlegte sie weiter, *werde ich vermissen.* Denn die illegitime Tochter König Henrys II. war für sie zu einer strengen, aber auch großherzigen mütterlichen Vertrauten geworden. Der Unterricht würde ihr ebenfalls fehlen. Gut, auf die Heiligenlegenden hätte sie verzichten können. Aber sie liebte die antiken Fabeln und Erzählungen und die Artus-Legenden, und es hatte ihr

Freude bereitet, Latein und Französisch zu lernen. Fortschritte in diesen Sprachen zu machen war so ähnlich gewesen, wie eine immer längere Linie aus Stichen auf einem Stoff auszuführen. Zuerst war alles sehr verwirrend, nur um sich allmählich zu klären und Gestalt anzunehmen.

*Auch Matthew wird mir fehlen,* dachte Robin, während sie versonnen ein trockenes Ahornblatt in die Hände nahm. Die anderen Schülerinnen würde sie dagegen nicht vermissen. Sie hatte nichts gegen die Mädchen, aber sie hatte auch mit keinem wirklich Freundschaft geschlossen. Sie war einfach anders. Die Mädchen hatten sie darum beneidet, dass Matilda sie ihre eigenen Wege gehen ließ, und darüber getuschelt, dass sie sich im Bogenschießen und Dolchkampf übte und bei diesen Gelegenheiten nach wie vor Jungenkleidung trug. Robin ihrerseits hatte kein Interesse an gekicherten Unterhaltungen über junge Ritter und Hochzeiten. Sie hatte Matilda mitgeteilt, dass Matthew sie unterrichtete – so wie dieser es ihr damals am Beginn ihrer Bekanntschaft aufgetragen hatte –, und die Äbtissin hatte sie gewähren lassen. Wofür Robin ihr sehr dankbar war.

Sie ließ das Ahornblatt los. Ein Windstoß ergriff es und ließ es neben einigen Schlüsselblumen zu Boden sinken. Im Kontrast zu dem braunen Laub wirkten die glockenförmigen Blüten leuchtend weiß. Das Grün der Stile und Blätter war ganz zart. Robin fühlte sich davon tief berührt.

*Vielleicht,* überlegte sie, *sollte ich ein solches Grün für die Ranken des Altartuchs verwenden. Die Blüten könnte ich mit weißem Garn und Silberfäden ausführen. So müsste die Stickerei leicht und duftig wirken.* Matilda hatte Robin damit beauftragt, ein derartiges Tuch für das Kloster zu entwerfen und auszuführen.

Ihre Mitschülerinnen hatten sich sehr darüber gewundert, dass ausgerechnet Robin, die sich sonst nicht sehr weiblich verhielt und auch nicht gerne musizierte oder tanzte, gerne stickte. Aber die Freude an den Garnen und Farben wurde für Robin nur darin übertroffen, Stickereien selbst zu entwerfen. Wenn sie darüber nachdachte oder ein Muster mit einem Griffel in ein Wachstäfelchen ritzte oder später mit Silberstift und Farben auf ein Pergament übertrug, fühlte sie sich so lebendig und glücklich wie sonst nur, wenn sie in vollem Galopp über eine Wiese preschte, mit einem Pfeil mitten ins Ziel traf oder einen perfekten Dolchstoß ausführte.

Jenseits des Waldes hörte Robin nun die Glocke der Klosterkirche läuten. Es war Zeit, dass sie sich auf den Rückweg machte. Zur Abendmahlzeit musste sie im Kloster sein, und vorher wollte sie noch bei Matthew vorbeigehen. Ein Rotkehlchen, das sich auf der Lichtung niedergelassen hatte und nach Futter im Boden pickte, ließ Robin innehalten. Der Vogel hatte sie entweder nicht wahrgenommen, oder er vertraute ihr. Wahrscheinlich würde er es nicht einmal bemerken, wenn sie nach Pfeil und Bogen griff und auf ihn zielte.

*Es ist wichtig, immer wachsam zu sein*, schoss es Robin durch den Kopf. Ihre eben noch so glückliche Stimmung verdüsterte sich. Sie hob den Arm und verscheuchte das Rotkehlchen.

*

Als Robin die Schmiede betrat, saß Matthew an dem groben Tisch und fügte mit einer winzigen Zange einen herausgebrochenen Edelstein wieder in eine Gürtelschnalle ein. Er nickte ihr kurz zu, ohne in seinem Tun innezuhalten. Robin wusste, dass seine Aufmerksamkeit seiner Arbeit galt, und setzte sich still auf einen Schemel. Sie sah Matthew gern zu, wenn er schmiedete. Er war genauso geschickt darin, ein Hufeisen anzufertigen, wie ein zerbrochenes Schmuckstück zu reparieren – und seine Konzentration dabei war die gleiche, wie wenn er kämpfte.

Im Laufe der vergangenen drei Jahre war eine Art Freundschaft zwischen ihnen entstanden. Sie wusste mittlerweile, dass er viele Jahre im Orient gelebt hatte, wo er diese besondere Art zu kämpfen erlernt hatte. Er hatte Robin auch erzählt – ohne dabei allzu viele Einzelheiten zu erwähnen –, dass er dort mit einer Frau gelebt und eine Tochter mit ihr gehabt hatte. Als beide gestorben waren, war er wieder nach England zurückgekehrt.

Nun legte Matthew die kostbare Gürtelschnalle behutsam auf dem Tisch ab. Dann stand er auf, holte eine Tonschale mit Nüssen von einem Wandbrett und stellte sie vor Robin hin.

»Du hast Pfeilschießen geübt?« Es war eine Feststellung, keine Frage.

»Ja, und dank des Bogens, den Ihr mir geschenkt habt, habe ich auf siebzig Schritt Entfernung mit acht von zehn Pfeilen ins Zentrum der Scheibe getroffen.« Robin nahm sich eine Hand voll Nüsse, denn sie war hungrig.

»Gut gemacht.« Matthew lachte. »Aber etwas anderes habe ich eigentlich auch nicht von dir erwartet.«

»Ich hatte einen guten Lehrer«, wehrte Robin ab. Trotzdem war sie stolz über das Lob.

»Und ich hatte eine sehr gelehrige und talentierte Schülerin.« Einige Momente saßen sie in einvernehmlichem

Schweigen beisammen, während auf der Gasse ein Karren vorbeirumpelte. Als das Geräusch verstummt war, sagte Matthew unvermittelt: »Heute Morgen habe ich von einem Händler erfahren, dass König Richard auf einen Kreuzzug ins Heilige Land aufgebrochen ist.«

»Bedauert Ihr es, nicht wieder dabei zu sein?« Es war damals ebenfalls ein Kreuzzug gewesen, der Matthew ins Heilige Land hatte aufbrechen lassen.

Er nahm eine Nuss aus der Tonschale und drehte sie zwischen seinen Fingern. Sein Blick war nach innen gerichtet. »Ein Teil von mir bedauert es«, antwortete er schließlich nachdenklich. »Ein anderer Teil von mir ist froh, niemals wieder einen Fuß in die Gegend zwischen Antiochia und Askalon setzen zu müssen. Ich habe viel Grausames dort erlebt. Dennoch lässt mich dieses Land nicht los. Ich träume immer noch von der unbarmherzigen Sonne. Von der Intensität des Lichts, der Vielfalt der Farben und der Weite der Wüste. Vom Geruch des heißen Sandes. Von den Basaren mit ihren Düften, allen voran Zimt und Weihrauch, Sandelholz und Myrrhe. Auf keinem noch so großen Markt in England habe ich derart prächtige Waren gesehen. Seidenstoffe in allen Farbschattierungen, kostbare Waffen und Geschirr aus feinstem Ton oder aus Silber und Gold und mit Edelsteinen verziert …«

Matthews Mund unter dem grauen Bart verzog sich zu einem schiefen Lächeln. »Nun fange ich schon an, wie ein Dichter zu sprechen. Mittlerweile bin ich mit meinen fast sechzig Jahren ohnehin viel zu alt für Abenteuer, und letztlich bin ich froh, jede Nacht friedlich in meinem Bett schlafen zu dürfen.« Er warf die Nuss in die Schale zurück, ohne sie gegessen zu haben, ehe er sich erhob, an ein

Regal herantrat, einen Dolch herausnahm und ihn Robin reichte.

»Hier, dein Dolch. Er ist frisch geschliffen.«

»Danke.« Das Sonnenlicht spiegelte sich in der Klinge. Vorsichtig fuhr Robin mit dem Zeigefinger über die Schneide. Diesen Dolch hatte ihr ihr Bruder Luce vor einigen Jahren geschenkt. Es fühlte sich gut an, ihn in der Hand zu halten.

»Komm nächste Woche vorbei, wenn du mit mir zusammen üben willst, mit dem Dolch zu kämpfen«, sagte Matthew, während er zur Esse ging und den mächtigen Blasebalg aus Leder betätigte.

»Das werde ich tun«, versicherte Robin.

»Friede sei mit dir«, sagte er auf Arabisch.

»Mit dir auch«, erwiderte sie, denn Matthew hatte ihr Grundkenntnisse des Arabischen beigebracht.

Draußen empfing Robin die übliche frühabendliche Geschäftigkeit. Bauern strebten mit ihren Karren voller Säcke und Körbe dem Tor zu. Ein Bäcker trug ein Gestell auf den Schultern, auf dem frische Brotlaibe gestapelt waren. Der Duft des Brotes mischte sich mit den Ausdünstungen des Unrats am Rand der Gasse. Einige Jungen spielten mit einem fauligen Kohlkopf.

Robin war gerade auf der Höhe eines großen Fachwerkhauses, das einen gemauerten Sockel hatte, als sie plötzlich intensiven Kräutergeruch wahrzunehmen glaubte. Tatsächlich, neben dem Haus befand sich ein Stand, an dem ein älterer Mann Kräuter verkaufte. Er legte getrocknete Frauenmantelblätter auf eine Waage und wandte sich dann an seine Kundin, eine rundliche Frau in bäuerlicher Tracht. »Der Frauenmantel hilft Euch bestimmt gegen Euren wunden

Rachen«, erklärte der Händler. »Brüht Euch davon viermal am Tag eine Hand voll Blätter auf und spült mit dem Sud Euren Mund.«

*Frauenmantel hilft auch gegen Husten und Frauenleiden*, schoss es Robin durch den Kopf. Und Gänsefingerkraut, das in großen getrockneten Büscheln neben der Waage lag, hatte ihre Mutter häufig verwendet, wenn Verletzungen schlecht heilten. Robin verscheuchte diese Gedanken sofort wieder. Die Gabe zu heilen hatte ihre Mutter ins Unglück gestürzt. Sie wollte nichts damit zu tun haben.

Als Robin das Tor passiert hatte, konnte sie jenseits der Felder das Kloster sehen. Eine hohe Mauer umgab es. Zwischen mit Ziegeln und Stroh gedeckten Gebäuden ragte der viereckige Turm der Klosterkirche auf. Selbst an diesem sonnigen Frühlingstag wirkte er streng und wehrhaft wie seine normannischen Erbauer und hätte ebenso gut in einer Burg stehen können.

In einiger Entfernung näherte sich auf einem Querweg eine Gruppe von Reitern. Ein großer Hund sprang neben den Pferden herum und verschwand hin und wieder zwischen den blühenden Weißdornbüschen am Feldrand.

Robin hatte die Wegkreuzung fast erreicht, als der Hund plötzlich wie erstarrt zwischen den Furchen stehen blieb, als ob er eine Witterung aufnähme. Dann raste der Hund auch schon wild bellend über das Feld und direkt auf Robin zu. Ihre Hand zuckte zu dem Dolch an ihrem Gürtel. Doch im nächsten Moment begriff sie, dass das Bellen des Tiers nicht wütend klang. Ja, jetzt winselte der Hund sogar vor Freude.

Nun erkannte Robin ihn. »Nigel!«, rief sie. »Wie kommst du denn hierher?« Der Hund jaulte glücklich auf, als er seinen Namen hörte. Er sprang an Robin hoch, leckte über ihr Gesicht und ihre Hände, während sie ihn streichelte. »Ach, Nigel«, murmelte sie zärtlich, »ich habe dich vermisst.«

»Du hast hoffentlich nicht nur ihn vermisst«, hörte sie eine vertraute Männerstimme trocken sagen. Ein großer, sehniger Mann war herangeritten und von seinem Pferd gesprungen. Sein grauer Bart und seine Haare waren in den vergangenen drei Jahren weiß geworden, und sein Rücken war ein wenig gebeugt. Sein Gesichtsausdruck wirkte fast grimmig. Aber Robin kannte ihren Stiefvater gut genug, um zu wissen, dass er dahinter nur seine Rührung zu verbergen versuchte.

»Yvain!« Sie rannte zu ihm und warf sich in seine Arme. »Wie schön, dass du hier bist. Aber ich habe dich erst in ein paar Wochen erwartet.«

»Da das Wetter so gut war, bin ich früher als geplant aufgebrochen«, antwortete er. Aber Robin spürte, dass es dafür noch einen anderen Grund gab. Ehe sie danach fragen konnte, schob er sie ein Stück von sich weg und betrachtete sie.

»Je älter du wirst, desto mehr siehst du deiner Mutter ähnlich«, meinte er schließlich. »Du bist ihr wirklich wie aus dem Gesicht geschnitten.« Seine Stimme klang plötzlich ein bisschen zittrig, und auch Robin wurde die Kehle eng. So sehr sie sich freute, Yvain zu sehen, hätte sie sich doch gewünscht, ihre Mutter wäre bei ihm gewesen.

»Miss Robin …« Die beiden Knechte, stämmige Männer in den Dreißigern, die Yvain begleitet und die sich zunächst in respektvollem Abstand gehalten hatten, kamen nun ein wenig schüchtern, aber breit lächelnd auf sie zu.

»John und Paul …« Robin streckte ihnen ihre Hände

entgegen. »Wie schön, auch euch wiederzusehen!«, rief sie aus, während der große Hund sich erneut schwanzwedelnd an sie drängte.

»Nigel, hierher«, befahl Yvain, ehe er sich an Robin wandte und sagte: »Lass uns zur Abtei gehen. Sonst stehen wir, fürchte ich, noch bei Anbruch der Dunkelheit hier herum.«

»Yvain, erzähl mir von zu Hause und von eurer Reise«, bat Robin, während sie sich bei ihrem Stiefvater einhängte. »Wie geht es Caitlyn? Kommandiert sie immer noch alle herum?«

»Allerdings, das tut sie, und sie ist immer noch schnell beleidigt, wenn ihre Kochkünste nicht gebührend gelobt werden«, erwiderte Yvain lächelnd, während sie, gefolgt von den Knechten, auf das Kloster zugingen.

*

In der Abenddämmerung blickte Yvain Robin nach, wie sie den Hof überquerte und in Richtung des Tors lief, das die Hauptgebäude des Klosters von dem Haus trennte, in dem die Schülerinnen untergebracht waren. Sie hatten zusammen im Gästehaus zu Abend gegessen. Jetzt blieb Robin bei einer Nonne stehen, die ihren Weg kreuzte und sie wegen irgendetwas ansprach. Auch die Art und Weise, wie Robin beim Reden den Kopf neigte und die Hände hob, ähnelte der ihrer Mutter Adela verblüffend. Wahrscheinlich würde sie sich auch beim Gehen genauso bewegen, dachte Yvain, wenn nicht Adela gehinkt hätte. Eine Folge der Misshandlungen, die ihr William de Thorigny zugefügt hatte; ihr rechtes Bein war gebrochen und schief zusammengewachsen.

Adela … Schwer krank an Leib und Seele hatte das Schicksal sie in sein Leben geführt. Durch die Liebe zu ihr hatte sein Dasein wieder einen Sinn erhalten, und obwohl sie nun schon drei Jahre tot war, fehlte sie ihm immer noch jeden Tag. Sie hatte ihm Robin und Luce hinterlassen, die er liebte, als wären sie seine eigenen Kinder. Yvain empfand es als ein großes Geschenk, dass die beiden seine Zuneigung erwiderten. Doch auch um Robins willen wünschte er sich, Adela wäre noch am Leben. Sie hatte meistens gewusst, was in ihrer Tochter vorging, während er selbst es sehr schwer fand, in Robin zu lesen.

Die Fenster im Erdgeschoss des Äbtissinnenhauses waren, wie Yvain jetzt bemerkte, hell erleuchtet. Er zögerte kurz. Dann trat er an die Eichentür und betätigte den Türklopfer aus Bronze. Eine junge Nonne öffnete ihm.

»Würdet Ihr der Äbtissin bitte ausrichten, dass ich sie in den nächsten Tagen gerne sprechen möchte?«, erklärte er. »Mein Name ist Yvain. Ich bin Robins Stiefvater.«

Die Nonne bat ihn, in der Halle mit der Balkendecke und den schönen Steinornamenten an den Fenstern zu warten, und verschwand hinter einer Tür. Gleich darauf erschien sie wieder und teilte ihm mit, dass die ehrwürdige Mutter Äbtissin ihn – wenn ihm dies gelegen sei – sofort empfangen würde.

Im Schreibzimmer der Äbtissin brannten Kerzen auf einem vielarmigen vergoldeten Leuchter. Matilda saß hinter einem blank polierten Tisch, auf dem Pergamentbögen lagen, und hielt eine Feder in der Hand. »Yvain, gebt mir bitte einige Momente Zeit, damit ich diesen Brief noch vollenden kann«, sagte sie mit ihrer ein wenig rauchigen Stimme.

Während sie rasch einige Worte schrieb und dann Sand

über das Pergament streute, hatte Yvain Gelegenheit, sie ungestört zu betrachten. Trotz ihres schwarzen klösterlichen Gewandes und des goldenen Kreuzes auf ihrer Brust wirkte sie mehr wie eine Fürstin als wie eine Nonne. Ihr Gesicht mit der kräftigen Kinnpartie und den seltsamen, weit auseinanderstehenden meergrünen Augen wäre eigentlich hässlich gewesen. Aber die wache Intelligenz, die es ausstrahlte, machte es anziehend. In den elf Jahren, seit Yvain Matilda zum ersten Mal gesehen hatte, schien sie kaum gealtert zu sein.

»Yvain, bereitet mir die Freude, mir bei einem Becher Wein Gesellschaft zu leisten«, sagte Matilda lebhaft, nachdem sie den Brief gefaltet und mit ihrem Siegel versehen hatte. Auf ihren Wink hin entfernte sich die Nonne, die still im Hintergrund gewartet hatte. Matilda wies auf zwei Lehnstühle vor dem Kamin, in dem ein Buchenklotz glomm. »Die Pförtnerin teilte mir mit, dass Ihr heute Nachmittag im Kloster eingetroffen seid. Ich hätte Euch und Robin gerne gebeten, mit mir zu Abend zu speisen, aber leider musste ich mich einem dicken Prälaten widmen.«

»Schön, dass Ihr mich und Robin dem Geistlichen vorgezogen hättet«, erwiderte Yvain lächelnd.

»Ein furchtbar langweiliger Kerl.«

»Wie Ihr Euch sicher denken könnt, bin ich wegen Robin zu Euch gekommen«, sagte Yvain, nachdem sie sich gesetzt hatten. Matilda nickte.

»In den Nachrichten, die mir Robin während der vergangenen drei Jahre zukommen ließ, teilte sie mir mit, dass es ihr gut gehe«, begann Yvain tastend, denn er wusste nicht recht, wie er formulieren sollte, was ihn umtrieb. »Beim Essen vorhin im Gästehaus wiederholte sie das. Sie machte auf mich auch einen zufriedenen Eindruck. Aber es irritierte mich, dass sie, als wir uns auf den Feldern vor dem Kloster begegneten, Jungenkleidung trug …«

»Ihr habt gewusst, dass sie sich von Matthew, dem Schmied, im Dolchkampf und Bogenschießen unterrichten lässt?«

»Ja, Robin schrieb es mir. Sie hat auch früher schon mit Luce Bogenschießen trainiert. Aber ich hatte eigentlich gehofft, dass sie davon im Laufe der Jahre abgekommen wäre. Dass es einfach eine Laune war, die sich allmählich auswächst.« Yvain hob hilflos die Schultern. »Sie ist ja jetzt kein Kind mehr, sondern eine junge Frau.«

Matilda betrachtete einige Augenblicke den glimmenden Buchenklotz, ehe sie sanft fragte: »Weiß Robin, was William de Thorigny ihrer Mutter angetan hat?«

Yvain seufzte. »Sie weiß, dass William de Thorigny ihren Vater umgebracht und ihre Mutter gefangen gehalten und gefoltert hat. Dass er Adela wieder und wieder brutal vergewaltigte, hat ihr ihre Mutter sicher nicht gesagt. Als Adela starb, war Robin ja fast noch ein Kind. Aber es ist gut möglich, dass sie es erraten hat.«

Die junge Nonne erschien und brachte ein Tablett mit zwei vergoldeten Weinkelchen darauf, einem Krug und einer Platte voller kandierter Früchte und kleiner Kuchen. Matilda wartete, bis sie alles auf einem runden, niedrigen Tisch abgestellt, Wein in die Kelche gegossen und den Raum wieder verlassen hatte, ehe sie sagte: »Nun, das erklärt, warum Robin glaubt, sich mit Waffen verteidigen zu müssen.«

»Das verstehe ich schon.« Yvain seufzte wieder. »Aber ich habe Angst, dass sie so sehr davon überzeugt ist, sich gegen einen möglichen Angriff wehren zu müssen, dass sie niemandem mehr wirklich vertrauen kann.« Er lächelte schief. »Ich weiß, wovon ich spreche. Bevor ich Adela begegnete, war ich selbst verbittert und hart und habe mich in mir selbst verkrochen.«

»Ich schätze, Eure Sorge ist unnötig.« Matilda schüttelte den Kopf. »Ich glaube, gerade weil Robin weiß, dass sie sich ihrer Haut wehren kann, wird sie sich anderen Menschen immer mehr öffnen können.«

»Ich hoffe, Ihr habt Recht.« Yvain war nicht ganz überzeugt.

»Vertraut Robin.« Matilda lächelte ihn an, während sie nach ihrem Kelch griff. »Ja, auf ihrem Leben liegen dunkle Schatten. Aber sie ist auch stark und besitzt viel innere Kraft. Ich bin davon überzeugt, dass diese Seite in ihr überwiegen wird. Was ansonsten Robins Zeit in der Klosterschule betrifft ...« Sie trank einen Schluck Wein. »... hat sie das Wissen in sich aufgesogen wie ein Schwamm. Sie hat spielend leicht Latein und Französisch gelernt und auch etwas Arabisch. Das hat ihr Matthew beigebracht ...«

»Adela hatte so sehr gehofft, dass Robin das Lernen Freude bereiten würde.« Yvain nickte versonnen.

»Obwohl Robin eine sehr begabte Schülerin war, war sie nicht immer eine Freude ihrer Lehrerinnen.« Um Matildas Mund zuckte es. »Dazu ist sie zu eigenwillig. Jedenfalls hat es Schwester Lutwiga, die Sticken unterrichtet, sehr gewundert, wie gut Robin dies kann.« Sie wurde wieder ernst. »Was mich nun selbst gewundert hat, war, dass Robin, die ihrer Mutter in vielem so ähnlich ist, keinerlei Interesse an der Heilkunst gezeigt hat.«

Yvain streckte seine langen Beine in Richtung des Feuers.

»Als Kind hat sie sich dafür interessiert. Ein, zwei Jahre vor Adelas Tod jedoch wollte sie plötzlich nichts mehr damit zu tun haben. Dies hat Adela sehr geschmerzt. Aber sie wollte Robin zu nichts drängen.«

Auch Yvain trank nun von dem Wein. Einige Momente schwiegen sie, während ein Stück glühende Rinde von dem Buchenscheit abplatzte und auf dem Boden des Kamins erlosch.

»Auf der Reise nach Barking habt Ihr wahrscheinlich erfahren, dass Richard zu einem Kreuzzug aufgebrochen ist?«, ergriff Matilda unvermittelt wieder das Wort.

»Ich habe bereits in Wales davon erfahren. Ein Freund von mir, ein Schiffer und Kaufmann, der meist schon von den Geschehnissen weiß, ehe sie sich wirklich ereignen, hat es mir berichtet. Deshalb bin ich auch früher als geplant losgeritten. Da Prinz John Richard während dessen Abwesenheit vertritt, wollte ich Robin sicher bei mir auf dem Gut in Wales wissen. Ich traue John nicht über den Weg.«

»Da geht es Euch wie mir.« Matilda verzog sarkastisch den Mund. »Ich wünschte jeden Tag, mein geliebter Halbbruder hätte seiner Abenteuerlust nicht nachgegeben, sondern wäre in England geblieben und hätte sein Königreich regiert, wie es sich für einen Herrscher gehört, statt kurz nach seiner Krönung zu einem Kreuzzug aufzubrechen. Denn dabei geht es Richard nur darum, seine Abenteuerlust zu befriedigen, und um nichts anderes.«

Während sie sich vorbeugte, spiegelte sich das Kerzenlicht in ihrem Brustkreuz und ließ es einen Moment lang wirken wie eine gezückte Waffe. »Dass William de Thorignys Sohn Edward zu Johns engsten Beratern gehört, macht die gegenwärtige Situation leider noch gefährlicher.«

»Mein Freund hat mir auch davon berichtet.« Yvain nickte düster. »Ich bin mir darüber im Klaren, dass – wenn John jemals die Krone erringen sollte – Edward mit Johns Billigung Rache dafür nehmen wird, dass Adela seinen Vater getötet hat. Auch wenn sie dazu alles Recht der Welt hatte. Solange noch ein Atemzug in meinem alten Körper steckt, werde ich es nicht zulassen, dass Williams Nachkomme Robin oder Luce ein Leid zufügt.«

»Dafür werde ich ebenfalls sorgen.« Matildas harte Miene wurde etwas weicher, während sie und Yvain einen einvernehmlichen Blick wechselten. »Solange Richard am Leben ist, wird John es nicht wagen, offen nach der Herrschaft zu greifen oder gegen Richards Gefolgsleute vorzugehen. Er weiß, dass Francis, Adelas erster Gatte und Robins Vater, von William de Thorigny getötet wurde, als er für Richard in die Schlacht zog, und dass Richard William hasste und verachtete und es niemals dulden würde, wenn ein Thorigny Adelas Familie schaden würde. Dazu hat William, ehe er bei unserem Vater, König Henry, endlich in Ungnade fiel, Richard viel zu übel mitgespielt. Kurzum, auch wenn ich sonst nicht besonders fromm bin, bete ich jeden Tag dafür, dass Richard gesund nach England zurückkehren wird.«

Matilda lächelte ein wenig. »Aber noch ist Richard König und wird es hoffentlich auch noch lange bleiben. Lasst uns deshalb von angenehmeren Dingen sprechen. Robin hat mir erzählt, dass ihr Onkel Simon de Bohun wieder gelegentlich als Sänger umherzieht.«

»Ja, er hat Anns Tod mittlerweile recht gut verwunden.« Yvain trank wieder einen Schluck Wein. Ann, eine frühere Benediktinerin, war Adelas ältere Schwester gewesen und einige Monate vor ihr gestorben. Simon, Ritter, Sänger und ein enger Freund von Adelas erstem Mann, hatte Adela aus William de Thorignys Gefangenschaft befreit und danach nach Barking in Matildas Obhut gebracht. »In Simons Abwesenheit kümmert sich seine Tochter Corinne um das Gut. Simon hat mir gegenüber geäußert, dass sie, genauso wie ihre Mutter, viel mehr Talent für die Landwirtschaft habe als er. Sein Sohn Jocelyn ist inzwischen ein junger Ritter.«

»Wenn wir schon von jungen Rittern sprechen …« Matilda lächelte. »Während der vergangenen Jahre hat Luce manchmal seine Schwester besucht. Ein- oder zweimal wurde er von seinem Freund Philip de Tallebois begleitet.«

»Ich weiß, Luce hat es mir erzählt.« Yvain nickte. Philip de Tallebois besaß Ländereien in der Gegend von Canterbury. Luce hatte dem Freund geholfen, sie zu verwalten, bis er im vergangenen Jahr die beiden Güter, die William de Thorigny seiner Familie geraubt hatte, von Richard zurückerhalten hatte.

»Luce hat sich zu einem vielversprechenden jungen Mann entwickelt. Gut aussehend, gelassen und mutig. Philip de Tallebois ist ein hübscher Bursche. Sehr redegewandt, fröhlich, wenn vielleicht auch etwas sprunghaft …« Matilda schien noch etwas hinzufügen zu wollen, aber das Schlagen einer Glocke ließ sie innehalten. »Es ist Zeit für die Komplet. Ihr müsst mich leider entschuldigen«, sagte sie und erhob sich. »Wenn ich mich in Barking aufhalte, nehme ich meine Pflichten als Äbtissin ernst. Wann werdet Ihr mit Robin nach Wales aufbrechen?«

Auch Yvain stand auf. »Wenn es das Wetter zulässt, in zwei oder drei Tagen. Ich bin mittlerweile in einem Alter, in dem ich mich von langen Ritten ganz gerne ein bisschen erhole.«

»Sagt mir Bescheid, wann Ihr abreist, und kommt am Vorabend mit Robin zum Essen zu mir.« Matilda legte ihm die Hand auf den Arm und sagte überraschend sanft. »Robin ist ein ganz besonderer Mensch. Versprecht mir, dass Ihr gut auf sie Acht geben werdet.«

»Ich verspreche es Euch bei meiner Liebe zu Adela«, erwiderte Yvain mit rauer Stimme.

Draußen auf dem nur noch vom Licht der Fackeln erhellten Hof musste Yvain daran denken, dass mit Robin und Edward de Thorigny nun die dritte Generation der verfeindeten Familien erwachsen war. Schon Robins Großmutter Aline war von den Thorignys von ihrem Gut vertrieben, zur Leibeigenen gemacht und nach ihrer Flucht verfolgt worden. Yvain hoffte aus ganzem Herzen, dass Robin dieses Schicksal erspart bliebe, und wieder schwor er sich, alles zu tun, um sie und Luce zu beschützen.

*

In der Esse glommen Kohlen. Aber Matthew hielt sich nicht in der Schmiede auf. Da das Wetter schön war, vermutete Robin, dass er vielleicht im Garten arbeitete. Am Vorabend war sie zusammen mit Yvain bei der Äbtissin Matilda zum Essen eingeladen gewesen. Es war ihr schwergefallen, sich von der strengen und doch großherzigen Frau zu verabschieden. Und nun stand noch ein Abschied an.

Tatsächlich entdeckte sie Matthew zwischen den Beeten, wo er die Erde um junge Pflanzen mit einer kleinen Harke lockerte. Hier im Garten hatte sie mit ihm, wenn es das Wetter zuließ, Bogenschießen geübt, und hier hatte er sie auch oft darin unterrichtet, auf seine spezielle Art mit dem Dolch zu kämpfen. Robin wehrte sich gegen die Tränen, die ihr plötzlich in die Augen stiegen.

Nun bemerkte Matthew sie. Er richtete sich auf und rieb bedächtig die Erdkrümel von seinen Händen. Am Tag nach Yvains Ankunft war Robin bei ihm gewesen und hatte ihm mitgeteilt, dass sie das Kloster bald verlassen würde. Er musterte ihren Umhang und das Bündel, das sie umhängen hatte. »Nun bist du also gekommen, um endgültig Lebewohl zu sagen«, bemerkte er.

»Ja, Yvain und die Knechte warten vor der Schmiede auf mich.« Sie schluckte und fügte hastig hinzu: »Ich habe ein Geschenk für Euch.« Sie nahm eine Pergamentrolle aus ihrem Bündel, die mit einem bestickten Seidenband umschlungen war, und reichte sie ihm. »Mein Onkel Simon ist, wie Ihr ja wisst, ein Sänger. Auf der Suche nach seinem verschollenen Vater hat er vor Jahren das Heilige Land durchstreift. Auch ihn hat diese Gegend nie ganz losgelassen. Er hat ein Lied darüber verfasst. Ich habe es für Euch aufgeschrieben … Ich dachte, es könnte Euch gefallen …« Sie brach ab. Es gab so viel, das sie Matthew sagen wollte, aber sie fand nicht die richtigen Worte dafür.

»Ich habe im Haus auch ein Geschenk für dich. Komm mit«, erwiderte er ruhig.

Robin folgte ihm in seinen Wohnraum, wo Tongefäße mit einem fremdländischen Wellenmuster auf einem Wandbord standen. Matthew öffnete die mit einer türkisfarbenen Emaillearbeit verzierte Truhe und holte etwas heraus, das in einen feinen Leinenstoff eingeschlagen war. Als er den Stoff entfernte, kam ein schmaler Dolch zum Vorschein, der einen kunstvoll ziselierten versilberten Griff hatte.

»Dieser Dolch ist für dich.« Er lächelte sie an.

»Aber …«, stammelte Robin. »Dieser Dolch ist viel zu kostbar für mich. Und Ihr habt mir doch erst vor einem Jahr den Bogen geschenkt …«

Sanft, aber nachdrücklich ergriff Matthew Robins Rechte, legte die Waffe hinein und drückte ihre Finger darum. Der Dolch fühlte sich sehr leicht und wunderbar ausbalanciert an. Selbst in dem Dämmerlicht, das in der Stube herrschte, war zu sehen, wie dünn und scharf die Klinge war.

»Auch wenn ich, zugegeben, anfangs nicht sehr erpicht darauf war, dich zu unterrichten, hat mir doch jede Stunde mit dir Freude bereitet«, hörte Robin Matthew sagen. »Ich hoffe, dass du diesen Dolch nie gegen einen Angreifer richten musst. Aber wenn, dann soll er dich gut beschützen.«

»Ach, Matthew, ich danke Euch für alles …«, schluchzte Robin nun doch, während sie ihn zum Abschied umarmte. Dann floh sie aus dem Haus, ehe sie endgültig in Tränen ausbrach.

# 2. Kapitel

Es ist völlig überflüssig, dass wir Euch behelligen«, wandte sich Yvain an den jungen, heilkundigen Mönch im Kloster von Bath. »Ich huste ein bisschen, weiter ist es nichts …« Er warf Robin, die in einer Ecke des Behandlungsraumes wartete, einen ärgerlichen Blick zu, der aber trotzdem voller Zuneigung war. »Meine Stieftochter macht sich zu viele Sorgen um mich.«

»Eure Stieftochter …«, begann der Mönch erstaunt, denn da dies für die Reise bequemer war, trug Robin wieder eine Hose und einen Kittel und wirkte, braun gebrannt nach dem tagelangen Ritt und mit ihrer Mütze auf dem Kopf, wie ein schlanker, zierlicher Junge. Im nächsten Augenblick besann sich der junge Benediktiner aber darauf, dass es sich nicht gehörte, eine Frau anzustarren, und widmete sich wieder seinem Patienten.

Robin verfolgte, wie Yvain sein Obergewand ablegte und der Mönch dann sein Ohr an die Brust ihres Stiefvaters legte und ihn bat, tief ein- und auszuatmen. Wieder begann Yvain zu husten. Anschließend legte der Mönch seine Hand an Yvains Stirn und verharrte so einige Momente.

Vor sechs Tagen war Robin mit ihrem Stiefvater und den beiden Knechten in Barking aufgebrochen. Sie hatten Glück mit dem Wetter gehabt, es war meist warm und sonnig gewesen. Dennoch hatte Yvain am Vortag zu husten begonnen. Deshalb hatte Robin, als sie Bath erreichten, darauf bestanden, dass sie das dortige Benediktinerkloster aufsuchten und einen heilkundigen Mönch konsultierten. Bevor Yvain es sich noch anders überlegen oder seine Erkrankung weiter herunterspielen konnte, hatte Robin es vorgezogen, der Konsultation beizuwohnen.

»Zusätzlich zu Eurem Husten leidet Ihr auch an einem leichten Fieber«, meinte der junge Mönch jetzt zu Yvain. »Ihr solltet Euch wirklich schonen.«

»Also hatte ich Recht, darauf zu bestehen hierherzukommen«, konnte Robin sich nicht verkneifen zu bemerken. Yvain knurrte eine unverständliche Antwort. Der junge Mönch verordnete ihm einen Tee aus getrocknetem Salbei, Thymian und Weidenrinde sowie für den Rest des Tages Bettruhe.

»Yvain«, Robin legte ihrem Stiefvater die Hand auf den Arm, während sie sich auf den Weg zum Gästehaus machten, »versprich mir, dass wir noch länger in Bath bleiben, wenn es dir morgen nicht besser geht.«

»Herr im Himmel, Mädchen, ich bin nicht schwer krank.«

»Aber wahrscheinlich wirst du es werden, wenn du nicht auf dich Acht gibst«, beharrte Robin. »Meine Mutter hätte auch darauf bestanden, dass du dich schonst.«

Yvain blieb stehen und legte ihr die Hände auf die Schultern. Zu Robins Erleichterung erschien ein Lächeln auf dem Gesicht ihres Stiefvaters. »Ja, allerdings, deine Mutter hätte darauf bestanden. Sie hat mich oft genug ausgescholten, wenn ich – wie du es nennst – nicht auf mich *Acht geben* wollte. Gut, ich werde den Nachmittag im Bett verbringen und gehorsam meine Arznei nehmen. Sieh du dir inzwischen die Abtei oder die Gegend an. Es ist nicht nötig, dass du an meiner Bettkante wachst.«

»Nein, so krank bist du nun doch wieder nicht«, neckte Robin ihn.

»Schön, dass du wenigstens das einsiehst.« Yvain hob die Augenbrauen, ehe er sich umwandte und auf das große steinerne Gebäude zuschritt, das das Gästehaus beherbergte.

Immer noch erleichtert darüber, dass Yvain – für seine Verhältnisse – so schnell bereit gewesen war nachzugeben, machte sich Robin auf die Suche nach John und Paul. Sie fand die beiden bei den Stallungen und teilte ihnen mit, dass sie die Nacht im Kloster verbringen würden.

Während Robin über den sonnigen Hof schlenderte, schlug eine Glocke. Der Ablauf des Klosterlebens war ihr von Barking vertraut. Nun würden sich die Mönche zum Gebet in der Klosterkirche versammeln. Danach herrschte Mittagsruhe.

*Später, wenn die Mittagsruhe vorbei ist,* überlegte Robin, während sie an der Kirche vorbeiging, durch deren geöffnete Fenster nun lateinische Mönchsgesänge nach draußen drangen, *werde ich die Klosterbibliothek aufsuchen. Vielleicht entdecke ich in einem Pflanzenbuch Malereien, die ich für das Altartuch kopieren könnte.*

Während der Reise war Robin kaum einmal dazu gekommen, sich im Bogenschießen zu üben. Sie beschloss, die Zeit, bis die Mittagsruhe vorbei und die Klosterbibliothek wieder für Besucher zugänglich sein würde, dafür zu nutzen.

Nicht weit von dem Kloster entfernt befand sich eines der Stadttore. Robin überquerte die breite Holzbrücke über den Avon und schlenderte dann auf einem schmalen Fußpfad durch das hohe Gras der Auenwiesen. Die Gegend war lieblich wie überhaupt die Landschaft, durch die sie und Yvain auf ihrem Weg von Barking bisher geritten waren. Im Süden der Stadt stieg der niedrige Hügelkamm der Mendip Hills an, die so ganz anders waren als die oft hohen und schroffen walisischen Berge.

Alle möglichen Arten von Weiden und Erlen wuchsen am Flussufer. In der Nähe der Stadt hatten Frauen in Grüppchen Wäsche gewaschen und auf die Wiesen gebreitet. Auch Kinder hatten hier gespielt, und Bauern waren unterwegs gewesen, um nach ihrem Vieh zu sehen. Doch nun begegnete Robin niemandem mehr.

Sie hatte eben eine alte, hohe Erle inmitten einer Wiese als ihr Ziel auserkoren und wollte sich in Position stellen, als sie jenseits eines Wäldchens Waffengeklirr zu hören glaubte. Sie lauschte, dachte zuerst, sie hätte sich getäuscht. Aber nein, dort klirrten wirklich Schwerter gegeneinander.

Robin zog ihren Dolch aus der Scheide und bahnte sich einen Weg durch die Bäume, bis sie auf der anderen Seite des Wäldchens angekommen war. Dort suchte sie hinter einigen Sträuchern Deckung und spähte durch die Zweige. Ja, auf der Wiese fochten zwei Männer gegeneinander. Doch es war nur ein Übungskampf, kein Kampf auf Leben und Tod, wie sie erleichtert feststellte, denn beide trugen zum Schutz Lederwämse und lederne Arm- und Beinschoner.

Der eine Mann war groß und von bulliger Statur. Auf Grund seiner grauen Haare und der Falten um seinen Mund schätzte Robin ihn auf vierzig Jahre. Wahrscheinlich ein Handwerker, dem groben Leinenstoff nach zu schließen, der unter dem Lederschutz hervorlugte.

Der andere Mann war zehn oder fünfzehn Jahre jünger, mittelgroß und schlank. Braunes, lockiges Haar fiel auf seine Schultern. Sein ebenmäßiges Gesicht mit der gebogenen Nase wirkte empfindsam – was wohl an dem feinen Knochenbau lag –, aber durch die dunklen, dichten Brauen und das feste Kinn auch männlich. Der rotbraune Samtmantel, der nicht weit von den beiden im Gras lag, gehörte, vermutete Robin, ihm. Er war wohl ein Adeliger.

Den wuchtigen Schlägen seines körperlich überlegenen Gegners wusste er geschickt auszuweichen oder sie mit großer Präzision zu parieren. Sein Gesichtsausdruck war ganz konzentriert und doch entspannt, so als ob ihm der Kampf Freude bereitete. Aber irgendetwas an seinen Bewegungen – das bemerkte Robin plötzlich – war eigenartig. Unwillkürlich trat sie hinter den schützenden Büschen hervor, um die beiden Kämpfer besser sehen zu können.

Erst nach einigen Momenten begriff Robin, was sie irritiert hatte. Der linke Arm des Mannes wirkte irgendwie nicht in Harmonie mit den Bewegungen der anderen Gliedmaßen. Er hing steif an seiner Brust herunter und – soweit man dies trotz des Lederschutzes erkennen konnte – war auch kürzer als der rechte. Er musste verkrüppelt sein.

Robin empfand ein jähes Mitleid für den Kämpfer. Gleichzeitig bewunderte sie ihn. In ihrer Welt durften allenfalls Männer, die Geistliche oder Ordensbrüder waren, körperlich schwach sein. Für alle anderen – vor allem auch für die Ritter und Adeligen – zählten vor allem Kraft und Geschicklichkeit im Umgang mit den Waffen. Als Mann mit einem verkrüppelten Arm seinen Platz in dieser Welt zu finden und sich zu behaupten musste sehr schwer gewesen sein. Aber so wie dieser Mann zu kämpfen wusste, hatte sie keinen Zweifel daran, dass ihm dies gelungen war.

Nun drang sein Gegner mit einem schnellen Schritt und einem raschen Schwertstoß auf ihn ein. Der Adelige führte eine rasche Bewegung mit dem rechten Arm aus und drehte sich zur Seite, sodass die beiden Waffen mit einem Klirren übereinanderglitten. Blitzschnell hatte sein Gegner reagiert und sein Schwert zu einem wuchtigen Schlag hochgerissen. Robin hielt den Atem an. Diesen Schlag würde der Adelige nicht parieren können. Das Sonnenlicht blendete Robin. Sie blinzelte, nahm undeutlich wahr, dass der Adelige einen Schritt zurücksprang, nur um sich gleich darauf wieder vorwärtszubewegen.

Die Schwerter krachten so laut aufeinander, dass Robin unwillkürlich aufschrie. Eine Waffe wirbelte durch die Luft und blieb im Gras liegen. Es war, wie sie jetzt begriff, die des bulligen Mannes, denn der Adelige hielt seine noch in der Hand. Er sah in ihre Richtung und stutzte. Ihre Blicke trafen sich. Er musterte sie überrascht.

»Ein guter Kampf, Herr«, hörte Robin seinen unterlegenen Gegner sagen.

»Das finde ich auch.« Mit einem Lächeln drehte sich der Adelige zu ihm um, während Robin, der die Röte in die Wangen schoss, sich hastig zwischen die Bäume zurückzog. Sie fühlte sich ertappt wie ein neugieriges Kind.

*

Sehr vorsichtig blätterte Robin die Buchseite mit einem Lesestab um – einem versilberten Stift, an dessen vorderem Ende sich eine kleine Hand befand. Der Bibliothekar, ein alter, schmächtiger Mönch mit gebeugtem Rücken, war zuerst sehr skeptisch gewesen, ihr eines seiner kostbaren Bücher anzuvertrauen. Auch er hielt sie für einen Jungen, und Robin war es zu umständlich gewesen, ihn darüber aufzuklären, dass sie in Wahrheit ein Mädchen war. Einem Mädchen hätte er wahrscheinlich mehr Sorgfalt zugetraut. Doch nachdem er einige Male in der Nische erschienen war, wo sie saß, und sie beobachtet hatte, war er anscheinend davon überzeugt, dass sie das Buch gut behandelte, und ließ sie gewähren.

Die Fensterläden neben ihr waren halb geschlossen, und um die Bücher vor Schmutz und grellem Licht zu schützen, war die Öffnung – wie auch alle anderen in der Bibliothek – zusätzlich mit Leinenstoffen verhängt. Gesprächsfetzen aus einem der Klosterhöfe drangen an Robins Ohren, und sie hörte den alten Mönch auf dem Steinboden zwischen den Regalen herumschlurfen. Sie und der Benediktiner waren die einzigen Menschen im Raum.

Bevor sie die Bibliothek aufgesucht hatte, hatte sie noch nach Yvain gesehen. Er hatte in seiner kleinen Kammer im Gästehaus schlafend auf dem Bett gelegen. Sein Atem war gleichmäßig gewesen, und Robin hatte den Eindruck gehabt, dass sein Fieber nicht gestiegen war. Um ihn nicht zu wecken, war sie leise wieder hinausgeschlüpft.

Robin konzentrierte sich wieder auf die Buchseite vor ihr, die weiße Blüten, umgeben von grünen Ranken, zeigte. Um sich später gut daran erinnern zu können, ritzte sie das Muster mit einem Griffel in eines der zehn kleinen Wachstäfelchen, das mit den anderen durch eine Schnur verbunden war. Auch andere Muster hatte sie schon in Täfelchen geritzt.

Sie hörte, wie sich die Tür der Bibliothek mit einem leisen Knarren öffnete und jemand hereinkam. Ein Mann fragte den alten Mönch, ob er ihm ein Exemplar von Ovids »Metamorphosen« geben könne. Der Mönch bejahte und machte sich an einem der hohen Regale zu schaffen. Gleich darauf kam wieder jemand in die Bibliothek. Ein anderer Benediktiner, wie Robin bemerkte, als sie kurz den Kopf hob. Er eilte auf seinen Ordensbruder zu und erklärte, dass der Abt ihn zu sprechen wünsche. Die beiden gingen zusammen davon.

Robin hatte eben eine weitere Seite umgeblättert und war in die Malerei von üppigen Mohnblüten vertieft, als sich Schritte ihrer Nische näherten und innehielten. Als sie irritiert aufsah, blickte sie in das Gesicht des adeligen Kämpfers, der sie seinerseits verwundert betrachtete.

»Du bist doch der Junge, der mir und dem Schmied George vorhin beim Schwertkampf zugesehen hat, nicht wahr?«, sagte er dann. Seine Stimme klang nicht unfreundlich, sondern eher überrascht.

»Ja, der bin ich.« Robin nickte. Der Adelige trug keinen Umhang über seinem Obergewand aus feiner dunkelroter Wolle. Nun konnte sie ganz deutlich sehen, dass sein linker Arm tatsächlich verkrüppelt war. Wie ein gebrochener Flügel hing er an seinem Oberkörper hinab. »Ihr seid ein wirklich guter Kämpfer«, sagte sie impulsiv.

»Hast du denn Erfahrung im Umgang mit Waffen, dass du das beurteilen kannst?« Er lächelte ein wenig.

»Oh, ich habe andere Männer kämpfen sehen …« Sie zuckte mit den Schultern. »Und ich kann ganz gut mit Pfeil und Bogen schießen und mit einem Dolch umgehen.«

»Außerdem kannst du anscheinend lesen.« Er trat einen

Schritt näher heran und blickte auf die Wachstäfelchen. »Und du fertigst Zeichnungen an. Was beides recht ungewöhnlich für einen Jungen aus dem Volk ist, wenn du mir die Bemerkung gestattest.«

»Der Priester in dem Dorf, in dem ich aufwuchs, hat mich Lesen und Schreiben gelehrt«, behauptete Robin. Sie konnte sich selbst nicht ganz erklären, warum sie log. Irgendwie machte es ihr Spaß, sich mit diesem Mann zu unterhalten und ihn gleichzeitig im Unklaren darüber zu lassen, wer sie wirklich war.

»Hat dich dieser Priester auch das Malen gelehrt?«

»Nein, aber ich mag Bilder.« Robin konnte sich gerade noch verkneifen, »Stickereien« statt »Bilder« zu sagen. Was nun doch äußerst seltsam für einen Jungen gewesen wäre. Hastig fügte sie hinzu: »Ich ... ich möchte ein Maler werden. Außerdem ...«, um von sich abzulenken und da es sie wirklich interessierte, wies sie auf das ledergebundene Exemplar der »Metamorphosen«, das der Adelige in der rechten Hand hielt, »lest Ihr doch auch Bücher. Was nun für einen Mann, sofern er nicht gerade ein Mönch, ein Gelehrter oder ein Sänger ist, eine nicht ganz selbstverständliche Beschäftigung ist.«

»Da magst du Recht haben.« Der Adelige lachte. Die Augen unter seinen dunklen Brauen waren grün. Je nachdem, wie er den Kopf hielt und wie das Licht darauf fiel, veränderte es sich. Mal wirkte es ganz licht und freundlich wie das Grün einer frühlingshaften Wiese, dann wieder abgründig wie ein tiefer Bergsee.

»Was gefällt Euch an den ›Metamorphosen‹?«

»Du kennst die Geschichten?«

»Ähm ja ...«, stotterte Robin.

»Der Priester, der dich unterrichtet hat, scheint ein sehr gebildeter Mann gewesen zu sein.« Der Adelige bedachte sie mit einem forschenden Blick. Robin spürte, dass sie errötete. »Nun, mir gefällt die Vorstellung von Verwandlungen«, sagte er nach einer kurzen Pause. »Sicher, nicht selten verwandeln die Götter in den Geschichten einen Menschen zur Strafe in ein Tier oder eine Pflanze. Aber eine Verwandlung kann, so beschreibt Ovid es ebenfalls, auch eine Erlösung sein.«

*Ein mit einer Verkrüppelung geschlagener Mann, der sich trotzdem zu einem Kämpfer entwickelte*, dachte Robin unwillkürlich. *Auch diese Verwandlung muss eine Art Erlösung gewesen sein.* Sie hatte wohl den linken Arm des Adeligen angesehen, oder er hatte ihre Gedanken erraten, denn sein Gesicht verschloss sich.

»Gibt es eine Geschichte in den ›Metamorphosen‹, die du besonders magst?«, brach er schließlich das Schweigen.

»Ehrlich gesagt, gefallen mir die Sagen um König Artus, Königin Guinevra, Lancelot und die Tafelrunde besser.« Robin zuckte mit den Schultern. »Sie sind aufregender und gefühlvoller.« Erst als sie die Worte ausgesprochen hatte, wurde ihr klar, dass ein Junge sich wohl nicht so ausgedrückt hätte.

Der Adelige betrachtete sie lächelnd. »Du bist wirklich seltsam …«

Robin schluckte. Zu ihrer Erleichterung öffnete sich die Tür, und der Bibliothekar kehrte zurück. Er näherte sich dem Adeligen und erklärte: »Wie ich Euch bereits sagte, Cederick de Molesme, Ihr dürft das Buch gerne mit in Eure Räume nehmen.«

»Ja, das werde ich tun. Danke für Euer Entgegenkommen.« Er nickte dem alten Mönch freundlich zu, ehe er sich wieder an Robin wandte: »Es war unterhaltsam, mit dir zu plaudern, Junge. Ich wünsche dir noch viel Freude mit den Buchmalereien.«

Robin blickte ihm nach, wie er durch die Bibliothek ging, das Buch in der rechten Hand, bis er die Tür mit einer ungelenken Bewegung seines linken Armes aufzog und wieder hinter sich schloss. Erst dann kehrte sie zu ihrer selbstgewählten Aufgabe zurück.

Als Robin eine Weile später die Kammer ihres Stiefvaters betrat, war Yvain wach. Er erklärte, dass es ihm schon viel besser ginge. Alle Versuche Robins, ihn dazu zu überreden, sich die Abendmahlzeit von ihr ans Bett bringen zu lassen, wies er energisch zurück. Er bestand darauf, aufzustehen und mit ihr in die Halle des Gästehauses zu gehen, um dort zu speisen.

Während Robin neben Yvain an einem der langen Tische saß und eine Getreidesuppe löffelte, wanderte ihr Blick durch den saalartigen Raum mit der dunklen Balkendecke. Sie ertappte sich dabei, dass sie nach Cederick de Molesme Ausschau hielt. Doch sie konnte ihn nirgends entdecken.

*Nun, wahrscheinlich speist er in seinen Räumen,* überlegte sie. *Schließlich ist dies für Adelige durchaus üblich. Oder der Abt hat ihn an seine Tafel geladen.*

*Und wenn schon,* sagte sie sich gleich darauf, *er ist ja nur ein Fremder für mich. Nicht mehr.*

*

Als Robin auf das Wohnhaus des Gehöfts zuging, sah sie Yvain auf einer Bank im Schatten des Strohdachs sitzen. Sie kam von den Stallungen, wo sie John und Paul geholfen hatte, die Pferde zu versorgen. Der Bauernhof, auf dem sie für den Rest des Tages bleiben und auch die Nacht verbringen würden, gehörte Freunden ihres Stiefvaters. Er war natürlich nicht dazu zu bewegen gewesen, noch länger in Bath zu bleiben, um sich zu erholen. Aber Robin hatte sich immerhin insoweit durchgesetzt, dass sie während der beiden vergangenen Tage nur kurze Etappen zurückgelegt hatten.

Hinter der hohen Hecke, die das Anwesen umgab, konnte Robin die Downs erkennen, die Hügelkette, die wellenförmig zum Meer hin abfiel. Sie setzte sich zu Yvain und goss sich aus dem Tonkrug, der vor ihm auf einem Holztisch stand, Wasser in einen Becher. Tatsächlich wirkte Yvain erschöpft. Er bemerkte ihren besorgten Blick und verzog den Mund zu einem grimmigen Lächeln. »Ich hätte auch nicht gedacht, dass mich ein Vier-Stunden-Ritt einmal so anstrengen würde, dass mir anschließend jeder Schritt schwerfällt. Aber ich muss wohl mich wohl damit abfinden, dass ich Ende fünfzig bin.«

»Yvain, du bist immer noch nicht ganz gesund«, wandte Robin ein.

»Früher habe ich ein leichtes Fieber viel schneller weggesteckt.« Ihr Stiefvater winkte ab. »Doch lass uns von angenehmeren Dingen sprechen. Elaine« – Elaine war die Gattin des Gutsbesitzers – »hat mir erzählt, dass vor den südlichen Stadttoren von Bristol ein Markt stattfindet. Wolltest du nicht Seidengarn von dem Geld kaufen, das dir Matilda gegeben hat? Du kannst gerne mit John oder Paul zu dem Markt gehen«, fügte Yvain rasch hinzu. »Ich werde mich jetzt eine Weile hinlegen, und außerdem bin ich bei Elaine in guten Händen.«

»Wirklich?«, fragte Robin zweifelnd.

»Wirklich.« Yvain hob die Augenbrauen.

»Dann würde ich tatsächlich gerne den Markt besuchen. Eine so gute Gelegenheit, ein passendes Garn zu finden, wird sich mir unterwegs kaum noch bieten. Und ich würde auch noch gerne eine neue Sehne für meinen Bogen kaufen.« Robin erhob sich. »Bis nach Bristol sind es nur zwei oder drei Meilen. Diese kurze Strecke kann ich gut alleine zurücklegen.«

Robin war froh, dass Yvain nicht darauf bestand, dass sie einen der Knechte mitnahm. Sie mochte die beiden, aber es war ihr doch lieber, alleine auf dem Markt herumstreifen zu können. Sie versprach Yvain noch, bis zum Anbruch der Abenddämmerung zurück zu sein, dann stieg sie zu ihrer Kammer im Obergeschoss des weiträumigen Hauses hinauf und holte ihren Bogen. Ihre Hose und den weiten Kittel hatte sie nach ihrer Ankunft noch nicht abgelegt. Ehe Robin die Kammer verließ, steckte sie ihre zu einem Zopf geflochtenen Haare wieder schnell unter eine Kappe. *Niemand wird mich für ein schutzloses Mädchen halten*, dachte sie zufrieden, als sie die schmale Holztreppe hinunterlief.

Als Robin den Kamm hinter dem Bauernhof erklommen hatte, sah sie am Ende der grünen Hügelkette Bristol liegen. Eine Burg und viele Kirchtürme erhoben sich innerhalb der Mauern. Der Fluss Avon führte gerade kein Wasser, da Ebbe herrschte, aber ganz in der Ferne sah sie eine glitzernde blaue Linie unterhalb des Himmels – das Meer. Vor der Stadtmauer glaubte sie selbst auf die Entfernung hin das bunte Treiben des Marktes erkennen zu können.

Nach einer halben Meile endete der Seitenweg in einer

breiten Straße. Eine große Menschenmenge zog zu Fuß oder zu Pferd die Hügelkette hinunter. Eine fröhliche Stimmung lag in der Luft, und auch Robin selbst fühlte sich plötzlich unbeschwert, ja fast ausgelassen.

Der Markt war sehr groß, größer als alle Märkte, die Robin jemals zuvor erlebt hatte. Neben Bäckern, Metzgern, Weinhändlern und den Ständen, die einheimische Stoffe, Garne und Töpferwaren anboten, gab es auch einige, an denen Waren aus fernen Ländern verkauft wurden. Während sie Schüsseln und Teller betrachtete, die mit einem türkisen Wellenmuster verziert waren, fragte Robin sich, ob Matthew solches Geschirr wohl auf den Basaren im Heiligen Land gesehen hatte. Am Stand eines arabischen Händlers entdeckte sie hellgrünes Seidengarn, das genau ihrer Vorstellung entsprach. Sie kaufte acht Stränge davon und außerdem auch noch weißes Garn und Silberfäden.

Danach schlenderte Robin weiter, bis sie an einem Stand mit bunten Seidenbändern stehen blieb. Schon lange hatte sie sich kein neues Haarband mehr gekauft. Ausgiebig musterte sie die Auslage, bis sie sich schließlich für ein schwarzes Band entschied, in das ein grünes Flechtmuster eingewebt war.

In der Nähe des Stadttors fand sie schließlich einen Stand, an dem es Bogensehnen gab. Sie ließ sich von dem Händler, einem korpulenten Mann in den Vierzigern, ausführlich beraten, ehe sie eine Sehne aus Rinderdarm für ihren Bogen wählte.

Als sie bezahlte, sagte der Mann: »Deiner Sprache nach zu schließen, kommst du nicht hier aus der Gegend, mein Junge, oder?« Als Robin verneinte, sprach er weiter: »Dann weißt du wahrscheinlich auch nicht, dass heute auf den

Wiesen am Avon ein Wettkampf im Bogenschießen stattfindet. Vielleicht hast du ja Lust, dir den Wettkampf einmal anzusehen. Die besten Schützen aus Bristol und dem Umland werden gegeneinander antreten.«

Bis sie sich auf den Rückweg machen musste, würden noch einige Stunden vergehen. *Bestimmt wird der Wettkampf interessant sein*, überlegte Robin. Außer Matthew, Yvain, Luce, dessen Freund Philip de Tallebois und einigen Knechten hatte sie eigentlich noch keine Männer mit Pfeil und Bogen schießen sehen.

»Danke für Euren Rat«, sagte sie zu dem Händler. »Ja, ich glaube, ich werde mir den Wettkampf ansehen.«

Der Wettkampfplatz lag in den ausgedehnten Auen am Ufer des Flusses. Zielscheiben aus Stroh standen am Ende von fünf mit Weidenzweigen abgesteckten Bahnen. Der Abstand von der Linie, wo die Schützen antraten, bis zu den Zielen betrug etwa siebzig Schritte. Auf diese Distanz zu schießen hatte Robin häufig geübt. *Wahrscheinlich wird sich der Abstand im Laufe des Wettkampfs noch vergrößern,* dachte sie, während sie neugierig zwischen den Menschen herumschlenderte. Der Wettbewerb war bereits in vollem Gange. Ein Mann verfehlte eine Scheibe um ein ganzes Stück. Unter dem Gelächter der Menge bohrte sich sein Pfeil in einen der Weidenbäume am Ufer.

»He, Andrew, siehst du schlecht – oder warum hast du dich für die Weide als Ziel entschieden?«, grölte eine heisere Stimme.

»Ja, ein guter Schuss, nur leider das falsche Ziel«, brüllte ein dicklicher Kerl ganz in Robins Nähe.

Weitere Schützen traten an. Ein Pfeil blieb am Rand des Mittelkreises in der Scheibe stecken. Ein anderer traf den

Rand des Ziels. Männer, die Wachstäfelchen in den Händen hielten, notierten an jeder Bahn die Ergebnisse.

An der äußersten Bahn löste sich jetzt ein mittelgroßer schwarzhaariger Mann aus einer Gruppe von jungen Burschen und trat an die aus Sägespänen gestreute Linie. Schon an der Art, wie er sich hinstellte, konzentriert den Pfeil an die Sehne legte und den Bogen spannte, erkannte Robin, dass er ein guter Schütze war. Sein Körper und der Bogen waren ganz ausbalanciert.

»Howard, du schaffst das!«

»Das wird bestimmt ein Volltreffer!« Die Anfeuerungsrufe seiner Freunde schien er gar nicht wahrzunehmen.

»Howard, aus Wells«, rief einer der Männer mit den Wachstäfelchen.

Mit einem leisen Sirren schnellte der Pfeil von der Sehne und blieb genau in der Mitte der Scheibe stecken. Applaus brandete auf.

Howard drehte sich zu seinen Freunden um. Ein zufriedenes Grinsen breitete sich auf seinem schmalen, pockennarbigen Gesicht aus. Dann bemerkte er Robin, die unwillkürlich ganz nahe an die Linie aus Sägespänen herangetreten war.

»He, Junge, verzieh dich!«, fuhr er sie an. »Du stehst hier nur im Weg herum.«

»Vielleicht will der Kleine ja auch an dem Wettkampf teilnehmen«, höhnte einer seiner Freunde, die nun auch auf sie aufmerksam geworden waren.

»Kannst du überhaupt schon den Bogen spannen, den du über der Schulter hängen hast, Kleiner?«, prustete ein anderer Kerl los. »Was für ein komisches Ding ist das überhaupt?« Er deutete auf die abgerundeten Enden des Bogens.

*Was für eingebildete, ekelhafte Kerle …* »Es ist der Bogen meines Vaters und stammt aus dem Orient. Ich bin sehr stolz, dass ich ihn tragen darf«, wisperte Robin gespielt schüchtern. Howard musterte sie einige Momente. Dann bemerkte er, dass Robin sich über ihn und seine Freunde lustig machte, und das Grinsen verschwand von seinem Gesicht. »Verzieh dich, Knirps, sonst setzt es Prügel«, zischte er.

Robin, die keinen Wert darauf legte, in eine ernsthafte Auseinandersetzung mit den Kerlen zu geraten, wandte sich ab und ging weiter. Aus einiger Entfernung beobachtete sie, wie nun einer von Howards Freunden antrat. Er war nur ein mittelmäßiger Schütze, und sein Pfeil blieb außerhalb des Zielkreises im Stroh stecken. Bislang hatte Robin vorgehabt, dem Wettkampf nur zuzuschauen. Doch plötzlich durchfuhr es sie: *So gut wie viele der Schützen bin ich allemal!* Ob sie nicht auch an dem Wettkampf teilnehmen sollte?

*Du bist eine junge Frau und kein Mann,* sagte sie sich gleich darauf. *Frauen beteiligen sich nicht an Wettkämpfen. Und überhaupt ist es bestimmt schon zu spät, um sich noch anmelden zu können.*

Am Rand der Menge, im Schatten einer Weidengruppe, entdeckte Robin einen aus einer Platte und Böcken errichteten Tisch. Darauf stand eine eiserne Geldkassette, die ein breitschultriger Mann bewachte. Ganz offensichtlich hatte man dort das Teilnahmeentgelt zu entrichten.

Robin zögerte kurz, ging dann jedoch zu dem Mann hinüber. »Kann ich noch an dem Wettschießen teilnehmen?«, erkundigte sie sich.

»Der erste Durchgang ist noch nicht zu Ende, Junge.«

Der Mann nickte. »Die Gebühr beträgt zwei Shilling. Und dann benötige ich noch deinen Namen und den Ort, wo du herkommst.«

»Robin«, sagte sie, während sie rasch überlegte. »Aus Bath«, fügte sie dann hinzu. Sie wollte ihren walisischen Heimatort lieber nicht nennen, denn sie hatte ihre Zweifel, ob Yvain glücklich darüber wäre, wenn er wüsste, dass sie sich an einem Wettschießen beteiligte. Er hatte dies nie ausgesprochen, aber sie spürte, dass er sich Sorgen machte, wenn sie sich wie ein Junge benahm.

Der Mann notierte ihren Namen auf einem Wachstäfelchen. Nachdem Robin ihm die Münzen gegeben hatte, reichte er ihr eine kleine Holzplakette und teilte ihr mit, dass sie diese einem der Helfer an den Bahnen zeigen solle. Der würde ihr dann sagen, wo sie anzutreten habe. Mit einem »Viel Glück, Junge!« entließ er sie.

Als Robin den Lederbeutel mit den Münzen wieder in ihr Bündel steckte, berührten ihre Finger das grün-schwarze Seidenband, das sie vorhin auf dem Markt gekauft hatte. Ein Lächeln breitete sich auf ihrem Gesicht aus, während sie es herausnahm.

*Das Band soll mein Talisman sein*, dachte sie, ehe sie es sich mehrmals um das rechte Handgelenk schlang und die Enden verknotete.

Zurück auf dem Wettkampfplatz, wies der Helfer sie zu ihrem Bedauern an, zu der fünften Bahn zu gehen. Robin hoffte, Howard und seine Freunde wären nicht mehr dort. Aber die lümmelten auf der Wiese vorne bei der Linie aus Sägespänen herum.

»Da ist der Kleine mit seinem seltsamen Bogen ja wieder!«, rief einer von ihnen.

»Er traut sich wahrhaftig, an dem Wettkampf teilzunehmen«, tönte Howard, als Robin an der Linie Aufstellung nahm. »He, Helfer, könnt Ihr das verantworten? Vielleicht trifft der Kleine ja aus Versehen einen der Zuschauer.« Sie brachen in Lachen aus.

*Nur du, der Pfeil und der Bogen und das Ziel sind wichtig*, hörte Robin Matthew in ihren Gedanken sagen. Sie atmete tief ein. Das Gelächter und das Gerede der Menschen ringsum wurden ganz leise, verklangen schließlich ganz. Für einen Moment nahm Robin noch wahr, wie sich die Zweige der Weiden hinter dem Ziel in der Frühlingsbrise bewegten. Dann sah sie auch das nicht mehr, war ganz auf die Zielscheibe konzentriert. Mit ihrem Ausatmen ließ sie den Pfeil von der Sehne schnellen. Sie hörte das dumpfe Geräusch, mit dem er sich in das Stroh bohrte. Applaus brandete auf. Sie hatte genau ins Zentrum der Scheibe getroffen.

»Freu dich nicht zu früh, Kleiner«, rief ihr einer von Howards Freunden zu. »Bei den nächsten Durchgängen wird die Distanz zum Ziel viel größer sein.«

»Gut gemacht, Junge«, hörte Robin eine ihr bekannte Männerstimme sagen. Sie wirbelte herum. Tatsächlich, Cederick de Molesme stand neben ihr und lächelte sie an. Als sie und Yvain das Kloster von Bath verlassen hatten, hatte sie noch einmal vergebens nach ihm Ausschau gehalten. Sie freute sich, ihn zu sehen, und war gleichzeitig plötzlich sehr verlegen.

»Wie kommt Ihr denn hierher …«, stammelte sie.

»Geschäfte haben mich nach Bristol geführt, und als ich von dem Wettkampf hörte, konnte ich nicht widerstehen, ihn mir anzusehen.« Seine grünen Augen blickten sie voller Wärme an. »Du hast wirklich nicht übertrieben, als du sagtest, dass du dich aufs Bogenschießen verstehst. Du bist ein vorzüglicher Schütze.«

»Danke …«, brachte Robin mühsam über ihre Lippen. Sie hatte sich immer noch nicht ganz von der Überraschung erholt, ihm so unvermutet gegenüberzustehen. *Mit seinem verkrüppelten Arm wird er niemals einen Bogen spannen können*, schoss es ihr durch den Kopf. Trotzdem schien sich Cederick de Molesme aufrichtig für sie zu freuen.

Er schien ihre Verlegenheit zu fühlen, denn er berührte sie an der Schulter und sagte: »Ich lasse dich jetzt besser in Ruhe, damit du dich ganz auf den Wettkampf konzentrieren kannst.« Mit einem aufmunternden Nicken verabschiedete er sich von ihr.

Ein Helfer erschien und teilte Robin und den anderen Schützen mit, an welchen Bahnen sie während der nächsten Runden anzutreten hätten. Glücklicherweise gehörte sie nun zu einer anderen Gruppe als die pöbelnden Burschen.

An die kommenden Stunden sollte Robin stets nur eine schemenhafte Erinnerung haben. Die Anspannung ließ sie Cederick de Molesme fast vergessen. Fast immer fehlerfrei absolvierte sie ihre Schüsse, obwohl die Entfernung zu den Scheiben tatsächlich bei jedem Durchgang größer wurde. Sie wurde neuen Gruppen und Bahnen zugeteilt und wartete, bis sie wieder an der Reihe war. Ein- oder zweimal trank sie Wasser aus einem Holzbecher, den ihr jemand in die Hand drückte.

Schließlich, das schlammige Bett des Avon hatte sich inzwischen mit Wasser gefüllt, und dem Stand der Sonne nach musste es fast vier Uhr sein, erfuhr Robin, dass sie zu den zehn Besten des Wettkampfs gehörte, die nun gegeneinander antreten würden.

Als Robin zu der dafür vorgesehenen Bahn kam, stand dort schon Howard. Ihr erster Eindruck hatte sie also nicht getrogen, er war tatsächlich ein ausgezeichneter Schütze. Wie nicht anders zu erwarten, umringten ihn wieder seine Kumpane.

Howards Augen verengten sich, als er Robin erkannte. »Das muss doch wohl ein Irrtum sein«, wandte er sich aufgebracht an einen der Helfer. »Dieses Jüngelchen kann unmöglich zu den besten Pfeilschützen dieses Wettkampfes gehören.«

Der Helfer, ein älterer Mann, schüttelte gelassen den Kopf. »Nein, alles hat seine Richtigkeit. Und nun macht Euch bereit für die letzte Runde.«

Robin registrierte, dass Howard und seine Freunde miteinander tuschelten. Doch sie kümmerte sich nicht darum. Sie war schon stolz und zufrieden, dass sie, ein Mädchen, so weit gekommen war.

Das Ziel war in einer nochmals größeren Distanz aufgestellt worden – einhundertzwanzig Schritte.

Der ältere Helfer rief den ersten Namen auf. Ein kleiner, rotblonder Mann um die dreißig trat an die Linie aus Sägespänen. Er traf den Rand der Strohscheibe. Sechs Männer im Alter zwischen zwanzig und Ende vierzig folgten auf ihn. Keiner von ihnen schoss seinen Pfeil genau in die Mitte des Ziels. Dann war Howard an der Reihe. Sein Pfeil landete nur einen Fingerbreit entfernt vom Zentrum. Seine Freunde johlten begeistert.

»Robin aus Bath«, hörte Robin nun, wie ihr Name aufgerufen wurde. Sie trat vor. Plötzlich hatte sie wieder das Gefühl, zwölf Jahre alt zu sein und sich in Matthews Garten zu befinden. Die Zielscheibe war viel zu weit entfernt.

Es kam Robin vor, als ob die Scheibe mit dem Pfahl, an dem sie hing, verschwamm. Das Wasser des Avon reflektierte das Sonnenlicht und blendete sie zusätzlich. *Ich kann froh sein, wenn ich das Ziel überhaupt treffe,* schoss es ihr durch den Kopf. Nervös spannte sie den Bogen.

»He, Kleiner, hast du plötzlich die Hosen voll?«, rief einer der Burschen, der ihre Unsicherheit bemerkt hatte. Einige der Umstehenden lachten. Robin nahm eine Bewegung in der Menge wahr. Cederick de Molesme schob sich zwischen den Menschen hindurch und trat zu ihr.

»Es gibt überhaupt keinen Grund, warum der Junge die Hosen voll haben sollte«, sagte er gelassen, während er erst Howard und seine Kumpane und dann die Menge ansah. »Und jetzt lasst den Jungen in Ruhe, oder Ihr bekommt es mit mir zu tun.« Seine scharfe Stimme und seine Rechte, die auf dem Schwertgriff ruhte, ließen keinen Zweifel daran, dass er die Drohung ernst meinte.

»Ja, lasst den Jungen in Ruhe«, mischten sich nun auch andere Männer ein.

»Viel Glück!«, hörte Robin Cederick de Molesme sagen. Sie fühlte seinen Blick auf sich ruhen. Er gab ihr Zuversicht. Sie fixierte noch einmal das Ziel. In einer fließenden Bewegung legte sie den Pfeil an die Sehne und spannte den Bogen. Das Glitzern des Wassers blendete sie nicht länger. Sie nahm es gar nicht mehr wahr. Sie hörte Matthew sagen: Du musst eins mit dem Pfeil werden.

*Dieser Schuss ist für Euch, Matthew,* dachte sie. Dann verklang auch seine Stimme in ihrem Kopf, und sie dachte an gar nichts mehr, als sie den Pfeil von der Sehne schnellen ließ.

Robin kam erst wieder richtig zu sich, als sie einen der

»Robin aus Bath hat das Ziel genau in
… n.« Applaus brach los, während Robin
… en Platz machte, einem großen, schlak-
… anzig, der ein offenes, freundliches Ge-
… hieß und aus einem Dorf in der Nähe
… te.

… war gut, stellte Robin fest, noch wäh-
… ch die Luft flog. Ihm würde sie den Sieg,
… rd, aufrichtig gönnen. Die Helfer begut-
… ibe, während die Menge gespannt warte-
… ckt knapp neben der Mitte«, rief nun einer
… ger des Wettkampfes ist Robin aus Bath.«
… ff erst, dass sie damit gemeint war, als der
… ihr beugte und sagte: »Ich wusste, dass du
… gewinnen würdest.« Anselm schüttelte ihr
die Hand … beglückwünschte sie. Dann umringten sie die Helfer und führten sie zu einem Podest. Dort überreichte ihr ein grauhaariger Mann, der ein Seidengewand trug, einen silbernen Kelch. Leute redeten auf sie ein. Irgendjemand versuchte, ihr einen Bierhumpen in die Hand zu drücken. Sie sah sich nach Cederick de Molesme um, doch sie konnte ihn nirgends mehr erblicken.

Plötzlich wurde Robin alles zu viel. Sie drängte sich zwischen den Leuten hindurch, stieß Hände weg, die sie festhalten wollten, und rannte davon, über den Wettkampfplatz und am Ufer des Avon entlang. Erst als alle Rufe verklungen waren, blieb sie stehen und sah sich um. Ganz in ihrer Nähe wuchsen Büsche, zwischen denen ein Trampelpfad zum Wasser führte. Sie folgte dem schmalen Weg und ließ sich am Ufer auf einen Felsen sinken. Erst jetzt registrierte sie, dass sie immer noch den Kelch in den Händen hielt. Sie hatte tatsächlich den Wettkampf gewonnen! *Matthew wäre sicher stolz auf mich*, dachte sie.

Eine ganze Weile saß Robin einfach nur da und starrte verwirrt und glücklich auf das Wasser, das zu ihren Füßen kleine Wirbel bildete. Dann bemerkte sie plötzlich, dass die Sonne schon tief im Westen stand. Ihr fiel ein, dass sie Yvain versprochen hatte, bis zum Beginn der Abenddämmerung wieder zurück zu sein. Hastig verstaute sie den Preis in ihrem Bündel und stand auf.

Als Robin zwischen den Büschen hervor und auf die Flussauen trat, entdeckte sie Howard und seine Freunde. Sie ritten nicht weit entfernt mit ihren Pferden über die Wiese und schienen allem Anschein nach jemanden zu suchen. Sie wich zurück. Aber schon hatte sie einer der Burschen bemerkt und brüllte: »Dort ist der Junge.«

Da sich Robin darüber im Klaren war, dass die Kerle sie auf ihren Pferden ohnehin schnell einholen würden und ihr auch der Avon keine Fluchtmöglichkeit bot, blieb sie stehen. Ach, warum war sie nur so leichtsinnig gewesen und hatte nicht daran gedacht, dass die Burschen wahrscheinlich versuchen würden, ihr Howards Niederlage heimzuzahlen?

»Nun, da haben wir unseren Meisterschützen also doch gefunden«, höhnte Howard, während die jungen Männer einen Halbkreis um sie bildeten und dann von ihren Pferden sprangen.

Robin umklammerte den Griff des Dolchs in ihrem Gürtel und blickte ihnen trotzig entgegen. Sie waren viel zu viele, als dass sie sie hätte besiegen können. Aber kampflos würde sie sich nicht ergeben!

»Sollen wir dem Kleinen nur den Kelch abnehmen, oder

sollen wir ihm auch eine Tracht Prügel verpassen?« Howard grinste und blickte seine Freunde fragend an.

»Eine Tracht Prügel wird ihm bestimmt nicht schaden«, erwiderte einer der Kerle.

»Ja, dann überlegt er es sich beim nächsten Mal, ob er wieder gegen richtige Männer antreten will«, höhnte ein anderer.

Robins Gedanken überschlugen sich. Diese Kerle durften nicht erfahren, dass sie eine Frau war. Denn dann würden sie bestimmt über sie herfallen und sie vergewaltigen. Eines der Pferde stand ganz nah bei ihr. Aus den Augenwinkeln registrierte sie, dass Howard die Hände nach ihr ausstreckte, um sie zu packen.

»Finger weg!« Sie wich ihm aus, wie Matthew es ihr beigebracht hatte, und riss gleichzeitig den Dolch hoch.

Howard schrie auf. Blut tropfte von seinem rechten Unterarm. »Dieser Mistkerl hat tatsächlich nach mir gestochen«, keuchte er fassungslos. Das Pferd neben Robin scheute und sprang zurück, sodass es jetzt außerhalb ihrer Reichweite stand. Wut verzerrte Howards Gesicht, während er ein Messer aus seinem Gürtel zog. Seine Kumpane taten es ihm gleich. Robin versuchte, sich unauffällig auf das Pferd zuzubewegen. Doch einer der Burschen erkannte ihre Absicht und verstellte ihr den Weg.

»Glaub ja nicht, dass du uns entkommst, Kleiner«, spottete er.

Plötzlich erklangen Hufschläge ganz in der Nähe. Ob noch einer von Howards Kumpanen heranritt? Doch als Robin den Kopf wandte, sah sie Cederick de Molesme auf einem Hengst herangaloppieren. Angewidert musterte er Howard und die anderen Burschen.

»Was seid Ihr nur für Feiglinge – sechs Männer gegen einen Jungen.«

»Schert Euch gefälligst um Eure eigenen Angelegenheiten«, herrschte Howard ihn an. Er und seine Freunde hatten sich Cederick de Molesme zugewandt und machten nun Anstalten, ihn anzugreifen. Doch der hatte schon sein Schwert aus der Scheide gezogen und hieb mit der stumpfen Seite der Klinge nach Howard. Der Schlag traf ihn am Kopf, und er sackte in die Knie. Den nächsten Angreifer drängte Cederick de Molesme mit dem Pferd beiseite. Nun hatte er Robin erreicht.

»Komm!«, rief er.

Robin erwachte aus der Erstarrung, die kurzzeitig Besitz von ihr ergriffen hatte. Sie sprang auf den Hengst zu und ließ sich von Cederick de Molesme auf den Pferderücken ziehen. Er legte den rechten Arm um sie und stieß dem Pferd die Fersen in die Flanken. Noch ehe Robin richtig begriffen hatte, was geschah, waren sie auch schon losgaloppiert. Sie wagte einen raschen Blick über die Schulter. Die Burschen kümmerten sich um Howard – niemand dachte daran, sie zu verfolgen.

Nachdem sie etwa zwei Meilen zurückgelegt hatten, brachte ihr Retter den Hengst am Rand eines Wäldchens zum Stehen. Sie waren die ganze Zeit bergauf geritten und befanden sich nun, wie Robin erkannte, am Rande einer Schlucht, auf deren Grund der Avon dahinströmte.

Der Mann sprang ab und half auch Robin vom Pferderücken. »Danke, dass Ihr mir zu Hilfe gekommen seid«, sagte Robin verlegen. Sie durfte nicht daran denken, was sonst mit ihr geschehen wäre.

»Ich hatte vermutet, dass diese Burschen und ihr Anführer die Niederlage nicht einfach akzeptieren würden, und bin ihnen deshalb sicherheitshalber gefolgt«, sagte er nüchtern, während er gleich darauf lächelnd den Kopf schüttelte. »Mein Gott, Junge, du konntest doch wirklich stolz auf deinen Sieg sein. Es gab doch keinen Grund für dich davonzulaufen.«

»Ich …«, begann Robin. Gleich darauf geschah zweierlei: Ganz in der Nähe flatterte ein Vogel in die Luft. Das Pferd nahm den Schatten wahr und scheute. Cederick de Molesme trat vor, um nach den Zügeln zu greifen, während Robin dem Hengst auswich. Ihr Kopf streifte einen Ast, der sich in der Mütze verhakte. Bei Robins nächstem Schritt blieb die Mütze an dem Ast hängen, und ihr zu einem lockeren Zopf geflochtenes Haar fiel auf ihren Rücken hinab.

Noch ehe Robin nach der Mütze greifen konnte, hatte der Hengst sich wieder beruhigt, und ihr Retter konnte ihr wieder seine Aufmerksamkeit zuwenden. Er starrte sie verblüfft an: »Du … Ich meine … Ihr seid ja wirklich eine Frau …«, stammelte er. »In der Klosterbibliothek hatte ich dies kurz vermutet, aber als ich Euch dann bei dem Wettkampf sah, war ich überzeugt, dass ich mich getäuscht hatte.«

Robin fühlte sich wieder sehr verlegen. Deshalb sagte sie schroff: »Warum soll eine Frau nicht ebenso gut mit Pfeil und Bogen umgehen können wie ein Mann?«

»Abgesehen von den sagenhaften Amazonen habe ich noch nie von pfeilschießenden Frauen gehört.« Cederick de Molesme lachte.

»Das liegt nur daran, dass Frauen es normalerweise nicht lernen, mit Waffen zu kämpfen.«

»Aber Ihr habt es gelernt.« In seiner Feststellung schwang eine Frage mit.

»Ja …«, erwiderte Robin. Noch nie zuvor hatte sie jemandem erklärt, warum es ihr so wichtig war, sich verteidigen zu können. Selbst Matthew nicht, auch wenn er es wahrscheinlich erraten hatte. Sie war nahe daran, sich Cederick de Molesme anzuvertrauen.

Wieder bewegte sich der Hengst nervös. Als sich Cederick de Molesme dem Pferd zudrehte, um ihm mit der Linken beruhigend über den Hals zu streichen, fiel sein Umhang zurück und gab den Blick auf seinen linken Arm frei. Robin hatte ganz vergessen, dass er ja verkrüppelt war, und ihre Augen weiteten sich. Cederick de Molesme bemerkte ihr Erschrecken und ihr Bedauern. »Der Arm wurde bei meiner Geburt verletzt«, erklärte er ruhig. »Ich habe mich daran gewöhnt, dass er verkrüppelt ist.«

»Ich … Es tut mir so leid …«

»Ich wüsste nicht, wofür Ihr Euch entschuldigen müsstet.« Cederick de Molesme lächelte ein wenig. Er wirkte im Reinen mit sich.

Trotzdem sagte Robin impulsiv: »Es war sicher schwer für Euch, Euren Weg zu machen.«

»Ja, es war oft nicht ganz einfach.« Mit der Rechten streichelte er die Flanke seines Hengstes. Robin glaubte schon, er würde nicht weitersprechen, aber schließlich wandte er sich ihr wieder zu. »Eine meiner frühesten Erinnerungen ist, wie ich als kleines Kind auf einem Pony sitze und Reiten lernen soll. Aber wegen meines linken Armes kann ich einfach das Gleichgewicht nicht halten, bis ich schließlich aus dem Sattel falle. Die anderen Kinder, selbst die der Bediensteten, lachten mich hinter dem Rücken meines Lehrers aus, und ich spürte – oder glaubte zumindest zu spüren, vielleicht hatte ich mich auch getäuscht –, dass mich die Knechte und Mägde bemitleideten und verachteten. Mein Lehrer schalt mich und schlug mich wegen meiner Unfähigkeit.«

Cederick de Molesme schwieg einen Moment, ehe er mit den Schultern zuckte, eine Bewegung, die sein verkrüppelter Arm wieder nur linkisch mitmachte. »Irgendwann habe ich begriffen, dass ich mich behaupten und lernen musste, mindestens so gut zu reiten und zu kämpfen wie die anderen Jungen. Oder ich würde für immer ein verachteter Prügelknabe bleiben. Nun, ich habe mich für das Kämpfen entschieden.«

»Dennoch seid Ihr nicht hart geworden …«, sagte Robin nachdenklich.

»Die Pflegeeltern, zu denen ich bald darauf kam, waren sehr liebevolle Menschen.«

»Eure richtigen Eltern starben?«

»Ich bin ein Bastard. Nach dem Tod meines Vaters musste meine Mutter mich – auf Verlangen ihrer Eltern – weggeben. Sie wollten kein uneheliches Kind um sich haben.« Wieder klang seine Stimme ganz ruhig.

Robin starrte Cederick de Molesme an. Der Wind spielte mit seinen Haaren und seinem rotbraunen Samtumhang. Seine Miene war ganz offen. Adelige Eltern hatten oft kein inniges Verhältnis zu ihren Kindern. Aber dass er sich selbst so ganz gelassen als Bastard bezeichnen konnte, verwunderte und berührte sie.

»Meiner Mutter wurde von einem Mann Gewalt angetan«, kam es über ihre Lippen. »Deshalb habe ich kämpfen gelernt.« Gleich darauf erschrak sie über ihr Geständnis.

Cederick de Molesme nickte langsam, als würde er ihren

Worten nachhorchen, um sie ganz in sich aufzunehmen. Einige Momente sahen sie sich stumm an. Seine Miene spiegelte kein Mitleid – das hätte Robin auch nicht ertragen –, sondern wirkliches Verständnis.

Das Schnauben des Hengstes brach die Stille. Robin nahm wahr, dass die Sonne nun schon dicht über den Baumwipfeln stand. »Mein Stiefvater wartet auf mich«, sagte sie hastig. »Wenn ich nicht bald zurückkehre, wird er sich Sorgen um mich machen.«

»Wenn Ihr es erlaubt, werde ich Euch zu Eurer Unterkunft bringen.«

»Ich bin für diese Nacht auf einem Gut untergekommen.« Noch immer fühlte Robin sich unbehaglich. »Es liegt am Weg von Wells nach Bristol.« Die Sonne stand mittlerweile dicht über dem Wäldchen, und die Bäume warfen lange Schatten.

»Das ist gar nicht weit von hier.«

Nun glaubte auch Robin die Formation der Downs wiederzuerkennen. Sie ließ sich von Cederick de Molesme auf den Pferderücken helfen. Schweigend ritten sie hügelaufwärts, an dem Wäldchen entlang. Am Fuß der Hügel tauchte nun Bristol auf. Aus einigen Häusern, deren Fensterläden noch nicht geschlossen waren, schien gelbes Licht in die Dämmerung. Rauch stieg in dünnen Wolken zu dem klaren Himmel auf, der durchscheinend wirkte, wie kostbares Glas.

Tatsächlich mussten sie nur etwa eine Meile zurücklegen, bis das Gehöft in einer Mulde vor ihnen lag. Cederick de Molesme ritt bis dicht vor das Tor, ehe er das Pferd zügelte. Auch hier stieg Rauch in den Abendhimmel auf. Hinter der hohen, frisch belaubten Hecke ertönten gleichmäßige Hammerschläge, und eine Frauenstimme rief etwas, das Robin nicht verstehen konnte. Alles war so voller Frieden. Erst jetzt begriff sie wirklich, welchem Unheil sie vorhin ganz knapp entronnen war. Sie kämpfte gegen das Zittern an, das ihren Körper plötzlich erfasste, und wandte sich zu ihrem Retter um.

»Ich habe Euch noch gar nicht dafür gedankt, dass Ihr mir zu Hilfe gekommen seid«, sagte sie. »Ohne Euch ...« Die Stimme versagte ihr.

»Ihr müsst mir nicht danken«, entgegnete er ruhig. »Versprecht mir nur, dass Ihr das nächste Mal, wenn Ihr an einem Wettkampf teilnehmt, besser auf Euch aufpassen werdet.« Er lächelte, aber in dem Dämmerlicht wirkten seine grünen Augen sehr ernst.

»Ich glaube nicht, dass ich noch einmal an einem Wettkampf teilnehmen werde.« Robin schüttelte den Kopf.

»Mein Name ist übrigens Cederick de Molesme«, sagte er. »Ich besitze ein Gut bei Colchester.«

»Ich weiß, wie Ihr heißt«, erwiderte Robin. »Ich habe den Bibliothekar Euren Namen nennen hören.« Sollte sie ihm anvertrauen, dass sie eigentlich in Wales lebte und nicht in Bath? Sie senkte den Kopf. Sie wünschte sich, Cederick de Molesme wiederzusehen – und hatte gleichzeitig Angst davor. Noch nie zuvor hatte sie sich einem anderen Menschen so nahe gefühlt und ihm ihr Innerstes offenbart. Nein, es war besser, wenn sie ihm nicht mehr begegnete. Sie fühlte sich zu verletzlich.

Aber sie konnte auch nicht einfach so gehen. Ihr Blick fiel auf das schwarze Seidenband mit dem grünen Flechtmuster, das sie um den rechten Unterarm trug. Sie löste die Knoten und reichte es Cederick.

»Das Band hat mir während des Wettkampfes Glück gebracht«, erklärte sie. »Ich hoffe aus ganzem Herzen, dass es auch Euch Glück bringen wird.«

»Ich werde es gut verwahren.« Wieder lächelte er, und wieder wirkten seine Augen sehr ernst, während sich die Finger seiner Rechten um das Band schlossen.

»Lebt wohl«, sagte Robin rasch. Dann sprang sie von dem Pferd und lief, ohne sich noch einmal nach Cederick umzudrehen, zum Tor.

*

Nigel rannte den Feldweg entlang. Der warme Wind zauste sein Fell und peitschte die Zweige der Weißdornbüsche. Hier, in Wales, trugen die Büsche noch ihre kleinen weißen Blüten, während sie im Süden schon belaubt waren. Auch während der zweiten Woche ihrer Reise war Robin und Yvain das Wetter freundlich gesonnen gewesen, und es hatte kein einziges Mal geregnet.

»Sicher spürt Nigel, dass wir gleich zu Hause sein werden«, wandte sich Robin lächelnd an Yvain, der neben ihr ritt.

»Davon bin ich überzeugt.« Yvain erwiderte ihr Lächeln. Noch auf dem Gehöft seiner Freunde hatte Robin ihm ihr Wettkampfabenteuer gebeichtet. Yvain war zutiefst erschrocken, und zu wissen, dass sie ihm Sorgen bereitete, hatte Robin mehr zugesetzt als all seine ernsten Ermahnungen.

Nun brach Nigel in ein lautes freudiges Gebell aus. Andere Hunde antworteten ihm. Als sie um eine Wegbiegung geritten waren, sah Robin unterhalb des Hügels, am Ende eines lang gestreckten Tals, durch das ein Bach floss, das

Gehöft liegen. *Mein Zuhause,* dachte sie unwillkürlich. Seit sie es vor drei Jahren verlassen hatte, schien es kleiner geworden zu sein. Dennoch waren ihr das weiß gekalkte Haus mit dem frisch gedeckten honiggelben Strohdach, die knorrige, hohe Hecke und die Wiesen und Felder ringsum, auf denen junges Getreide wuchs, sehr vertraut.

Aus dem Tor trat jetzt ein Knecht, als wolle er sich vergewissern, was das Bellen zu bedeuten habe, und blickte suchend den Weg hinauf. Gleich darauf verschwand er wieder im Inneren des Anwesens. Wenig später erklangen laute, dumpfe Holzschläge – das Geräusch, mit dem die Knechte und Mägde zusammengerufen wurden.

»Wahrscheinlich werden sich alle Bediensteten versammeln, um uns zu begrüßen.« Yvain seufzte ein wenig resigniert. Robin unterdrückte ein Lächeln. Yvain war ein guter Herr und schätzte seine Bediensteten. Aber Gefühlsbekundungen waren ihm immer unangenehm.

Tatsächlich erwarteten sie, als sie durch das Hoftor ritten, alle Knechte und Mägde, sofern sie nicht auf weiter entfernten Feldern arbeiteten, auf dem Platz vor dem Gutshaus.

»Herr …« Kaum dass Yvain von seinem Pferd gesprungen war, eilte die Köchin Caitlyn, eine kräftige Frau in den Fünfzigern, auf ihn zu und ergriff seine Hände. »Wie schön, dass Ihr wieder hier seid. Und auch Miss Robin … Wir haben Euch alle so sehr vermisst.« Sie drehte sich zu Robin um, umarmte sie und schob sie dann ein Stück von sich, um sie zu betrachten. »Ach, Miss Robin … Ihr seid noch hübscher geworden und so erwachsen. Ganz bestimmt werdet Ihr jetzt die Leitung des Haushalts übernehmen wollen.«

»Ja, sie freut sich schon sehr darauf«, neckte Yvain Robin, der wusste, dass einen Haushalt zu führen nichts war, woran ihr besonders viel lag.

»Caitlyn, ich würde vorschlagen, dass wir erst einmal alles beim Alten belassen«, erwiderte Robin hastig, während sich nun auch die anderen Knechte und Mägde um sie drängten, um sie willkommen zu heißen.

Ja, es war schön, wieder zu Hause zu sein. Und doch fehlte Adela Robin schmerzlich. Sie wünschte sich, sich wie ein kleines Kind in ihre Arme werfen zu können und von ihr festgehalten zu werden. Ihren Kopf an ihre Schulter zu betten und ihren vertrauten Duft nach Kräutern zu riechen.

Als Robin alle begrüßt hatte, wandte sie sich an Yvain und sagte leise: »Ich gehe zum Grab meiner Mutter.«

»Tu das.« Er nickte verständnisvoll.

*

Der Friedhof befand sich am Rand des nahen Dorfes. Die Gräber lagen um die aus groben grauen Steinen erbaute Kirche wie Schafe, die sich um einen Hütehund drängten – so war es Robin zumindest vorgekommen, als sie noch ein Kind gewesen war. Aber seit ihre Mutter gestorben war, war der von einem geflochtenen Weidenzaun umgebene Ort am Hügelhang nur ein Platz, wo die Toten begraben waren, und die kindliche Vorstellung konnte sie nicht mehr trösten.

Robin ging an der uralten, riesigen Eibe vorbei, die neben der Kirche stand. In ihrem Schatten befand sich Marians Grab, Yvains Tante. Sie hatte ihm, als er Witwer geworden war, den Haushalt geführt und war auch, nachdem Yvain und Adela geheiratet hatten, auf dem Gut geblieben.

Denn sie und Adela hatten sich gut verstanden. Voller Dankbarkeit erinnerte sich Robin an die alte, lebhafte Frau, die sie umsorgt und verwöhnt hatte.

Adela war hinter der Kirche begraben. Hier schien noch die Sonne auf den Hang. Robin füllte Wasser aus ihrer Kalebasse in den Holzbecher, den sie vorhin schnell von einem Küchenregal geholt hatte. Dann stellte sie den Becher mit Schlüssel- und Glockenblumen darin auf den kleinen Erdhügel, der Adelas Grab bildete, und kauerte sich davor in die Wiese.

Robin schloss die Augen und legte ihre Hände in das Gras. Auch unter noch so schwierigen Umständen war ihre Mutter immer für sie da gewesen. Selbst als sie, krank und tief verstört von den Qualen, die ihr William de Thorigny zugefügt hatte, sich und Robin töten wollte, hatte sie dies nur deshalb getan, um ihre Tochter vor William zu beschützen. Und letztlich hatte ihre Liebe zu Robin sie davor bewahrt, die Tat zu Ende zu führen.

Plötzlich nahm Robin den Geruch von wildem Thymian und Salbei im Gras wahr, Kräuter, die Adela häufig verwendet hatte. »Ich bin froh, wieder hier zu sein, Mutter«, flüsterte sie. Eine Weile blieb sie noch mit geschlossenen Augen sitzen, atmete den Duft ein und spürte die Sonnenwärme auf ihrer Haut. Als sie schließlich aufstand, fühlte sie sich, obwohl sie sich immer noch nach ihrer Mutter sehnte, doch auch getröstet.

*

Die junge Stute schnaubte nervös und schlug mit dem Kopf. »Schon gut, es reicht für heute.« Robin tätschelte den Hals des Pferdes. Als sie ihm die Zügel und den Sattel abgenommen hatte, sprang es mit großen Sätzen über die Weide davon. Robin hatte versucht, es einzureiten. Doch sie konnte verstehen, dass die Stute unruhig und lustlos war. Auch sie selbst fühlte sich gereizt und erschöpft. Der Junitag war sehr schwül. Hose und Kittel klebten an ihrem verschwitzten Körper. Am Horizont über den Bäumen zogen Gewitterwolken auf. Robin legte den Sattel auf ihre Schulter und schlang die Zügel um ihren Arm. Dann kletterte sie die Böschung hinunter und schlug den Hohlweg ein, der zu dem Gehöft führte.

Obwohl Robin sich kaum mit Haushaltsdingen beschäftigte, waren ihre Tage mehr als ausgefüllt. Sie ritt die junge Stute zu, half bei der Feld- und Gartenarbeit und stickte an dem Altartuch. Eine Blüte samt den Blättern hatte sie mittlerweile ausgeführt und war mit dem Ergebnis sehr zufrieden. Das hellgrüne Garn, das sie auf dem Markt in Bristol gekauft hatte, hob sich schön von dem dunkelgrünen Seidenstoff ab, und die weiße, mit Silberfäden durchzogene Blüte wirkte im Kontrast dazu – so wie sie es beabsichtigt hatte – sehr frisch und frühlingshaft.

Ihre Gedanken wanderten, wie schon oft während der vergangenen Wochen, zu Cederick de Molesme. *Ob er mittlerweile wieder zu seinem Gut zurückgekehrt ist?*, fragte sie sich. *Und ob er das Band, das ich ihm geschenkt habe, noch besitzt?* Wenn sie an Cederick de Molesme dachte, befand sie sich häufig in einem Zwiespalt. Ein Teil von ihr bereute es, ihm nicht anvertraut zu haben, wer sie wirklich war. Ein anderer Teil war immer noch froh darüber. Er war ihr einfach zu nahe gekommen.

Zurück auf dem Gut brachte Robin den Sattel und die Zügel in den Stall. Danach ging sie mit einem Krug zum

Brunnen, denn verschwitzt, wie sie war, wollte sie Wasser holen, um sich zu waschen. Sie hatte den Krug eben in das Brunnenbecken getaucht, als von den Stallungen her ein junger Mann mit haselnussbraunen Augen und Haaren auf sie zukam, der sie breit anlächelte. Robin ließ den Krug los, der nun im Wasser schwamm.

»Luce!«, rief sie, während sie auf den jungen Mann zurannte. »Luce … Ach, ich freue mich so, dass du gekommen bist!« Sie fiel ihm um den Hals. Er hob sie hoch und wirbelte sie herum. »Kleine Schwester, ich musste mich doch davon überzeugen, dass du gut zu Hause angekommen bist«, sagte er lachend. »Einen Gast habe ich übrigens auch mitgebracht.« Er wies auf den gut aussehenden Mann, der ihm, wie Robin erst jetzt sah, gefolgt war. Blondes, lockiges Haar fiel ihm in die Stirn. Seine Augen hatten das gleiche leuchtende Blau wie ein Sommerhimmel.

»Philip, wie schön, dass du Luce begleitest.« Sie umarmte auch ihn. Sie kannte den jungen Ritter, seit sie vier Jahre alt gewesen war. Sie und Luce hatten keine leiblichen Verwandten, und Philip war wie ein Vetter für sie, denn er hatte sie einige Male zusammen mit Luce in Barking besucht. Für sie war er einfach immer nur Luces Freund gewesen. Sie waren zu dritt ausgeritten oder hatten am Fluss geangelt oder waren faul im Sonnenschein auf einer Wiese gelegen und hatten miteinander geschwatzt. Aber jetzt hatte er sich irgendwie verändert.

»Ich würde sagen, deine kleine Schwester ist ziemlich erwachsen geworden.« Lächelnd blickte Philip von Luce zu Robin.

*Bin ich erwachsen geworden*?, schoss es Robin durch den Kopf. Manchmal fühlte sie sich sehr reif und selbstständig und der Welt gewachsen und dann wieder verlegen und unsicher wie ein Kind.

»Luce, was für eine schöne Überraschung!« Yvain, der zu ihnen getreten war, lenkte sie von diesem Gedanken ab. Er und sein Stiefsohn umarmten sich herzlich.

»Der junge Herr Luce! Und einen Gast hat er auch noch mitgebracht!« Von der Küche her erscholl die Stimme Caitlyns. Schwerfällig eilte die Köchin auf sie zu. »Warum habt Ihr Euren Besuch nicht angekündigt? Wie soll ich in der kurzen Zeit nur ein angemessenes Abendessen für Euch kochen?«, jammerte sie. »Noch dazu bei diesem drückenden Wetter, bei dem das Feuer nicht richtig brennen will?«

Yvain legte ihr die Hand auf die Schulter. »Caitlyn, ich bin überzeugt, du wirst wie immer ein wunderbares Essen zubereiten«, sagte er, während es um seinen Mund zuckte.

*

Tatsächlich schaffte Caitlyn es, in den vier Stunden bis zum Abendessen eine beträchtliche Menge an Speisen zuzubereiten. Auf der vom Alter dunklen Tafel in der Halle des Gutshauses standen frisch gebackenes Brot, ein Schinken im Teigmantel, eine Schüssel mit einer Lauch-Zwiebel-Suppe, gedünstete Möhren, Würste, Käse und kandierte Apfelstücke. Während Robin von der Suppe aß, lauschte sie Philip de Tallebois, der witzig und charmant von seinem Leben auf seinem Landgut bei Canterbury erzählte, und auf den Regen, der draußen vor den geschlossenen Fensterläden herabrauschte. Aus der Ferne war Donnergrollen zu hören.

Fackeln brannten in Halterungen an den Wänden, und

auf dem Tisch verbreiteten Kerzen, die anlässlich von Luces Heimkehr angezündet worden waren, ihr warmes Licht. Mit Beginn der Abenddämmerung hatte heftiges Wetterleuchten den Himmel erhellt. Aber glücklicherweise hatte das Unwetter den Landstrich, abgesehen von dem heftigen Regen, nur gestreift, und der gefürchtete Hagel war ganz ausgeblieben.

»Luce hat übrigens auf seinem Gut eine neue Scheune gebaut«, wandte sich Philip nun dem Freund zu.

»Ja, die alte war baufällig.« Luce nickte.

Robin trank einen Schluck Wein und lauschte wieder auf den Regen. Sonst trug sie im Haus meist einen einfachen Wollrock und einen Leinenkittel. Doch Luce zu Ehren hatte sie beides gegen ein Kleid aus feiner grüner Wolle getauscht und ihr Haar mit einem Seidenband von ähnlicher Farbe zurückgebunden. In der Halle mit all den brennenden Lichtern und dem Essen auf dem Tisch war es behaglich. Leid und Tod schienen weit weg zu sein.

Auf Yvains Nachfragen hin erzählte Luce ausführlich von dem Gut. Die Geschichte der Familie und des Anwesens bei Salisbury war eng mit dem wechselhaften Geschick Englands in den letzten fünfzig Jahren verbunden. Hugo, der Vater William de Thorignys, hatte es Robins Großmutter Aline geraubt und sie zur Leibeigenen gemacht. Aline hatte schließlich ihre Freiheit und das Gut zurückerhalten und Ethan, ihre große Liebe, geheiratet. Unter König Henry war das Gut dann wieder an William de Thorigny gegangen. Henrys Sohn, König Richard, der in der Schuld von Robins Eltern stand, hatte es Luce zurückgegeben. Auch die Güter in der Normandie, die Luces und Robins Vater Francis gehört hatten und die ebenfalls von William de

Thorigny geraubt worden waren, hatte Luce wieder übereignet bekommen.

Robin betrachtete ihren Bruder voller Zuneigung. Mit seinem offenen, hübschen Gesicht, den haselnussbraunen Augen und Haaren und den kräftigen und doch feingliedrigen Händen sah er – so hatte ihre Mutter gesagt – ihrem Vater sehr ähnlich. Auch dessen Geduld hatte er geerbt. Er hatte Robin nicht nur beigebracht, mit Pfeil und Bogen zu schießen, sondern er hatte sie auch Reiten gelehrt. Die Frau, die er einmal heiraten würde, konnte sich wirklich glücklich schätzen.

»Luce, nun sag schon, hast du dich mittlerweile eigentlich einmal wirklich verliebt?«, neckte sie ihn.

»Wenn du damit meinst, ob ich eine Frau getroffen habe, die ich heiraten möchte – nein.« Lächelnd schüttelte er den Kopf.

»Glaubt mir«, Philip blickte Robin und Yvain an, »an den diversen Höfen, wo wir beide Knappen gewesen sind, hat Luce jede Menge gebrochener Herzen hinterlassen.«

»Da verwechselst du mich wohl mit dir.« Luce grinste den Freund an. »Dich haben doch die jungen Frauen scharenweise angeschmachtet.«

Robin konnte sich gut vorstellen, dass auch ihre Mitschülerinnen in Barking für Philip geschwärmt hätten. »Und, Philip, gibt es eine Frau, der dein Herz gehört?«, zog sie ihn auf.

»Ja, es gibt eine Frau, der mein Herz gehört«, erwiderte er zu ihrer Überraschung sehr ernsthaft.

»Gehört Euch denn auch das Herz dieser jungen Frau?«, fragte Yvain lächelnd.

»Ich hoffe es, aber ich weiß es nicht.«

»Dann wünsche ich Euch viel Glück!« Yvain hob seinen Kelch und prostete Philip zu.

»Das kann ich brauchen.« Philip grinste und trank auch ihm zu.

»Ich wünsche dir ebenfalls viel Glück mit deiner jungen Dame.« Robin lächelte ihn an. »Aber falls sie dich abweisen sollte, kann ich mir nicht vorstellen, dass du ihr – wie ein unglücklich Verliebter in einem von Simons Liedern – jahrelang nachtrauern wirst. Was meinst du dazu, Luce?«

»Nun, ich weiß nicht.« Luce wiegte den Kopf. »Auch wenn man das nicht sofort bemerkt, hat Philip durchaus seine tiefgründigen Seiten.«

»Hört! Hört!« Lachend wandte sich Philip an Robin. »Du hast Luce und mich gefragt, wie es um uns steht. Nun, Robin, hast du dich denn verliebt?«

Robin sah vor sich auf die Tischplatte. Um die Kerzenhalter bildete der Flammenschein helle Inseln auf dem alten, rissigen Holz. *Habe ich mich in Cederick de Molesme verliebt?*, überlegte sie. Sie musste ständig an ihn denken und wünschte sich, ihn sehen, mit ihm sprechen und gemeinsam mit ihm über Dinge lachen zu können. Und sie wünschte sich auch, wieder zusammen mit ihm auf einem Pferd zu reiten und zu spüren, wie sein rechter Arm sie festhielt und sich sein Körper gegen ihren drückte. Aber sie wollte sich nicht verlieben. Zu lieben machte verwundbar und bereitete zu viele Schmerzen.

»Nein«, sagte sie und schüttelte entschieden den Kopf. »Ich habe mich nicht verliebt.« Für einen Moment, so erschien es ihr, blickte Philip sie eigentümlich forschend an. Aber da gleich darauf ein Wetterleuchten durch die Halle zuckte, sagte sie sich, dass sie sich getäuscht haben musste.

»In Aberystwyth« – dies war die nächstgelegene Marktstadt – »haben Luce und ich gehört, dass Richard Mitte April in Messina gelandet sein soll«, wechselte Philip abrupt das Thema. »Oft habe ich mir während der letzten Wochen gewünscht, während ich meine Felder abgeritten bin und mich mit meinem Verwalter beratschlagt habe, zu seinem Heer zu gehören. Das Leben als Gutsherr ist manchmal doch recht langweilig.« Endlich blitzte der Übermut, den Robin von ihm gewöhnt war, wieder in seinen Augen auf.

»Nun ja, ich ziehe das langweilige Landleben allemal einem Kriegszug vor«, bemerkte Yvain trocken.

»Ich kann dich verstehen.« Luce nickte. »Aber gelegentlich geht es mir wie Philip, und ich möchte in Richards Heer sein. Er ist ein außerordentlicher Mann. Er ist mutig, er kann seine Männer wirklich begeistern, und er ist sich nicht zu schade, mit den einfachen Soldaten am Feuer zu sitzen ...«

*Warum müssen junge Ritter Richard nur so idealisieren?*, dachte Robin zornig. Auch wenn er ihrer Familie geholfen hatte, hatte sie eine ganz andere Meinung über den König. Doch ehe sie sich in das Gespräch einmischen konnte, sagte Yvain schon ruhig: »Luce, so hat dein Vater – laut deiner Mutter – Richard auch erlebt. Aber mir kommt sein Mut manchmal eher wie Tollkühnheit vor. Und es wäre mir lieber, wenn er auf diesen Kreuzzug verzichtet hätte. Ich stimme der Äbtissin Matilda, seiner Halbschwester, zu, dass ihn da wohl hauptsächlich die Abenteuerlust leitet.«

»Ich hoffe ja auch, dass Richard heil von dem Kreuzzug zurückkommt und uns sein Bruder John als König erspart bleibt«, antwortete Luce und verzog das Gesicht.

»Du weißt, dass John Edward de Thorigny protegiert?« Yvain sah ihn fragend an.

»Ja, ich habe davon erfahren.« Luce nickte, während seine Miene hart wurde. »Es gibt auch Gerüchte, dass Edward in der Umgebung meines Gutes gesehen worden sein soll. Jedenfalls habe ich das Anwesen gut bewacht zurückgelassen.«

William de Thorigny hatte als ständiger Schatten über Robins Kindheit gelegen. Manchmal war sie schreiend aus Alpträumen erwacht, in denen er sie bedrohte. Lange Zeit hatte sie nur gewusst, dass er ihren Vater getötet, ihre Mutter gefangen gehalten und die Güter ihrer Familie geraubt hatte. Aber sie hatte immer geahnt, dass noch viel Schrecklicheres geschehen war. Bis ihre Mutter in den Fieberfantasien vor ihrem Tod noch einmal die Vergewaltigungen und Folterungen durch William erlebt hatte. Voller Grauen hatte Robin ihre Mutter ihre Angst und ihren Schmerz herausschreien hören und verzweifelt versucht, sie zu beruhigen.

Nach dem Begräbnis ihrer Mutter war Robin so lange in Luce gedrungen, bis er ihr alles erzählt hatte. Sie hasste William und seine Sippe, und sie wusste, dass sie lieber sterben würde, als sich einem de Thorigny zu unterwerfen. Aber an diesem Abend, hier in der Halle, während Licht und Schatten über die Wände spielten und ihr Bruder endlich wieder einmal bei ihr war, wollte sie nicht an die de Thorignys denken.

Yvain warf Robin einen Blick zu und schien ihre Gedanken zu erraten. »Heute ist dein erster Abend hier auf dem Gut, Luce«, sagte er. »Lass uns ein anderes Mal über Williams Sohn sprechen.« Er hob seinen Kelch. »Auf Richards Rückkehr.«

»Auf die Rückkehr des Königs.« Auch Luce, Philip und Robin hoben ihre Kelche und tranken Yvain zu.

»Letztes Jahr habe ich ein Stück Land zwei Meilen nördlich von Plymlimon gekauft. Ich nutze es als Viehweide.« Yvain wandte sich Luce zu. »Von dort aus kann man, bei klarer Sicht, bis zum Meer sehen. Ich schlage vor, dass, wenn das Wetter morgen gut ist, du, Robin und Philip einen Ausflug dorthin unternehmt. Schließlich ist Philip unser Gast.«

*Ja, es wird schön sein, mit den beiden dorthin zu reiten*, dachte Robin. Der Schatten, der sich eben auf ihre Stimmung gelegt hatte, verschwand wieder.

*

Als Robin am nächsten Morgen in die Halle kam, standen die Fensterläden weit offen. Sonnenlicht, in dem Staubkörnchen tanzten, flutete in breiten Bahnen in den niedrigen, lang gestreckten Raum. Der Hof und der Garten dampften in der Wärme, die dem heftigen Regen gefolgt war. Philip de Tallebois saß, eine Holzschüssel voller Haferbrei vor sich, an der Tafel. Sonst war niemand dort. Robin setzte sich auf die Bank ihm gegenüber. »Du hast hoffentlich gut geschlafen? Wo ist denn Luce?«, fragte sie in einem Atemzug.

»Ja, ich habe ausgezeichnet geschlafen.« Philip lachte. »Und was deine zweite Frage betrifft: Ich habe Luce heute Morgen noch nicht gesehen. Als ich aufgewacht bin, war er schon aufgestanden.«

Robin nahm sich ebenfalls von dem Haferbrei und hatte ihren Löffel gerade in die Schale getaucht, als draußen Schritte zu hören waren. Gleich darauf wurde die Tür der Halle aufgestoßen, und Luce trat herein. Seine Hose und sein Kittel waren nass und lehmbespritzt. Er ließ sich neben Robin auf die Bank fallen. »Das Unwetter hat zu einem Hochwasser geführt«, sagte er. »Bei der hinteren Weide haben die Fluten Bäume umgerissen. Sie haben sich an der Böschung verkeilt. Yvain, einige Knechte und ich versuchen, die Bäume aus dem Wasser zu bekommen, damit sich kein Treibgut in ihnen verhakt und die Strömung nicht noch mehr Schaden am Ufer anrichtet.«

»Ich helfe euch«, sagte Philip rasch.

»Nein, auf gar keinen Fall.« Luce schüttelte den Kopf und grinste ihn an. »Wie Yvain gestern sagte – du bist hier Gast. Deshalb reitest du mit Robin aus. Yvain, die Knechte und ich, wir schaffen das schon.«

»Aber …«, wandte Philip ein.

»Keine Widerrede!« Luce häufte sich nun auch Haferbrei in eine Tonschale. »Es bleibt bei eurem Ausflug.« Er begann hungrig zu essen.

*

Da Luce sich nicht hatte umstimmen lassen, brachen Robin und Philip nach der Mahlzeit auf. Der Himmel war strahlend blau, wie blank gewischt, keine einzige Wolke war an ihm zu sehen. Nur die feuchte Erde, die überall in der Sonnenwärme dampfte, und die Bäche und kleinen Flüsse, die reißend dahinströmten und über die Ufer getreten waren, erinnerten an das Unwetter während der vergangenen Nacht. Ein angenehm frischer Wind wehte vom Meer landeinwärts, und Robin glaubte, das Salz in ihm riechen zu können.

Während sie und Philip in einem leichten Trab nebeneinanderher ritten – für einen Galopp waren die Wege und

Wiesen viel zu nass und zu schlammig –, plauderten sie vertraut miteinander. Robin erzählte ihm von ihrer Reise von Barking zurück nach Wales. Nur das Wettschießen ließ sie aus, denn dann hätte sie auch Cederick de Molesme erwähnen müssen, wovor sie zurückscheute. Philip berichtete ihr von einem Jagdausflug, bei dem er gestürzt war und ihm beinahe ein Eber mit seinem Keiler das Bein aufgeschlitzt hätte. Er tat dies auf seine übliche lässige Weise, aber Robin konnte sich gut vorstellen, wie gefährlich die Situation gewesen sein musste.

Nach etwa drei Stunden passierten sie ein kleines Gehöft. Eine Frau arbeitete in einem von einem geflochtenen Zaun umgebenen Garten voller Beete. Sie band Bohnensprösslinge an Stangen fest. Zwei sommersprossige Kinder, ein Junge und ein Mädchen im Alter von ungefähr acht und zehn Jahren, bemerkten die beiden Reiter. Sie kamen an den Zaun gerannt und winkten ihnen fröhlich zu. Robin und Philip winkten zurück.

Hinter dem Gehöft führte ein schmaler, steiniger Pfad den Berg hinauf. Unterhalb des Weges schoss ein Bach, der ebenfalls nach dem Gewitter stark angeschwollen war, ins Tal hinunter. Je höher Robin und Philip kamen, desto spärlicher wurde die Vegetation. Felsbrocken und Geröll durchsetzten das kurze Gras, auf dem Schafe weideten.

Als sie auf dem Hügelkamm ankamen, musste eine weitere Stunde vergangen sein, denn die Sonne stand fast schon im Zenit. »Da, sieh!«, rief Philip plötzlich und deutete nach Westen. Tatsächlich, in der Ferne, in einem Spalt zwischen den schroffen grünen Hügeln leuchtete das Meer tiefblau unter dem klaren Himmel.

»Was für ein schöner Ort!« Philip lächelte sie an.

»Das finde ich auch.« Robin erwiderte sein Lächeln. »Ich mag auch die Downs, die liebliche Landschaft, in der Luces Gut liegt. Aber in Wales bin ich aufgewachsen, hier fühle ich mich zu Hause.«

Sie nahmen den Pferden die Sättel ab und legten sie zum Schutz gegen die Feuchtigkeit ins Gras. Nachdem Robin noch eine Kalebasse voller Wasser, einen Laib Brot, ein Stück Schinken und einen Käse aus ihrer Satteltasche geholt hatte, ließen sie sich dicht unterhalb des Hügelkamms nieder und aßen – so hatten sie es auch oft gehalten, wenn sie zu dritt ausgeritten waren. Gelegentlich zog ein Raubvogel am Himmel seine Kreise. In der Ferne war das Rauschen des Baches zu hören, manchmal übertönt vom Mähen der Schafe.

Robin genoss es, einfach still neben Philip zu sitzen und in die Ferne zu schauen, und auch er hatte scheinbar kein Bedürfnis, die einvernehmliche Stille durch Reden zu unterbrechen. Hin und wieder berührten sich ihre Hände, wenn sie sich von dem Essen nahmen oder aus der Kalebasse tranken.

Schließlich, nachdem Robin die Speisen wieder in ein Leinentuch eingeschlagen hatte, sagte Philip: »Du wirst also während der nächsten Jahre mit Yvain auf dem Gut leben …«

»Ja.« Robin nickte.

»Gibt es kein anderes Leben, das du dir wünschst? Einen Mann, Kinder?«

»Meine Tage sind ausgefüllt«, erwiderte Robin ausweichend. »Nein, ich habe kein Bedürfnis zu heiraten.« So sehr sie Philip auch mochte, konnte sie ihm ihre Ängste trotzdem nicht anvertrauen.

»Es tut mir leid, mit meiner Frage wollte ich keinesfalls andeuten, dass ich Yvain nicht sehr schätze«, sagte Philip, der Robins Einsilbigkeit missverstand, rasch.

»Für mich ist er mein Vater, auch wenn ich ihn nicht Vater nenne«, antwortete Robin, die sich wieder auf sicherem Gebiet fühlte, entschieden. »Auch Luce, der, anders als ich, unseren leiblichen Vater noch gekannt hat, hängt sehr an Yvain.«

»Das ist mehr, als ich von meinem Vater sagen kann. Ich kenne ihn ja kaum.« Philip zuckte mit den Schultern. »Lord Godfrey, bei dem ich und Luce Knappen waren, ist mir näher als er.«

Robin nickte verstehend. Die Kinder von Adeligen wurden häufig von Ammen aufgezogen, und ab dem Alter von acht oder zehn Jahren lebten die Jungen dann meistens als Knappen am Hof eines anderen Barons, Earls oder Dukes, um zu Rittern erzogen zu werden.

»Wirst du dich deinen Kindern gegenüber anders benehmen als dein Vater?«

»Ich glaube schon. Ich habe ihn nicht vermisst. Aber ich glaube, ich würde meine Kinder vermissen.«

»Und die Frau, in die du verliebt bist?« Robin konnte es sich nicht verkneifen, an dem Thema vom Vorabend zu rühren. »Würde sie auch ihre Kinder um sich haben wollen?«

»Ja, davon bin ich überzeugt.« Philip beobachtete einen Falken, der sich hoch in den Himmel hinaufschraubte.

»Wahrscheinlich wirst du später gelegentlich am Hof des Königs leben.«

»Würde dir das Freude bereiten?«

»Ich glaube nicht.« Robin schüttelte den Kopf. »Obwohl ich als Kind immer die Geschichten sehr spannend fand, die mir meine Mutter über meine Großmutter Aline und meinen Großvater Ethan erzählt hat. Du weißt ja, dass meine Großmutter die Dienerin der Königin Matilda war und mein Großvater Ritter am Hof König Stephens.« Die beiden hatten eine sehr dramatische Liebesgeschichte erlebt, da Matilda und Stephen gegeneinander um die englische Krone gekämpft hatten.

»Zu Richards Gefolge zu gehören stelle ich mir unterhaltsam vor. Bei einem anderen Herrscher – vor allem bei John – kann ich darauf gut verzichten. Nein, wahrscheinlich werde ich meine Tage als Earl und reicher respektabler Grundherr auf meinen Gütern verbringen. Aber wer weiß, vielleicht entscheide ich mich doch noch dafür, ehe ich dick und träge werde, ein paar Abenteuer zu erleben, und schließe mich Richards Kreuzzug an.« Philips Augen blitzten übermütig.

»Ich kann nicht verstehen, dass ihr jungen Männer immer so begierig darauf seid, an Kriegszügen teilzunehmen«, sagte Robin heftig. Impulsiv fügte sie hinzu: »Versprich mir, dass du dich dem Kreuzzug nicht anschließen wirst. Matthew hat im Heiligen Land schreckliche Dinge erlebt, und auch mein Onkel Simon hasst die Kreuzzüge.«

»Du würdest es also bedauern, wenn ich getötet würde?« Philip lächelte ein wenig.

»Was ist das für eine dumme Frage? Natürlich würde ich das sehr bedauern. Du bist schließlich mein Freund.«

»Komm, lass uns zurückreiten.« Philip stand unvermittelt auf. »Vielleicht wird meine Hilfe am Bachufer doch noch gebraucht.«

Schweigend ritten sie den Hügelkamm entlang. Doch anders als vorhin war die Stille zwischen ihnen irgendwie befangen. Robin spürte, dass Philip etwas beschäftigte. Hatte sie ihn mit ihrer Ablehnung der Kreuzzüge gekränkt? Oder fand er es vermessen, dass sie ihm das Versprechen hatte abnehmen wollen, sich nicht an dem Kreuzzug zu beteiligen? Sie wollte ihn gerade fragen, als sie den Pfad erreichten und nun hintereinander reiten mussten.

Sie hatten etwa zwei Drittel des Weges zurückgelegt, als plötzlich ein Geräusch ertönte, als ob ein riesiges Stück Stoff auseinandergerissen würde. Alarmiert blickte Robin auf. Im ersten Moment glaubte sie, einer Sinnestäuschung zu unterliegen. Ein Hügel vor ihnen schien sich zu bewegen. Doch dann erkannte sie, dass sich ein großes Stück der Hügelflanke gelöst hatte und ins Tal rutschte. Das seltsam reißende Geräusch verwandelte sich in einen immer lauter werdenden Donner. Dann verstummte der Donner abrupt. Eine unheimliche Stille breitete sich aus. Das Mähen der Schafe und selbst das Zwitschern der Vögel war verstummt.

Philip drehte sich zu Robin um. Seine Miene spiegelte Entsetzen. »Der Erdrutsch muss über dem Gehöft niedergegangen sein!«, rief er.

Robin begriff. »O Gott, die Frau und die Kinder …« So schnell es ihnen auf dem steinigen, glitschigen Weg möglich war, ritten sie den Berg hinunter.

Als sie endlich das Tal erreichten, war die Wiese, auf der vorhin noch Schafe gegrast hatten, verschwunden. Nun türmte sich ein Berg aus Geröll und entwurzelten Bäumen dort auf. Die Hauptmasse der Lawine war neben dem Gehöft niedergegangen, aber Felsbrocken und ein Stamm hatten das kleine Haus getroffen. Zwei Mauern waren eingestürzt, und die Baumwurzeln ragten grotesk aus dem zerstörten Strohdach auf, als hätte sich in der Welt das Unterste zuoberst gekehrt.

*Die Frau und die Kinder …*, dachte Robin wieder. Sie und Philip trieben ihre Pferde an. Robin seufzte erleichtert auf, als sie wenig später den Jungen und das Mädchen erblickte. Die beiden hielten sich eng umschlungen in den Armen und kauerten am Wegrand. Philip sprang von seinem Pferd und beugte sich zu ihnen hinunter. »Wo ist denn eure Mutter?«, fragte er.

Die beiden wandten ihnen ihre von Tränen und Schmutz verschmierten Gesichter zu. »Sie ist im Haus …«, flüsterte das Mädchen.

Philip fluchte.

»Ihr beiden wartet hier«, wandte sich Robin an die Kinder. »Wir versuchen, eurer Mutter zu helfen.« Der Junge und das Mädchen starrten sie nur stumm an.

Zwischen den Beeten lagen Erdklumpen und Steine. Aus der Nähe gesehen, wirkte das Haus noch schlimmer zerstört.

*Wir können nicht ins Innere gelangen. Wir bräuchten Werkzeug, das wir nicht haben,* schoss es Robin durch den Kopf. *Wir müssen Hilfe holen.* Doch als sie hochblickte, sah sie, dass sich oberhalb des Hauses ein Ausläufer des Erdrutsches zwischen einer Baumreihe und Büschen verkeilt hatte. Es war nur eine Frage der Zeit, bis diese nachgeben würden.

Philips Blick war dem ihren gefolgt. Er erriet ihre Gedanken. »Bis wir Hilfe geholt haben, ist der Erdrutsch wahrscheinlich über dem Haus niedergegangen. Lass uns dort nach Werkzeug suchen.« Er deutete auf einen windschiefen Schuppen, aus dessen Dach einige abgerissene Äste ragten.

Sie rannten zu dem Schuppen. Tatsächlich fanden sie in dem zerstörten Inneren eine Hacke und einen Spaten. Wieder zurück bei dem Haus, begannen sie, mit Hilfe des Werkzeugs die Steine beiseitezuräumen. Als sie endlich eine Lücke geschaffen hatten, sagte Robin: »Ich steige ins Haus.«

»Nein, lass mich das machen.« Philip schüttelte den Kopf.

»Ich bin schmäler als du.« Robin kletterte schon über die Steine und zwängte sich durch die Lücke. Die zersplitterte Baumkrone schien fast den gesamten Innenraum einzunehmen. Da … In einer Ecke lag die Frau. Sie bewegte sich nicht. Robin kroch unter den Ästen hindurch. Blut, das aus einer Stirnwunde strömte, bildete eine Lache um den Kopf der Frau. Doch nun erkannte Robin, dass sie atmete.

»Philip, die Frau lebt«, rief sie. »Aber sie ist ohnmächtig.«

»Ich komme zu dir.«

Robin zog ihren Kittel aus, knüllte ihn zusammen und presste ihn auf die Wunde, um die Blutung zu stillen. Ihre Mutter hätte gewusst, was zu tun war, um die Atmung zu stärken oder den Körper auf Knochenbrüche zu untersuchen. Doch Robins Kopf war wie leer. Angespannt verfolgte sie die schwachen Atemzüge der Frau. Sie wusste, dass Philip alles in seiner Macht Stehende tat, um so schnell wie möglich bei ihr zu sein. Dennoch schien es ihr sehr lange zu dauern, bis er sich durch den verbreiterten Spalt gewunden und durch die Krone zu ihr gekämpft hatte.

Wegen des Hindernisses konnten sie die Verletzte nicht einfach tragen. Philip fasste sie unter den Schultern. Robin ergriff ihre Fußknöchel. Irgendwie gelang es ihnen, die Frau unter den Ästen hindurch zu schieben und zu ziehen.

Sie hatten eben den Spalt erreicht, als oben vom Hang ein knirschendes Geräusch ertönte. »Philip!«, schrie Robin auf.

»Schnell, steig nach draußen«, drängte er. »Ich bin stärker als du und kann die Verletzte hochheben.«

*O Gott, bitte, lass den Erdrutsch noch nicht niedergehen,* flehte Robin in Gedanken, während sie nach draußen kletterte. Als ihre Füße den Boden berührten, hatte Philip die Verletzte schon hochgehoben und reichte sie ihr durch den Spalt. Robin legte ihre Arme um sie. Das Gewicht der Frau ließ sie zu Boden taumeln. Dann sprang Philip neben sie. Wieder hob er die Verletzte hoch. Zusammen rannten sie durch den Garten. Sie hatten fast den Weidenzaun erreicht, als sich das Knirschen am Hang verstärkte. Einen Moment später donnerte der Erdrutsch nieder. Robin warf sich über die Ohnmächtige, um sie schützen. Benommen fühlte sie, dass Philip sich über sie beugte, während Erde und Steine um sie herum hochspritzten. Dann – urplötzlich – herrschte wieder die unheimliche Stille.

Robin richtete sich auf. Philip kniete neben ihr. Sein Gesicht war von Schmutz und Schweiß verschmiert. Welkes Laub und Erdkrümel hingen in seinen Haaren. *Wir sind am Leben*, begriff sie.

Ein Stöhnen ließ sie sich der Verletzten zuwenden. Sie hatte die Lider geöffnet und blickte sich panisch um. »Meine Kinder …«, flüsterte sie. Robin berührte ihre Wange. »Die beiden sind in Sicherheit«, sagte sie sanft.

Wieder sah sie Philip an. Ein Lächeln erschien auf seinem Gesicht. Sie erwiderte es. Sehr hell und leuchtend hoben sich seine Augen von der verschmierten Haut ab. *Sie haben wirklich die Farbe eines Sommerhimmels,* dachte sie.

»Robin …«, sagte Philip rau.

Doch die Kinder, die in den Garten gerannt kamen und weinend »Mutter, Mutter …« riefen, ließen ihn abbrechen. Den Kindern folgte eine Gruppe von mit Werkzeugen bewaffneten Bauern. Offensichtlich hatten auch sie erkannt, dass der Erdrutsch in der Nähe des Gehöfts niedergegangen war, und waren zu Hilfe geeilt.

»Ben, Claire«, murmelte die Verletzte und streckte die Hände nach dem Jungen und dem Mädchen aus, die sich erleichtert aufschluchzend neben sie kauerten.

*

Schweigend ritt Robin neben Philip einen Waldweg entlang. Seit die Helfer bei dem Gehöft eingetroffen waren, hatten sie nur wenige Worte miteinander gewechselt. Und auch jetzt war keinem von ihnen nach Reden zumute. Bei den Bauern hatte sich eine heilkundige Frau befunden, die die Verletzte untersucht hatte. Sie war überzeugt gewesen, dass diese außer der Kopfwunde und Prellungen keine weiteren körperlichen Schäden erlitten hatte und wieder gesunden würde. Robin und Philip hatten die Frau und die Kinder bis ins nahe gelegene Dorf begleitet und sich überzeugt, dass sie gut versorgt wurden. In dem Dorf hatte man Robin auch einen Leinenkittel gegeben, den sie dankbar über ihr schmutziges und zerrissenes Hemd gezogen hatte.

Mittlerweile war es früh am Abend. Der Weg unter den Bäumen lag bereits im Dämmerlicht, doch auf die Lichtung, auf die sie nun ritten, fielen noch die letzten Sonnenstrahlen. *Der Tag hat so verheißungsvoll begonnen*, überlegte Robin, *und hat doch fast ein schreckliches Ende genommen.* Als sie sich an das Knirschen am Hang oberhalb des kleinen Hauses erinnerte, schauderte sie.

»Robin …« Überrascht bemerkte sie, dass Philip seinen Hengst angehalten hatte und aus dem Sattel sprang.

»Wir sollten weiterreiten. Yvain und Luce machen sich sonst Sorgen um uns«, wandte sie ein.

»Ich weiß. Trotzdem muss ich dir noch etwas sagen, ehe wir auf dem Gut ankommen.«

Verwundert ließ sich Robin ebenfalls aus dem Sattel gleiten und folgte Philip zu einem Baumstamm, auf dem sie sich niederließen. Philip blickte einige Momente lang auf seine Hände, ehe er ihr sein Gesicht zukehrte. Um seinen Mund lag ein angespannter Zug, den Robin nicht an ihm kannte.

»Robin«, er hob hilflos die Schultern, »du bist die Frau, in die ich mich verliebt habe.«

»Ich …?« Sie glaubte zuerst, dass er scherzte.

»Ja … Ich kann dir nicht genau sagen, wann es für mich begann und du nicht mehr nur die kleine Schwester meines Freundes warst, die ich sehr mochte. Aber während der letzten beiden Jahre erkannte ich, dass du kein Kind mehr bist, sondern eine sehr schöne und besondere Frau. Und irgendwann musste ich mir eingestehen, dass sich all meine Gedanken und Gefühle um dich drehten.«

Robin starrte ihn stumm an. Sie konnte das, was er sagte, noch immer nicht recht glauben.

»Gestern Abend, als ich dich fragte, ob du dein Herz an einen Mann verloren hättest, sagtest du ›nein‹. Aber ich sah, wie dein Gesicht kurz aufleuchtete. Ich bilde mir ein, mich mit Frauen recht gut auszukennen, und war mir ziemlich sicher, dass dieses Strahlen nicht mir galt.« Philip lächelte schief. »Ich lege keinen Wert darauf, mir einen Korb zu holen, und ich wäre wieder nach Hause zurückgekehrt, ohne dir zu sagen, wie es um mich steht. Aber da wir beide vorhin knapp dem Tod entronnen sind, war mir meine verletzte Eitelkeit plötzlich nicht mehr wichtig. Und so wie du mich kurz ansahst, als die Verletzte zu sich kam, dachte ich, meine Wahrnehmung hätte mich gestern vielleicht doch getäuscht.«

Robin schüttelte benommen den Kopf. »Philip, du bist mein Freund ...«, stammelte sie.

»Aber du hast dich in einen anderen Mann verliebt?«

»Ja«, gab sie zu. »Er hat mich aus einer gefährlichen Situation gerettet. Ich bin ihm nur zweimal begegnet, aber ich kann ihn nicht vergessen.«

»Nun ja, ich glaube nicht, dass man einen Menschen lange kennen muss, um sich in ihn zu verlieben.« Philip seufzte. »Auch wenn ich dich nun schon lange kenne.« Er sah sie so forschend an, dass sie den Blick senkte. »Kannst du dir denn vorstellen, mich irgendwann zu lieben?«, hörte sie ihn schließlich fragen.

»Du bist mein Freund«, wiederholte sie bedrückt. »Ach, Philip, du kannst doch jede andere Frau haben ...«

»Leider liebe und begehre ich aber dich.« Als Robin nichts erwiderte, sagte er nach einer Weile: »Du hast Recht, es ist spät geworden. Wir sollten aufbrechen.« Tatsächlich lag nun auch die Lichtung im Schatten, und es war kühl geworden. Der immer noch feuchte Boden verströmte einen herben Geruch, als wäre es Herbst und nicht Frühling. Robin fröstelte in ihrem Kittel.

Erst als Philip aufstand, erwachte sie aus ihrer Erstarrung. Nein, sie konnten so nicht zum Gut zurückkehren … Impulsiv ergriff sie seine Hände. »Philip, bitte, du bist mir sehr wichtig. Versprich mir, dass du trotzdem mein Freund bleiben wirst.«

Philip zögerte kurz. Doch dann zog wieder ein schiefes Lächeln über sein Gesicht, und er nickte. »Ich glaube, meine verletzte Eitelkeit wird darüber hinwegkommen, dass du meine Liebe nicht erwiderst. Ja, ich werde versuchen, dein Freund zu bleiben.«

*

Sehr sorgfältig zog Robin den grünen Seidenfaden durch den schimmernden Stoff. Sie saß im Schatten hinter dem Haus, wo die Sonne die Farben nicht ausbleichen konnte. Am Vortag hatte Philip den Heimritt angetreten. Während der Woche, die er nach seinem Geständnis noch auf dem Gut verbracht hatte, hatte er sich gegenüber Luce und Yvain nicht anmerken lassen, dass Robin ihn abgewiesen hatte. Auch ihr selbst gegenüber hatte er sich wieder wie der altvertraute Freund verhalten, wofür sie ihm sehr dankbar gewesen war. Manchmal war es ihr schwergefallen zu glauben, dass er ihr tatsächlich seine Liebe gestanden hatte. Aber dann wieder, wenn er sie ansah, hatte sein Blick für Momente seine Gefühle widergespiegelt.

*Philip wird über mich hinwegkommen*, dachte Robin, *bestimmt wird er sich bald in eine andere Frau verlieben, die seine Gefühle erwidert*. Luce kam durch den Garten geschlendert und setzte sich neben sie auf die Bank. Strohhalme hingen in seinem groben Arbeitskittel, und er roch nach Stall, denn er hatte den Knechten beim Ausmisten geholfen.

Luce streckte die Beine von sich, während Robin einige weitere Stiche ausführte. Schließlich warf er ihr einen Blick von der Seite zu und sagte: »Ich hatte gehofft, dass du Philips Gefühle erwidern würdest.«

»Er hat dir gesagt, dass er in mich verliebt ist?«

»Ja, wir sind schließlich alte Freunde, und du bist meine kleine Schwester. Ich hätte es ihm im umgekehrten Fall auch anvertraut. Ihr beide hättet gut zueinander gepasst.«

Robin betrachtete die grüne Linie aus Stichen auf dem Stoff. »Philip und ich sind Freunde. Ich bin nicht in ihn verliebt«, sagte sie dann spröde.

»Na ja, Freundschaft ist nicht die schlechteste Voraussetzung für eine Ehe. Viele Ehepaare, vor allem unter den Adeligen, wären froh, wenn sie Freunde wären.« Luce lächelte ein wenig.

»Unsere Großeltern haben sich wirklich geliebt, und unser Vater und unsere Mutter ebenfalls«, erwiderte Robin heftig. »Und unsere Mutter und Yvain haben auch sehr viel füreinander empfunden.«

»Ja, ich weiß.« Luce nickte. »Ich will dich auch zu nichts drängen. Ich mache mir einfach ein bisschen Sorgen um dich. Yvain ist nun einmal nicht mehr der Jüngste. Wenn er einmal nicht mehr am Leben ist, kannst du doch nicht allein auf dem Gut bleiben …«

»Nun, ich würde nicht *allein* bleiben. Immerhin gibt es die Knechte und Mägde.«

»Du weißt schon, was ich meine.« Luce seufzte.

»Du lebst auch *allein* auf deinem Gut.«

»Ich bin auch ein Mann und keine Frau.«

»Eine Frau kann ein Anwesen ebenso gut verwalten wie ein Mann.« Robin schüttelte ärgerlich den Kopf. »Darf ich dich an unsere Tante Ann und unsere Base Corinne erinnern?«

»Und du bist mindestens genauso eigensinnig wie Ann.« Luce lächelte und legte ihr die Hand auf den Arm. »Ach, Robin, Philip und du, ihr seid die beiden Menschen, die mir am nächsten stehen. Ich hätte mich einfach gefreut, wenn ihr glücklich miteinander geworden wäret. Aber vor allem wünsche ich mir, dass *du* glücklich wirst. Ich verspreche dir, dass ich dich immer unterstützen und für dich da sein werde – egal, für was du dich entscheidest.«

»Das weiß ich doch.« Robin schlang ihre Finger fest um Luces. *Ja, er ist auch der Mensch, der mir am nächsten steht und dem ich unbedingt vertraue,* überlegte sie dankbar. *Mein Bruder …*

»Miss Robin, Sir Luce …« Die angstvolle Stimme der Köchin ließ Robin zusammenzucken und einen erschrockenen Blick mit Luce wechseln. Gleich darauf kam Caitlyn aus der Richtung der Stallungen auf sie zugestürzt. »Der Herr ist in der Scheune zusammengebrochen. Bitte, kommt schnell …«, stammelte sie. Robin und Luce sprangen auf.

Sie fanden Yvain zwischen einigen Säcken voller Saatgut und großen geflochtenen Vorratskörben auf dem Boden liegen. Durch die Luke in der Giebelwand fiel Licht auf ihn.

»Yvain!«, rief Robin entsetzt, während sie sich neben ihn kniete. Luce keuchte erschrocken auf, denn Yvain bot einen schrecklichen Anblick. Seine linke Gesichtshälfte war verzerrt, und seine Lippen waren auseinandergezogen. Speichel rann aus seinem Mund auf den Lehmboden. Seine Augen waren weit aufgerissen und verdreht, sodass die Iris unter die Lider zurückgewichen war. Auch die Gliedmaßen seiner linken Körperhälfte wirkten irgendwie verdreht. *Wie die Glieder einer achtlos hingeworfenen Strohpuppe*, ging es Robin unwillkürlich durch den Sinn. Yvain atmete stöhnend, schien aber nicht bei sich zu sein.

»Yvain«, sagte Robin sanft, während sie über sein Gesicht strich, »Luce und ich sind bei dir.« Er reagierte nicht. Sie nahm wahr, dass einige Knechte und Mägde, alarmiert von Caitlyns Schreien, in die Scheune kamen.

»Ich fürchte, Yvain wurde vom Schlag getroffen«, hörte sie Luce rau sagen. »Wir müssen nach dem Medicus von Sir Godfrey schicken.«

Robin konnte nur nicken. Luce befahl einem Knecht, zu dem Lord zu reiten. Danach legten er und zwei andere Knechte Yvain auf ein Brett. Robin folgte ihnen ins Haus und bis in Yvains Kammer.

Dort setzte sich Robin neben das Bett und wischte behutsam den Speichel von Yvains Gesicht. »Yvain würde es hassen, dass wir beide und die Bediensteten ihn so entstellt sehen«, sagte sie leise.

»Ich weiß«, Luce seufzte, »aber wichtig ist vor allem, dass der Medicus ihm helfen kann.«

»Unsere Mutter wüsste, was zu tun ist«, flüsterte Robin niedergeschlagen, während sie Yvains zur Faust verkrampfte Linke streichelte. »Ach Yvain, du darfst nicht sterben.«

»Er ist ein Kämpfer, er wird den Schlag schon überstehen.« Luce berührte sie tröstend an der Schulter. Doch Robin konnte spüren, dass er auch sich selbst Zuversicht zusprach.

*

Robin riss die Augen auf, die ihr kurz zugefallen waren. Der Schein der Kerze neben dem Bett fiel auf Yvain. Seine linke Gesichtshälfte war immer noch verzerrt, und er hatte immer noch nicht das Bewusstsein wiedererlangt. Wie sie es schon unzählige Male während der vergangenen vier Tage getan hatte, beugte sie sich über ihn und wischte den Speichelfaden, der ihm aus dem Mund rann, mit einem feuchten Lappen ab.

Lord Godfreys Medicus hatte Luces Vermutung bestätigt, dass Yvain vom Schlag getroffen worden war. Er war zuversichtlich, dass Yvain überleben würde. Aber darüber, ob Yvain bei klarem Verstand sein würde, wenn er wieder zu sich kam, hatte er keine sichere Aussage gewagt. Er hatte Yvain Tränke eingeflößt und Robin erklärt, wie sie die Arzneien zubereiten musste und wann sie dem Kranken zu verabreichen waren. Seitdem hatten Robin und Luce Yvain die Mittel regelmäßig eingeflößt und abwechselnd bei ihm gewacht. Robin glaubte sich zu erinnern, dass ihre Mutter ähnliche Arzneien angewendet hätte. Wieder einmal wünschte sie sich, ihre Mutter wäre bei ihr.

Robin schreckte auf und blinzelte. Die Kerze war ein ganzes Stück heruntergebrannt. Sie begriff, dass sie doch wieder eingeschlafen gewesen war. Dann hörte sie Yvain murmeln: »Robin …« Er war zu sich gekommen und versuchte vergebens, sich auf seinen linken Arm zu stützen und aufzurichten. Sein Blick war bestürzt, aber ansonsten klar.

»Yvain, bitte …« Robin stand hastig auf und drückte ihn sanft, aber bestimmt auf das Lager nieder. »Du musst liegen bleiben.«

»Was … ist mit … mir geschehen?«, brachte er mühsam hervor.

Robin wusste, dass er die Wahrheit hören wollte. »Du wurdest vor ein paar Tagen vom Schlag getroffen«, sagte sie leise, während sie seine Hände streichelte.

Einige Augenblicke lang lag Yvain reglos da, und Robin fragte sich schon, ob er ihre Worte wirklich verstanden hatte. Dann wandte er ihr mit einer großen Kraftanstrengung den Kopf auf dem Kissen zu. »Geh mit Luce ... Nicht ... dein Leben an ... einen alten kranken Mann verschwenden«, stammelte er.

»Yvain, ich verlasse dich nicht.« Robin begann vor Erleichterung zu weinen.

»Unsinn ...« Yvains Augen sahen sie einen Moment voller Zuneigung an. Dann schlossen sich seine Lider, und er schlief ein.

»Robin, um Himmels willen ...« Sie bemerkte erst jetzt, dass Luce gekommen war, um sie abzulösen, und dass sie immer noch weinte, als sie seine erschrockene Stimme hörte.

Sie lächelte ihn unter Tränen an. »Yvain ist zu sich gekommen, und er ist bei klarem Verstand«, flüsterte sie.

# 3. Kapitel

Während Robin am Feldrand entlangging, kam es ihr vor, als ob die Luft immer noch nach Getreidestaub röche. In der vergangenen Woche hatte die Ernte stattgefunden. In den Furchen standen die struppigen Stoppeln, und die zusammengebundenen Halme trockneten in großen, gegeneinandergelehnten Garben. Die tief stehende Septembersonne tauchte alles in ihr goldgelbes Licht.

Robin hatte den Knechten geholfen das Getreide zu schneiden. Auch Yvain hatte immer wieder einmal für einige Stunden zur Sichel gegriffen. Über zwei Jahre waren jetzt vergangen, seit ihn der Schlag getroffen hatte. Er zog das linke Bein beim Gehen nach, und mit der linken Hand konnte er nicht mehr so gut greifen. Manchmal stockte er auch kurz beim Sprechen und hatte Mühe, ein Wort zu formen, und er wurde schneller müde als früher. Aber ansonsten ging es ihm gut. Und wie schon in der Nacht, als er wieder zu sich gekommen war, war sein Geist vollständig klar.

Hinter einer Gruppe von Haselnussbüschen saß Yvain im Schatten einer Buche auf einer Decke. Robin lächelte ein wenig. Mitten am Tag zu rasten war etwas, das er sich früher nie gestattet hätte. Aber auch schon während der Ernte hatte er sich, wenn er müde geworden war, oft an den Feldrand gesetzt und dabei zugesehen, wie die Sicheln durch die Halme schnitten und die Mägde sie dann aufsammelten und zu Garben banden. Dabei hatte er sehr zufrieden gewirkt.

Auch jetzt, als Robin sich zu ihm setzte, wirkte er sehr gelassen, ja glücklich. Sie holte zwei Äpfel aus der Tasche ihres braunen, einfachen Wollkleides, reichte ihm einen und behielt den anderen.

»Die Ernte im Obstgarten geht gut voran?« Yvain drehte die rot-gelbe Frucht, die einen süßen Geruch verströmte, einen Moment lang in den Händen, ehe er hineinbiss.

»Ja, fast alle Bäume sind abgepflückt.«

»Die beiden vergangenen Jahre waren gute Jahre, nicht nur in Bezug auf die Ernten«, sagte Yvain nachdenklich.

Robin nickte, während sie selbst an ihrem Apfel kaute. Ja, Yvains Gesundheitszustand hatte sich nicht verschlechtert, im Königreich herrschte Frieden, und auch William de Thorignys Sohn war nicht in Erscheinung getreten. Nur eines hatte ihr gefehlt ... Ihre Finger berührten das mit einem Flechtmuster verzierte Bronzearmband, das sie um den linken Arm trug. Sie hatte es bei Yvains Freund Walther, einem Kaufmann, erworben, als sie erfahren hatte, dass es aus Colchester stammte. Dem Ort, in dessen Nähe Cederick de Molesme lebte.

Ein Teil von ihr hatte es albern gefunden, das Armband zu kaufen – de Molesme hatte sie wahrscheinlich schon längst vergessen –, aber sie hatte einfach nicht widerstehen können. Sie hatte kurz überlegt, Walther nach ihrem Retter auszufragen. Er kannte alle und jeden und hätte ihr bestimmt einiges über ihn erzählen können. Aber das hätte nur Fragen von Walther nach sich gezogen, warum sie sich für diesen Mann interessierte. Wenn sie sich selbst gegenüber ehrlich war, musste sie sich auch eingestehen, dass sie es gar nicht wissen wollte, falls Cederick de Molesme verheiratet war.

Versonnen blickte Robin das Tal entlang, wo sich das rot und gelb verfärbte Laub der Bäume leuchtend vom Braun der Felder abhob. *Hätte ich mich damals anders verhalten und ihm sagen sollen, wer ich bin?*, fragte sie sich wieder einmal. Aber nein, wahrscheinlich hätte das nichts verändert. Sie wusste ja nicht einmal, ob ihm wirklich etwas an ihr lag. Und außerdem … Obwohl sie sich wünschte, dass Cederick de Molesme bei ihr säße und sich mit ihr an dem klaren Herbsttag erfreute, rief dies gleichzeitig ein unangenehmes Gefühl, ja Angst in ihr hervor. Liebe und Nähe waren nun einmal gefährlich …

»Robin, Robin …« Yvains Stimme weckte sie aus ihren Gedanken. Er betrachtete sie amüsiert. »Du wirkst, als hätte ich dich aus irgendwelchen Träumen gerissen.«

»Nein.« Robin schüttelte hastig den Kopf. »Ich habe nur die Aussicht über das Tal und den schönen Tag genossen.«

»Ja, der Tag ist wirklich ausnehmend schön.« Yvain nickte, machte aber trotzdem nicht den Eindruck, als ob er Robin wirklich glaubte. Er warf seinen Apfelrest in hohem Bogen ins Gras und sah zu, wie sich einige Wespen daraufstürzten, ehe er sich ihr wieder zuwandte. »Du hast dich jetzt lange genug um mich gekümmert. Nicht dass ich nicht sehr froh wäre, dich bei mir zu haben. Aber du bist jung und solltest die Welt sehen und andere Menschen außer mich alten Mann und die Bediensteten kennen lernen. Ich möchte, dass du im Frühjahr, sobald die Straßen wieder gut passierbar sind, Luce besuchst – er kann dir auch sein Gut in der Normandie zeigen – und dass du auch einige Wochen bei deinem Onkel Simon, deiner Base Corinne und deinem Vetter Jocelyn verbringst.«

»Yvain, ich bin mit meinem Leben wirklich zufrieden.« Robin seufzte.

»Nein, du bist zu jung, um dich hier zu vergraben.«

Robin hob halb belustigt, halb ärgerlich die Augenbrauen. »Gib es ruhig zu, du möchtest, dass ich einen künftigen Ehemann kennen lerne.«

»Ich möchte, dass du einen Mann kennen lernst, mit dem du glücklich wirst.« Yvain bedachte sie mit einem scharfen Blick. »Ich hatte ja gehofft, dass vielleicht du und Philip de Tallebois … Aber nun ja …«

Robin senkte den Kopf. Luce hatte in den vergangenen anderthalb Jahren einige Male geschrieben. Aber in seinen Briefen hatte er Philip mit keinem Wort erwähnt.

»Robin«, Yvains Stimme wurde sanfter, »ich war mit Helen, meiner ersten Frau, sehr glücklich, und ich war mit deiner Mutter sehr glücklich. Dieses Glück wünsche ich dir auch.«

*Helen und deine Kinder starben, und mein Vater wurde getötet*, wollte Robin impulsiv sagen. Aber ein Reiter, der am Feldrand auftauchte und auf sie zuhielt, ließ sie abbrechen. Selbst auf die Entfernung hin war zu erkennen, dass Mann und Pferd am Rande der Erschöpfung waren, denn Speichel flockte aus dem Maul des Tiers, und der Reiter schien sich kaum noch im Sattel halten zu können.

»Was in aller Welt …«, stieß Yvain hervor, während er sich ungelenk erhob. Auch Robin sprang auf. So schnell es Yvains lahmes Bein zuließ, hinkte er über das Feld. Robin blieb dicht an seiner Seite, um ihm notfalls sofort zu Hilfe kommen zu können.

Nun hatte der Reiter sie erreicht und zügelte sein Pferd. »Will!«, rief Robin erschrocken, die das Gesicht des Mannes unter der Kruste aus Schweiß und Staub nun erkannte. Er war ein Knecht Luces. Unwillkürlich fasste sie sich an die Brust. »Ist meinem Bruder etwas zugestoßen?«

Will schüttelte den Kopf, während er hervorpresste: »Euer Bruder ist am Leben und bei guter Gesundheit, Miss Robin. Aber sein Gut wurde von Edward de Thorigny überfallen. Wir konnten den Angriff abwehren. Euer Bruder ist jedoch fest davon überzeugt, dass de Thorigny nun auch das Anwesen des Herrn Yvain überfallen wird. Er schickte mich voraus, um Euch zu warnen. Er selbst und die übrigen Bediensteten befinden sich auf dem Weg hierher.«

»Aber … wie konnte Edward de Thorigny das wagen?«, stammelte Robin.

»Habt Ihr denn noch nicht erfahren, dass Richard vermisst wird?« Der Knecht stützte sich schwer auf den Pferdehals. »Richard befand sich auf dem Rückweg aus dem Heiligen Land, als sich jede Spur von ihm verlor. Sein Bruder John hat die Herrschaft übernommen.«

Yvain stieß einen wütenden Fluch aus. »Wann genau wurde Luces Gut überfallen?«, fragte er dann barsch.

»Vor sechs Tagen, Herr.«

»Dann könnten de Thorigny und seine Leute morgen schon hier sein. Wir müssen so schnell wie möglich Vorkehrungen für unsere Verteidigung treffen.« Ein harter Zug erschien um Yvains Mund. Dann wandte er sich Robin zu und legte ihr die Hand auf die Schulter, während er eindringlich sagte: »Wir haben damals William de Thorignys Überfall verhindert. Wir werden uns nun auch gegen seinen Sohn zu behaupten wissen.«

»Ja, das werden wir.« Robin nickte beklommen. Eine andere Möglichkeit kam nicht in Betracht.

*

Zurück auf dem Gut schlug Yvain selbst auf das Holzbrett im Hof und rief so die Bediensteten zusammen. Danach teilte er jedem seine Aufgaben zu. Robin sollte alle Waffen, die auf dem Anwesen vorhanden waren, in die Halle bringen. Einige von den Knechten ordnete er dazu ab, Stellen in der Hecke, die nicht ganz dicht zugewachsen waren, zu verstärken. Andere trugen Säcke voller Erde, Baumklötze und Bretter herbei, mit denen das Tor verrammelt werden sollte. Die Mägde füllten Eimer und Zuber und stellten sie bereit für den Fall, dass die Angreifer Brandpfeile abschießen würden.

Ihre Aufgabe half Robin, ihre Fassung wiederzugewinnen. Sie eilte zwischen der Halle und den Stallungen hin und her und trug alles zusammen, was als Waffen zu gebrauchen war – auch Hacken, Äxte und Spaten. Danach überprüfte sie die Bogensehnen und legte Pfeile bereit. Am Abend versammelten sich alle zu einer schnellen Mahlzeit in der Küche. Die Stimmung war angespannt. Kaum einer sprach ein Wort, auch Robin war nicht nach Reden zumute. Yvain wirkte wach und voller Energie, und sein Hinken – so erschien es Robin – hatte nachgelassen.

Nach der Mahlzeit nahmen die Knechte, die für die erste Wache eingeteilt waren, ihre Posten ein. Robin selbst stand mit John in dem Ausguck über dem Tor, während andere Männer den hinteren Teil des Gutes bewachten und Yvain sich im Fackelschein noch einmal überzeugte, ob alles bereit war, um den Angriff abzuwehren.

Robin fand es nervenaufreibend, in die Nacht hinauszustarren und auf die Geräusche zu lauschen, die von den Feldern und aus dem nahen Wald erklangen. Die Nacht war sternenklar, aber die schmale Mondsichel verbreitete kaum Licht, weshalb Angreifer erst spät zu bemerken sein würden. Ein leichter Dunst bedeckte den Boden. Sie konnte spüren, wie angespannt auch John war. Dies war der erste richtige Kampf seines Lebens.

*So müssen sich Soldaten vor einer Schlacht fühlen,* ging es Robin durch den Sinn, während sie dafür betete, dass Luce noch vor Edward de Thorigny auf dem Gut eintreffen würde.

Im Westen stieg eine dünne Wolkenbank am Himmel auf, aber Robin konnte dennoch am Stand der Sterne erkennen, dass es gegen Mitternacht war, als Yvain zu ihr und John trat.

»Es ist Zeit, dass ihr euch schlafen legt«, sagte er. »Paul und ich übernehmen die nächste Wache.«

»Ich kann noch bleiben«, widersprach Robin.

»Übermüdet wirst du uns bei einem Kampf keine große Hilfe sein.« Yvain schüttelte den Kopf.

»Aber du wachst doch auch die ganze Nacht.«

»Ich bin schließlich der Gutsherr«, erklärte er.

Robin bezweifelte, dass sie in dieser Nacht ein Auge zutun würde, aber da sie einsah, dass Yvain nicht mit sich reden lassen würde, gehorchte sie und ging zum Gutshaus. Nachdem sie sich eine Weile auf ihrem Bett hin und her gewälzt hatte, stand sie wieder auf und ging in die Halle. Dort setzte sie sich in einem Lehnstuhl vor das glimmende Feuer. Die Glut spiegelte sich in den Waffen und ließ sie in der Dunkelheit rot aufleuchten.

*Luce muss es gelingen, vor Edward de Thorigny einzutreffen*, dachte sie wieder. *Ihm darf nichts zugestoßen sein.* Sie war noch ein kleines Kind gewesen und Luce ein Knappe, als er erfahren hatte, dass William de Thorigny plante, das Gut zu überfallen. In der Nacht, als sie auf dem Schoß ihrer Mutter saß – auch Yvain, Marian und Simon waren um den Tisch in der Halle versammelt gewesen –, war Luce erschienen, um sie zu warnen. Wie die heitere, behagliche Atmosphäre urplötzlich in einen Schrecken umschlug, den Robin damals noch nicht richtig verstand, hatte sich tief in ihr Gedächtnis eingebrannt.

Irgendwann döste Robin ein. Sie erwachte bei Anbruch der Morgendämmerung und half Caitlyn und den Mägden, die Morgensuppe zuzubereiten. Die Bediensteten und Yvain hatten sich eben in der Küche versammelt, als der Wächter am Tor ein Warnsignal ertönen ließ. Robin stürzte mit Yvan nach draußen und folgte ihm die schmale Treppe zu dem Ausguck hinauf. Tatsächlich – vom Waldrand her kam eine Reiterschar auf das Gehöft zugaloppiert. Die Reiter bildeten eine graue Masse im Zwielicht. Nur das Donnern der Hufe auf dem Boden war deutlich zu hören.

»Herr, sollen wir das Tor ganz verbarrikadieren?«, rief ein Knecht aus dem Hof herauf.

Yvain zögerte. Nun löste sich ein Reiter aus der schemenhaften Linie. Robin konnte ihn zwar nicht genau sehen, aber an den Bewegungen von Pferd und Reiter, daran, wie sie miteinander verschmolzen, erkannte Robin, wer dort ritt.

»Es ist Luce!«, schrie sie auf. »Yvain, es ist Luce.«

»Gott sei Dank! Schnell, öffnet das Tor«, befahl Yvain,

während ein erleichtertes Lächeln auf seinem herben Gesicht erschien.

Der Torflügel schwang auf. Gleich darauf preschte Luce an der Spitze seiner Leute in den Hof. »Edward de Thorigny und seine Leute sind uns dicht auf den Fersen«, stieß er hervor. »Ich fürchte, sie werden in wenigen Stunden hier sein.« Auf einen Wink Yvains hin begannen Knechte den Torflügel zu verbarrikadieren.

»Luce!« Robin warf sich in die Arme ihres Bruders. Sie konnte es immer noch nicht recht fassen, dass er wirklich bei ihr war. »Du hast es geschafft, du bist hier.«

»Nun, ich konnte de Thorigny doch nicht die Genugtuung geben, mich zu töten.« Ein schiefes Grinsen huschte über Luces Gesicht. Doch Robin konnte spüren, wie erschöpft er war.

»Mein Sohn, gut, dich wohlbehalten bei uns zu wissen.« Yvain umarmte Luce und sah ihn voller Zuneigung an. »Du und deine Leute, ihr müsst erst einmal etwas in den Magen bekommen. So viel Zeit wird noch sein. Dann könnt ihr eure Posten einnehmen.«

Yvain drehte sich zum Gutshaus um. Im nächsten Moment stöhnte er erstickt auf. Ein Krampf durchlief seinen Körper. Ehe Robin, Luce oder einer der Bediensteten reagieren konnte, stürzte er zu Boden, wo er reglos, mit verdrehten Gliedmaßen, liegen blieb.

»Yvain!«, schrie Robin auf, während sie neben ihm auf die Knie sank.

»Ihn hat wieder der Schlag getroffen«, hörte sie Luce leise aussprechen, was sie nicht wahrhaben wollte. Er legte den Arm um sie. Einige Momente hielten sie sich einfach nur fest. Dann sagte Luce: »Bleib du bei Yvain, während ich mich um die Verteidigung des Gutes kümmere. Er braucht jetzt jemanden bei sich …«

Robin nickte stumm, denn auch sie war sich im Klaren darüber, dass Yvain diesen erneuten Schlaganfall wohl nicht überleben würde. Nachdem Luce Yvain noch einmal umarmt hatte, befahl er zwei Knechten, ihn ins Haus zu bringen. In seinem Gemach bettete Robin ihren Stiefvater möglichst bequem, mit erhöhtem Oberkörper, auf das Lager. Dennoch ging sein Atem röchelnd. Nach wie vor hatte er das Bewusstsein nicht wiedererlangt.

Robin wusste nicht, ob es schlimmer war, mit ansehen zu müssen, wie Yvain mühsam nach Atem rang, oder darauf zu warten, dass Edward de Thorigny das Gut angriff. Als das Warnsignal endlich ertönte, empfand sie dies beinahe als Erlösung.

Gleich darauf drang Kampflärm durch die geschlossenen Fensterläden. Pfeile sirrten durch die Luft. Männer brüllten wut- oder schmerzerfüllt. Einmal glaubte Robin Rauch zu riechen. Frauen schrien erschrocken auf, und das Zischen im Feuer verdampfenden Wassers mischte sich in die Kampfgeräusche. *Was mag dort draußen nur vor sich gehen?*, fragte sie sich hilflos.

Ein einziges Mal hatte Luce ihr anvertraut, was geschehen war, als William de Thorigny das Gut ihrer Familie in der Normandie überfallen hatte. Und das auch nur, weil Robin hartnäckig auf einer Antwort bestanden hatte. Sie hatte gehofft, Klarheit über die Geschehnisse zu haben wäre besser als Alptraumfantasien.

Luce war damals sieben Jahre alt gewesen. Er hatte gesehen, wie William ihre Mutter vergewaltigte, hatte ihre Schreie gehört. Zitternd hatte er sich versteckt und war erst wieder zu sich gekommen, als das Gut schon brannte. Er hatte sich in das Gutshaus hineingewagt, dessen Dach in Flammen stand. Schwer verletzt hatte er ihre Mutter gefunden und sie dazu bewegen können, ins Freie zu kriechen, wo sie beide dann von einem Schäfer gefunden und gerettet worden waren.

*Nein,* dachte Robin bitter, *meine Alpträume sind durch Luces Worte nicht verschwunden.* Sie berührte den Dolch, den sie an ihrem Gürtel trug. Lieber würde sie sich selbst töten, als sich von einem Thorigny gefangen nehmen zu lassen.

»Robin …« Sie blickte auf. Zuerst dachte sie, sie hätte es sich nur eingebildet, Yvain ihren Namen sagen zu hören. Doch dann erkannte sie, dass er sie ansah und sich seine Lippen bewegten. Sie beugte sich zu ihm hinunter.

»Robin …«, flüsterte er, »konntet ihr das Gut verteidigen?« Sie begriff, dass er den Kampflärm nicht mehr hörte. Nein, er sollte nicht in Angst um sie und Luce und die Bediensteten sterben müssen. Sie zwang sich zu einem Lächeln und neigte ihren Mund an sein Ohr. »Ja, es ist alles gut. Wir konnten de Thorigny zurückschlagen«, sagte sie sanft.

»Das ist gut.« Die Andeutung eines Lächelns erschien um seinen Mund. »Danke, für alles …«

»Ach, Yvain, ich danke dir für deine Liebe.« Robin kauerte sich auf das Bett und nahm ihn in die Arme. Ein Zucken durchlief ihn, ein letztes Atemholen, ehe sein Körper erschlaffte.

Robin schluchzte auf. Einige Momente lang saß sie bei dem Toten, während sie von einem heftigen Weinen geschüttelt wurde. Dann ließ sie Yvain behutsam auf die Kissen zurückgleiten und schloss ihm die Augen. Sie würde später um ihren Stiefvater trauern. Jetzt war es an der Zeit zu kämpfen.

*

Robin holte ihren Bogen und den Köcher voller Pfeile aus der Halle. Draußen vor dem Gutshaus schlug ihr dichter Rauch entgegen. Eine Ecke des Scheunendachs stand in Flammen. Mägde und Knechte bemühten sich, den Brand zu löschen. Auch aus dem hinteren Teil des Gehöfts stieg Rauch auf. Sie stolperte über einen Hundekadaver – Nigel, in dessen Flanke ein Pfeil steckte. Robin hielt einen Knecht, der in Richtung Scheune hastete, am Arm fest. »Wo finde ich Luce?«, schrie sie.

»Am Tor.«

Während sie dorthin rannte, schlugen Pfeile neben ihr im Boden ein. Geduckt hastete sie die Tritte zum Ausguck hinauf, wo ihr Bruder mit einigen Knechten stand und Pfeile auf die Angreifer abschoss. Erschrocken sah Robin, dass er aus einer Armwunde blutete. Während er seinen Bogen spannte, blickte er sich zu ihr um. Sie schüttelte nur den Kopf. Luce begriff.

Draußen vor dem Tor, das sah Robin jetzt, versuchten Bewaffnete einen Rammbock in Stellung zu bringen, während andere Männer ihnen Deckung gaben, indem sie einen Pfeilhagel auf das Gehöft niedergehen ließen. Bei ihnen befand sich ein dunkelhaariger Mann, der einen Hirsch auf seinem Waffenrock trug. Dies musste Edward de Thorigny sein.

»Herr«, ein Knecht kam auf den Ausguck gestürzt, »den Angreifern ist es gelungen, eine Bresche in die Hecke zu brennen.«

»Bleib du hier!«, wandte sich Luce an Robin, ehe er davonstürmte. Robin legte einen Pfeil an die Sehne und spannte ihren Bogen. Sie zielte auf Edward de Thorigny. Doch in dem Moment, als der Pfeil von der Sehne schnellte, trat er zur Seite und schwang sich auf ein Pferd, das ein Bewaffneter herangeführt hatte.

*Wahrscheinlich will er versuchen, bei der Hecke in das Gehöft zu dringen,* schoss es Robin durch den Kopf. Sie legte einen neuen Pfeil an, zielte auf das Pferd. Aber entweder traf sie es nicht, oder der Pfeil prallte an der dicken Lederdecke ab, die den Tierkörper schützte. Denn Edward de Thorigny galoppierte davon.

*Keinen Fehlschüssen nachgrübeln, sich auf das nächste Ziel konzentrieren …* Robin nahm noch wahr, dass eine dichte Wolkenbank von Westen her aufzog. Dann fasste sie einen der Angreifer ins Auge und schoss ihren Pfeil auf ihn ab. Sie empfand keinerlei Befriedigung, als er aufschrie und in die Knie sackte, sondern biss die Zähne zusammen und nahm den nächsten Pfeil aus dem Köcher. *Wir müssen Edward de Thorigny und seine Leute zurückschlagen. Nichts anderes zählt …*

Robin verlor jegliches Zeitgefühl, während sie weiterhin präzise ihre Pfeile abschoss. Paul brach neben ihr zusammen, da ihn ein Pfeil in die Schulter traf. Zwei Knechte trugen ihn weg. Andere reichten ihr und den übrigen Schützen neue Pfeile. Irgendwann fühlte sie Feuchtigkeit auf ihrem Gesicht, und als sie kurz innehielt, bemerkte sie, dass es angefangen hatte zu regnen. *Der Regen wird die Flammen löschen,* ging es ihr durch den Sinn.

Durch den Schleier aus fallenden Tropfen sprengte Edward de Thorigny über das Feld. Er schrie etwas, das Robin nicht verstehen konnte. Gleich darauf hielten die Männer, die den Rammbock gegen das Tor schmetterten, inne und zogen sich zurück. *Planen sie etwa einen neuen Angriff?*, fragte sich Robin dumpf.

Weitere Bewaffnete erschienen jetzt auf dem Feld vor dem Gehöft, wohl die Männer, die versucht hatten, durch die Bresche in der Hecke zu dringen. Doch sie stürmten nicht etwa gegen das Tor an, sondern ritten in die entgegengesetzte Richtung davon. Vor Anstrengung keuchend starrte Robin ihnen nach. War es möglich, dass Edward de Thorigny den Angriff abgebrochen hatte? Sie wagte es nicht zu glauben.

»Robin …« Luce rannte über den Hof, ein zorniges und erleichtertes Lachen auf seinem blutigen und rauchgeschwärzten Gesicht. »Wir haben sie zurückgeschlagen.«

Robin schluchzte auf. Sie lief zu ihm und stürzte sich in seine Arme. Einige Momente klammerten sie sich aneinander, während der Regen auf sie niederprasselte. Dann schob Luce sie von sich weg. »Zwei Knechte sind tot«, sagte er. »Und wir haben etliche Verwundete. Du musst dich um sie kümmern.«

»Ich kann das nicht«, stammelte Robin. »Ich habe keine Ahnung, was ich tun soll, um ihnen zu helfen.«

»Etwas weißt du bestimmt. Du warst doch so oft dabei, wenn unsere Mutter Kranke und Verwundete versorgte.«

Als Robin nicht antwortete, fasste Luce sie an der Schulter. »Robin, bitte …«

Sie senkte den Kopf. »Gut, ich will es versuchen …«, gab sie zögernd nach.

*

Müde hob Robin den Kopf, als Luce die Halle betrat. Ein Teil von ihr hoffte immer noch, dass der Angriff Edward de Thorignys und Yvains Tod Teil eines bösen Traumes wären. Doch sie musste nur den Verband um Luces Stirn sehen und den Rauchgestank wahrnehmen, der ihn immer noch umgab, obwohl es mittlerweile schon spät in der Nacht war, um zu wissen, dass dies alles allzu wirklich war.

Luce ließ sich ihr gegenüber auf einen Stuhl sinken. Um seinen Mund hatte die Erschöpfung tiefe Furchen gegraben. *Auch er,* dachte Robin, *fühlt keinerlei Triumph darüber, dass wir Edward de Thorigny zurückgeschlagen haben.*

»Wie geht es Paul?«, fragte sie. Paul war der am schwersten Verletzte gewesen. Ein Pfeil hatte seinen Arm durchbohrt und ein Schwerthieb sein Bein getroffen.

»Er wälzt sich fiebernd auf seinem Lager herum.« Luce seufzte. »Ich wünschte, er könnte schlafen.«

Robin hatte den Pfeil aus dem Arm entfernt und Schnaps, den sie in der Kräuterhütte ihrer Mutter gefunden hatte, über die Wunden geträufelt, damit sie nicht eiterten. Danach hatte sie die Verletzungen verbunden. Mehr hatte sie nicht tun können. Auch wenn es in der Kräuterhütte noch Mohnsaft gegeben hätte, den sie Paul zu trinken hätte geben können – Mohnsaft schenkte einen tiefen Schlaf –, hätte sie es nicht gewagt, ihn anzuwenden. Denn wenn dieses Mittel zu stark dosiert wurde, konnte es den Tod bringen.

»Den anderen Verletzten geht es aber, den Umständen entsprechend, recht gut«, meinte Luce nun, als hätte er ihre Selbstzweifel erraten. Nach einer kurzen Pause ergriff er wieder das Wort: »Vorhin traf einer meiner Knechte ein, den ich zu Simon geschickt hatte, um ihn zu warnen.« Er stockte und wich Robins Blick aus.

Seine Miene spiegelte einen verzweifelten Zorn, der Robin die Wahrheit erahnen ließ. »Simon, Corinne und Jocelyn sind tot?«, flüsterte sie.

»Das Gehöft war niedergebrannt. Mein Knecht konnte ihre Leichen in den Trümmern nicht finden. Ins nahe Dorf haben sie sich jedenfalls nicht geflüchtet. Denn die Bewohner wussten nichts von ihnen. Ich bete zu Gott, dass es ihnen gelungen ist, rechtzeitig zu fliehen.«

*Vielleicht haben de Thorigny und seine Leute sie aber auch weggeschleppt*, ging es Robin durch den Sinn. Sie begann zu zittern, und ihr wurde übel vor Angst. De Thorigny und seine Leute würden die drei wahrscheinlich so lange foltern, bis sie starben.

Luce legte den Arm um sie. »Wir dürfen nicht das Schlimmste annehmen«, sagte er rau. »Wir müssen für sie hoffen.«

»Ja, das müssen wir«, zwang sich Robin zu erwidern, obwohl sie daran nicht zu glauben wagte. Sie kämpfte gegen ihre Angst an. »Wir können hier nicht bleiben«, sagte sie dann, »früher oder später wird Edward de Thorigny zurückkommen. Können wir vielleicht bei Philip Zuflucht suchen?« Es war seltsam, seinen Namen auszusprechen, denn er gehörte einer ganz anderen Welt an. Einer Welt, in der sich Gefahren, wenn sie auftauchten, besiegen ließen.

»Wahrscheinlich werden John und Edward de Thorigny auf Philips Gütern nach uns suchen lassen. Sie wissen, dass wir Freunde sind. Außerdem ist Philip vor einem Jahr Richard auf den Kreuzzug gefolgt. Ich wollte es dir immer einmal schreiben …«

Robin war sich nicht ganz sicher, ob Luces Augen nicht einen Vorwurf spiegelten, und sie fragte sich, ob Philip sich wohl dazu entschieden hatte, weil sie ihn abgewiesen hatte. Doch ihr Bruder sprach schon weiter: »Auf dem Weg hierher habe ich mir immer wieder Gedanken gemacht, wohin wir uns flüchten könnten. Philips Vater traue ich nicht und dem Sohn Lord Godfreys ebenfalls nicht.«

Robin nickte. Der Lord, bei dem Luce Knappe gewesen war und dessen Medicus Yvain nach dem ersten Schlaganfall beigestanden hatte, war vor einem halben Jahr gestorben. Auch sie hatte Gerüchte gehört, dass sein Sohn John hofierte.

»In Barking wären wir auch nicht sicher. Wahrscheinlich hat John Matilda mittlerweile schon gefangen genommen oder es zumindest versucht, denn er wird wissen, dass sie ihn hasst«, machte Luce eine weitere Hoffnung zunichte. »Du weißt ja, dass ich, als ich Knappe bei Lord Godfrey war, eine Zeit lang auch auf seinen Gütern in der Nähe von York gelebt habe. Damals habe ich mich mit einem seiner Jäger angefreundet und bin oft tagelang mit ihm in den Wäldern umhergeritten, um ergiebige Jagdgründe für Lord Godfrey ausfindig zu machen. Ich traue mir zu, mich dort immer noch gut zurechtzufinden. Wir könnten uns in diesen Wäldern verstecken, bis wir wissen, wo sich Richards Mutter Eleonor aufhält, und uns dann zu ihr durchschlagen. Sie hat einflussreiche Fürsten auf ihrer Seite. Deshalb wird John sie nicht so leicht in seine Gewalt bringen können.«

»Was ist mit den Bediensteten?«

»Du billigst also meinen Plan, obwohl er nicht ungefährlich ist?«

»Ja, denn wir haben keine andere Wahl, als uns vorerst zu verstecken. Aber wir werden de Thorigny und John bekämpfen, sobald wir die Möglichkeit dazu haben«, sagte Robin hart.

»Ich stelle es den Knechten und Mägden frei, ob sie mit uns kommen wollen oder nicht. Morgen, nachdem wir Yvain begraben haben, werde ich mit ihnen sprechen«, kam Luce auf Robins Frage zurück.

Da alles Wichtige gesagt war, standen sie auf. Yvains Leichnam musste gewaschen werden. Vorräte, Werkzeuge, Decken und Kleidung mussten gepackt werden. Denn je eher sie aufbrachen, desto besser.

Doch ehe sie die Halle verließen, drehte Robin sich noch einmal um. Eine Fackel in der Halterung an der Wand verbreitete einen unruhigen Schein. Auf dem langen Tisch lagen schmutzige und blutbefleckte Waffen statt des Geschirrs und der Kerzen, die hier sonst so oft gestanden hatten. Blutflecken besudelten den Steinboden, denn auch in der Halle hatte Robin Verwundete versorgt.

*Edward de Thorigny wird mich nicht für immer von hier vertreiben,* versprach sie sich, *irgendwann werde ich zurückkehren und in Sicherheit hier leben.*

*

Etwa ein halbes Jahr vorher hatte Philip de Tallebois gerade behutsam den Metallstift in ein besonders kompliziertes Schloss geschoben. Er fühlte den Widerstand eines Fallriegels, drehte den Stift ein bisschen, verstärkte den Druck, drehte den Stift noch mehr – und das Schloss sprang auf.

»Du wirst immer besser im Schlösseröffnen.« Robert, ein hakennasiger schottischer Silberschmied, den es vor vielen Jahren nach Akkon verschlagen hatte, grinste ihn an.

»Wer weiß, wofür ich diese Fertigkeit noch einmal brauchen werde.« Philip erwiderte das Grinsen. Seit einigen Wochen bewohnte er eine Kammer über Roberts Werkstatt. Er hatte keine Lust gehabt, sich eine Unterkunft bei den Templern oder Johannitern zu suchen, wo viele Kreuzfahrer, die sich dafür entschieden hatten, noch nicht nach England zurückzukehren, untergekommen waren. Er war lieber für sich, ein im Orient gestrandeter Ritter. Robert hatte keine Ahnung, dass er der Sohn eines Adeligen war.

Als Robert und er wieder einmal an einem Abend bei einem Bier zusammengesessen hatten, hatte ihm der Schmied demonstriert, wie sich ein versperrtes Schloss mit einem Nagel oder einem anderen Werkzeug öffnen ließ. Philip hatte es gleich einmal selbst ausprobieren wollen und war – wie nicht anders zu erwarten – kläglich gescheitert. Aber sein Ehrgeiz war geweckt worden, und da er ohnehin nichts zu tun hatte und sich langweilte, hatte er jeden Tag einige Stunden mit Üben zugebracht, bis er schließlich selbst komplizierte Schlösser aufbekam.

Ein älterer Mann betrat nun die Werkstatt und holte ein zerbrochenes versilbertes Gürtelschloss aus seinem Lederbeutel. Während sich Robert dem Kunden zuwandte, nickte Philip ihm zum Abschied zu. Dann trat er auf die enge Straße zwischen den in Orange- und Brauntönen gestrichenen Häusern hinaus. Jetzt, am späten Nachmittag, wurde die Hitze allmählich erträglich.

Ziellos wanderte er durch die Straßen. Der strahlend blaue Himmel und die Intensität der Sonne, die alle Dinge, selbst grauen Stein, zum Leuchten brachte, faszinierte und befremdete Philip immer noch. Er wusste selbst nicht genau, warum er im Heiligen Land geblieben war. Er hatte einige Liebschaften mit Frauen gehabt. Nichts, was ihn wirklich berührte, und nichts, was ihn hier hielt. Aber er konnte sich einfach nicht überwinden, ein Schiff nach England zu besteigen. Die Aussicht, dort nun seine Güter zu bewirtschaften, ödete ihn an. Nein, es gab wirklich nichts, was ihn nach England zog.

*Jedenfalls hatte Robin Recht, und Richards Kreuzzug war alles andere als ein großes Abenteuer*, ging es Philip selbstkritisch durch den Kopf, nur um sofort den Gedanken an Robin beiseitezuschieben. Er wollte sich nicht schon wieder nach ihr sehnen. Noch nie war ihm eine Frau so sehr unter die Haut gegangen wie sie.

Die letzten Illusionen über den Kreuzzug hatte ihm das Massaker geraubt, das Richard unter dreitausend muslimischen Soldaten und Offizieren vor den Stadtmauern von Akkon verüben ließ, um seinen Gegner Saladin zur Einhaltung eines Vertrages zu bewegen. Sicher, Saladin hatte auf Zeit gespielt und bewusst das Leben seiner Leute riskiert, aber das berechtigte Richard auf gar keinen Fall zu einem Massenmord.

Richard würde für Philip immer der rechtmäßige englische König bleiben, vor allem auch da dessen einziger überlebender Bruder John die sehr viel schlechtere Alternative darstellte. Zwar war Richard jähzornig und konnte brutal und unmenschlich sein, aber er war nicht verschlagen und auf eine heimtückische Weise grausam wie John. Dennoch – verehren würde Philip diesen König nie mehr.

Philip überlegte gerade, ob er nicht vielleicht Susannah, eine seiner Geliebten, aufsuchen und sich ein paar Stunden lang mit ihr vergnügen sollte, als er plötzlich wütende Rufe hörte.

»Du verdammter Mistkerl, ich werde dir das Fell über die Ohren ziehen!«, brüllte eine Männerstimme.

Gleich darauf rannte ein junger Mann um eine Hausecke und in Philips Richtung. Er hatte – wie Philip wahrnahm – einen schlanken, drahtigen Körper, dunkelbraune Haare und ein schmales Gesicht. Drei Tempelritter waren ihm dicht auf den Fersen.

»Ihr solltet Euch als Ordensmann sowieso nicht mit einer Frau einlassen«, rief der junge Mann über die Schulter dem Templer an der Spitze der Verfolger zu, während er an Philip vorbeihetzte. Seine braunen Augen blitzten spöttisch.

Philip gefiel der Mut des jungen Mannes, außerdem mochte er die oft eingebildeten Tempelritter nicht besonders, und drei gegen einen war ohnehin in seinen Augen feige. Kurz entschlossen stellte er dem ersten der Verfolger, einem rothaarigen Kerl um die vierzig, ein Bein. Der Mann stolperte, und während er zu Boden fiel, entglitt der Dolch seiner Hand. Blitzschnell trat Philip die Waffe aus der Reichweite des Templers und riss sein Schwert aus der Scheide.

»Verdammt, das werdet Ihr mir büßen!« Der Templer versuchte ebenfalls sein Schwert aus der Scheide zu ziehen, während er wieder auf die Beine kam. Doch ein Tritt Philips gegen seine Knie streckte ihn erneut zu Boden. »Drei gegen einen – ich mag Euch Templer ja nicht besonders, ein bisschen mehr Mut hätte ich Euch aber schon zugetraut!«, rief er sarkastisch.

Die beiden anderen Templer hatten nun ebenfalls ihre Schwerter gezogen und kamen drohend auf Philip zu. Aus den Augenwinkeln nahm er wahr, dass Menschen sich neugierig aus den Fenstern beugten, um zu erfahren, was der Aufruhr auf der Straße zu bedeuten hatte.

»Tja, die Templer, nichts als heiße Luft dahinter.« Der verfolgte junge Mann war umgekehrt. Er stellte sich neben Philip und hielt scheinbar lässig sein Schwert in der Hand. Doch Philip erkannte an seinen gespannten Muskeln und an seinem ruhigen, wachsamen Blick, dass mit ihm nicht zu spaßen war. Die beiden tauschten ein rasches, einvernehmliches Grinsen.

Als der Rothaarige auf ihn eindrang, trat der junge Mann rasch vor und schlug ihm die Waffe mit einem eleganten Hieb aus der Hand. Klirrend landete sie auf dem Pflaster. Mit einem Wutschrei wollte sich der Templer mit bloßen Fäusten auf seinen Gegner stürzen. Aber seine beiden Ordensbrüder waren besonnener und hielten ihn zurück.

»Komm, Arthur, wir haben schon für genug Aufsehen gesorgt«, sagte einer von ihnen und wies auf die neugierigen Zuschauer. Vor sich hin fluchend und Beschimpfungen ausstoßend, ließ sich der Rothaarige von seinen Begleitern wegführen.

»Puh, danke für Eure Unterstützung.« Der junge Mann blies sich eine braune Haarsträhne aus dem Gesicht und streckte Philip die Hand ergegen. »Ohne Eure Hilfe wäre es mir bestimmt übel entgangen. Mein Name ist übrigens Jocelyn de Bohun. Darf ich Euch auf ein Bier einladen?«

»Gerne.« Philip schlug in die ausgestreckte Hand ein.

*

»Du bist also mit einer Frau ins Bett gegangen, auf die der Templer auch ein Auge geworfen hatte«, sagte Philip, als Jocelyn mit zwei Bechern voller Bier zu ihm an den Tisch trat. Auf dem Weg zu der Taberna in der Nähe des Hafens von Akkon hatten sie beschlossen, auf die förmliche Anrede zu verzichten. Jocelyn setzte sich ihm gegenüber an den groben Holztisch, der im Hof der Taberna unter einer mit Weinlaub berankten Pergola stand. Vom Meer her wehte ein frischer Wind. Durch das Abenteuer und die Bekanntschaft mit Jocelyn hatte sich Philips Laune sehr gebessert.

*Das Leben im Orient ist doch gar nicht so schlecht*, ging es ihm durch den Kopf, während er und Jocelyn miteinander anstießen.

»Ja, und ich gebe zu, es war wahrscheinlich nicht sehr klug, nachdem der Kerl davon erfahren hatte, auch noch in einem Wirtshaus ein Spottlied auf ihn zu singen.« Jocelyn grinste und zuckte mit den Schultern.

»Bist du ein Sänger?«

»Nein, mein Vater war ein Sänger. Das heißt, er zieht immer wieder einmal als Sänger durchs Land. Obwohl er eigentlich schon lange ein Gut bewirtschaftet und häuslich geworden ist, treibt es ihn doch jedes Jahr ein paar Wochen hinaus, um seine Kunst auszuüben. Ich dagegen betrachte mich in erster Linie als Ritter und singe nur gelegentlich einmal vor Publikum.«

Etwas daran, wie Jocelyn seinen Vater beschrieben hatte, kam Philip bekannt vor. »Wie lautet noch einmal dein vollständiger Name?«, fragte er.

»Jocelyn de Bohun«, entgegnete sein neuer Freund.

»Bei Gott …« Philip ließ seinen Bierkrug, den er gerade zum Mund hatte führen wollen, überrascht sinken. »Dann bist du ja Luces und …«, er stockte kurz, bevor er ihren Namen aussprach, »… Robins Vetter.«

»Philip de Tallebois … Natürlich, wie konnte ich nur

so begriffsstutzig sein.« Jocelyn verzog sein Gesicht und schlug sich gegen die Stirn. »Luce hat oft von dir erzählt.«

Nun, da er wusste, dass Jocelyn mit Luce und Robin verwandt war, konnte Philip in dessen ebenmäßigen, gut aussehenden Zügen und seinen braunen Augen eine Familienähnlichkeit mit den beiden erkennen.

»Was für ein glücklicher Zufall, dass wir uns begegnet sind«, sagte er lächelnd.

»Das finde ich auch.« Jocelyn grinste. »Dann war mein Zusammenstoß mit den Templern tatsächlich für etwas gut.« Gleich darauf wurde er ernst. Er schluckte und wirkte auf einmal fast wie ein Knabe. Philip schätzte, dass er acht oder zehn Jahre jünger als er selbst sein musste. »Weshalb bist du noch nicht nach England zurückgekehrt?«, fragte er zögernd.

Philip drehte seinen Becher in den Händen und zuckte dann mit den Schultern. »Vielleicht wegen einer unglücklichen Liebe. Vielleicht, weil mir das Leben als adeliger Gutsherr langweilig erscheint. Vielleicht, weil ich mir nicht eingestehen will, dass es ein Fehler war, mich diesem Kreuzzeug anzuschließen, und ich von Richard, den ich immer bewundert habe, sehr enttäuscht bin. Vielleicht auch aus all diesen Gründen. Und wie steht es mit dir?«

Jocelyn blickte einen Moment lang in seinen Tonbecher, als könnte er darin die Antwort finden, ehe er erwiderte: »Mir ist inzwischen auch klar geworden, dass ich besser darauf verzichtet hätte, mich Richards Kreuzzug anzuschließen. Mein Vater hat mich davor gewarnt, und wir hatten deswegen einen heftigen Streit. Ich fürchte, ich will ihm gegenüber einfach nicht zugeben, dass ich mich getäuscht habe.«

Er seufzte, wirkte aber trotzdem schon fast wieder ein bisschen übermütig. »Bisher habe ich mich durchgeschlagen, indem ich mich bei den Johannitern, bei denen ich eine Kammer bewohne, hin und wieder nützlich gemacht oder im Hafen beim Be- und Entladen der Schiffe geholfen habe. Aber in ein paar Tagen werde ich eine Karawane aus Pilgern und Kaufleuten nach Jerusalem begleiten. Ich zähle nämlich zu den Bewaffneten, die die Karawane vor Überfällen beschützen werden. Was, wie ich finde, wieder einmal eine Aufgabe ist, die eines Ritters würdig ist.«

Philips Abenteuerlust war urplötzlich wieder geweckt. »Glaubst du, dass der Schutztrupp noch einen weiteren Bewaffneten gebrauchen könnte?«, fragte er rasch.

»Bestimmt. Heißt das etwa, dass du dabei an dich selbst denkst?«, sagte Jocelyn, der das erleichterte Grinsen auf Philips Gesicht richtig deutete.

»Genau.« Philip nickte. Ja, das war eine Aufgabe ganz nach seinem Geschmack. *Wie habe ich mich nur in den vergangenen Monaten so sehr treiben lassen und nicht selbst auf diese Idee kommen können?*, dachte er, während er mit Jocelyn auf ihr gemeinsames Vorhaben anstieß.

*

Robin blickte von dem Flechtwerk aus Weidenzweigen auf, an dem sie arbeitete. Ein Windstoß blies welkes Laub über die Lichtung. Die Sonne fiel in milchiggelben, schrägen Strahlen durch die fast kahlen Baumwipfel und hatte immer noch die Kraft zu wärmen, obwohl es inzwischen Mitte Oktober war.

Vor einer guten Woche waren sie in den Wäldern um York angekommen. Luce hatte sie auf Schleichwegen und

Trampelpfaden zur Lichtung geführt. Dieser Ort war ein vorzügliches Versteck. Ein Bach floss hindurch, der sie mit frischem Wasser versorgte. Im Wald ringsum gab es viel Wild und außerdem Haselnuss- und Brombeersträucher. Die Zeit für Brombeeren war natürlich längst vorbei. Aber während der vergangenen Tage hatten Robin, Caitlyn und die Mägde säckeweise Haselnüsse und Bucheckern geerntet – was ihnen eine gute Hilfe sein würde, den nahen Winter zu überstehen.

York war etwa vier Reitstunden entfernt. Die nächsten Dörfer befanden sich im Umkreis von mehreren Meilen. Eine gute Distanz, um Getreide und andere Dinge zu kaufen, die sie möglicherweise benötigen würden. Und doch weit genug weg, sodass die Wahrscheinlichkeit, von irgendwelchen Leuten entdeckt zu werden, gering war.

Fast alle Knechte und Mägde hatten sich nach Yvains Bestattung entschlossen, mit ihnen zu kommen. Es war ein kurzes Begräbnis gewesen. Robin und Luce hatten auf einen Priester verzichtet, da sie über ihre Pläne möglichst wenig verlauten lassen wollten. Yvain, davon waren sie beide überzeugt, hätte sie verstanden.

Robin ließ ihren Blick über die Lichtung schweifen. Einige Knechte gruben große, höhlenartige Löcher in den Boden. Sie würden ihnen während des Winters als Behausungen dienen. Ein Teil der Mägde flocht wie sie selbst Gitter aus Weidenzweigen, die, mit Erde und Grassoden beschwert, als Dächer dienen sollten. Andere buken flache Brote auf heißen Steinen in den Feuerstellen oder trockneten das Fleisch eines erlegten Hirsches im Rauch über einem glimmenden Feuer.

Im Wald raschelten nun Füße durch das welke Laub.

Gleich darauf trat Luce mit drei Männern zwischen den Bäumen hervor. Sie trugen einen weiteren erlegten Hirsch auf ihren Schultern. Nachdem sie das Wild am Rand der Lichtung abgelegt hatten, kam Luce zu Robin und setzte sich zu ihr ins Gras.

Er war in den vergangenen Wochen magerer geworden. Ein harter Zug hatte sich um seinen Mund eingegraben, der auch nicht verschwand, als er sie anlächelte. »Noch drei oder vier erlegte Tiere, dann dürfte unser Fleischbedarf für den Winter gedeckt sein.«

»Wir sind mit den Flechtgittern fast fertig.«

»Gut, wer weiß, wie lange das schöne Wetter noch anhält.«

*Gebe Gott,* dachte Robin, während sie mit ihrer Arbeit fortfuhr und einen weiteren dünnen Weidenzweig um die Äste schlang, *dass der Winter nicht zu streng wird.*

*

Von seinem Platz am Kaminfeuer aus beobachtete John Edward de Thorigny und Cederick de Molesme, die, begleitet von einem Diener, die aus Holz erbaute Halle der Burg von York betraten. Seidene Wandteppiche schmückten die Wände. Ein kreisrunder Bronzeleuchter voller brennender Kerzen hing von der Balkendecke herab. Denn wegen der Kälte des Novembertages waren die Läden geschlossen und die dunkelroten Samtvorhänge zugezogen.

Auf den ersten Blick war nicht zu erkennen, dass Edward und Cederick Halbbrüder waren. Was nicht nur daran lag, dass Edward der acht Jahre Ältere war. Beide waren gut aussehend – ohne Frage – und dunkelhaarig. Aber Edwards Gesicht war breiter und sinnlicher, während Cedericks Züge viel fein geschnittener waren. Manchmal jedoch – so wie jetzt, während sie sich vor ihm verbeugten – schien ganz kurz eine Familienähnlichkeit zwischen ihnen auf, bei der auch die Züge ihres gemeinsamen Vaters William durchschimmerten. Ihn hatte John, als er selbst noch ein ganz junger Mann gewesen war, gekannt und geschätzt. Er bedeutete den beiden, sich zu ihm zu setzen, und dem Diener, ihnen Wein einzuschenken.

Hugo, der Großvater der beiden, hatte König Stephen gedient. Ihr Vater William seinem – Johns – Vater Henry, bis er in Ungnade gefallen war. Nun dienten die Brüder ihm. Edward tat dies, davon war John überzeugt, weil er sich einen Vorteil davon versprach und weil er ihn mochte, Cederick dagegen aus Pflichtgefühl. John war sich ziemlich sicher, dass Cederick ihn insgeheim verachtete. Aber er war auch der Typus Mann, der eine Verpflichtung sehr ernst nahm.

*Wahrscheinlich,* dachte John ein wenig amüsiert, *kann ich deshalb sogar mehr auf seine Treue als auf die Edwards zählen.*

»Hoheit, gibt es Neuigkeiten von Eurem Bruder?«, erkundigte sich Edward höflich.

»Nein, er ist nach wie vor verschollen.« John trank einen Schluck Wein und ließ ihn einen Moment lang genießerisch in seinem Mund kreisen. Er stammte aus dem Languedoc, dem Herzogtum Richards. »Was ich zumindest nicht als schlechte Nachricht bezeichnen würde.« Der Tod Richards würde eine gute Nachricht sein. Aber es war nicht nötig, das auszusprechen. Die beiden Brüder verstanden ihn auch so und erwiderten sein Lächeln.

Edward folgte Johns Beispiel und trank ebenfalls einen

Schluck Wein, dann beugte er sich vor. »Eure Mutter, so habe ich einen Eurer Lords sagen hören, soll sich in die Normandie zurückgezogen haben und von dort aus gegen Euch intrigieren?«

»Ja, allerdings, nach Alençon. Ich konnte leider nicht verhindern, dass sich meine Halbschwester, die Äbtissin von Barking, ihr anschloss, denn sie entkam meinen Leuten. Früher war ich angeblich das Lieblingskind meiner Mutter.« John seufzte gespielt. »Aber mittlerweile nimmt leider Richard diesen Platz ein. Meine Mutter ist fest entschlossen, alles zu tun, damit er der Herrscher bleibt – sofern er noch am Leben ist. Aber falls Richard tatsächlich auf dem Rückweg von seinem Kreuzzug den Tod gefunden haben sollte, werden die Fürsten, die mich zurzeit noch ablehnen, auf meine Seite schwenken, trotz aller Anstrengungen meiner Mutter.«

»Davon bin ich fest überzeugt.« Edward de Thorigny nickte.

John drehte den Stiel seines vergoldeten und mit Edelsteinen verzierten Weinkelches zwischen den Fingern. »Wie auch immer … Ich halte es für angeraten, vorzusorgen für den Fall, dass Richard doch noch wohlbehalten in England auftauchen sollte. Ein Heer aufzustellen kostet Geld. Deshalb ist es an der Zeit, die Steuern zu erhöhen. Ihr, Edward, werdet in den nördlichen Grafschaften dafür sorgen, dass die Gelder eingetrieben werden.«

»Es ist mir eine Ehre, Hoheit.« Edward neigte den Kopf.

»Euer Halbbruder wird Euch dabei unterstützen.«

»Wie Ihr befehlt, Sir.« Zum ersten Mal hatte Cederick das Wort ergriffen. Seine Stimme hatte, wie John nicht anders erwartet hatte, einen spröden Klang.

Er wandte seine Aufmerksamkeit wieder Edward de Thorigny zu. »Konntet Ihr mittlerweile die Güter der Familie Nonant wieder an Euch bringen?«

»Ja, ich habe das Anwesen bei Salisbury besetzt und Cederick jenes in der Normandie, das Eure Großmutter ihrer Dienerin Aline schenkte.«

»Gut, dass diese Verschwendung wieder rückgängig gemacht wurde.« John seufzte wieder und schüttelte den Kopf.

»Ich habe Eure Erlaubnis vorausgesetzt und auch das Gut dieses Yvain, bei dem die Hexe Adela Schutz suchte, in meinen Besitz gebracht. Ihr Sohn Luce flüchtete nämlich dorthin.«

»Ihr habt ganz richtig gehandelt. Habt Ihr Yvain und Luce gefangen genommen?«

»Yvain starb, während ich das Gut angriff. Luce und seine Schwester, die nach ihrer verwünschten Großmutter Aline getauft ist, konnten leider entkommen. Die Dorfbewohner wussten nichts darüber, wohin sie flüchteten, obwohl ich sie nicht gerade zimperlich befragt habe.« Edward de Thorigny lächelte dünn. »Aber früher oder später werden wir die beiden aufspüren.«

»Das werden wir«, bestätigte Cederick.

»Falls Ihr die beiden ergreift, könnt Ihr mit ihnen tun, was Ihr wollt.« John vollführte eine lässige Handbewegung. »Und Ihr«, er sah Cederick an, »meint Ihr nicht, dass es an der Zeit wäre, wieder den Namen de Thorigny statt de Molesme zu tragen?«

»Ich habe mich nie für den Namen meiner Familie geschämt«, erwiderte Cederick hitzig, mäßigte sich jedoch gleich wieder, als sein Halbbruder ihm einen warnenden

Blick zuwarf, und sprach ruhig weiter: »Ich habe den Namen de Molesme aus Dankbarkeit gegenüber meinen Pflegeeltern angenommen.«

»Das weiß ich doch.« John winkte ab. »Ich habe nur einen Scherz gemacht. Die Güter der Familie Nonant und auch das Anwesen dieses Yvain gehören nun jedenfalls Euch beiden. Meine Schreiber werden dies beurkunden.«

»Danke, Hoheit.« Edward de Thorigny verneigte sich, und nach kurzem Zögern folgte Cederick seinem Beispiel.

*

Die Unterhaltung mit John hatte einen unguten Nachgeschmack bei Cederick hinterlassen. Er und Edward hatten eigentlich vorgehabt, zusammen auszureiten. Doch als sie die Halle verlassen hatten, war seinem Halbbruder eingefallen, dass er mit Johns Haushofmeister noch etwas zu besprechen hatte. So war Cederick schon einmal vorausgegangen. Nun wartete er vor den Stallungen, während ein Knecht seinen Hengst in dem mit Schnee überpuderten Hof auf und ab führte.

Cederick registrierte, dass eine junge Frau, die die Kapuze ihres taubenblauen Samtumhangs wegen des leichten Schneefalls über den Kopf gezogen hatte, das Geviert überquerte. In Gedanken war er immer noch bei dem Gespräch, als die junge Frau plötzlich vor ihm stehen blieb.

»Sir Cederick«, sprach sie ihn an. »Ihr seid es wirklich.« Cederick schreckte auf und blickte in ein zartes, hübsches Gesicht, das von großen blauen Augen dominiert wurde. Die junge Frau war, schätzte er, fünfzehn Jahre alt und kam ihm vage bekannt vor.

»Ach, gebt es ruhig zu, Ihr erkennt mich nicht.« Sie lächelte ein wenig, doch in ihrer sanften Stimme schwang Enttäuschung mit.

»Bitte, verzeiht mir, aber ich kann mich nicht erinnern, wann wir uns schon einmal begegnet sind.« Cederick verneigte sich bedauernd.

»Am Hof des Earl of Northumbria. Mein Name ist Claire of Kendal. Ich war das Mündel seiner Gattin.«

Nun kam Cederick wieder ein blondes, schlankes Mädchen in den Sinn, das zum Gefolge der Lady gehört hatte. Fünf Jahre mussten vergangen sein, seit er ihr zum letzten Mal begegnet war. »Ich habe Euch gelegentlich unter den Damen der Lady gesehen«, sagte er langsam. »Ihr habt ihren Korb mit den Stickereien getragen oder ihr vorgelesen.«

»Also erinnert Ihr Euch doch an mich.« Claire of Kendal wischte eine Schneeflocke von ihrer rosigen Wange.

»Nachdem Ihr so freundlich wart, meinem Gedächtnis auf die Sprünge zu helfen«, erwiderte er lächelnd und fügte höflich hinzu: »Gehört Ihr denn nun zum Gefolge von Johns Gemahlin?«

»Ja, seit etwa einem halben Jahr.« Claire of Kendal schien noch etwas hinzufügen zu wollen. Doch Edward, der nun über den Hof geschritten kam, hielt sie davon ab.

»Sir ...« Sie verneigte sich vor ihm und vor Cederick, ehe sie durch den leichten Schneefall davonhuschte. Während die Knechte die Pferde heranführten, blickte Edward der jungen Frau hinterher.

Dann, nachdem er und Cederick sich auf die Hengste geschwungen hatten und zum Burgtor ritten, bemerkte er: »Mir scheint es, die junge Claire of Kendal hat ein Auge auf dich geworfen, mein Lieber.«

»Das kann ich mir nicht vorstellen«, wehrte Cederick ab. »Wir haben uns das letzte Mal am Hof des Earls of Northumbria gesehen und damals kaum einmal ein Wort miteinander gewechselt.«

»Ich habe beobachtet, wie sie dich angesehen hat. Auch wenn dir das entgangen sein sollte – du gefällst den Frauen. Allerdings solltest du nicht zu wählerisch sein.«

»Spielst du damit etwa auf meinen verkrüppelten Arm an?«, fragte Cederick mit einer gewissen Schärfe.

»Ganz und gar nicht.« Edward grinste. »Ich will damit nur sagen, dass Claire of Kendal eine gute Partie ist. Schließlich ist sie eine reiche Erbin. Zudem ist sie hübsch, was auch nicht zu verachten ist, und da sie, seit dem Tod ihrer Eltern das Mündel der Lady ist, hat sie einflussreiche Gönner auf ihrer Seite, die sicher auch ihren Ehemann unterstützen werden. Noch dazu, wenn dieser früher ein wohlangesehener Knappe des Earls war.«

»Ich habe im Moment wirklich nicht vor, mich zu verheiraten«, erwiderte Cederick spröde. Außerdem gab es da noch Robin, die er einfach nicht vergessen konnte. Aber von ihr würde er Edward ganz sicher nichts erzählen.

»Cederick, nachdem meine anderen beiden Brüder als Kinder starben, bist du mein nächster Verwandter, und ich möchte, dass du es im Leben zu etwas bringst. Ich kann dir wirklich nur dringend raten, die Möglichkeiten, die dir das Schicksal schenkt, zu nutzen. ›Wie Ihr befehlt, Sir …‹« Während sie aus dem Tor der Burg ritten, äffte Edward de Thorigny Cedericks Stimme nach und bedachte ihn mit einem ärgerlichen Blick. »Es ist ein großer Vertrauensbeweis, dass John mich damit beauftragt hat, das Eintreiben der Steuern zu überwachen, und dass du mich dabei unterstützen sollst. Du hättest wirklich etwas mehr Enthusiasmus erkennen lassen können.«

»Ich hasse Richard und seinen Vater Henry, weil sie unsere Familie entehrt haben.« Cederick dirigierte seinen Hengst vorsichtig um eine vereiste Wegstelle herum. »Aber das bedeutet noch lange nicht, dass ich John mag.«

»Darf ich daran erinnern: John hat sich sehr dafür eingesetzt, dass du damals als Knappe bei dem Duke of Northumberland dienen durftest, als unsere Familie in Ungnade gefallen war und niemand etwas mit uns zu tun haben wollte. Dann hat er dir auch noch die Ehre erwiesen, dich unter seine Knappen zu erwählen. Und nun verhilft er uns zu unserem Recht.«

»Darüber bin ich mir im Klaren, und deshalb diene ich ihm ja auch«, erwiderte Cederick ungeduldig. »Trotzdem halte ich ihn für verschlagen und grausam.«

»Eine gewisse Verschlagenheit ist bestimmt von Vorteil für einen Herrscher. Und was Johns angebliche Grausamkeit betrifft …« Edward zuckte mit den Schultern.

»Ich habe es einmal erlebt, als ich mit ihm Jagen war, dass er einem Hund, der seinen Befehl missachtete, mit einem Stockschlag das Rückgrat brach und das winselnde, panische Tier dann am Leben ließ.«

»Ein Hund hat einem Befehl nun einmal zu gehorchen. Du bist einfach zu zart besaitet.« Edward lachte.

Für einen Moment glaubte Cederick wieder, das hohe Winseln des Hundes zu hören. Er hatte geklungen wie das erschöpfte Weinen eines kleinen Kindes und hatte ihm den Magen umgedreht. Er hatte die Jagdgesellschaft unter einem Vorwand verlassen und war zu der Stelle zurückgekehrt, wo das Tier lag. Es hatte versucht, mit Hilfe seiner

Vorderbeine über den Boden zu kriechen. Er hatte sich seiner erbarmt und es mit einem Dolchstich getötet.

»Wenn wir das Eintreiben der Steuern überwachen, wird John bestimmt nichts dagegenhaben, wenn wir einen gewissen Anteil für uns behalten. Das ist schließlich immer so.« Edward de Thorignys Stimme klang sehr zufrieden.

»Ich werde ganz bestimmt kein Geld nehmen, das mir nicht gehört«, entgegnete Cederick scharf.

Sein Bruder lachte wieder. »Wie ich schon sagte, du bist einfach zu zart besaitet ...«

*

Gegen Abend, in seinem Zimmer in der Burg, streifte Cederick de Molesme sein Oberkleid aus blauer Wolle und sein Leinenhemd ab. Dann tauchte er einen Lappen in das Becken mit heißem Wasser, das ihm eben ein Diener gebracht hatte. Auf dem Bett lag schon das Gewand aus roter Seide bereit, das er zur Mahlzeit in der Halle tragen würde, denn John hatte ihn und Edward an seine Tafel geladen.

Cederick liebte seinen acht Jahre älteren Halbbruder, denn dieser hatte ihn trotz seines verkrüppelten Arms immer respektiert und ihn unterstützt. Aber manchmal verstand er ihn einfach nicht. Und gerade in letzter Zeit konnte er sich häufig nicht des Eindrucks erwehren, dass sie sich fremd geworden waren. Wie zum Beispiel, was die Steuereintreibungen betraf und dass Edward ganz selbstverständlich beabsichtigte, einen Teil des Geldes zu behalten.

*Aber vielleicht hat er ja doch Recht,* dachte Cederick, während er sich mit dem nassen Lappen über die nackte Brust fuhr, *und ich bin einfach zu weich. Schließlich hätte mich die Erfahrung lehren müssen, wie grausam und unge-*

*recht die Welt sein kann und dass jeder für sich selbst sorgen muss.*

Cederick hielt inne. Das vom Kerzenlicht beschienene Wasser spiegelte sein Gesicht. Er hatte kaum noch Erinnerungen an seinen Vater. Er war sieben Jahre alt gewesen, als William von Adela de Nonant getötet worden war. In den Jahren zuvor hatte sein Vater nur selten Cedericks Mutter aufgesucht. Aber Cederick glaubte doch, dass er ihm ähnlich sah. Er wusste, dass sein Vater ihn, obwohl – oder vielleicht auch gerade weil – er selbst den rechten Arm im Kampf mit dem Gatten dieser verwünschten Frau verloren hatte, abgelehnt hatte. Er hatte die Bediensteten darüber tuscheln hören, und auch die ausweichenden Bemerkungen seiner Mutter und seiner Amme, wenn er danach fragte, wann er denn den Vater bei dessen seltenen Besuchen sehen dürfe, hatten ihm dies gezeigt.

Er hatte sich verzweifelt nach der Anerkennung seines Vaters gesehnt, und als Kind hatte er gehofft, wenn er älter wäre und ihm beweisen könnte, dass er ein ebenso guter Knappe war wie ein gesunder Junge, würde er ihn lieben. Diese Hoffnung hatte ihn angespornt, sich im Gebrauch der Waffen zu üben und besser zu reiten als jeder andere Junge in der Burg.

Ein bitteres Lächeln, in das sich Wehmut mischte, huschte über Cedericks Gesicht. So lange hatte er nicht mehr daran gedacht, wie er sich als kleiner Junge gefühlt hatte. Wie auch immer … Seine Hoffnung war vergebens gewesen, denn Adela hatte seinen Vater heimtückisch umgebracht. Eine Frau von niederem Adel, die einer Sippe angehörte, die schon seinen Großvater ins Unglück gestürzt hatte. König Henry – Johns Vater – hatte verfügt, dass diese Frau nicht zur Rechenschaft gezogen werden durfte. Was bedeutete, dass er den Mord billigte. Dabei war ihm William de Thorigny stets ein treuer Vasall gewesen.

Durch diesen Mord und die Haltung des Königs war die Familie de Thorigny öffentlich entehrt gewesen. Noch viel mehr galt dies für die Familie von Cedericks Mutter, niedere Adelige wie die Nonants, die sich durch die Verbindung mit dem einflussreichen Baron Vorteile versprochen hatten und sich nun bitter enttäuscht sahen. Denn die meisten Adelssippen wollten nichts mehr mit ihnen zu tun haben. Um die Schmach wenigstens etwas zu verringern, hatten seine Großeltern seine Mutter gezwungen, Cederick wegzuschicken.

Die de Molesmes, entfernte kinderlose Verwandte seiner Mutter, hatten ihn aufgenommen, großgezogen und an Sohnes statt angenommen. Sie waren gütige Menschen gewesen, die ihn trotz seiner Verkrüppelung liebten. Ein Jahr nach dem Tod Williams war Cedericks Mutter an einem Fieber gestorben. Wobei Cederick davon überzeugt war, dass die Schande sicher auch ihren Teil zu der schweren Krankheit beigetragen hatte.

Zusätzlich zu dem Spott über seinen linken Arm hatte er sich auch noch der Sticheleien über seinen Vater erwehren müssen. Er hatte sich durchgesetzt, war zum Ritter geschlagen worden und hatte auf seinem Gut bei Colchester gelebt, als ihn die Nachricht erreicht hatte, dass seine Familie wieder gedemütigt worden war. Denn Richard hatte Edward die Güter bei Salisbury und in der Normandie weggenommen und sie den Nachkommen der Mörderin ihres Vater übertragen.

Cederick hatte sich geschworen, dieses Unrecht nicht

hinzunehmen. Kurz darauf hatte das Schicksal eingegriffen, und Richard war verschollen. Es war ein Augenblick tiefen Triumphes gewesen, als er nach kurzer Gegenwehr das Gut in der Normandie hatte einnehmen können.

*Möge Richard in einem Grab verrotten,* dachte Cederick, *und die Kinder dieser verfluchten Adela ebenfalls.*

Als er die ledernen Handgelenkschoner ablegte, um auch seine Arme zu säubern, kam das Seidenband zum Vorschein, das ihm »Robin aus Bath« geschenkt hatte – falls das überhaupt ihr richtiger Name gewesen war. Er hatte auf dem Gehöft, vor dem sie sich von ihm verabschiedet hatte, nach ihr geforscht. Jedoch vergebens, und auch in Bath hatte niemand eine junge rothaarige Frau gekannt, die sich wie ein Junge kleidete und ein sehr guter Pfeilschütze war.

Cederick lächelte über sich selbst, als er sehr behutsam den Knoten öffnete und das Band dann neben das Becken legte. Über zwei Jahre waren jetzt vergangen, seit er Robin begegnet war. Wahrscheinlich würde er sie niemals wiedersehen. Trotzdem brachte er es einfach nicht fertig, sich von ihrem Geschenk zu trennen. Genauso wenig, wie er es fertig brachte, nicht mehr an sie zu denken und sich nach ihr zu sehnen. Noch nie zuvor war er einer Frau begegnet, die so eigenwillig, stark und doch auch verletzlich war wie Robin.

# 4. Kapitel

Während Robin neben Luce, der auf dem Bock eines Karrens saß, einen Waldweg entlangritt, genoss sie die Wärme des Februartages. Zwischen den Bäumen lagen noch Schneereste, und wahrscheinlich würde es auch noch einmal richtig kalt werden. Trotzdem war die Macht des Winters gebrochen und der Frühling nicht mehr aufzuhalten. Auch Luce wirkte fröhlicher als seit langem. Während der vergangenen Monate hatte er sich einen Bart wachsen lassen, der ihn älter erscheinen ließ, als er war.

Bis in den November hinein war das Wetter erträglich gewesen. Dann waren heftige Regenfälle über der Gegend niedergegangen, die den Boden in Morast verwandelt hatten. Selbst in ihre Erdhöhlen war das Wasser hineingelaufen und hatte die Decken und Kleidung durchnässt. Innerhalb weniger Tage war danach die Witterung umgeschlagen, und es war klirrend kalt geworden. Auf den Regen waren Schneefälle und Stürme gefolgt. An manchen Tagen hatten sie ihre Behausungen überhaupt nicht verlassen können. Sie waren in klamme Decken gehüllt vor einem Feuer gesessen, das die Kälte kaum vertrieb. Robin konnte sich nicht erinnern, jemals zuvor in ihrem Leben so sehr gefroren zu haben. Manchmal hatte sie sich kaum noch vorstellen können, wie es war, sich warm und geborgen zu fühlen.

Manchmal hatte sie dann an Matthew und seine Erzählungen vom Orient und der heißen, flirrenden Sonne gedacht und auch an Philip und sich gefragt, wie es ihm wohl gehen mochte.

Die Tage, an denen die Stürme nachgelassen hatten und sie ihre Behausungen verlassen und auf die Jagd gehen und sich bewegen konnten, waren erträglicher gewesen. Immerhin hatten die Jagdbeute und ihre Vorräte ausgereicht, so dass sie und Luce und ihre früheren Bediensteten keinen schlimmen Hunger leiden mussten. Auch das aus Wales mitgeführte Heu und der Hafer für die Pferde und Maultiere hatten ausgereicht – während der schlimmsten Kälte hatten sie die Tiere in notdürftig aus Zweigen und Sträuchern gebaute Verschläge gebracht. Erst mit Beginn des wärmeren Wetters waren die Vorräte zur Neige gegangen. Deshalb hatten sie und Luce beschlossen, nach York zu reiten, um Getreide zu kaufen. Außerdem wollten sie sich umhören, ob es neue Nachrichten über Richard, seine Mutter und John gab. Denn während der Wintermonate hatten sie im Wald wie auf einer völlig abgeschiedenen Insel gelebt.

»Stell dir vor, Richard wäre mittlerweile nach England zurückgekehrt und wir hätten völlig umsonst im Wald und in der Kälte ausgeharrt«, sagte Luce in Robins Gedanken. Sie waren sich immer schon nahegestanden, aber in den letzten Monaten war ihr Verhältnis noch einmal enger geworden. Häufig konnten sie sich ohne Worte verständigen.

»Für so ein Wunder hätte ich gerne noch ein paar Wochen länger gefroren«, erwiderte Robin trocken.

»Ich auch.« Luce grinste. »Aber ich schätze, dieses Wunder ist nicht eingetreten. Wobei ich schon froh wäre, wenn wir erfahren würden, wo sich Eleonor aufhält, damit wir uns ihr anschließen können. Langsam macht es mich verrückt, nichts gegen John und diesen Bastard de Thorigny unternehmen zu können.«

Mittlerweile ritten sie ein Tal entlang. In einem Bach bahnte sich das Wasser gurgelnd zwischen den Eisschollen seine Bahn. Nicht weit vom Ufer entfernt stand ein Heuschober, der wohl seit längerem nicht mehr benutzt wurde, denn sein Strohdach war teilweise eingesunken. Davor lagen einige Felsbrocken in der Sonne.

»Bis nach York sind es noch mehr als acht Meilen. Lass uns hier eine Rast einlegen«, schlug Luce vor.

Robin stimmte ihm gerne zu. Nicht so sehr, weil sie müde oder hungrig oder durstig gewesen wäre, sondern weil sie einfach in der Sonne sitzen und die wärmenden Strahlen genießen wollte. *Vielleicht werde ich bald wieder an dem Altartuch weiterarbeiten können*, überlegte sie, während sie ein Stück getrocknetes Fleisch aß und es mit einem Schluck Wasser hinunterspülte. Die Stickerei und das Garn lagen, geschützt von mehreren Lagen Leinenstoff und gewachstem Leder, in einer Truhe. Während der letzten Monate hatte Robin es nicht gewagt, sie hervorzuholen, denn das Licht in der Erdhöhle war viel zu schlecht und die Luft viel zu rußig gewesen. Die Stickarbeit gehörte zu den wenigen Dingen, die sie noch mit ihrem alten Leben verbanden. Ebenso wie ihr Dolch, ihr Bogen und der Bronzearmreif, den Robin auch jetzt wieder versonnen berührte.

*

»Dem Himmel sei Dank, dass wir endlich halbwegs erschwingliches Getreide kaufen konnten.« Luce stieß einen

Seufzer der Erleichterung aus, als sie am Nachmittag den Laden eines Kornhändlers in der Nähe des Doms verließen. Ihre Einkäufe hatten sie viel mehr Zeit gekostet, als sie beabsichtigt hatten. Der harte Winter hatte das Korn knapp werden lassen. Außerdem hatte John die Steuern erhöht, was die Preise zusätzlich in die Höhe getrieben hatte. Richard, so hatten sie erfahren müssen, galt immer noch als verschollen. Die Nachrichten über den Aufenthaltsort seiner Mutter waren sehr widersprüchlich gewesen. Manche Leute sagten, sie hielte sich in Schottland auf, andere wollten gehört haben, dass sie in der Normandie weilte.

»Ich würde gern noch vor Einbruch der Dämmerung aufbrechen.« Luce musterte besorgt den Himmel, wo die Sonne schon weit im Westen stand. »So gut kenne ich mich hier in der Gegend nun auch wieder nicht aus, dass ich bei Dunkelheit zurückreiten möchte.«

»Ich müsste noch Kräuter kaufen«, wandte Robin ein. »Meine Vorräte sind sehr zur Neige gegangen.« Während des Winters in der feindseligen Umgebung hatten immer wieder Knechte und Mägde an einem Fieber oder einem starken Husten gelitten. Auch sie selbst und Luce waren krank geworden. »Dann kauf du die Kräuter, und ich gehe allein in das Wirtshaus.« Luce deutete auf ein Fachwerkhaus weiter unten in der Straße, vor dem etliche Karren standen und auch Pferde angebunden waren. »Es scheint gut besucht zu sein. Vielleicht habe ich Glück und finde dort endlich heraus, wo sich die Königin aufhält. In einer Stunde treffen wir uns wieder hier, bei dem Kornhändler, und holen unsere Einkäufe und die Pferde und den Karren ab.«

»Gut.« Robin nickte. »Ich glaube, ich habe in der Nähe

des südlichen Stadttors einen Laden gesehen, wo es Kräuter gibt.«

Während sie durch die Gassen lief, dachte sie, dass sie ganz froh darüber war, nicht das Wirtshaus betreten zu müssen. Nach den Monaten im Wald war es ganz ungewohnt für sie, wieder unter so vielen Menschen zu sein. Die Stimmen um sie herum, das Schnattern einer Schar Gänse, die ein Junge die Gasse entlangtrieb, das Klappern der Pferdehufe und das Quietschen von Karrenrädern dröhnten sehr laut in ihren Ohren.

Der Laden befand sich dort, wo Robin gedacht hatte. Bei einem älteren, freundlichen Mann kaufte sie getrockneten Salbei und Thymian sowie Königskerzen- und Schlüsselblumenblüten und eine Eibischwurzeltinktur – alles Mittel, die gut gegen Fieber, Husten und Entzündungen wirkten. Auch Mohnsaft erwarb sie. *Entgegen meiner Befürchtungen waren alle meine Behandlungen erfolgreich*, ging es Robin durch den Kopf, während der Händler die Kräuter sorgfältig wog und die Tinktur und den Mohnsaft in Tongefäße füllte. *Ich habe mich doch noch an recht viele Rezepturen meiner Mutter erinnert.*

Stolz darauf war Robin nicht. Denn anders als ihre Mutter heilte sie nicht aus einem inneren Antrieb, sondern nur, weil es die Umstände erforderten. Sie musste sich eingestehen, dass sie froh wäre, diese Aufgabe an jemand anderen abtreten zu können.

Für den Einkauf hatte Robin nur wenig Zeit benötigt. Auf der Gasse war es ihr wieder zu laut und zu betriebsam. Als sie und Luce auf die Befestigungsmauern von York zugeritten waren, hatten sie den Fluss Ouse gekreuzt, der durch ausgedehnte Auen floss. Robin beschloss, die Zeit, die noch blieb, bis sie sich mit ihrem Bruder treffen sollte, dort zu verbringen. Noch hatte er das Wirtshaus sicher nicht wieder verlassen.

Auch auf den Wiesen befanden sich da und dort noch Schneereste zwischen den kahlen Weiden. Trotzdem war die Atmosphäre auch hier, dank des hellen Lichts und der milden Witterung, frühlingshaft. Der klare Himmel spiegelte sich im Wasser des kleinen Flusses, der schnell dahinströmte. Eine Schar Enten flatterte laut quakend aus dem Schilf am Ufer hoch. Während Robin beobachtete, wie sie in einer Reihe über den Ouse flogen, konnte sie sich zum ersten Mal, seit der Bote die Nachricht vom Überfall auf Luces Gut übermittelt hatte, wieder freuen. Sie war plötzlich zuversichtlich, dass John nicht mehr lange Herrscher bleiben und es ihr und Luce gelingen würde, Edward de Thorigny zu besiegen.

Sie schlenderte am Flussufer entlang, als sie in einiger Entfernung einen Mann auf einer umgestürzten Weide sitzen sah. Wie sie schien er den Flug der Enten zu verfolgen. Erst als die Vögel nur noch kleine Punkte am Himmel waren, stand er auf, und Robin konnte sein Gesicht sehen.

Dunkles Haar umrahmte es. Es war fein geschnitten, empfindsam und doch männlich und wirkte irgendwie bedrückt. *Das kann nicht sein,* durchfuhr es Robin. *Ich bilde es mir nur ein, Cederick de Molesme zu sehen.* Trotzdem stand dort, nur wenige Schritte von ihr entfernt, der Mann, nach dem sie sich so lange gesehnt hatte. Wahrscheinlich erinnerte er sich überhaupt nicht mehr an sie … Aber falls doch … Wieder stieg Angst in Robin auf, und sie war nahe daran, sich umzudrehen und wegzulaufen.

Cederick wandte den Blick vom Himmel ab und sah nun

direkt in ihre Richtung. Für einen Moment spiegelte seine Miene tiefen Unglauben. Dann erhellte ein Lächeln seine Züge und vertrieb die Düsternis.

»Robin … Ihr seid es wirklich …«, rief er. Ehe Robin reagieren konnte, war er schon bei ihr, ergriff ihre Hände und zog sie neben sich auf den Baumstamm. »Ich hatte so sehr gehofft, Euch einmal wiederzusehen. Und nun lauft Ihr mir plötzlich über den Weg.«

Seine Offenheit entwaffnete sie und machte sie verlegen. Sie registrierte, dass er einen dunklen Samtmantel mit einem Pelzkragen trug, und war sich plötzlich darüber im Klaren, wie schmutzig und fadenscheinig ihr Kittel, ihre Hose und ihr Wollmantel nach den Wintermonaten im Wald waren. Aber wenigstens hatte sie sich am Morgen notdürftig gewaschen. Noch immer hielt er ihre Hände in den seinen. Von ihnen ging eine Hitze aus, die in Robins Körper drang, sie unruhig machte und schneller atmen ließ. Sie wollte sich von seinen Händen befreien, von ihm wegrücken und konnte sich doch nicht dazu überwinden, denn dazu genoss sie seine Nähe zu sehr.

»Lebt Ihr denn hier in der Gegend?«, fragte er, als sie nichts erwiderte. »Wie bei unserem letzten Treffen habt Ihr wieder Jungenkleidung an, und mit Pfeil und Bogen seid Ihr auch wieder ausgerüstet. Habt Ihr etwa wieder an einem Wettkampf teilgenommen? Oder seid Ihr in Wahrheit ein Vogel, der sich in eine Frau verwandelt hat, und werdet jeden Moment davonflattern?« Sein Lächeln vertiefte sich.

»Nein, ich habe an keinem Wettkampf teilgenommen …«

»Ich habe es so sehr bereut, dass ich Euch damals habe gehen lassen, ohne zu fragen, wo Ihr zu Hause seid. Denn ich habe vergeblich nach Euch gesucht.« Sein Mund lächelte immer noch, aber seine Augen waren sehr ernst.

»Ihr habt nach mir gesucht?«, flüsterte Robin.

»Ja, ich habe sogar versucht, die Bediensteten des Gutes, vor dem Ihr mich verlassen habt, zu bestechen, damit sie über Euch Auskunft geben. Aber sie verrieten nichts über Euch, und auch in Bath kannte Euch niemand.«

»Vielleicht bin ich ja eine Frau, die hin und wieder in einen Vogel verwandelt wird und deshalb kein festes Heim hat«, griff Robin seinen neckenden Ton auf.

»Wäre dies denn eine Strafe oder ein Geschenk der Götter?« Cederick musterte sie, und ehe Robin ihm antworten konnte, schüttelte er den Kopf. »Nein, Ihr seid für eine solche Verwandlung viel zu schön. Außerdem wäre es eine grausame Strafe für die Menschen, denen Ihr viel bedeutet. Denn sobald Ihr Vogelgestalt angenommen hättet, müssten sie auf Euch verzichten.«

»Ein Vogel ist frei«, wandte Robin ein, »und seine Feinde unter den Tieren sind wenigstens nicht absichtlich grausam.« *So wie William de Thorigny,* schoss es ihr unwillkürlich durch den Kopf.

»Robin, es kann kein Zufall sein, dass wir uns wieder getroffen haben. Deshalb werde ich Euch nicht einfach ziehen lassen. Mögt Ihr nun ein Vogel in Frauengestalt oder eine Frau sein, die sich manchmal in einen Vogel verwandelt.« Cedericks Stimme klang sanft und doch sehr bestimmt. »Bitte, sagt mir, wo Ihr lebt.«

Robin war versucht, ihm eine Lüge aufzutischen. Gleichzeitig wusste sie, dass sie sich dies niemals verzeihen würde. Sie musste Cederick wiedersehen. Aber das Versteck im Wald konnte sie ihm auch nicht verraten, denn das betraf ja nicht nur sie. Mittlerweile war bestimmt schon eine Stunde vergangen. Luce erwartete sie.

»Robin ...«, bat Cederick noch einmal.

Plötzlich erinnerte sie sich an den Heuschober, wo Luce und sie am Vormittag Rast gemacht hatten.

»Kennt Ihr das Dorf Selby?«, fragte sie. Als Cederick bejahte, fuhr sie hastig fort: »An seinem westlichen Rand fließt ein Bach durch ein Tal. Dort steht ein verlassener Heuschober. Dort könnt Ihr mich in drei Tagen am späten Nachmittag treffen.« Ihr war gerade noch eingefallen, dass Luce und sie während der nächsten beiden Tage zusammen auf die Jagd gehen wollten.

»Ich werde dort sein«, versprach Cederick. Er wirkte verwundert über ihr seltsames Verhalten, drang jedoch nicht weiter in sie.

Robin befreite ihre Hände aus den seinen. Aber während sie zurück zur Stadt lief, ließ die fremde und erregende Hitze, die Cedericks Berührung in ihrem Körper entfacht hatte, sie immer noch schnell atmen und ihre Wangen glühen.

*

Als Robin den Hof des Getreidehändlers erreichte, sah sie zu ihrer Überraschung, dass Luce seinen Hengst bereits an den Karren geschirrt hatte und nun dabei war, den Gurt an Robins Sattel zuzuziehen. Er wandte ihr den Rücken zu, doch an seinen hastigen Bewegungen konnte sie erkennen, dass etwas geschehen sein musste. Luce hörte ihre Schritte auf dem sandbestreuten Boden und drehte sich zu ihr um. Seine Miene war angespannt.

»Lass uns aufbrechen«, sagte er nur. Robin sparte sich jede Frage und schwang sich wortlos auf ihr Pferd. Luce fuhr mit dem Karren voran. Jetzt, am späten Nachmittag, kehrten viele Menschen, die außerhalb der Stadt auf den Feldern gearbeitet hatten oder wegen sonstiger Geschäfte unterwegs gewesen waren, zurück. Deshalb benötigten sie einige Zeit, bis sie sich den Weg zum Stadttor gebahnt hatten.

Außerhalb der Stadt fuhr Luce noch ein ganzes Stück weiter, bis er schließlich den Karren in einem Waldstück zum Stehen brachte. Robin lenkte ihre Stute neben ihn.

»John hat Edward de Thorigny zum Aufseher über die Steuereintreiber in den nördlichen Grafschaften ernannt«, sagte Luce. »Edward und ein Verwandter von ihm halten sich in York auf.«

Zorn stieg in Robin auf. »Edward und seine Leute werden unser Versteck nicht aufspüren«, erwiderte sie heftig.

»Es ist sehr unwahrscheinlich, dass sie es finden werden.« Ein grimmiges Lächeln spielte um Luces Mund. »Trotzdem würde ich mir wünschen, dass sich Edward de Thorigny mehrere hundert Meilen entfernt von uns herumtreiben würde.«

»Richard und seine Mutter … Hast du etwas über sie erfahren?«

»Richard gilt nach wie vor als verschollen. In dem Wirtshaus waren einige Kaufleute, die weit herumgekommen sind. Einer wollte gehört haben, dass sich Eleonor nach Wales zurückgezogen hat. Ein anderer behauptete, sie würde sich am Hof des französischen Königs aufhalten. Und wieder ein anderer war überzeugt, dass sie in der Burg von Sterling Schutz gesucht hat. Wir können uns nicht auf gut Glück irgendwohin auf den Weg machen. Das ist viel zu gefährlich.«

»Ich weiß …«

»Aber mir ist ein anderer Gedanke gekommen. Wenn Edward de Thorigny schon hier in unserer Nähe sein Unwesen treibt, werde ich die Gelegenheit nutzen und ihn in eine Falle locken. Ich weiß zwar im Moment noch nicht genau, wie. Aber mir wird schon noch ein Plan einfallen.« Luces Stimme klang so entschlossen, dass sich seine Worte wie ein Schwur anhörten.

Robin nickte. »Ja, wir sollten ihn mit seinen eigenen Waffen schlagen«, bestätigte sie.

Während sie ihrem Bruder auf dem schmalen Waldweg folgte, wo die Bäume inzwischen lange Schatten warfen und die Luft kühl geworden war, dachte sie, dass es eine Erleichterung wäre, endlich von der Beute zum Jäger zu werden.

*

Während Robin Luce nachritt, hörte sie die Hunde, die ein Stück vor ihnen herrannten, hecheln und durch das trockene Laub rascheln. Vor einer Weile hatten die Hunde die Spur eines Hirschen aufgenommen. Einmal hatten sie und ihr Bruder das mächtige Tier kurz zwischen den Bäumen entdeckt. Doch es war zu weit entfernt gewesen, als dass sie oder die Knechte es hätten erlegen können.

Der Tag war ebenso schön wie die vorhergehenden. Nur noch im tiefen Schatten lag Schnee, und an sonnigen, windgeschützten Stellen wagte sich das erste Grün aus dem Erdreich. Dank des gleichmäßigen warmen Windes war der Boden fast überall trocken und fest, und Robins Stute bahnte sich geschickt ihren Weg durch das Unterholz. Der Schock und der Zorn darüber, dass Edward de Thorigny wieder in ihrem Leben aufgetaucht war, hatten Robin während der letzten beiden Tage gefangen gehalten und die Begegnung mit Cederick de Molesme in den Hintergrund treten lassen. Doch nun wanderten ihre Gedanken wieder zu ihm.

Es war ein Wunder, dass sie sich so unverhofft begegnet waren – ein Wunder, das sie zugleich überglücklich machte und beunruhigte. Doch trotz ihrer zwiespältigen Gefühle konnte Robin es kaum erwarten, Cederick wieder zu treffen. *Ob er auch gerade an mich denkt?*, überlegte sie, während ihre Finger zu dem Armreif wanderten. Unwillkürlich erhellte ein strahlendes Lächeln ihr schmales Gesicht.

Vor ihr zügelte Luce jetzt seinen Hengst und pfiff nach den Hunden. Gleich darauf drehte er sich zu ihr und den Knechten um und hob warnend die rechte Hand.

»Wir nähern uns der Straße von Thirsk nach Knaresborough«, rief er leise. »Lasst uns absteigen und die Straße ausspähen, damit wir nicht von irgendwelchen Reisenden oder Kaufleuten bemerkt werden.«

Auf einen Befehl von Luce hin versammelte sich die Hundemeute um ihn. Wie ihr Bruder und die Knechte sprang auch Robin von ihrem Pferd. Darum bemüht, sich möglichst lautlos zu bewegen, gingen sie langsam vorwärts. Nachdem sie etwa eine viertel Meile zurückgelegt hatten, wurde der Wald lichter. Luce wies die Knechte an, bei den Pferden und Hunden zu warten, und lief mit Robin zu dem Gebüsch, das den Weg markierte. Während sie nach einer Stelle suchten, von wo aus sie die Straße überblicken konnten, wandte sich Luce zu seiner Schwester um. »Ich glaube, ich höre Pferdegetrappel«, raunte er ihr zu. Robin lauschte. Nun bemerkte auch sie den dumpfen Klang von Pferdehufen und das Quietschen von Karrenrädern.

Nachdem sie ein Stück an den Sträuchern entlanggelaufen waren, entdeckte Robin, dass die Zweige eines Brombeerbusches eine natürliche Öffnung bildeten. Sie berührte Luce am Arm. Gemeinsam kauerten sie sich vor der Stelle nieder.

Das Pferdegetrappel und die hallenden Pferdehufe waren nun ganz nah. Eine Peitsche knallte. Ein Mann stieß einen Schmerzensschrei aus. Gleich darauf erschienen bewaffnete Reiter in Robins Blickfeld. Sie keuchte leise auf, denn deren Schilde zeigten einen roten Hirsch auf einem grünen Hintergrund. Das Wappen der Thorignys. Während sie die Reiter wie gebannt anstarrte, fühlte sie, wie sich Luce neben ihr anspannte.

Robin registrierte, dass die acht Reiter gut, aber nicht kostbar gekleidet und bewaffnet waren. *Edward de Thorigny befindet sich nicht bei ihnen,* begriff sie. Nun fuhr der Karren an ihr und Luce vorbei. Seine Seitenwände bestanden aus Brettern und waren so hoch, dass nicht erkennbar war, was der Karren geladen hatte. Mit Hilfe eines dicken Strickes war ein Mann an das Gefährt gefesselt. Er rannte stolpernd hinter dem Karren her und versuchte verzweifelt, mit den Reitern Schritt zu halten. Laub und Erdbrocken hingen in seinem Kittel, der zudem am Rücken blutig war. Dem Mann folgte ein einzelner Reiter, der nun wieder seine Peitsche schwang und auf den Gefesselten niedersausen ließ.

»Schneller, du Miststück! Schneller«, rief er lachend. Wieder schrie der Gefesselte gellend auf.

Robin drehte sich der Magen um. »Wir müssen den Mann retten«, flüsterte sie Luce zu.

»Ja, aber nicht hier«, antwortete der ebenso leise, während er sich mit einem letzten harten Blick auf den peitscheschwingenden Bewaffneten erhob. Das erste Wegstück legten sie langsam zurück, da sie sich nicht durch raschelndes Laub oder knackende Äste verraten durften. Doch sobald sie außer Hörweite waren, hasteten sie vorwärts.

»Was hast du vor?«, fragte Robin atemlos.

»Die Straße verläuft in einem großen Bogen. Wenn wir den Hügel überqueren, sind wir schneller als de Thorignys Leute und können einen Hinterhalt legen«, gab Luce knapp zur Antwort. Ebenso knapp schilderte er wenig später den Knechten, was er und Robin beobachtet hatten, und stellte ihnen frei, ob sie mit ihnen kommen wollten oder nicht. Alle sechs Männer entschlossen sich, sie zu unterstützen.

So schnell es das dichte Unterholz erlaubte, ritten sie den Hügel hinauf und auf der anderen Seite des Kammes wieder hinunter. Es kostete sie einige Zeit, bis sie eine Stelle gefunden hatten, wo sie sich selbst hinter Büschen und jungen Bäumen verbergen, gleichzeitig jedoch die Straße gut überblicken konnten.

»Wir hetzen die Hunde auf sie«, erklärte Luce, »das müsste sie verwirren und die Pferde scheu machen. Dann beschießen wir sie mit Pfeilen. Wenn wir gut zielen, müssten wir es schaffen, die meisten von ihnen zu töten oder zumindest außer Gefecht zu setzen. Achtet aber darauf, dass dem Gefangenen nichts geschieht.«

»Herr, wir werden unser Bestes geben«, versprach Paul. »Diese Bastarde werden sich wundern.«

»Ja, das werden sie«, bestätigten auch die anderen Knechte grimmig und entschlossen.

»Gut so … Ihr schießt aber erst, wenn ich den Befehl

dazu gebe.« Luce nickte den Männern zu, ehe er sie anwies, wo sie sich aufstellen sollten. Robin befahl er neben sich.

Es dauerte nicht lange, bis sie wieder Karrenräder quietschen und Pferdehufe auf den Boden schlagen hörten. Robin ließ ihren Bogen von der Schulter gleiten, nahm einen Pfeil aus dem Köcher und legte ihn an die Sehne, während sie sich ganz auf den Weg konzentrierte. Die Hunde spürten die Anspannung, die in der Luft lag, und atmeten hechelnd. Gleich darauf ritten die ersten Reiter mit dem verhassten Wappen auf ihren Schilden an ihr vorbei. Als der Karren fast auf einer Höhe mit Robin war, stolperte der Mann, der an ihn festgebunden war, und fiel zu Boden. Er versuchte, auf die Füße zu kommen. Doch dabei stürzte er wieder. Unbarmherzig wurde er von dem Strick weitergeschleift, während der Reiter hinter ihm seine Peitsche auf ihn niederfahren ließ und brüllte: »Los, hoch mit dir.«

Mit einem Schmerzensschrei richtete sich der Mann noch einmal auf, nur um wieder von dem an ihm zerrenden Strick aus dem Gleichgewicht gebracht zu werden und zu fallen.

Der Mann mit der Peitsche betrachtete ihn mit finsterer Miene, ehe er seinen Kumpanen zurief: »He, der verdammte Bursche schafft's nicht mehr auf die Beine.«

»Sein Pech.« Ein Reiter an der Spitze des Zuges – offensichtlich der Anführer – drehte sich kurz um.

Robin wechselte einen Blick mit Luce. In seinen Augen las sie, was auch sie begriff: De Thorignys Leute würden ihren Gefangenen ohne die geringsten Skrupel zu Tode schleifen.

»Ziel du auf den Kerl mit der Peitsche«, flüsterte er ihr zu. Sie nickte stumm. Der Reiterzug befand sich nun auf ganzer Länge genau unterhalb von ihnen. Auf Luces leisen Pfiff hin stürzten die Hunde los. Sie sprangen an den Pferden hoch, versuchten, sich in die Beine der Reiter zu verbeißen. Die Tiere scheuten. Die Männer stießen wütende und überraschte Schreie aus.

»Jetzt!«, rief Luce.

Robin ließ den Pfeil von ihrer Sehne schnellen. Sie traf den Bewaffneten, den sie anvisiert hatte, mitten in den Hals. Die Peitsche glitt aus seiner Hand, während er mit einem beinahe erstaunten Gesichtsausdruck aus dem Sattel stürzte. Das Pferd, das an den Karren geschirrt war, machte einen Satz nach vorne. Robin tötete es mit einem Schuss in die Flanke, denn sonst wäre es vielleicht mit dem Gefangenen, der ja immer noch an den Karren gefesselt war, durchgegangen. Dann griff sie rasch nach einem neuen Pfeil, spannte ihren Bogen und schoss ihn auf einen Reiter ab, der sich verzweifelt bemühte, sein scheuendes Pferd unter Kontrolle zu bringen. Der Pfeil bohrte sich durch sein Lederwams und blieb zwischen seinen Schulterblättern stecken. Auch er fiel aus dem Sattel.

»Paul, John, kommt mit!«, hörte sie Luce rufen.

Benommen nahm sie wahr, dass Luce und die beiden Knechte zur Straße rannten, sich in die Sättel von herrenlosen Pferden schwangen und die Verfolgung einiger flüchtender Reiter aufnahmen. Alle anderen von de Thorignys Bewaffneten lagen tot oder schwer verwundet am Boden.

Robin lief zu dem Gefangenen. Rasch schnitt sie den Strick, mit dem seine Hände gefesselt waren, durch und drehte ihn dann vorsichtig auf den Rücken. Er atmete noch, war jedoch ohne Bewusstsein. Aus den Augenwinkeln sah sie, dass ein Knecht einem schwer verwundeten Bewaffneten die Kehle durchschnitt. Sein Blut spritzte auf den Weg und auf das frische Gras am Waldrand.

Gleich darauf tauchte Luce hoch zu Ross neben ihr auf. Er hielt sein Schwert in der Hand, dessen Schneide ebenfalls blutverschmiert war. »Wir haben die drei Kerle erwischt«, sagte er knapp, während er neben Robin auf den Boden sprang. »Was ist mit dem Gefangenen?«

»Er ist schlimm zugerichtet, aber hier kann ich nichts für ihn tun«, brachte Robin mühsam heraus, während eine Welle von Übelkeit in ihr hochstieg. Sie sprang auf und rannte in den Wald, wo sie sich vor einem Baum übergab. Ein heftiges Schluchzen stieg in ihr auf, und sie kauerte sich, den Kopf in den Armen vergraben, auf den Waldboden.

Nach einer Weile spürte sie, wie sich ein Arm um ihre Schultern legte. »Ich weiß, es ist furchtbar, einen Menschen zu töten«, hörte sie Luce sagen.

»Es hat mir nichts ausgemacht, de Thorignys Leute zu töten, als sie das Gut überfielen«, schluchzte Robin. »Damals galt einfach – sie oder wir. Aber diese Männer haben wir aus einem Hinterhalt angegriffen …«

»Ohne diesen Hinterhalt hätten wir kaum eine Möglichkeit gehabt, sie zu besiegen. Sie waren gut bewaffnet, und außerdem waren sie viel besser ausgebildete und erfahrenere Kämpfer als die Knechte. Und das weißt du auch.« Luce sah sie müde an. »Und jetzt komm mit. Wir haben den Gefangenen auf den Karren gelegt und die Toten und die Pferdekadaver ins Gebüsch gezerrt, damit sie nicht gleich von den nächsten Reisenden entdeckt werden. Das dürfte uns ein bisschen Aufschub vor de Thorigny verschaffen. Trotzdem müssen wir schleunigst von hier verschwinden.«

»Es geht schon wieder.« Robin schluckte, während sie sich die Tränen aus dem Gesicht wischte.

»Gut.« Luce half ihr auf die Beine. »Auf dem Karren befand sich übrigens eine große Truhe. Wir mussten sie herunterheben, um Platz für den Verletzten zu erhalten. Vielleicht hilft es dir ja, wenn ich dir sage, dass die Truhe voller Münzen war. Ich bin davon überzeugt, dass es sich dabei um Geld handelt, das de Thorigny als Steuern eingetrieben hat. Wir haben die Truhe im Wald stehen lassen und das Geld in unsere Satteltaschen gepackt. Wahrscheinlich konnte oder wollte der Gefangene die Steuern nicht zahlen, und sie haben ihn deshalb mit sich geschleppt.«

»Ja, wahrscheinlich«, sagte Robin leise. Mittlerweile hatten sie wieder den Weg erreicht. Die Knechte hatten sich auf die Pferde geschwungen, die den Angriff überlebt hatten. Eines war vor den Karren gespannt. Nur noch Blutflecken auf dem Weg und im Gras kündeten von dem Überfall. Bald würden sie die Farbe von Erde angenommen haben.

Robin stieg zu dem Verwundeten auf den Karren und massierte seine Handgelenke, um sein Blut zum Fließen zu bringen. Seine Arme waren unter dem Schmutz ganz aufgerissen und blutig, und auch seine Brust und sein Gesicht waren aufgeschürft.

*Ja, wir hatten keine andere Wahl, um ihn zu retten,* dachte sie. Trotzdem fühlte sie sich abgrundtief traurig.

*

»Wie geht es dem Mann?«, fragte Luce leise und kauerte sich in der Wohnhöhle neben Robin. »Armer Kerl …«, fügte er dann hinzu, während er mitleidig sein zerschundenes Gesicht betrachtete.

In einer Halterung an der Lehmwand brannte ein Kienspan. Da sie mit dem Karren nur langsam vorwärts gekommen waren, waren sie erst gegen Abend in ihrem Versteck angelangt. Luce hatte sich mit den Knechten um die Pferde gekümmert, während Robin den Verletzten gemeinsam mit Caitlyn gewaschen und ihn, nachdem die Schrammen und blutigen Stellen vom Schmutz befreit waren, untersucht und verbunden hatte.

»Es gibt kaum eine Stelle an seinem Leib, die nicht geprellt, aufgeschürft oder blutig von Peitschenhieben ist«, gab sie ebenso leise zurück. »Der Himmel allein weiß, wie oft er schon gestürzt war, bis er nicht mehr aufstehen konnte. Bevor ihn de Thorignys Leute an den Karren fesselten, haben sie ihn wahrscheinlich schlimm verprügelt. Denn zwei seiner Rippen sind gebrochen.«

»Glaubst du, dass er durchkommen wird?«

»Ich hoffe, ja.« Robin nickte zögernd. »Wenn sich die Wunden nicht entzünden und zu eitern beginnen. Im Moment fiebert er. Aber das muss kein schlechtes Zeichen sein. Es kann auch bedeuten, dass sein Körper sich selbst zu heilen beginnt.« Sie wünschte sich, genau zu wissen, wie lange sie dem Fieber freien Lauf lassen und ab welchem Punkt sie dem Mann fiebersenkende Mittel verabreichen musste. Aber dazu fehlte ihr die Erfahrung.

»Ist er einmal zu sich gekommen? Hat er erzählt, wie er heißt und woher er kommt?«

»Nein, aber ich nehme an, dass er ein freier Bauer ist. Denn sein muskulöser Körperbau und seine schwieligen Hände lassen auf harte körperliche Arbeit schließen. Das, was von seiner Kleidung noch übrig war« – Robin wies mit einem erschöpften Nicken in eine Ecke der Wohnhöhle, wo neben einem niedrigen Regal ein schmutziger, zerrissener Kittel und eine Hose lagen –, »war von zu guter Machart, als dass sie einem Knecht hätte gehören können.«

»In der Kiste waren zwanzig Pfund in Silber. De Thorigny und seine Leute müssen wirklich das Letzte aus den Leuten herausgepresst haben.«

»Was machen wir mit dem Geld?«

»Auf jeden Fall werden wir es nicht de Thorigny oder John überlassen.« Luce lächelte grimmig.

*Ob es jemals aufhören wird, dass die Mächtigen die Armen auspressen?*, dachte Robin. In das Knistern des Kienspans und die Stimmen Caitlyns und Johns, die an der Wohnhöhle vorbeigingen, mischte sich ein keuchendes Atemholen. Der Verletzte versuchte, sich auf seinem Lager aufzurichten, während er panisch um sich blickte.

Rasch beugte sich Robin vor und ergriff seine Hand. »Habt keine Angst, Ihr seid bei Freunden und in Sicherheit«, sagte sie beruhigend.

Der Mann musterte sie und Luce und die höhlenartige Umgebung mit der spärlichen Einrichtung. Das, was er sah, schien ihm Vertrauen einzuflößen, denn er ließ sich wieder auf das Stroh zurücksinken.

»Edward de Thorignys Leute …?«, stammelte er.

»Sie sind alle tot«, erklärte Luce.

»De Thorigny … wird … Rache nehmen …«, kam es mühsam über die Lippen des Verletzten.

»Das wird er bestimmt versuchen.« Luce nickte. »Aber wir werden uns zu wehren wissen.«

»Wehren …«, wiederholte der Mann. Einige Augenblicke schien er dem Wort nachzulauschen, als ob er versuchte, es zu verstehen. »Ich habe versucht, mich zu verteidigen.

Aber … ich wurde überrumpelt. Ich werde mit Euch gegen de Thorigny kämpfen und andere Männer aus meinem Dorf ebenfalls.« Seine weit aufgerissenen Augen leuchteten fiebrig.

Robin setzte sich neben ihn und flößte ihm aus einem Becher Wasser ein, das einige Tropfen Mohnsaft enthielt. Sie hatte mit sich gerungen, ob sie den Saft verwenden sollte, aber ohne ihn hätte der Schwerverletzte wahrscheinlich vor Schmerzen keinen Schlaf gefunden. Sie war sehr vorsichtig mit der Dosierung gewesen.

»Irgendwann werdet Ihr bestimmt wieder in der Lage sein, eine Waffe zu gebrauchen, aber jetzt müsst Ihr erst einmal schlafen«, sagte sie sanft.

»Schlafen …«, murmelte der Mann. Gleich darauf wurde sein Körper in Robins Armen schlaff, und sie ließ ihn behutsam auf das Lager niedergleiten und zog die Decke, die verrutscht war, sorgfältig über ihn.

»Er hat Recht«, sagte sie dann, während sie sich ihrem Bruder zuwandte, »Edward de Thorigny und John werden es niemals hinnehmen, dass wir ihre Leute getötet und eine so große Geldsumme an uns gebracht haben.«

»Nein, das werden sie bestimmt nicht.« Zu Robins Erstaunen erschien ein nachdenklicher Ausdruck auf Luces Gesicht. »Und vielleicht können wir uns genau das zu Nutze machen.«

»Wie meinst du das?«

»Vielleicht können wir de Thorigny gerade dadurch, dass er sich rächen will, in eine Falle locken«, sagte Luce langsam.

*

»Was soll das heißen, die Bewaffneten, die die Steuern in der Gegend um Knaresborough eintreiben sollten, sind nicht zurückgekehrt?«, schrie Edward de Thorigny den älteren Hauptmann an. Dieser, ein dicklicher Mann in den Vierzigern, verbeugte sich unbehaglich. »Leider bedeutet es genau das, was ich sagte, Herr. Die Bewaffneten hätten gestern Abend hier eintreffen sollen. Doch bisher sind sie noch nicht gekommen.«

Edward de Thorigny drehte sich zu dem schweren Eichentisch in der Zimmermitte um und machte eine Bewegung, als wollte er den vergoldeten Krug, der dort stand, ergreifen und nach dem Hauptmann werfen. Doch dann bezwang er sich. »Verschwinde!«, knurrte er.

»Aber, Herr, was soll ich denn jetzt tun?«, fragte der Hauptmann ängstlich. Als Edward de Thorigny nur finster vor sich hin starrte, wanderte sein Blick zu Cederick de Molesme, der auf einer gepolsterten Fensterbank saß.

»Wir werden es dich wissen lassen, sobald wir eine Entscheidung getroffen haben«, sagte dieser ruhig. »Und jetzt geh.«

Nachmittagslicht füllte das Zimmer in der Burg von York, dessen Wände mit einem aufwändigen Rankenmuster bemalt waren. »Es ist sehr unwahrscheinlich, dass die Bewaffneten durch irgendeinen Umstand aufgehalten wurden«, wandte sich Cederick de Molesme, nachdem die Tür hinter dem Hauptmann zugefallen war, an seinen Bruder.

»Darüber bin ich mir im Klaren.« Edward de Thorigny lief auf dem Steinboden hin und her. »Ich frage mich, ob nicht die verdammte Mutter des Königs ihre Hände im Spiel hat und ihre Leute unsere Bewaffneten überfallen haben.«

»Und woher hätten ihre Leute wissen sollen, welche Orte unsere Eintreiber aufsuchten und welchen Weg sie nahmen?«

»Spione ...« Edward de Thorigny zuckte ungeduldig mit den Schultern.

»Gewiss, das wäre eine Möglichkeit, auch wenn sie mir ziemlich weit hergeholt erscheint.« Cederick de Molesme wiegte den Kopf. »Wenn unsere Informationen zutreffen, hält sich Eleonor zurzeit in der Normandie auf. Von dort aus einen Trupp Soldaten zusammenzustellen und diese Männer unseren Leuten auflauern zu lassen kommt mir ein bisschen ... nun ja ... umständlich vor. Ganz abgesehen davon, dass der Kanal in den letzten Monaten wegen der Stürme schwer passierbar war.«

»Das verwünschte Weib hat auch in England Verbündete. Wahrscheinlich hat einer von denen sie unterstützt.«

»Gewiss, das ist nicht gänzlich auszuschließen.« Cederick de Molesmes Stimme klang gedehnt.

»Aber du glaubst nicht wirklich daran.« Edward de Thorigny fixierte ihn aus zusammengekniffenen Augen. »Worauf willst du hinaus?«

»Ich frage mich, ob die Lösung nicht viel einfacher und naheliegender ist. Warum sollten sich nicht Bauern oder Dörfler zusammengerottet und unsere Bewaffneten überfallen haben?«

»Dieses feige Pack, das noch nicht einmal eine Waffe richtig gebrauchen kann, sollte es wagen, unsere Leute anzugreifen?« Edward de Thorigny lachte höhnisch auf. »Das glaubst du ja wohl selbst nicht.«

»Du vergisst, dass es immer wieder Proteste gegen die Steuereintreibungen gab.« Cederick de Molesme erhob sich von der Fensterbank und trat auf seinen Bruder zu. »Und die oft gewalttätigen Methoden unserer Leute haben sicherlich noch zusätzlich den Zorn der Bevölkerung geschürt.« In seinen Worten schwang ein unüberhörbarer Vorwurf mit.

»Ich habe dir schon einmal gesagt, du bist einfach viel zu weich.« Edward de Thorigny schnaubte verächtlich. »Zeig dem Pöbel, wer der Herr ist, und er leckt dir die Füße.«

»Genau das bezweifle ich.« Einige Augenblicke musterten sich die beiden Halbbrüder. Schließlich fügte Cederick de Molesme ruhig hinzu: »Was spricht dagegen, dass ich mit einem Trupp Bewaffneter den Weg abreite, den unsere Leute genommen haben müssen, und versuche herauszufinden, was mit ihnen geschehen ist? Vielleicht entdecke ich ja auch tatsächlich, dass Eleonor und ihre Anhänger hinter ihrem Verschwinden stecken?«

»Überhaupt nichts spricht dagegen«, knurrte Edward de Thorigny. »Von mir aus kannst du gleich morgen aufbrechen.«

*

*Es ist Wahnsinn, was Luce vorhat,* dachte Robin wie schon so oft an diesem Tag. Nachdem sie ihr Pferd an einem Baum festgebunden hatte, lief sie zu dem nahen Waldrand und spähte in das Tal hinunter. Nieselregen fiel wie ein grauer Schleier über der Gegend nieder. Dennoch konnte sie den Heuschober, den Bach und die Wiesen und Felder ringsum gut erkennen. In einiger Entfernung hinter dem Heuschober führte ein Bauer einen Ochsen, der einen Pflug zog, über einen Acker. Die Erde der umgepflügten Schollen hob sich braun und glänzend von dem Rest des Feldes ab. Robin wartete noch eine Weile und überzeugte sich, dass sich außer dem Bauern niemand in der Nähe aufhielt. Dann tätschelte sie ihrem Pferd den Hals und folgte einem schmalen Weg hinunter ins Tal.

Nach dem drei Stunden langen Ritt von ihrem Versteck im Wald hierher war Robins Umhang ganz feucht. Doch dies machte ihr nichts aus, denn der Regen war warm. Eine Nässe, die die Fruchtbarkeit im Boden weckte und Bäume und Sträucher zum Blühen brachte und an der sie sich normalerweise sogar erfreut hätte. Doch jetzt war sie ganz von der Sorge über Luces Plan in Anspruch genommen. Ja, sie hatte sogar überlegt, nicht zu dem Treffen mit Cederick de Molesme zu kommen, hatte dies dann jedoch nicht übers Herz gebracht.

Am Morgen war der Verwundete für längere Zeit erwacht und hatte mit Luce und ihr gesprochen. Sein Name war Roderick, und er besaß einen Bauernhof bei Knaresborough. Wie sie und ihr Bruder vermutet hatten, hatte er sich Edward de Thorignys Steuereintreibern widersetzt und war deshalb von ihnen gefangen genommen worden. Roderick hatte ihnen noch einmal versichert, dass viele Bauern gerne gegen de Thorigny und John kämpfen würden, wenn sie nur einen fähigen Anführer hätten. Dies hatte Luce noch einmal in seinem Vorhaben bestätigt, die Rache, die Edward de Thorigny ganz sicher für den Überfall nehmen würde, auszunutzen, um ihm eine Falle zu stellen.

»Ich werde mit Rodericks Freunden und Nachbarn sprechen und sie fragen, ob sie mich unterstützen möchten«, hatte er Robin dargelegt. Sie hatten die Wohnhöhle verlassen und sich an den Rand der Pferdeweide begeben, wo sie für sich waren. Ein grauer Himmel hatte sich über ihnen gewölbt, aus dem aber noch kein Regen gefallen war. Auf der anderen Seite der Lichtung waren einige Mägde damit beschäftigt gewesen, aus Weidenzweigen neue Unterlagen für die Grasdächer zu flechten, denn nach dem Winter waren viele schadhaft.

»Wenn ich den Eindruck habe, dass ich Rodericks Leuten wirklich vertrauen kann, und sie mir ihre Unterstützung zusagen, werden wir einige Meilen von hier zum Schein ein Lager bauen und Edward de Thorigny dorthin locken«, hatte Luce weiter sein Vorhaben erläutert.

»Aber wie willst du denn rechtzeitig in Erfahrung bringen, wann Edward einen Angriff plant?«, hatte Robin ihren Bruder gefragt.

»Nun, ich werde mich irgendwie in die Burg von York schmuggeln und dies dort in Erfahrung bringen«, hatte Luce zu Robins Erschrecken gelassen geantwortet. Auf ihre Einwände hin hatte er nur erklärt, dass Edward de Thorigny und seine Leute ihn mit dem Bart, den er sich seit dem Überfall auf Yvains Gut habe wachsen lassen, ja wohl kaum erkennen würden. Außerdem könne ihm Robin ja Haare und Bart mit irgendwelchen Pflanzen dunkel färben.

»Niemand wird damit rechnen, dass ich mich ausgerechnet in die Höhle des Löwen wage«, hatte er ausgeführt, während seine Miene so hart und entschlossen wirkte, dass Robin begriff, sie würde ihn nicht umstimmen können. Sie hatte sich gefragt, ob er wieder von der Erinnerung verfolgt wurde, als William de Thorigny vor seinen Augen ihre Mutter vergewaltigte, und hatte keine Einwände mehr erhoben.

Das Strohdach war, wie Robin nun sah, als sie den Heuschober betrat, an einigen Stellen undicht. Darunter hatten sich kleine Pfützen auf dem gestampften Lehmboden gebildet. Doch in einer Ecke lag ein Rest trockenen Heus, in das sie sich setzte. Sie hatte Luce nicht erzählt, dass sie beabsichtigte, sich mit Cederick de Molesme zu treffen – sie hatte befürchtet, dass er ihr dies wegen Philip übel nehmen würde –, sondern ihm nur gesagt, dass sie gerne eine Zeit lang allein im Wald herumstreifen würde. Da sie dies öfter tat, hatte er ihre Behauptung nicht angezweifelt.

Es dauerte nicht lange, bis Robin Hufschläge hörte. Sie eilte zu der Stelle, wo sich einmal die Türöffnung befunden hatte, und spähte nach draußen. Ja, es war Cederick de Molesme, der über die Wiese ritt. Wie bei ihrer letzten Begegnung wirkte er irgendwie niedergeschlagen und in Gedanken versunken. Doch als Robin nun vor den Heuschober trat, hellte sich seine Miene augenblicklich auf.

»Robin, Ihr seid tatsächlich gekommen.«

Sie nickte nur.

Cederick schlang die Zügel seines Hengstes um einen Holzbalken und kam dann in den Schober. Die Feuchtigkeit ließ sein braunes Haar fast schwarz wirken und eng an seinem Kopf liegen, was seine fein geschnittenen Gesichtszüge noch stärker als sonst hervorhob. Robin fühlte sich plötzlich sehr befangen.

»Ihr tragt schon wieder Jungenkleidung«, sagte er nach einer kurzen Pause.

Robin zuckte mit den Schultern. »So ist es bequemer zu reiten.« Wieder wünschte sie sich, Hose, Kittel und Umhang wären frisch gewaschen und weniger fadenscheinig. Aber sie hatte wenigstens ihr Haar sorgfältig gekämmt und mit einem grünen Seidenband, das sie von Yvains Gut gerettet hatte, zurückgebunden.

»Ich hätte Euch auch auf dem Gut Eures Bruders besucht …« Eine unausgesprochene Frage schwang in Cedericks Stimme mit.

»Er darf nicht wissen, dass ich mich mit Euch treffe«, antwortete Robin hastig, nur um gleich darauf zu begreifen, dass diese Erklärung eigentlich zu weiteren Fragen einlud.

Doch zu ihrer Überraschung nickte Cederick nur, während sich seine Miene – so schien es Robin – verdüsterte. Eine unangenehme Stille breitete sich zwischen ihnen aus.

»Erzählt mir von Euch. Was tut Ihr, wenn Ihr Euch nicht gerade im Bogenschießen übt?«, versuchte er schließlich zu scherzen, während sein Blick zu ihrem Köcher und dem Bogen wanderte.

»Nun, die üblichen Dinge, die auf einem Bauernhof für eine Frau zu tun sind.« Sie vollführte eine wegwerfende Handbewegung und hätte sich gewünscht, nicht lügen zu müssen. »Kochen, backen, Wäsche waschen …«

»Es fällt mir sehr schwer, mir Euch bei diesen Tätigkeiten vorzustellen.« Ein Lächeln zuckte um seinen Mund.

»Nun, ich reite auch Pferde zu und sticke auch gerne.«

»Dass Ihr Pferde zureitet, passt zu Euch. Aber dass Ihr gerne stickt, hätte ich nun nicht von Euch erwartet.«

»Da geht es Euch wie den Nonnen, die mich unterrichtet haben«, platzte Robin heraus, nur um sich gleich darauf auf die Lippen zu beißen.

Cederick de Molesme bedachte sie mit einem scharfen Blick. »Ihr habt also eine Klosterschule besucht? In Bath habt Ihr ja behauptet, dass Euch der Dorfpfarrer Lesen und Schreiben und Latein beigebracht hat. Darüber habe ich mich ehrlich gesagt schon gewundert, als ich begriff, dass

Ihr eine Frau seid. Denn dass ein Pfarrer ein Mädchen unterrichtet, ist nun schon sehr ungewöhnlich.«

»Ja, ich habe Euch damals belogen. Ich habe eine Klosterschule besucht.« Da sie sich schon verplaudert hatte, konnte sie dies auch zugeben.

»Ihr stammt aus einer adeligen Familie?«, hakte er nach.

»Meine Mutter war mit der Äbtissin gut bekannt«, wich Robin aus. »Wie steht es mit Euch?«, sagte sie hastig, ehe er weitere Fragen stellen konnte, die sie nicht beantworten wollte. »Was führt Euch eigentlich hierher? Denn Euer Gut liegt doch bei Colchester.« Sie starrte auf ihren Armreif. In dem regnerischen, dämmrigen Licht wirkte das Metall ganz matt.

»Ach, Geschäfte, Geldangelegenheiten …« Cederick de Molesme winkte ab. Ein eigenartiger Ton, verlegen und gleichzeitig trotzig, schwang in seiner Stimme mit, der Robin aufschauen ließ. Als sich ihre Blicke trafen, sah er zur Seite.

Wieder breitete sich ein angespanntes Schweigen zwischen ihnen aus. Robin registrierte, dass der Regen stärker geworden war und es durch eine Lücke im Dach gleichmäßig auf den Boden tropfte. *Cederick de Molesme sagt mir ebenso wenig die ganze Wahrheit wie ich ihm,* ging es ihr durch den Kopf. Die Nähe, die sie ihm gegenüber empfunden hatte, war plötzlich ganz verschwunden und einer kalten Fremdheit gewichen. Warum hatte sie nur diesem Treffen zugestimmt? Schließlich lebte sie kein freies, normales Leben, sondern war gezwungen, sich in den Wäldern vor ihren Feinden zu verbergen.

»Ich … ich muss jetzt gehen«, sagte sie rasch. »Lebt wohl.« Sie wollte nicht, dass Cederick sah, wie ihr Tränen in die Augen schossen, und wandte sich eilig ab. Doch zu spät.

»Robin, was habt Ihr denn?« Er fasste sie an der Schulter und hielt sie fest.

»Lasst mich!« Sie versuchte seine Hand wegzuschieben und berührte dabei den Lederschutz, den er um sein Gelenk trug. Dieser verrutschte, und der Zipfel eines schwarzen Seidenbandes, in das ein grünes Rautenmuster eingewebt war, wurde sichtbar. Robin starrte es an, während Cederick seine Hand langsam von ihr wegnahm.

»Ihr tragt das Band ja noch – nach all der Zeit«, flüsterte Robin.

»Ich habe Euch doch schon in York gesagt, dass kein Tag verging, an dem ich nicht an Euch gedacht hätte.« Beinahe unwillig schüttelte er den Kopf.

»Auch ich konnte Euch nicht vergessen …«

»Aber trotzdem hält Euch irgendetwas von mir zurück.« Cederick betrachtete sie forschend. »Ist es, weil ich ein Krüppel bin?«

»Nein, überhaupt nicht«, stieß Robin überrascht hervor. »Ich hatte das mit Eurem Arm mittlerweile völlig vergessen.« Sie streckte die Hand aus und berührte seinen linken Arm. Cederick sog scharf die Luft ein, aber er ließ es zu, dass sie darüber strich.

»Ich … ich habe einfach Angst davor, Euch zu lieben«, brachte Robin kaum hörbar hervor.

»Ach, Robin …« Im nächsten Moment legten sich Cedericks Lippen auf ihren Mund. Und Robin klammerte sich an ihn und ließ sich von seiner Leidenschaft mitreißen.

*

Mit einem Teil seiner Aufmerksamkeit beobachtete Cederick de Molesme die Hunde, die vor ihm und seinen Begleitern die Straße entlangrannten und da und dort schnüffelnd innehielten. Der weitaus größere Teil seiner Gedanken kreiste jedoch um Robin und um die Zeit, die sie miteinander verbracht hatten.

Er hatte schon einige Frauen besessen und dies durchaus genossen. Aber mit Robin zu schlafen war etwas ganz Besonderes gewesen. Noch niemals hatte er sich einer Frau gegenüber so wehrlos gefühlt und doch gleichzeitig so ganz erfüllt und ganz bei sich. Es war, als wäre er durch sie zu dem Mann geworden, der er schon immer hatte sein wollen – ohne, bevor er ihr begegnet war, eine Ahnung zu haben, wie er sich zu sein wünschte.

Auch Robin hatte sich ihm vorbehaltlos hingegeben, obwohl sie noch Jungfrau gewesen war, was ihn immer noch tief berührte. Den Moment, als sie vor Lust aufgeschrien und sich an ihn geklammert hatte, ehe ihr Körper in seinen Armen ganz weich geworden war und sie ihn unter Tränen angelächelt hatte, würde er niemals vergessen.

Eine ganze Weile hatten sie danach noch eng umschlungen auf seinem Mantel gelegen, während draußen der Regen niederfiel. Er hatte Robin keine weiteren Fragen zu ihrer Herkunft gestellt, denn er wollte ihr nicht sagen müssen, dass er der Bruder Edward de Thorignys und für die harten Steuereintreibungen mitverantwortlich war. Denn bestimmt hatte auch Robins Familie darunter zu leiden. Irgendwann würde er ihr, das versprach er sich, seine Herkunft offenbaren.

Cederick schreckte auf, als die Hunde nun stehen blieben und mit den Schnauzen dicht am Boden aufgeregt auf der Straße herumschnüffelten. Gleich darauf sprangen zwei von ihnen in das Gebüsch, nur um sofort in ein lautes Bellen auszubrechen.

»Die Hunde scheinen etwas entdeckt zu haben«, wandte sich einer der Reiter an Cederick. Sein Name war Angus.

»Ja …« Cederick war schon von seinem Hengst gesprungen und lief zu den Büschen. Als er die kahlen, dicht ineinander verwobenen Äste auseinanderdrückte und sich hindurchzwängte, stieg ihm ein süßlicher, ekelerregender Geruch, der ihm nur zu bekannt war, in die Nase. Sein Fuß berührte etwas Weiches. Ein in einer Hose steckendes Bein, wie er nun erkannte. Das Gesicht des Leichnams war bis zur Unkenntlichkeit aufgedunsen.

»O Gott …«, keuchte Angus, der ihm gefolgt war, auf.

Als Cederick sich bückte und den Schild umdrehte, der neben dem Toten lag, erblickte er einen roten Hirsch auf grünem Hintergrund – das Wappen der de Thorignys. Aber er hätte dieses Beweises eigentlich gar nicht mehr bedurft, um zu wissen, dass es sich bei den Toten um die vermissten Männer handelte. Er zählte fünf Leichen in der Nähe des Gebüschs. Als er einige Schritte in den Wald hineinging, entdeckte er weitere drei. Den meisten steckte ein Pfeil im Rücken oder in der Brust. Nicht weit davon entfernt lag eine leere Geldtruhe.

»Die Steuereinnahmen sind gestohlen«, bemerkte Angus.

»Nun, davon war auszugehen«, erwiderte Cederick trocken.

»Sir …«, hörte er nun von der Straße her rufen.

Als er sich wieder durch das Gebüsch hindurchgekämpft hatte, sah er einen Mann bei den Reitern stehen. Er trug die einfache Kleidung der Landbevölkerung und machte einen unterwürfigen und ängstlichen Eindruck. Was auch kein Wunder war, denn ein junger Mann hatte seine Schwertspitze auf ihn gerichtet, und die Hunde umkreisten ihn drohend.

»Der Kerl hier behauptet, einen Überfall beobachtet zu haben«, sagte der junge Reiter, während er den Mann mit einem verächtlichen Blick bedachte.

»So, das ist ja interessant ... Schildere mir genau, was du gesehen hast.« Cederick nickte dem Mann zu. »Und du«, sagte er an den Bewaffneten gerichtet, »nimm die Waffe weg und pfeife die Hunde zurück.«

Der Bauer neigte demütig seinen breiten Kopf, von dem borstige Haare abstanden, und schielte in Richtung der Hunde, die ihn nun aus einigem Abstand beäugten, ansonsten aber in Ruhe ließen. Cederick schätzte ihn auf Mitte dreißig. »In der letzten Zeit bin ich recht häufig auf dieser Straße unterwegs, da meine Mutter krank in Masham darniederliegt«, sagte er. Masham war, wie Cederick wusste, ein Dorf, das etwa zwölf Meilen entfernt war. Er nickte ungeduldig.

»Ich selbst lebe mit meiner Familie in Bedale. Mir gehört ein kleiner Bauernhof«, fügte der Mann nun umständlich hinzu. »Vor drei Tagen, am Nachmittag, ich war eben auf meinem Maultier um die Biegung dort hinten geritten«, er wies auf die etwa fünfzig Fuß entfernte und von Fichten gesäumte Straßenkrümmung hinter sich, »sah ich einen Trupp Reiter genau diese Stelle passieren. Plötzlich hörte ich Hundebellen und ein Sirren wie von abgeschossenen Pfeilen. Und im nächsten Moment, ich konnte zuerst gar nicht glauben, was ich sah, fielen die Reiter aus ihren Sätteln. Gleich darauf stürzten Männer aus dem Gebüsch und drangen auf die Reiter ein, die noch am Leben waren.«

»Wie sahen diese Männer aus? Was hatten sie an?«, ergänzte Cederick, als der Bauer ihn nur verständnislos anglotzte.

»Nun, ich war ja ein ganzes Stück entfernt«, sagte der Bauer zögernd, »aber ich glaube mich zu erinnern, dass diese Kerle recht abgerissen wirkten.«

»Du meinst wie Wegelagerer?«

»Genau.« Der Bauer nickte eifrig.

»Und weshalb bist du nicht auf die Idee gekommen, den Überfall zu melden?«, fragte Cederick scharf.

Der Mann sackte in sich zusammen. »Ich … ich hätte es getan, Herr«, stammelte er. »Aber am nächsten Tag wurde ich krank. Ein heftiges Fieber peinigte mich. Ihr könnt meine Frau fragen, sie wird es bestätigen …«

»Lügner, du hattest nur Angst, in Schwierigkeiten zu geraten«, bemerkte Angus, der dem Gespräch zugehört hatte, spöttisch.

Cederick war geneigt, ihm Recht zu geben. Aber was geschehen war, war nun einmal geschehen. »Du kannst gehen«, beschied er dem Mann knapp.

»Danke, Herr«, sagte der Bauer unterwürfig, ehe er hastig, als könne er es nicht recht glauben, so einfach davongekommen zu sein, weiterlief.

»Wir werden ins nächste Dorf reiten und uns Karren und Wagen leihen, damit wir die Toten transportieren können«, beschied Cederick seinen Begleitern. »Sie sollen in geweihter Erde, auf einem Friedhof, ihr Grab finden, da wir sonst nichts mehr für sie tun können.«

*Und wer auch immer diese Männer aus einem Hinterhalt niedergemetzelt hat, wird dafür bezahlen,* schwor er sich, während er sich in den Sattel schwang.

*

»Dieses verdammte Pack wird für den Mord an meinen Männern und den Raub des Geldes büßen.« Edward de Thorigny ließ seine Faust auf den wuchtigen Eichentisch niederkrachen. Sein Gesicht war rot vor Zorn. »John wird mir ganz sicher zusätzliche Soldaten zur Verfügung stellen. Mit diesen Männern reitest du von Ort zu Ort und von Bauernhof zu Bauernhof und bringst die Leute zum Reden. Von mir aus kannst du dabei gerne zur Folter greifen, und bestimmt wird dies auch in Johns Interesse sein.«

»Ich glaube nicht, dass die Landbevölkerung hinter dem Überfall steckt.« Cederick, der seinem Bruder in einem hochlehnigen Stuhl gegenübersaß, schüttelte den Kopf. Im Kamin brannte ein großes Feuer, denn das Wetter war von einem auf den anderen Tag umgeschlagen und wieder kalt geworden. Was günstig für den Transport der Leichen gewesen war, da die Kälte die Verwesung verlangsamt hatte.

»Pah, diese feige Ratte von Bauer – ich an deiner Stelle hätte ihn wirklich nicht ungeschoren davonkommen lassen – kann sich, was die Kleidung der Räuber betrifft, getäuscht haben.« Edward de Thorigny schnaubte verächtlich.

»Ich stimme dir zu, dass diese Beobachtung für sich genommen noch nicht sehr viel Gewicht besitzt.« Cederick nickte. »Aber der Überfall wurde sehr kaltblütig durchgeführt. Außerdem habe ich mir die Toten, während wir sie auf die Wagen legten, noch einmal genau angesehen. Die meisten wurden durch Schüsse in die Brust, den Rücken oder in den Hals getötet. Und zwar jeweils nur durch einen gezielten Schuss. Normalen Bauern traue ich eine derartige Kaltblütigkeit und Treffsicherheit eigentlich nicht zu. Ich vermute, dass zumindest ihr Anführer ein langjähriger Soldat oder ein Ritter war.«

»Dies würde nun doch für die These sprechen, dass die Königin Eleonor hinter dem Überfall steckt.« Edward de Thorigny hob spöttisch die Augenbrauen. »Kürzlich wolltest du jedoch davon nichts wissen.«

»Ich kann mir nach wie vor nicht recht vorstellen, wie sie aus der Ferne diesen Überfall organisiert haben sollte.« Cederick seufzte. »Möglicherweise täusche ich mich jedoch. Aber wie auch immer … Ich kann dir und John nur dringend davon abraten, aus dem einfachen Volk mit Hilfe der Folter Geständnisse herauspressen zu wollen. Dies schürt nur den Hass der Leute und bringt sie vielleicht gerade dazu, offen gegen John aufzubegehren. In seiner Mutter hat er eine mächtige Gegnerin. Seine Herrschaft ist alles andere als gesichert. Ganz zu schweigen davon, dass immer noch nicht klar ist, was Richard zugestoßen und ob er wirklich tot ist.«

»Ach, ich bin davon überzeugt, dass sein Leichnam irgendwo verrottet.« Edward de Thorigny winkte ab.

»Darauf würde ich meinen Kopf nicht verwetten«, entgegnete Cederick ruhig. Einige Momente maßen sie sich mit Blicken. Schließlich lehnte sich Edward de Thorigny zurück und verschränkte die Hände vor sich auf dem Tisch. »Was schlägst du stattdessen vor?«

»Ich vermute, dass sich die Räuber in den Wäldern versteckt halten. Irgendjemand aus der Landbevölkerung weiß bestimmt etwas über sie.«

»Hast du dich nicht eben gerade gegen die Folter ausgesprochen?«, bemerkte Edward de Thorigny gereizt.

»Setze eine Belohnung aus. Damit bringst du die Leute viel leichter zum Reden als durch Drohungen und Gewalt.«

»Oh, du teilst ja doch meine schlechte Meinung über dieses niedrige Pack.« Edward de Thorigny grinste ein bisschen.

»Die Leute sind nun einmal arm und müssen sehen, wie sie zurechtkommen.« Cederick zuckte mit den Schultern, während er unwillkürlich dachte: *Und wir haben sie noch ärmer gemacht.*

»Gut, ich werde eine Belohnung von fünf Goldstücken für Hinweise auf die Räuber aussetzen«, sagte Edward de Thorigny nach einer kurzen Pause. »Falls wir allerdings innerhalb von zwei Wochen keinen brauchbaren Fingerzeig erhalten sollten, wirst du doch eine Strafexpedition durchführen, auch wenn dir das noch so sehr widerstrebt – mein ach so weichherziger jüngerer Halbbruder«, fügte er mit einem spöttischen Lächeln hinzu.

# 5. Kapitel

Während Robin die Weizensuppe in dem großen Bronzetopf umrührte, stieg der Dampf in dichten Wolken auf. Die Nacht war klar und kalt. Eine schmale Mondsichel stand am Himmel über dem Wald. Normalerweise waren Caitlyn und die Mägde für das Kochen zuständig. Aber da sie noch immer mit Backen beschäftigt waren – als Ofen dienten mit Lehm verkleidete Feldsteine – und außerdem Fleisch in Streifen schnitten, um es zu trocknen, hatte Robin diese Aufgabe übernommen. Luce hatte diese Aktivitäten angeordnet, bevor er nach Knaresborough aufgebrochen war, um Rodericks Freunde für seine Pläne zu gewinnen.

Zwei Tage waren seither vergangen, und noch immer war er nicht zurückgekehrt. Robin schob die Sorge um ihren Bruder beiseite – ihm durfte einfach nichts zugestoßen sein. Während ihre Gedanken zu Cederick wanderten, stieg augenblicklich ein großes Glücksgefühl in ihr auf. Bei ihm hatte sie sich ganz geborgen gefühlt, und zum ersten Mal in ihrem Leben war es ihr erschienen, als ob die Schatten, die seit ihrer Kindheit auf ihr lasteten, keine Bedeutung mehr für sie hatten. Es war nicht mehr wichtig gewesen, dass sie stark war und sich notfalls verteidigen konnte. Einzig und allein mit Cederick eins zu werden hatte gezählt.

Ganz in die Erinnerung versunken, sah Robin einigen Funken nach, die zum Nachthimmel aufstiegen. Es war ihr vorgekommen, als ob Cedericks Stöße und die Leidenschaft ihrer Körper, die sich im Gleichklang bewegten, sie aus sich hinausgedrängt hätten, als ob sie flöge, schließlich verglühte ... um dadurch noch einmal geboren zu werden. Die Robin, die weinend in seinen Armen lag, war viel weicher, empfänglicher und offener als die alte. Noch niemals zuvor war ihr die Welt so schön erschienen wie in den letzten Tagen. Noch nie ein Nachthimmel so geheimnisvoll wie jetzt, und sie hatte auch nie zuvor bemerkt, wie viele Schattierungen von Grau und Schwarz die Dunkelheit besaß.

*Wie habe ich nur jemals glauben können, dass es gefährlich sei zu lieben?*, ging es Robin durch den Kopf, während sie unwillkürlich vor sich hin lächelte.

»Du wirkst sehr glücklich, kleine Schwester«, hörte sie eine vertraute Stimme sagen. Als sie aufblickte, sah sie Luce aus der Richtung der Pferdeweide auf sich zukommen. Er grinste sie an. »Wenn ich es nicht besser wüsste, würde ich annehmen, du bist verliebt.«

»Ach, ich habe mir nur vorgestellt, wie ich bestimmte Blätter auf das Altartuch sticken werde«, schwindelte Robin hastig. Noch immer hatte sie Luce gegenüber wegen Cederick ein schlechtes Gewissen. Dann, wenn sie sich nicht mehr verstecken mussten, wenn sie Cederick anvertrauen konnte, wer sie war, und sie ihre Liebe offen leben konnten, würde sie Luce von ihm erzählen, beschloss sie. Trotzdem errötete sie unwillkürlich, und sie war froh, dass Luce sicher annehmen würde, ihre Wangen glühten von der Hitze des Feuers.

Nun erst nahm sie wahr, dass eine große Anzahl von Männern, Frauen und Kindern Luce folgte. Er fing ihren Blick auf. »Rodericks Freunde haben sich entschlossen, mich gleich zu begleiten«, sagte er. »Zwei Dutzend Bauern, ihre Familien und ihre Knechte und Mägde. Insgesamt etwa sechzig Mann. Wenn wir noch unsere zwölf Knechte dazuzählen, können wir de Thorigny wirklich gefährlich werden. Vor allem aus einem Hinterhalt.«

»Luce …«, begann Robin. Doch ihr Bruder beachtete sie nicht. »Du hast eine Suppe gekocht«, sagte er, »das ist gut, denn die Männer brauchen etwas zu essen.«

»Frisch gebackenes Brot gibt es auch, Herr.« Caitlyn war zu ihnen getreten und musterte die Neuankömmlinge neugierig. Allesamt waren sie, soweit dies im Lichtkreis der Feuer und der Fackeln, die auf der Lichtung brannten, zu erkennen war, kräftige Männer. »Ich kümmere mich um alles, Herr.«

»Danke, Caitlyn.« Robin fasste Luce am Arm und ignorierte, wie müde er aussah. »Ich muss mit dir reden. Dann kannst auch du dich ans Feuer setzen und essen«, sagte sie energisch und führte ihn ein Stück von den anderen weg. »Du hast also immer noch vor, deinen völlig verrückten Plan auszuführen«, sagte sie dann.

»Ja, auf dem Weg nach Knaresborough und wieder hierher habe ich mir alles noch einmal genau überlegt.« Luce blickte zum Feuer, wo sich nun die Männer niedergelassen hatten und wo Caitlyn, die Mägde und Knechte Brotlaibe und Krüge mit Wasser herumreichten. »Du wirst in den nächstgelegenen Dörfern verbreiten, wo unser angebliches Lager zu finden ist. Einige Leute werden nur zu gern bereit sein, de Thorigny darüber zu informieren. Falls du diese

Aufgabe nicht übernehmen möchtest, werde ich Paul oder John damit beauftragen …«

Robin seufzte. »Natürlich bin ich dazu bereit, aber …«

Doch Luce unterbrach sie und sprach rasch weiter. »Wenn ich de Thorigny wäre, würde ich ohnehin eine Belohnung für solche Hinweise aussetzen. Ich werde mich währenddessen in die Burg von York einschleichen und Edward de Thorigny auskundschaften. Irgendeine Möglichkeit, mich dort unerkannt herumzutreiben, wird mir schon einfallen.«

»Und auch wenn du nicht entdeckt wirst und tatsächlich herausfindest, wann Edward de Thorigny uns überfallen will – wie willst du denn rechtzeitig vor ihm hier sein?«

»Hier kommt unser angebliches Lager ins Spiel.« Luce lächelte ein wenig. »De Thorigny wird – nach dem, was seinen Steuereintreibern zugestoßen ist – bestimmt mit einem Hinterhalt rechnen. Er wird Kundschafter ausschicken, die überprüfen sollen, ob es dieses Lager tatsächlich gibt. Nun, dieses Lager existiert ja tatsächlich, wenigstens in den Augen eines flüchtigen Beobachters, der verborgen bleiben will. Ich bin überzeugt, dass es mir gelingen wird, in Erfahrung zu bringen, wann diese Kundschafter losreiten. Dann werde ich mich sofort auf den Weg machen und bei euch sein, ehe de Thorigny mit einem großen Trupp Bewaffneter aufbrechen wird.« Als Robin nichts erwiderte, legte Luce den Arm um ihre Schultern und schüttelte sie sanft. »Robin, vertrau mir, alles wird gut gehen.«

»Ich vertraue dir ja, aber dein Plan ist einfach sehr gefährlich.«

»Manchmal muss man im Leben einfach alles auf eine Karte setzen. Philip hätte mich bestimmt verstanden.«

Es war das erste Mal seit langem, dass Luce seinen Freund gegenüber Robin erwähnte. *Ja, Philip würde ihn begeistert unterstützen,* ging es ihr durch den Kopf. Sie musste daran denken, wie umsichtig und mutig Philip gehandelt hatte, als es darum gegangen war, die Verletzte aus dem von dem Erdrutsch zerstörten Haus zu bergen.

»Ich wünschte, Philip würde dir beistehen«, sagte sie impulsiv, »dann würde ich mir weniger Sorgen um dich machen.« Gleich darauf biss sie sich auf die Lippen. Sie erwartete, dass Luce bemerken würde: »Wenn du dich für Philip entschieden hättest, wäre er noch bei uns.« Doch nach einer kurzen Pause sagte er nur: »Lass uns ans Feuer zu unseren Leuten gehen.«

*

Wie die anderen Gaststuben, die Robin bisher betreten hatte, war auch diese niedrig und verräuchert. Lehmige Fußabdrücke zogen sich durch den Sand, mit dem der Bretterboden bestreut war. Auf einer Feuerstelle köchelten eine Suppe oder ein Eintopf vor sich hin. Der Wirt, ein korpulenter, kahlköpfiger Mann in den Vierzigern, nickte Robin kurz grüßend zu, gab dann klein geschnittenes Brot in das Gericht und rührte es mit einem großen Holzlöffel um.

»Ich hätte gerne eine Schale von der Speise«, sagte Robin, »und einen Becher Wasser.« Es war früher Nachmittag, und die beiden einzigen anderen Gäste waren zwei Männer. Den Mänteln aus gutem Stoff nach zu schließen, die neben ihnen auf der Bank lagen, handelte es sich bei ihnen – so vermutete Robin – um Kaufleute oder Handwerker.

»Darf ich mich zu Euch setzen?«, fragte sie höflich.

»Natürlich, Junge«, sagte einer der beiden, ein bärtiger Mann in den Dreißigern, der buschige Augenbrauen hatte. Der andere, ihn schätzte sie auf Mitte vierzig, sein lichtes Haar war schon ganz grau, nickte, während er Bier aus einem Tonbecher trank.

Der Wirt stellte eine Holzschale voller Brotsuppe und einen Tonbecher vor Robin. »Lass es dir schmecken«, sagte der Bärtige. »Was treibt dich so ganz allein in die Gegend von Knaresborough, Junge?«

»Ich bin ein Schreiber und suche Arbeit«, erklärte Robin. Sie hatte sich entschieden, sich als Schreiber auszugeben, da man ihr – zierlich wie sie war – nicht abgekauft hätte, harte körperliche Tätigkeiten zu verrichten.

»Dafür trägst du aber ziemlich fadenscheinige Kleidung.« Der Grauhaarige musterte sie prüfend.

Robin zuckte mit den Schultern, während sie den Löffel in die Schale tauchte. »Die Zeiten sind nun einmal schlecht. Die einfachen Leute haben kein Geld, um Briefe schreiben zu lassen, und selbst viele Adelige müssen sparen.«

»Pah, den Adeligen geht es immer noch gut«, schnaubte der Grauhaarige, »ganz im Gegensatz zu uns Kaufleuten.« Doch Robins Antwort schien ihn zufriedengestellt zu haben.

»Wo kommt Ihr denn her, und mit was handelt Ihr?«, erkundigte sich Robin ihrer Rolle gemäß.

Die beiden Männer berichteten ihr, dass sie James und Alfried hießen und Tuchhändler aus York waren. Eine Weile ließ Robin sie sich über die Qualität unterschiedlicher Wollstoffe verbreiten und über die Schwierigkeiten, in diesen unsicheren Zeiten Handel zu treiben, dann mischte sie sich wieder in das Gespräch ein.

»Auf dem Weg hierher habe ich mich im Wald verirrt«, sagte sie scheinbar beiläufig. »Auf einer Lichtung entdeckte ich Hütten und Feuerstellen. Ich bin niemandem dort begegnet. Aber ich hatte den Eindruck, dass die Asche in den Feuerstellen noch recht frisch war und eine größere Anzahl Menschen auf der Lichtung lebte. Mir kam das seltsam vor. Ich hatte Angst, dass es sich bei diesen Leuten um Wegelagerer handeln könnte. Deshalb habe ich nicht gewartet, bis jemand kam, sondern bin weitergewandert. Nun, ich hatte Glück. Einige Meilen später fand ich einen Weg …«

»Kannst du ungefähr beschreiben, wo diese Lichtung lag?«, fragte der Wirt interessiert, der, während er schmutziges Geschirr in einem Holzbottich wusch, das Gespräch verfolgt hatte.

»Wartet …« Robin runzelte die Stirn und gab vor, nachdenken zu müssen. Dann beschrieb sie den Ort des falschen Lagers.

»Meines Wissens gibt es dort keine Ansiedlung«, meinte der Wirt, nachdem sie geendet hatte.

»Dann könnte es sich tatsächlich um das Lager von Räubern gehandelt haben?«, fragte Robin aufgeregt und warf ihren Köder weiter aus.

»Möglicherweise …« Der Wirt wiegte den Kopf.

»Wurden nicht hier in der Gegend kürzlich Steuereintreiber Edward de Thorignys überfallen?« James – der Grauhaarige – stellte seinen Becher mit einem harten Geräusch auf dem Tisch ab.

»Ja, allerdings«, bestätigte der Wirt, »de Thorigny hat eine Belohnung für jeden aussetzen lassen, der ihn zu den Räubern führt.«

»Nun, Junge«, James wandte sich Robin zu, »wenn ich du wäre, würde ich meine Beobachtung de Thorigny mitteilen. Wer weiß, vielleicht wirst du dadurch ja noch reich.« Er lachte.

»Ach, ich will lieber nichts mit diesem Mann zu tun haben«, wehrte Robin ab.

»Recht hast du«, Alfried nickte Robin zu, »meiner Ansicht geschieht es Edward de Thorigny und John, diesem Thronräuber, ganz recht, dass ihnen das Geld, das sie den einfachen Leuten abgepresst haben, geraubt wurde.«

»Ach, dadurch erhalten die Armen ihr Geld auch nicht wieder.« James winkte ab.

Robin kratzte den Rest Suppe in ihrer Schale zusammen. So war es bisher immer gewesen, wenn sie das Gerücht über das Lager ausgestreut hatte – manche Leute verteidigten die Räuber. Andere waren nur zu gern bereit, Edward de Thorigny für eine Belohnung Meldung über das Lager zu erstatten. Früher oder später würde ihre Saat aufgehen, und jemand würde sich zu ihm auf den Weg machen. Vielleicht sogar James oder der Wirt.

Nachdem Robin auch noch ihren Becher leer getrunken hatte, bezahlte sie und verabschiedete sich von den beiden Kaufleuten. Ihre Stute hatte sie an einer sonnigen Stelle hinter dem strohgedeckten Haus angebunden. Sie hatte eben fast die vordere Ecke des niedrigen Fachwerkgebäudes erreicht, als sie sah, dass ein Reiter auf das Wirtshaus zuritt. Robin stockte der Atem – nein, sie täuschte sich nicht. Der Reiter war Cederick. Hastig duckte sie sich und ließ das Pferd einige Schritte rückwärts gehen. Wenn Cederick sie hier entdeckte, würde ihn dies bestimmt veranlassen, Fragen zu stellen.

Zu ihrer Erleichterung bemerkte er sie nicht, sondern ritt auf den Wirt zu, der Stroh über die tiefen Pfützen vor dem Haus streute.

»Herr, wie schön, dass Ihr uns wieder beehrt.« Der Wirt verbeugte sich ehrerbietig.

Nachdem Cederick abgesprungen war und ihm die Zügel zugeworfen hatte, betrat er die Wirtsstube. Robin überzeugte sich, dass die Tür hinter ihm zugefallen war, ehe sie ihrer Stute die Fersen in die Flanken stieß. Während sie über den Hof ritt, bemerkte sie, dass der Wirt Cederick mit einer finsteren Miene, die so gar nicht zu seinen freundlichen Worten passte, hinterherstarrte.

Robin wunderte sich kurz darüber. Doch dann sagte sie sich, dass nicht selten die einfachen Leuten den Adeligen schöntaten, weil sie sich einen Vorteil davon versprachen, sie insgeheim aber hassten und verachteten. Ganz bestimmt hatte der Wirt keinen wirklichen Grund, auf Cederick zornig zu sein.

In wenigen Stunden würde sie Cederick treffen. Die Vorfreude darauf ließ ihr Herz schneller schlagen und milderte sogar ihre Sorge um Luce, der mittlerweile schon längst auf der Burg von York eingetroffen sein musste.

*

Als Robin am Nachmittag den Heuschober erreichte, kam ihr Cederick bereits entgegen.

»Ich warte seit einer ganzen Weile auf dich«, sagte er lächelnd, während er ihr aus dem Sattel half. »Ich hatte schon befürchtet, dass du nicht mehr kommen würdest.«

Robin hatte noch in einem anderen Dorf das Gerücht über das Lager im Wald gestreut. Der Weg von dort zu ihrem Treffpunkt hatte sich als weiter entpuppt, als sie vermutet hatte.

»Du hättest dir keine Sorgen machen müssen«, antwortete sie, während sie Cedericks Umarmung erwiderte und sich lachend von ihm hochheben und zu dem Heuschober tragen ließ. »Ich hatte doch versprochen, dass ich dich heute treffen würde. Ich hätte es mir durch nichts in der Welt entgehen lassen, mit dir zusammen zu sein«, fügte sie dann ernsthaft hinzu.

»Wirklich?«

»Wirklich.« Für einen Moment musste Robin wieder an den finsteren Blick denken, mit dem der Wirt Cederick bedacht hatte. Doch nun küsste Cederick sie. Seine Zunge, die tief in ihren Mund stieß, und seine Hände, die unter ihren Kittel wanderten und ihre Brüste liebkosten, ließen sie aufstöhnen. Robin nahm noch den vertrauten Geruch von Heu und Staub wahr und dass die Sonne in einem feinen Strahl durch ein Loch in dem Strohdach fiel und einen Lichtkringel auf die Bretterwand malte, dann streifte sie Cederick den Samtmantel und das Leinenhemd ab und ließ sich mit ihm auf den Boden sinken. Nun waren nur noch er und sie und ihre wachsende Leidenschaft wichtig.

Später, als Robin erschöpft und glücklich und geschützt von dem Mantel in Cedericks Armen lag, wanderte ihr Blick zu dem löchrigen Strohdach, und sie musste unwillkürlich lächeln.

»Was hast du?« Cederick streichelte ihr Haar.

»Ach, ich hätte nicht gedacht, dass ich jemals einen heruntergekommenen Heuschober wunderschön finden und ihn einem Zuhause vorziehen würde«, murmelte sie.

»Robin ...« Seine Hände liebkosten immer noch ihr

Haar. »Wenn ich meine Geschäfte hier abgeschlossen habe und dich bitten würde, meine Frau zu werden – würdest du Ja sagen?«

»Du, ein Adeliger, bittest mich, die Tochter eines Bauern, deine Frau zu werden?«, erwiderte Robin teils neckend, teils ernsthaft. Sie war zwar die Tochter eines Ritters, aber das wusste Cederick ja nicht. *Wir wissen überhaupt so wenig voneinander*, ging es ihr durch den Sinn. Aber das war ja auch ihre Schuld.

»Ausgerechnet du, eine Frau, die sich sonst überhaupt nicht um Regeln schert, führst auf einmal meine gesellschaftliche Stellung ins Feld?«

Robin blickte an ihm vorbei zu der Stelle, wo sich einmal die Tür des Heuschobers befunden hatte. Eine Amsel, die schon früh den Rückweg aus dem Süden angetreten hatte, hüpfte dort auf der Wiese herum. Nun hielt sie inne und pickte mit ihrem Schnabel zwischen die noch gelben Grashalme, während ihre Augen aufmerksam die Umgebung musterten.

Da ihre eigene Situation so ungewiss war, hatte Robin bislang jeden Gedanken an eine Zukunft mit Cederick beiseitegeschoben. *Wenn es Luce und mir gelingt, Edward de Thorigny zu besiegen*, dachte sie. *Und wenn es uns dann gelingt, uns zu Königin Eleonor durchzuschlagen ... Und vielleicht kehrt Richard ja doch noch nach England zurück und übernimmt wieder die Herrschaft ... Ja, dann könnten Cederick und ich eine Zukunft miteinander haben.*

»Was geht dir durch den Kopf?« Cederick fasste Robin unter das Kinn und zwang sie, ihn anzusehen.

Nein, sie konnte sich nicht mehr vorstellen, ohne ihn zu leben. »Dass ich dich liebe«, flüsterte sie.

»Dann lautet deine Antwort: Ja?«

Sie nickte stumm, während sie ihre Hände auf Cedericks Schultern legte. Sie drückte ihn auf den Boden und glitt auf ihn. Cederick umfasste ihre Hüften. Als er in sie eindrang, schrie sie vor Lust und Wonne auf. *Ja, sie liebte ihn mehr als alles in der Welt …*

*

Am anderen Ende des Stalls brannte eine Fackel in einer Halterung. Doch in dem durch eine Holzwand abgetrennten Winkel war es fast dunkel. Was Luce jedoch nichts ausmachte. Er benötigte kein Licht, um herauszufinden, wo das rechte Hinterbein des Hengstes noch entzündet war. Langsam ließ er seine Hände über das kurze, glatte Fell wandern. Der Hengst ließ Luces Berührung willig über sich ergehen. Nachdem Luce die Entzündung ertastet hatte, strich er eine Salbe aus Eichenrinde und Beinwell darauf. Währenddessen redete er immerzu leise und sanft auf das Tier ein.

Er hatte die Gabe, dass Pferde sofort Vertrauen zu ihm fassten, von seinem Großvater Ethan geerbt. Das hatte er seine Mutter oft sagen hören. *In gewisser Weise ist es eine Ironie des Schicksals, dass mir ausgerechnet diese Gabe, die ich mit meinem Großvater gemeinsam habe, eine Anstellung als Stallknecht Edward de Thorignys verschafft hat,* überlegte Luce. Denn Ethan hatte Edwards Großvater Hugo im Kampf getötet.

Mit dem Hengst war – so hatte es der Stallmeister Luce erklärt, als er nach einer Anstellung gefragt hatte – ohnehin sehr schwer umzugehen. An sein krankes Bein hatte er niemanden herangelassen und erst am Morgen einem Knecht, der sich ihm genähert hatte, durch einen Tritt zwei Rippen gebrochen. Luce hatte es binnen kurzer Zeit geschafft, die Wunde untersuchen zu dürfen. Da der Hengst ein prächtiges und sehr wertvolles Tier war, war der Stallmeister nur zu froh gewesen, Luce als seinen Betreuer anstellen zu können.

Seit er auf der Burg lebte, hatte Luce Edward de Thorigny hin und wieder gesehen. Meistens aus der Ferne, aber ein paarmal war er ihm auch so nahe gekommen, dass er ihn fast hätte berühren können. Bei diesen Gelegenheiten hatte ihn Edwards Blick gestreift. Aber Robin hätte sich wirklich keine Sorgen machen müssen, dass de Thorigny ihn erkennen würde. Ja, wahrscheinlich hätte er ihm auch ohne Bart und gefärbte Haare gegenübertreten können, und Edward hätte immer noch nicht begriffen, dass er es mit seinem Todfeind zu tun hatte. Denn Bedienstete waren für ihn – das hatte Luce auch den Gesprächen der anderen Knechte entnommen – eigentlich nichts weiter als Gegenstände. Am schlimmsten war es für Luce gewesen, Edwards Stimme zu hören, denn die ähnelte zum Verwechseln der seines Vaters William.

Manchmal war Edward in Begleitung seines Halbbruders Cederick zu den Stallungen gekommen. Luce hatte erst auf der Burg erfahren, dass es diesen Halbbruder gab. Cederick behandelte die Bediensteten besser als Edward, aber dies minderte Luces Hass und Verachtung ihm gegenüber nicht im Geringsten. Denn auch er war nun einmal der Sohn Williams.

Draußen auf dem Hof ertönten nun Schritte. Gleich darauf wurde die Stalltür geöffnet. Als die schleppende, herrische Stimme Edwards erklang, glaubte Luce im ersten

Moment, er würde es sich nur einbilden, sie zu hören, da er eben an ihn gedacht hatte. Doch nein, es war wirklich Edward, der fragte: »Mein Hengst ist wirklich nicht mehr fiebrig?« Der Hengst, ein wunderschöner, wenn auch überzüchteter Rappe, der ein Vermögen gekostet haben musste, hatte sich vor einigen Tagen während eines Ausritts bei Regen ein leichtes Fieber zugezogen. Vorsichtig hob Luce den Kopf. Über der Trennwand, am entgegengesetzten Ende des Stalls, konnte er die Umrisse von drei Männern sehen. Das Licht der Fackel verzerrte ihre Umrisse ins Riesenhafte.

»Ja, Herr, es ist alles in bester Ordnung mit Eurem Hengst«, antwortete der Stallmeister unterwürfig.

»Gut für dich, denn falls er Schaden nehmen sollte, werde ich dich auspeitschen lassen. Und nun verschwinde.«

Jemand lief hastig den Stallgang entlang. Nachdem die Tür zugefallen war, ergriff Edward de Thorigny wieder das Wort: »Ich bin dir dankbar, dass du selbst dieses angebliche Lager auskundschaften willst. Aber sei vorsichtig.«

»Das habe ich vor«, erklang Cedericks Stimme.

Es dauerte einige Augenblicke, bis Luce begriff, dass seine List tatsächlich aufgegangen war. Mit Anbruch der Dämmerung waren die Burgtore geschlossen worden. Aber am nächsten Tag würde er so bald wie möglich aufbrechen. Irgendeine plausible Ausrede würde ihm schon einfallen, damit niemand Verdacht schöpfte.

*

Robin ließ ihren Blick wieder einmal über das falsche Lager schweifen. Ein starker Wind peitschte die Bäume um die Lichtung. Während der vergangenen Woche hatten sie, die Knechte und Mägde, solange das Tageslicht ausreichte, fast ohne Unterlass gearbeitet. Seit zwei Tagen war es jetzt fertig.

*Ja*, konstatierte sie, *wenn man das Lager nicht aus nächster Nähe in Augenschein nimmt, muss man es für echt halten.*

Aus Weidenzweigen geflochtene und mit Grassoden bedeckte Matten dienten auch hier als Dächer – nur dass sich darunter keine Höhlen befanden, sondern nur Wiese. Zwischen den »Hütten« hatten sie mehrere mit Feldsteinen umrandete Feuerstellen angelegt und darin Holz verbrannt. Der Geruch von Asche stach Robin, obwohl sie sich ein ganzes Stück entfernt aufhielt, deutlich in die Nase. Zwischen zwei Bäumen hatten Caitlyn und die Mägde Kittel und Decken an einem Seil wie zum Trocknen aufgehängt. Der Wind ließ die Stücke hoch zum wolkenlos blauen Himmel aufflattern. An einer Feuerstelle stand Caitlyn und beaufsichtigte die Suppe, die dort in einem Topf vor sich hin köchelte, denn die vorgeblichen Bewohner des Lagers mussten ja etwas in den Magen bekommen, und vor einer »Hütte« saßen zwei Mägde und mahlten Korn mit Handmühlen.

*Hoffentlich schickt Edward de Thorigny bald seine Kundschafter*, überlegte Robin weiter, *und hoffentlich findet bald der Überfall statt.* Denn das Warten zerrte allmählich an ihren Nerven.

Für einige Momente gab sie sich der Erinnerung hin, wie Cederick und sie sich bei ihrem letzten Treffen geliebt hatten. Doch Paul, der nun auf sie zukam, brachte sie wieder in die Gegenwart zurück.

»Ich schätze, es ist Zeit, dass wir die anderen ablösen, Miss«, sagte er.

»Natürlich«, Robin nickte. Die Sonne hatte ihren Zenit erreicht.

Gemeinsam mit Paul und zwei weiteren Knechten stieg sie den von Laubbäumen bewachsenen Hang hinauf, der oberhalb des einzigen Weges lag, der zu der Lichtung führte. Für den Fall, dass Edward de Thorigny doch schon mit einer großen Anzahl Bewaffneter erscheinen sollte – was nur bedeuten konnte, dass er das Lager überfallen und nicht auskundschaften wollte –, hatten sie beschlossen, Wachen einzurichten. Dann sollten Caitlyn und alle anderen in den Wald flüchten.

Robin übernahm, wie schon einige Male vorher, den Wachposten, der am weitesten vom Lager entfernt war. Hinter einer alten Buche befand sich eine von Büschen geschützte Stelle am Hang. Dort setzte sie sich in das welke, trockene Laub. Die Stelle war sonnig. Aber auch im Schatten waren inzwischen, obwohl es noch einmal für zwei Wochen kalt geworden war, alle Schneereste verschwunden.

In dem klaren Licht wirkte die Rinde der Buche, wo sie nicht von einer dünnen Moosschicht überzogen war, fast silbrig. Müßig blickte Robin weiter um sich. Viele Äste waren rötlich vom steigenden Saft. Ein Eichhörnchen, das seine Winterruhe beendet hatte, hüpfte auf der Suche nach Futter im Unterholz herum.

Ein plötzlicher Windstoß fuhr in das Laub und wirbelte es auf. Das Eichhörnchen hob, als sei es davon irritiert, sein rotes Köpfchen. Robin lächelte. Doch als das Rascheln des Laubes verklungen war, hörte sie ganz deutlich in der Ferne Hufschläge. Angespannt beugte sie sich vor und schob die Äste eines kahlen Haselnussstrauchs zur Seite. Sie und

Paul und die anderen beiden Knechte, die im Abstand von jeweils einer halben Meile warteten, hatten ihre Posten so gewählt, dass sie die Sonne im Rücken hatten – was für sie eine gute Sicht bedeutete. Reiter unten im Tal wurden jedoch, wenn sie den Hang hinaufschauten, geblendet.

Auf dem Weg sah Robin jetzt sechs Reiter. Sie waren zu weit entfernt, als dass sie ihre Gesichter hätte erkennen können. Der vorderste Reiter trug einen Schild in blauen und silbernen Farben. Von denen seiner Begleiter leuchtete es grün und rot – die Farben der de Thorignys. Diese Männer waren eindeutig nur Kundschafter. Zu sechst konnten sie keinen Überfall riskieren. Robin pfiff wie eine Amsel. Das Zeichen, dass keine Gefahr drohte. Paul würde es hören und seinerseits weitergeben.

Der Reitertrupp war mittlerweile ein ganzes Stück näher gekommen. *Der Mann an der Spitze sieht aus wie Cederick*, durchfuhr es Robin. *Es muss sich um einen seltsamen Zufall der Natur handeln*, beruhigte sie sich gleich darauf. Cederick konnte unmöglich mit ihrem Feind paktieren. Aber nun – als hätte er ihre Gedanken gespürt – blickte der Mann in ihre Richtung. Robins Herzschlag setzte kurz aus, und ihr stockte der Atem. Sie kannte das fein geschnittene Gesicht mit den grünen Augen nur zu gut, hatte es so oft geküsst und liebkost. Der Reiter war Cederick!

Einige Momente lang war Robin wie betäubt. Dann ließ sie ein Impuls aufstehen und den Männern oben am Hang folgen. Der starke Wind überdeckte das Geräusch, das ihre Schritte verursachten. Nach etwa einer Meile brachten die Männer ihre Pferde zum Stehen, sprangen ab und banden sie so an, dass sie vom Weg her nicht zu sehen waren.

Danach gingen sie durch den Wald weiter, wobei sie

sich vorsichtig vorwärtsbewegten, ganz offensichtlich darauf bedacht, nicht gehört und gesehen zu werden. Robin schlich ihnen hinterher. Nach etwa einer Stunde waren sie der Lichtung nahe gekommen und beschrieben nun einen Bogen. Robin fragte sich verwundert, warum sie dies taten, bis sie verstand, dass die Männer, wenn sie den Waldrand erreichten, den Wind gegen sich haben wollten, sodass sie nicht von Hunden gewittert werden konnten.

Schließlich, als sie die Lichtung fast erreicht hatten, blieben sie stehen. Robin duckte sich hinter einige junge Fichten. Durch die Nadelzweige konnte sie Cederick und seine Begleiter ebenso sehen wie das Lager. Rauch stieg von der Feuerstelle auf, über der der Kessel mit der Suppe hing. Caitlyn ging zu den Mägden, die vor der »Hütte« saßen und das Getreide mahlten, und sprach mit ihnen. Zwei Knechte gesellten sich zu ihnen. Die Decken und die Kittel flatterten heftig im Wind.

Nachdem Cederick und seine Männer das Lager eine Weile beobachtet hatten, traten sie den Rückweg an. Dabei kamen sie nahe an Robins Versteck vorbei.

»Diese Wegelagerer sind völlig ahnungslos«, hörte Robin einen der Bewaffneten zu Cederick sagen. Dessen Lächeln drehte ihr den Magen um. Seine Antwort ging in einem Windstoß und Blätterrascheln unter. Robin starrte Cederick und seinen Begleitern hinterher, bis sie zwischen den Bäumen verschwunden waren. Dann begann sie zu zittern. Sie schlang die Arme um sich, wie um sich selbst Halt zu geben.

Hatte Cederick gewusst, wer sie war, und deshalb ihre Nähe gesucht? War seine Liebe nur vorgetäuscht gewesen? Aber dann hätte er ihr ja nur zu dem richtigen Lager folgen müssen. Was er ganz offensichtlich nicht getan hatte. Denn sonst hätte Edward de Thorigny sie schon längst überfallen.

Klar war nur – auch wenn es ihr immer noch schwerfiel, dies zu akzeptieren: Cederick stand in den Diensten Edward de Thorignys. Sie hatte sich in einen Mann verliebt, der mit ihrem Todfeind paktierte.

*

Als Robin schließlich zum Lager zurückkehrte, war es früher Abend. Der Himmel im Westen hatte sich gelb verfärbt, ein Anzeichen, dass das Wetter bald umschlagen und es Regen geben würde. Zwischen den Hütten hatten sich die Knechte und Mägde sowie Rodericks Freunde und ihre Familien um Luce versammelt, der mit entschlossener Miene zu ihnen sprach. Auch Roderick stand bei ihnen.

Normalerweise wäre Robin überglücklich gewesen, dass ihr Bruder wohlbehalten zu ihnen zurückgekommen war. Doch sie war zu niedergedrückt und durcheinander, um mehr als Erleichterung zu empfinden.

»In den nächsten Tagen – vielleicht schon morgen – müssen wir mit einem Angriff de Thorignys rechnen«, hörte sie Luce sagen. »Jeder weiß, welche Aufgabe er zu erfüllen hat. Esst nun und legt euch dann früh schlafen.«

»Ja, seht zu, dass ihr etwas in den Magen bekommt«, rief Caitlyn. Die Bediensteten sowie Roderick und seine Freunde verteilten sich um die Feuerstelle, über der der Bronzekessel hing. Dampf stieg von ihm in einer großen Wolke in die kühle Abendluft auf.

Nun entdeckte Luce Robin und eilte auf sie zu. »Mein Gott, wo bist du gewesen?«, fragte er hastig. »Paul und die anderen beiden Knechte hatten keine Ahnung, wo du bist.

Ich hatte schon befürchtet, du wärst de Thorignys Männern in die Hände gefallen, nachdem du Paul mit dem Amselruf gewarnt hattest.«

»Mir wurde plötzlich übel. Deshalb bin ich in den Wald gelaufen«, log Robin. »Ich muss wohl eine Weile ohnmächtig geworden sein.«

Luce betrachtete sie forschend. »Du bist immer noch aschfahl«, sagte er besorgt.

»Es geht schon wieder«, wehrte Robin ab. »Habt ihr denn schon die Verhaue gebaut?« Aus diesen Verhauen sollten Steine, Erde und Baumstämme auf die Angreifer herunterprasseln.

»Ja, wir sind vor kurzem damit fertig geworden.« Luce nickte.

»Der Mann, der die Kundschafter befehligte und einen Schild in blauen und silbernen Farben trug«, sagte Robin scheinbar beiläufig, »weißt du, wer das ist?«

»Edward de Thorignys Halbbruder. Sein Name ist Cederick de Molesme.«

»De Thorigny hat einen Halbbruder?«, flüsterte Robin.

»Ja, laut de Thorignys Bediensteten ist er ein Bastard, den William mit der Tochter eines Ritters zeugte.« Luce zuckte mit den Schultern. »Nachdem William bei König Henry in Ungnade fiel, wollten seine Mutter und seine Großeltern mit dem Jungen nichts mehr zu tun haben und gaben ihn zu Verwandten, den de Molesmes, zur Pflege. Später nahmen ihn die de Molesmes an Sohnes statt an und machten ihn zu ihrem Erben. Aber auch wenn dieser Cederick ihren Namen trägt, bleibt er doch ein de Thorigny, und Williams Blut fließt in seinen Adern.« Luce verzog angewidert und verächtlich die Lippen.

Sie hatte sich einem Sohn Williams hingegeben … Es zugelassen, dass er sie berührte, küsste … Robin hatte das Gefühl, dass ihre Haut und ihr Mund zu brennen begannen, als ob sie mit einem ätzenden Gift in Berührung gekommen wären.

»Entschuldige …«, brachte Robin noch hervor. Dann rannte sie blindlings in den Wald, ohne sich um Luces besorgte Rufe zu kümmern. Erst ein ganzes Stück von der Lichtung entfernt hielt sie an einem Bach inne. Sie riss sich die Kleider vom Leib, stieg in das eisig kalte Wasser und kauerte sich darin nieder. Wieder und wieder wusch sie sich damit und spülte ihren Mund aus, bis sie ganz blau gefroren war und ihre Zunge und ihre Zähne nicht mehr fühlte.

Als sie schließlich aus dem Bach stieg und sich nach ihren Kleidern bückte, um sich notdürftig abzutrocknen, hörte sie ein leises metallisches Geräusch, denn sie hatte mit dem Armreif ihren Dolch gestreift. Erst jetzt bemerkte Robin, dass sie immer noch den Schmuck trug, der sie an Cederick erinnern sollte. Sie riss den Reif von ihrem Arm, als wäre er eine Viper, und schleuderte ihn mit aller Kraft, deren sie fähig war, in die Dunkelheit zwischen den Bäumen.

Ein trockenes Schluchzen stieg in ihr auf. Doch sie hatte sich schnell wieder in der Gewalt. *Wenn Cederick zusammen mit Edward de Thorigny das Lager überfällt, werde ich ihn töten,* beschloss sie.

*

Robin war noch ganz von diesem Entschluss erfüllt, als gegen Mittag des nächsten Tages John ins Lager gestürmt kam. »Edward de Thorigny ist mit seinen Leuten im Anmarsch«, schrie er. »Er hat etwa zwölf Dutzend Leute bei sich.«

Wortlos hängte sich Robin ihren Bogen und ihren Köcher über die Schulter und folgte Luce aus dem Zelt, das ihnen Schutz gewährt hatte. Das Wetter war tatsächlich umgeschlagen. Ein dünner, kalter Regen ging auf die Lichtung nieder.

»Bist du dir sicher, dass du kämpfen kannst?«, fragte Luce, während er seinen Schwertgurt zurechtrückte und sie prüfend musterte. Ihre Flucht in den Wald hatte Robin mit einem neuerlichen Anfall von Übelkeit begründet.

»Ja, das bin ich«, erwiderte sie knapp. Ihr entschiedener Ton schien Luce zu überzeugen, denn er nickte. »Gut, du weißt ja, welche Position du einzunehmen hast.«

Schweigend machten sie sich alle auf zu dem Ort, wo sie den Hinterhalt vorbereitet hatten. Auch die Mägde und die Familien der Kämpfer begleiteten sie. Denn Luce wollte für den Fall, dass der Hinterhalt fehlschlagen sollte, niemanden im Lager zurücklassen. Dort wären sie Edward de Thorigny und seinen Leuten schutzlos preisgegeben.

Das Laub und der Waldboden waren glitschig vom Regen. In Zweierreihen schritten sie, die Pferde und Maultiere am Halfter führend, den Hügel hinauf bis zu der Stelle, wo die Verhaue errichtet waren. Einen Teil der Tiere behielten sie in ihrer Nähe, um damit später zum Angriff in das Tal stürmen zu können. Die anderen führten die Mägde weiter den Hügel hinauf, wo die Tiere an einem sicheren Platz angebunden wurden. Robin stellte sich zu Rodericks Freunden. Luce bezog weiter hinten, in Richtung des falschen Lagers, bei den Knechten Position.

*In wenigen Stunden wird der Kampf entschieden sein,*

dachte Robin. Matthew hatte ihr erzählt, das Warten auf den Beginn einer Schlacht sei ihm immer schlimmer erschienen als der eigentliche Kampf. Es konnte nicht viel Zeit vergangen sein, doch Robin schien es endlos zu dauern, bis endlich die ersten Bewaffneten durch das Tal ritten. Selbst im Regen und auf die Entfernung hin war das Wappen der de Thorignys gut zu erkennen. Das Rot des Hirschen wirkte vor der nassen grauen Umgebung wie eine obszöne, klaffende Wunde.

Während Robin auf Luces Zeichen wartete, musterte sie die Reiter, die unten im Tal den Weg entlangzogen. Trotz seines Helmes erkannte sie Edward de Thorigny, der im vorderen Drittel ritt, sofort. Seit dem Angriff auf Yvains Gut hatte sich ihr sein gut aussehendes, hochmütiges Gesicht unauslöschlich eingeprägt. Jetzt glaubte sie auf einmal, eine Ähnlichkeit mit Cederick darin erkennen zu können.

Wieder kam es Robin vor, als ob ihre Haut von seinen Berührungen brennen würde, und sie ekelte sich vor sich selbst. Angestrengt spähte sie weiter durch den Regen. Mehr als die Hälfte von de Thorignys Männern hatten nun die Verhaue passiert. Nun zogen die letzten Reiter an ihr vorbei. Nein, Cederick befand sich nicht unter ihnen, konstatierte sie beinahe enttäuscht.

Luces Ruf »Kappt die Seile!« erlöste Robin von ihrer Anspannung. Während Steine, Erde und Baumstämme auf die Reiter niederprasselten und laute Schmerzensschreie ertönten, legte sie einen Pfeil an die Sehne und spannte den Bogen. Wieder erklang ein Befehl Luces – das Zeichen, einen ersten Pfeilhagel auf ihre Gegner niedergehen zu lassen. Da Robin Edward de Thorigny nirgends entdecken konnte, zielte sie auf einen seiner Männer. Emotionslos verfolgte sie, wie ihr Pfeil sein Lederwams an der Brust durchschlug und er aus dem Sattel stürzte.

Nachdem sie auch noch eine zweite Pfeilsalve abgeschossen hatten, verschanzten sich die von Edward de Thorignys Leuten, die noch am Leben waren, hinter ihren toten Pferden oder den Bäumen.

*Bisher ist alles so gelaufen, wie Luce es geplant hat*, ging es Robin durch den Kopf. *Fast lief alles zu gut …* Aus den Augenwinkeln verfolgte sie, wie Luce und ein Teil der Knechte sowie Rodericks Freunde sich auf ihre Pferde schwangen und hinunter ins Tal stürmten, um ihre Feinde von Nahem zu bekämpfen.

Luce und seine Gefährten hatten eben den Talgrund erreicht, als ein weiterer Reitertrupp den Weg entlanggeprescht kam und sich mit gezogenen Schwertern auf sie stürzte. Männer, die ebenfalls de Thorignys Wappen auf ihren Schilden trugen. Unter den Bewaffneten entdeckte Robin plötzlich einen Schild mit Streifen in blauen und silbernen Farben. Ja, der Mann, der den Schild am Arm trug, war Cederick. Anscheinend hatten er und sein Halbbruder doch mit einem Hinterhalt gerechnet und deshalb nicht alle Bewaffneten auf einmal in das Tal geschickt, begriff sie. Wie gelähmt beobachtete sie einige Momente lang, wie Cederick auf einen der Knechte eindrang, seine Deckung durchschlug und ihm das Schwert in die Kehle rammte.

Weiter vorne sah sie Luce in einem Knäuel von Männern kämpfen. Endlich gelang es Robin, sich aus ihrer Erstarrung zu lösen. Sie zielte mit einem Pfeil auf Cederick und hätte ihn getroffen, wenn er sich nicht zur Seite bewegt hätte, um einem Angreifer auszuweichen.

*Ich muss näher an ihn herankommen, notfalls mit dem*

*Dolch gegen ihn kämpfen,* schoss es Robin durch den Sinn. Ohne sich um Pauls Rufe zu kümmern, der versuchte, sie zurückzuhalten, rannte sie zu den Pferden, schwang sich auf ihre Stute und stürmte dann ebenfalls ins Tal hinunter. Dort hielt sie Ausschau nach Cederick. Doch sie sah nicht ihn, sondern Luce, der mit dem Schwert gegen Edward de Thorigny focht. Beide Männer bluteten aus mehreren Wunden, und auch ihre Pferde waren verletzt. Durch das Durcheinander aus kämpfenden Männern, Toten und Pferdekadavern lenkte Robin ihre Stute zu Luce und de Thorigny. Noch wichtiger, als Cederick zu töten, war es, Luce gegen Edward de Thorigny beizustehen und Rache an ihm zu nehmen.

Luce führte einen Hieb aus, und Edward de Thorigny wurde die Waffe aus der Hand geschleudert. Luce hob sein Schwert, um auf ihn einzustechen, doch nun tauchte ein Mann neben ihm auf, der ihn seinerseits mit seiner Waffe bedrängte – Cederick. Edward de Thorigny und sein Pferd waren zwischen einem Baumstamm und einigen Kämpfern eingekeilt, während sich Cederick genau in Robins Schussfeld befand. Nun entdeckte Luce Robin. Auch er nahm wahr, dass sie frei auf Cederick zielen konnte.

»Robin!«, schrie er. »Töte den Kerl.« Robin zielte auf Cederick, bereit, den Pfeil losschnellen zu lassen.

Cederick, der Luces' Schrei gehört hatte, wandte den Kopf. Seine Augen weiteten sich fassungslos, als er sie erkannte. »Robin …«, rief er aus. Dann entdeckte er, dass sie einen Pfeil auf ihn angelegt hatte. Einige Momente lang sahen sie sich über das Kampfgetümmel hinweg nur an. Das Klirren der Waffen und die Schreie der Kämpfenden verstummten um Robin. *Er ist der Sohn des Mannes, der mei-*

*ne Mutter vergewaltigt und so schwer gefoltert hat, dass sie sich das Leben nehmen wollte,* schwirrte es durch ihren Kopf. *Sein Halbbruder hat uns von unseren Gütern vertrieben und will uns vernichten. Cederick hilft ihm dabei. Du musst ihn töten!* Doch sie konnte sich nicht überwinden, den Pfeil losschnellen zu lassen.

Dann war die Gelegenheit vertan. Zwischen den Kämpfenden vor Edward de Thorigny öffnete sich plötzlich eine Lücke. Er duckte sich unter Luces Schwert weg, trieb seinen Hengst durch die freie Stelle und galoppierte davon. Cederick riss sich von Robins Blick los und folgte ihm.

»Ihnen hinterher!«, brüllte Luce und spornte sein Pferd an.

Robin presste die Hand gegen den Mund, um einen zornigen und verzweifelten Aufschrei zu unterdrücken. Was hatte sie getan … Sie wendete ihre Stute, wich einem von de Thorignys Soldaten aus, der versuchte, einen Schwerthieb gegen sie zu landen, und preschte in den Wald. Sie verachtete sich. Aber sie konnte Cederick nicht verfolgen und vielleicht mit ansehen müssen, wie Luce oder die anderen ihn töteten.

*

Robin ritt in ihr eigentliches Lager. Eine Weile nach ihr kehrten auch die Mägde, die Frauen und Kinder und ein Teil der Männer dorthin zurück. Robin versorgte die Verwundeten – sie hatten vier Tote zu beklagen – und verkroch sich danach in der Wohnhöhle. Noch immer konnte sie nicht wirklich fassen, was geschehen war. Es kam ihr vor, als wäre sie in einem furchtbaren Alptraum gefangen.

Spät in der Nacht hörte sie, dass sich Reiter dem Lager

näherten. Dies mussten ihre eigenen Leute sein, denn die Wachen hatten kein Warnsignal gegeben. Robin schlüpfte aus der Wohnhöhle und rannte zur Pferdeweide. Der Regen war Nebel gewichen. Die brennenden Fackeln, die die Reiter bei sich hatten, waren von einem blassen Hof aus reflektierenden Tropfen umgeben.

Robin atmete auf, als sie sah, dass Luce die Reiter anführte. An seinem rechten Arm befand sich ein blutiger Verband, doch sonst war ihm nichts wirklich Schlimmes zugestoßen. Sein Gesicht wirkte im unruhigen Licht der Fackeln bleich und erschöpft.

»Edward de Thorigny und sein verwünschter Halbbruder sind uns entkommen«, beantwortete Luce Robins unausgesprochene Frage.

*Cederick lebt*, durchfuhr es Robin. Ihre Erleichterung verwandelte sich jedoch gleich darauf in ein nagendes Schuldbewusstsein. Luce warf die Zügel seines Pferdes einem Knecht zu und sagte: »Kümmere du dich bitte um den Hengst.« Dann fasste er Robin mit hartem Griff am Arm und führte sie zum anderen Ende der Weide, wo sie außer Hörweite der Männer waren.

»Warum hast du nicht auf Cederick de Molesme geschossen?«, fragte er schroff. »Wenn er mich nicht mehr bedroht hätte, hätte ich Edward de Thorigny töten können. Und woher kannte er deinen Namen?«

Robin starrte über die Pferdeweide. Im Licht der Fackeln bildeten Männer und Pferde verzerrte Schatten. »Ich hatte keine Ahnung, dass Cederick Edwards Halbbruder und der Sohn William de Thorignys ist«, flüsterte sie schließlich.

»Aber du kanntest ihn?« In Luces Stimme schwang Unglauben mit.

»Ich bin ihm zum ersten Mal auf dem Heimweg nach Wales begegnet, als Yvain krank wurde und wir im Kloster von Bath Unterkunft suchten. Zwei Tage später nahm ich in Bristol an einem Wettschießen teil und gewann es. Danach geriet ich in Schwierigkeiten. Ein paar junge Männer bedrohten mich. Cederick de Molesme rettete mich vor ihnen.«

»Wie ritterlich von ihm … Aber bei diesen beiden Begegnungen blieb es nicht?«

»Nein …« Robin senkte den Kopf. Das hohe, nasse Gras wirkte in der Dunkelheit wie eine schwarze Wasserfläche. »Ich habe ihn ganz zufällig wieder gesehen, als du und ich in York waren, um Getreide zu kaufen.« Luce schwieg, wartete darauf, dass sie weitersprach.

»Danach haben wir uns einige Male getroffen.« Robin schluckte. »Ich … ich hatte mich in Cederick de Molesme verliebt.« Ihre Worte schienen in der Nacht widerzuhallen.

Luce stieß zischend den Atem aus. »Du hast dich in den Sohn des Mannes verliebt, der unseren Vater tötete und unsere Mutter so schwer misshandelte, dass sie zeitlebens darunter litt?« Er sprach leise. Aber in seiner ungläubigen Stimme schwang ein drohender Unterton mit.

»Bei Gott, Luce, ich wusste doch nicht, wer er war!«, schrie Robin auf.

»Meinen Freund Philip, einen ehrlichen, anständigen Mann, weist du ab. Und diesem Mistkerl wirfst du dich an den Hals.« Robin erahnte mehr, als dass sie es sah, dass Luce benommen den Kopf schüttelte. »Hast du etwa auch noch mit ihm geschlafen?«

»Ja …«

»Du verdammte Hure!«

Die Worte ihres Bruders trafen Robin wie Peitschenhiebe. »Luce …«, flehte sie.

»Ach, du bist viel schlimmer als eine Hure. Noch nicht einmal eine Hure würde mit ihrem schlimmsten Feind das Bett teilen.« Luces Verachtung war schwerer zu ertragen als sein Zorn. Etwas in Robin wurde ganz hart und kalt.

»Wie oft soll ich dir gegenüber noch beteuern, dass ich nicht wusste, wer Cederick ist?«, versetzte sie scheinbar ruhig.

Wieder hörte Luce ihr überhaupt nicht zu. »Hat es Spaß gemacht, mit ihm zu schlafen?«, höhnte er. »Ich schätze, er war dir gegenüber viel sanfter als William zu unserer Mutter.«

»Ich weiß genau, was William unserer Mutter angetan hat.« Robins Geduld war zu Ende. »Aber nun will ich dir einmal etwas sagen … Meiner Meinung nach bist du nie darüber hinweggekommen, dass William dich damals, als Yvain und Simon seinen Überfall abwehrten, niederschlug und dich zusammengeschnürt wie ein Bündel zu dem Gut schleppte und so unsere Mutter zwang, sich ihm zu ergeben, weil er dich andernfalls getötet hätte. Im Grunde deines Herzens bist du immer noch der Junge, der sich vor William – oder der Erinnerung an ihn – zu Tode ängstigt. Deshalb kannst du mir jetzt nicht verzeihen.« Robin brach ab. Auf der anderen Seite der Weide wieherte ein Pferd schrill. Die Männer gingen in Richtung des Lagers. Zwischen ihren schattenhaften Körpern wirkten die Fackeln wie Irrlichter.

Undeutlich nahm Robin wahr, dass Luce den Arm hob, als wollte er sie schlagen. Sie wich nicht von der Stelle, starrte ihn nur durch die Dunkelheit herausfordernd an.

»Verschwinde«, stieß Luce dann hervor. »Und komm mir niemals wieder unter die Augen.«

»Luce …«, versuchte es Robin noch einmal.

»Verschwinde!«, wiederholte Luce nur.

Robin unterdrückte das Schluchzen, das in ihr aufsteigen wollte. Sie wandte sich ab und rannte über die Weide, um nach ihrer Stute zu suchen.

*

Der Burghof hatte vor Nässe geglänzt, als Cederick de Molesme und Edward de Thorigny einige Stunden vorher zur Halle der Burg gegangen waren. Die Flucht vor dem Hinterhalt, den Kampf gegen die Aufrührer, die ihn und Edward verfolgt hatten, und den Ritt zurück nach York hatte Cederick in einem Zustand völliger Unwirklichkeit erlebt. So als ob dies alles eine andere Person beträfe und nicht ihn selbst. Ständig hatte er vor sich gesehen, wie Robin mit einem Pfeil auf ihn zielte. Dass sie zu den Aufrührern gehörte, war schon schlimm genug. Aber er hatte genug Kämpfe erlebt, um es einem Menschen anzusehen, wenn dieser wirklich bereit war zu töten. Und in Robins Augen hatte er genau diese Bereitschaft wahrgenommen.

Hatte sie gewusst, wer er war, und ihn nur benutzt, um Rache für die Steuereintreibungen zu nehmen? In ihrem Blick, als sie sich über das Kampfgetümmel hinweg angesehen hatten, hatte keine Überraschung gelegen. Aber warum hatte sie ihn dann nicht zu der Lichtung gelockt? Wenn sie ihm erzählt hätte, dass sie dort lebte, wäre er sofort und ohne jeden Verdacht dorthin gekommen. Stattdessen hatte er in einem Wirtshaus von dem im Wald versteckten Lager erfahren.

»Es war gut, dass wir einen Hinterhalt nicht ausgeschlossen haben«, brach Edward das Schweigen, als sie sich in der Halle vor das brennende Feuer sinken ließen. »Sonst wäre es uns noch übler ergangen. Du hattest leider Recht. Ich habe die Fähigkeiten dieser Kerle unterschätzt.«

Unvermittelt blitzte ein Bild in Cedericks Gedächtnis auf, das nichts mit Robin zu tun hatte. Er bemühte sich, die Gedanken an sie beiseitezuschieben und sich zu konzentrieren. Dann bekam er das Bild zu fassen. »Der Anführer der Aufrührer kam mir gleich irgendwie bekannt vor«, sagte er langsam. »Jetzt bin ich mir sicher, dass er Pferdeknecht in den Stallungen der Burg war.«

»Das kann ich nicht glauben.«

»Doch, er war der Mann, den der kranke Hengst an sich heranließ.«

»Aber das würde bedeuten, dass er uns ausspioniert hat …« Unglauben schwang in Edward de Thorignys Stimme mit.

»Ich erinnere mich, wie der Stallmeister erwähnte, dass dieser Mann an dem Morgen, als ich aufbrach, um das Lager auszukundschaften, ganz dringend seine Mutter besuchen musste, die plötzlich erkrankt war …« *War Robin etwa die Geliebte dieses Mannes?* Eine brennende Eifersucht stieg in Cederick auf.

»Als das rothaarige Weibsstück auf dich zielte, hast du gewirkt, als würdest du einen Geist erblicken.«

»Ich war ihr Geliebter.«

»Was?« Edward brach in Gelächter aus. »Das meinst du doch jetzt nicht im Ernst.«

»Ich hatte keine Ahnung, dass sie mit den Aufrührern unter einer Decke steckt. Das schwöre ich dir.«

»Du hast ihren Namen gerufen, nicht wahr?«

»Ja, sie hat sich Robin genannt.« Wie oft hatte er diesen Namen in Gedanken und auch ihr gegenüber zärtlich und sehnsüchtig ausgesprochen ...

»Robin ...« Edward blickte nachdenklich in das Feuer. »John ließ seine Halbschwester Matilda ausspionieren, da er sie zu seinen Gegnern zählte. Er berichtete mir, dass sich in Matildas Kloster auch einige Jahre lang ein rothaariges Mädchen aufhielt, das Robin genannt wurde und das die Tochter Adelas war.«

»Aber hieß die Tochter Adelas nicht Aline, nach ihrer Großmutter?«

»Das war ihr Taufname. Aber alle riefen sie wohl bei ihrem Kosenamen Robin ... Das Rotkehlchen ...« Edward de Thorigny richtete sich abrupt auf. »Wenn dieses Weib tatsächlich die Tochter Adelas ist, dann handelt es sich bei dem Anführer der Aufrührer höchstwahrscheinlich um ihren Bruder Luce. Nun, das würde seine Kaltblütigkeit erklären. Immerhin ist Luce ein Ritter. Bei Gott, ich werde jeden Winkel im Umkreis von hundert Meilen um York durchkämmen, bis ich diesen Kerl und seine Schwester gefunden und zur Rechenschaft gezogen habe.«

»Ich helfe dir dabei«, hörte sich Cederick sagen.

»Obwohl du der Geliebte dieser Robin warst?« Edward betrachtete ihn mit spöttisch hochgezogenen Augenbrauen.

»Sie hat mich getäuscht. Was zwischen uns war, hat keine Bedeutung mehr«, erklärte Cederick entschieden.

*

Als Cederick seine Kammer betrat, hatte ein Diener bereits einen Zuber mit dampfend heißem Wasser und ein Bronzebecken voller glimmender Kohlen dorthin gebracht. Cederick ließ sich von dem Diener aus dem Kettenhemd helfen, dann sagte er ihm, dass er gehen solle. Denn er wollte allein sein. Schwerfällig wie ein alter Mann legte er seinen Schwertgurt ab und zog seine Kleider aus. Nachdem er auch die Lederschoner um seine Handgelenke abgenommen hatte, starrte er das Seidenband an, das Robin ihm geschenkt hatte.

In das Knistern der Kohlen schien sich ihre Stimme zu mischen. *Ich liebe dich mehr als alles in der Welt,* flüsterte es in dem Raum. Was für ein Narr er doch gewesen war, ihren Beteuerungen zu glauben! Voller Selbstverachtung riss Cederick das Seidenband ab und warf es in die Kohlen. Ein sengender Geruch stieg auf, während sich das Band in der Glut krümmte. Einige Momente lang, ehe die Flammen es endgültig erfassten und verzehrten, wirkten die Farben noch einmal klar und leuchtend. Cederick sah zu, bis es endgültig zu Asche verbrannt war.

Als er seine Hände in das heiße Wasser tauchte, um seinen verschwitzten und blutbesudelten Körper zu waschen, fröstelte er.

Es dauerte lange, bis er einschlafen konnte. Denn sobald er die Augen schloss, sah er wieder Robin auf sich zielen. Gegen Morgengrauen erwachte er aus einem Alptraum. Er war wieder ein kleiner Junge – vielleicht vier oder fünf Jahre alt. Er hatte erfahren, dass sein Vater auf das Gut gekommen war, und wollte ihn unbedingt sehen. Auf dem Weg zum Gemach seiner Mutter kreuzte ein ältlicher Diener seinen Weg, der eine versilberte Platte voller kleiner süßer Kuchen in den Händen hielt. Cederick fragte den Mann, ob die Süßigkeit für seine Eltern bestimmt war. Als dieser bejahte, überredete er ihn, ihm die Platte zu überlassen.

Voller sehnsüchtiger Erwartung öffnete Cederick die Tür zu dem Gemach. Vom Bett her drangen seltsame Geräusche an sein Ohr. Ein Stöhnen und Keuchen. Die Platte entglitt seinen Händen und fiel scheppernd auf den Steinboden. Erschrocken blickte Cederick den Kuchen nach, die über die Fliesen kullerten. Dann war sein Vater, der seltsamerweise nur ein Hemd trug, bei ihm. Er packte ihn wie einen jungen Hund am Genick, drückte ihn zu Boden und begann, mit einem Schürhaken auf ihn einzuprügeln.

Cederick war so geschockt, dass er, obwohl die Schläge entsetzlich wehtaten, nicht schreien konnte. Verschwommen nahm er wahr, dass seine Mutter aus dem Bett gestiegen war – sie war ganz nackt – und seinen Vater anflehte, Cederick gehen zu lassen. Doch sein Vater hörte nicht auf, auf ihn einzuprügeln.

Am ganzen Leib zitternd, einen Schrei auf den Lippen, der sich nicht lösen wollte, erwachte Cederick schließlich. Er benötigte einige Augenblicke, um zu begreifen, dass er ein erwachsener Mann und kein kleiner Junge mehr war.

Sein Vater hatte ihn nicht geliebt, aber er hatte ihn auch nie grausam geprügelt. *Auf irgendeine verschlungene Weise muss die Erkenntnis, dass Robin mich töten wollte, diesen schlimmen Traum hervorgerufen haben*, dachte Cederick, während er weiter mit wild klopfendem Herzen auf seinem Bett lag.

*

Die sandige, von niedrigen Felsen und Sträuchern durchsetzte Landschaft bot so gut wie keinen Schatten. Philip nahm die Kalebasse, die neben seinem Sattel hing, öffnete sie und setzte sie an seinen Mund. Gierig trank er das warme Wasser. Seit drei Tagen waren er und Jocelyn nun mit der Karawane unterwegs. Etwa vier Dutzend Pilger und noch einmal so viele Händler mit ihren Sklaven und Dienern und ihren mit Waren beladenen Kamelen, Pferden und Wagen bewegten sich durch die ausgedörrte Ebene. Bei jedem Schritt wirbelten die Tiere Staub auf, der in Mund und Nase und Augen drang.

Ungefähr sechzig Bewaffnete, die meisten davon, wie Philip sich noch vor dem Aufbruch überzeugt hatte, erfahrene Kämpfer, begleiteten die Karawane. Wie schon in der Zeit, als Luce und er Knappen gewesen waren, hatte es sich ganz selbstverständlich so ergeben, dass er der Anführer der Truppe geworden war.

*Auf die Männer kann ich mich bestimmt verlassen,* dachte Philip. Und doch plagte ihn, wie eigentlich schon seit Beginn der Reise, ein ungutes Gefühl.

»Alles in Ordnung mit dir? Du wirkst so grimmig«, fragte Jocelyn, der neben ihm ritt. Sein Freund genoss die Reise und das damit verbundene Abenteuer in vollen Zügen.

»Ach, mir macht einfach nur die Hitze zu schaffen«, wehrte Philip ab. Ja, gewiss waren nur die Hitze und das für ihn immer noch fremde Land dafür verantwortlich, dass er sich nicht von dem Gefühl eines drohenden Unheils befreien konnte.

*

Der Angriff erfolgte am nächsten Tag um die Mittagszeit, als die Karawane sich an den Ausläufern des Sinaigebirges entlangbewegte. Urplötzlich, so schnell, dass Philip im ersten Moment dachte, ein Schatten sei über den felsigen Abhang gefallen, bildete sich dort eine dunkle Linie. Einen Lidschlag später erfüllte ein ihm nur zu vertrautes zischendes Sirren die Luft.

Ein Kamel schwankte und stürzte zu Boden. Beinahe verwundert sah Philip, dass aus dem Hals eines Bewaffneten auf einmal ein Pfeilschaft ragte und der Mann röchelnd aus dem Sattel fiel. Getroffene Pferde wieherten schrill auf und gingen durch. Menschen schrien vor Angst und vor Schmerzen. Von einem Augenblick auf den anderen hatte eine Welle von Chaos die Karawane erfasst.

Als ein Kamel dicht an ihm vorbeipreschte, konnte Philip sein Pferd nur unter Aufbietung all seiner Kraft daran hindern, ebenfalls durchzugehen. Doch dann hatte er sich von der Überraschung erholt und wieder zu seiner Geistesgegenwart zurückgefunden.

»Alle Bewaffneten zu mir!«, brüllte er gegen den Lärm an. Jocelyn befand sich ohnehin an seiner Seite. Ein erneuter Pfeilhagel ging über ihnen nieder, traf Menschen und Tiere. Während sich die dunkle Linie nun den Hang herab und auf sie zu bewegte, scharten sich die Bewaffneten und auch andere Männer um Philip. Die Angreifer zählten etwa zweihundert Mann. Banditen wahrscheinlich. Gut ausgerüstet jedoch, kampferprobt und zu allem entschlossen.

*Viel zu viele für uns,* ging es Philip durch den Kopf, während er sein Schwert zog. Er wechselte einen raschen Blick mit Jocelyn, der ebenfalls sein Schwert in der Rechten und seinen Schild abwehrbereit in der Linken hielt. Das Gesicht des Freundes war bleich, aber entschlossen.

Dann brandeten die Angreifer gegen sie. Philip riss seinen Schild hoch und schlug mit dem Schwert den Dolch eines Räubers zur Seite. Die Welt bestand nur noch aus Angriffen, die er ausführte oder abwehrte, bis er Jocelyn einen Schmerzensschrei ausstoßen hörte. Als Philip ihm den Kopf zuwandte, drang Blut zwischen den Gliedern seines Kettenhemdes hervor. Jocelyns Pferd bäumte sich auf, und zu Philips Entsetzen wurde der Freund aus dem Sattel geschleudert.

Ohne zu überlegen, sprang Philip von seinem Hengst und stellte sich mit erhobenem Schwert schützend über den Verwundeten. So kämpfte er weiter, bis ein Schlag gegen seinen Kopf ihm die Besinnung raubte.

*

»Christliche Ritter, wertvolle Sklaven ...« Eine arabisch sprechende Männerstimme drang in Philips Ohnmacht. Sein Kopf schmerzte zum Zerspringen, und er hatte das Gefühl zu verdursten. Er wünschte sich, wieder in die Ohnmacht zurückgleiten zu können. Doch nun sagte eine andere Männerstimme, die etwas tiefer war als die erste: »Christliche Ritter, aber in einem ziemlich erbärmlichen Zustand. Der eine ist ja fast dem Tode nahe.«

Nun hörte Philip jemanden stöhnen. War er es, der da stöhnte? Er zwang sich die Augen zu öffnen. Auf der Grenze zwischen Wachen und Bewusstlosigkeit hatte ein Teil von ihm gehofft, sich in einem bösen Traum zu befinden. Doch nun begriff er, dass der Überfall auf die Karawane nur zu wirklich gewesen war.

Er lag mit gefesselten Armen und Beinen in einem Zelt. Zwei Männer in orientalischer Tracht – in dem abgerissen gekleideten erkannte Philip einen der Räuber, der andere trug weite helle Seidengewänder und war um einiges älter, er mochte fünfzig Jahre zählen – standen vor ihm. Als Philip den Kopf drehte, sah er Jocelyn neben sich liegen. Auch er war gefesselt, und seine Wunden waren nur notdürftig verbunden. Der Freund war ohne Besinnung und atmete stöhnend ein und aus.

»Nun, der eine ist immerhin zu sich gekommen. Vielleicht lässt sich ja mit ihm ein Gewinn erzielen«, sagte der ältere Mann in den Seidengewändern.

*Er will mich kaufen und Jocelyn hier zurücklassen,* begriff Philip trotz seiner schrecklichen Kopfschmerzen und trotz seiner Benommenheit. *Es darf nicht sein, dass wir getrennt werden … Mir muss etwas einfallen …* Aber sein Kopf war wie leer.

Mühsam richtete er sich auf. Der ältere Mann – offensichtlich ein Sklavenhändler – beugte sich vor und betastete Philips Brust- und Armmuskeln.

»Ein ziemlich kräftiger Kerl«, sagte er dann. Als er sich wieder aufrichtete, klimperten Münzen in dem Lederbeutel an seinem Gürtel.

*Lösegeld!*, schoss es Philip durch den Kopf. Noch ehe er die Idee ganz zu Ende gedacht hatte, begann er schon hastig zu sprechen. »Ja, wir beide sind christliche Ritter und stammen aus sehr vermögenden Familien. Mein Vater ist ein Earl, in meiner Heimat ist das ein hoher Fürst, und mein Freund«, er wies auf Jocelyn, »ist sogar von noch höherer Geburt als ich. Sein Vater ist ein Herzog – was bedeutet, dass er im Rang dicht unter dem König steht. Jocelyn ist sein einziger Sohn. Sein Vater wird mit Freuden ein Vermögen zahlen, damit er ihn lebend zurückerhält.«

»Lösegeld …« Der Sklavenhändler schnaubte nur und verließ mit dem Räuber das Zelt. Fluchend ließ sich Philip wieder zurücksinken und riss verzweifelt an den Stricken, mit denen er gefesselt war. Doch sie gaben kein bisschen nach. Wenn er weggeschleppt und verkauft würde, würde er bestimmt irgendeine Möglichkeit zur Flucht finden. Aber für Jocelyn würde dies den sicheren Tod bedeuten.

»Jocelyn …« Er rief wieder und wieder seinen Namen, doch der Freund erwachte nicht. Schließlich gab Philip den Kampf gegen die Fesseln auf. Erneut senkte sich eine Ohnmacht über ihn. Für Momente befand er sich wieder mit Robin auf dem Hügel in Wales, wo sie nebeneinander im Gras saßen. Der Wind spielte mit ihrem roten Haar und bauschte ihren Wollumhang und ihren Leinenkittel. Er streckte die Hand aus, um sie zu berühren.

Ein grober Tritt gegen sein Bein brachte Philip wieder zu sich. Der Sklavenhändler und der Räuber waren in das Zelt zurückgekehrt. Seit sie das letzte Mal hier gewesen waren, musste einige Zeit vergangen sein. Denn das Licht war nicht mehr so hell, dass es fast in den Augen schmerzte, sondern schattig geworden.

»Ich habe es mir überlegt«, sagte der Sklavenhändler. »Ich werde das Risiko eingehen und euch beide kaufen und ein Lösegeld für euch fordern. Falls das schiefgehen sollte, werde ich immerhin für dich einen guten Preis erzielen.«

Philips Lebensmut kehrte sofort zurück. »Die Wunde meines Freundes muss dringend versorgt werden«, sagte er, »und ich brauche etwas zu trinken. Sonst verdurste ich, ehe Ihr etwas von mir habt.«

Der Sklavenhändler verzog den Mund. »Er ist ziemlich frech für einen Gefangenen«, bemerkte er zu dem Räuber.

Doch kurz nachdem die beiden das Zelt verlassen hatten, bückte sich ein schmächtiger grauhaariger Mann, der einen Sklavenring um den Hals trug, durch den Eingang. Er säuberte und verband Jocelyns Wunden, bevor er Philip Wasser aus einer Kalebasse einflößte. Danach wurden Philip die Beinfesseln gelockert, und er wurde zu einem Karren gezerrt, zu dem man auch Jocelyn trug. Zwei Männer legten Jocelyn darauf. Philip wurde neben ihn gestoßen, und nachdem man seine Fesseln wieder fest gebunden hatte, setzte sich der Karren in Bewegung.

# 6. Kapitel

Eine Böe klatschte Robin eisig kalten, mit Gischt vermischten Regen ins Gesicht. Neben dem Weg donnerten Wellen an den Strand. Eine grau braune Marschlandschaft voller Binsen und von Salz überzogenem Gras erstreckte sich auf der anderen Seite neben ihr. Einige ärmliche Gehöfte waren die einzigen menschlichen Behausungen gewesen, die sie den ganzen Tag lang gesehen hatte. Ihr Umhang war völlig durchnässt. Sie fror, nur um gleich darauf von einem Fieberschauer geschüttelt zu werden, und ihr Hals schmerzte bei jedem Schlucken. Sie hatte vergessen, wie viele Tage sie nun schon unterwegs war, und hatte auch keine Ahnung, wo sie sich genau befand. Sie wusste nur, dass sie irgendwo im Norden Englands unterwegs war.

Nachdem Robin sich auf ihre Stute geschwungen und vor Luce und seiner Verachtung geflohen war, hatte sie im Wald und in Scheunen übernachtet. Von den Münzen, die sie im Beutel an ihrem Gürtel bei sich gehabt hatte, hatte sie sich hin und wieder etwas zu essen gekauft. Aber meistens hatte sie es vermieden, Menschen zu begegnen. Wie ein verletztes Tier hatte sie für sich sein wollen. Sie war immer nach Norden geritten, nur weg von der Gegend um York und von Luce und Cederick.

*Hure!* Fiebrig, wie sie war, glaubte Robin, im Geräusch

der Brandung Luces wütende Anklage zu hören. Auch wenn sie nicht gewusst hatte, wer Cederick war, fühlte sie sich immer noch von ihm besudelt. Etwas in ihr musste verdorben sein, dass sie einen Mann hatte lieben können, der der Spross Williams war. Und noch schlimmer war, dass sie ihn manchmal in ihren Träumen trotz allem wieder leidenschaftlich liebte und sich beim Aufwachen, wenn sie noch nicht richtig bei sich war, immer noch nach ihm sehnte.

Durch den Regen glaubte Robin eine halbe Meile entfernt, auf einer Landzunge, ein großes Gebäude zu sehen, das einen eckigen Turm hatte. Ihr Geist wurde wieder klarer, und ihr Selbsterhaltungswille regte sich. Ob es sich dabei um ein Kloster handelte? Falls ja, musste sie sich dort Kräuter gegen ihr Fieber kaufen und nach einem Bett fragen. Krank, wie sie war, benötigte sie bei diesem Wetter einen trockenen Schlafplatz für die Nacht.

Im Näherkommen erkannte Robin, dass das Gebäude tatsächlich ein Kloster war. Eine Mauer aus Bruchsteinen und Felsen, ebenso grau wie die Landschaft, umgab es. Der Turm war niedrig und gedrungen, wie um den Stürmen vom Meer her möglichst wenig Angriffsfläche zu bieten.

Einer der Torflügel stand offen. Als Robin hindurchgeritten war, kam der Pförtner, ein breitschultriger Mann um die vierzig, auf sie zu.

»Kann ich dir helfen, Junge?«, fragte er freundlich.

Robin trug ihm ihr Anliegen vor, wobei sie jedes Wort in der Kehle schmerzte.

»Komm erst einmal mit zu Bruder Oswin. Er leitet unser kleines Spital und wird dir ein Mittel gegen dein Fieber geben«, erklärte der Mönch. »Danach lässt du dir in unserem Gästehaus ein Bett zuweisen.« Er winkte einen jungen Mönch herbei, der die Zügel der Stute in die Hand nahm, um sie zu den Stallungen zu führen. Als Robin aus dem Sattel sprang, wurde ihr einen Moment lang schwindelig.

Mit einem Gefühl, als ob der strohbestreute Boden unter ihr schwankte, folgte sie dem Pförtner über den Hof, durch eine schmale Tür und von dort in einen dämmrigen Raum, von dessen niedriger Balkendecke Kräuterbüschel hingen.

»Setz dich.« Der Pförtner wies auf eine breite Holzbank. »Bruder Oswin wird gleich bei dir sein.«

Gehorsam ließ sich Robin auf die Bank sinken und lehnte ihren Rücken gegen die weiß gekalkte Wand. Sie nahm noch wahr, dass in dem Regal ihr gegenüber Tongefäße der unterschiedlichsten Form und Größe zwischen Ballen aus Leinenstoff und Bienenwachsblöcken standen und dass auf einem Dreifuß zwischen glimmenden Kohlen etwas in einem Metalltiegel vor sich hin köchelte, das intensiv nach Salbei roch, dann fielen ihr die Augen zu.

»Mein Junge ...« Eine ruhige Männerstimme weckte sie. Als Robin mühsam blinzelte, sah sie, dass ein kleiner, alter Mann vor ihr stand. Sein faltiges Gesicht war blatternarbig und auf den ersten Blick wirklich hässlich. Aber seine überraschend hellen, blauen Augen hatten eine Intensität, der Robin sich nur schwer entziehen konnte.

»Du leidest an einem Fieber, sagte mir Bruder Barnabas, der Pförtner«, sagte er und betrachtete sie prüfend.

»Ja ...«, brachte Robin krächzend hervor, nur um gleich darauf in ein heftiges Husten auszubrechen.

»Das Fieber schlägt immer wieder in ein starkes Kältegefühl um, nicht wahr?«

Robin nickte nur.

Bruder Oswin sann kurz vor sich hin. »Ich schlage vor, du reibst deine Brust mit einer Salbe aus Wermut und Kampfer ein und trinkst zusätzlich mehrmals am Tag einen Weidenrindentee. Zuerst einmal gebe ich dir aber einen Salbeisud zu trinken«, sagte er dann. Er nahm den Metalltiegel aus dem Bronzebecken und goss von der sämigen Flüssigkeit in einen Holzbecher.

»Warum verordnet Ihr mir einen Weidenrinden- und nicht lieber einen Eibisch- oder einen Schlüsselblumentee?«, fragte Robin überrascht, ohne nachzudenken.

»Du bist in der Heilkunde bewandert?« Der Mönch reichte ihr den Becher.

»Meine Mutter und meine Tante waren heilkundig«, erwiderte Robin ausweichend.

»Bei einem reinen Fieber wären Eibisch oder Schlüsselblumen sicher die bessere Wahl gewesen. Aber bei Schüttelfrost, Husten und Heiserkeit habe ich mit Weidenrinde bessere Ergebnisse bei meinen Kranken erzielt.«

Robin nippte an dem Sud. Er tat ihrer wunden Kehle gut.

»Nach ein paar Tagen Bettruhe wirst du das Schlimmste überstanden haben.« Er betrachtete sie wieder aufmerksam.

Robin schüttelte den Kopf. »Ich kann nur eine Nacht bleiben.«

»Hast du etwas so Wichtiges zu erledigen?«

»Ich muss einfach weiter.« Robin starrte in den Becher. Auf dem Sud hatten sich kleine Blasen gebildet. Sie wollte nicht zur Ruhe kommen. Denn das würde bedeuten, dass sie sich ihrem Zerwürfnis mit Luce und ihrer monströsen Liebe stellen musste.

»Du weißt so gut wie ich, dass es deinen Tod bedeuten wird, wenn du deine Krankheit nicht auskurierst.«

*Vielleicht will ich das ja, sterben,* dachte sie benommen. Doch nun formte sich ein anderer Gedanke in ihrem schmerzenden Kopf: *Wenn ich mich umbringen würde, würde das bedeuten, dass die Thorignys gesiegt hätten. Denn schon meine Mutter wollte sich ja wegen einem von ihnen das Leben nehmen.*

»Ich kann dir ein Bett in meiner Kräuterhütte im Garten machen«, hörte sie den Mönch sagen, »wenn du lieber nicht mit anderen Menschen in einem Raum im Spital liegen willst.«

Robin beschloss, Vertrauen zu ihm zu fassen. »Ich bin eine Frau«, erklärte sie.

»Das dachte ich mir eigentlich schon.« Er lächelte sie an. »Euer Gesicht ist wirklich sehr schmal und zart für einen Jungen. Und vor allem sind Eure Hände sehr klein. Ihr nehmt also mein Angebot an?«

»Ja …«

Bruder Oswin nahm einen großen Tontiegel und ein bauchiges Gefäß aus dem Regal und füllte von dem Inhalt in zwei kleine Gefäße, die er mit Korken verschloss. »Nehmt Euch eine Decke und hängt sie Euch um«, sagte er, als er damit fertig war, und deutete auf einen Deckenstapel in einer Ecke. »Sonst seid Ihr, bis wir die Hütte erreicht haben, wieder völlig durchnässt.«

Tatsächlich regnete es immer noch heftig, als sie über das Klostergelände liefen. Mittlerweile war es fast ganz dunkel. Der Himmel über dem Meer hatte eine schmutzige Schwärze. Die Luft roch salzig und nach nassem Sand.

Undeutlich nahm Robin Bäume, Sträucher und Gartenbeete wahr und dass Bruder Oswin dann eine Tür in einer Mauer öffnete – auch hier konnte sie Beete erkennen, und der Wind blies weniger heftig. Dies musste der Kräutergarten sein. Gleich darauf ragte etwas Dunkles vor ihr auf. Die Hütte.

»Sobald es wärmer ist, bin ich jeden Tag hier«, sagte Bruder Oswin, während er Säcke und dicke, grobe Decken auf den gestampften Lehmboden breitete und daraus ein Bett baute. »Ich liebe meinen Kräutergarten, und ich liebe es, die Pflanzen wachsen zu sehen.«

»Meine Tante war eine Nonne. Sie hatte auch so einen Garten mit einer Hütte darin.«

»War sie Nonne in einem englischen Kloster?« Mit dem Kienspan entzündete Bruder Oswin die Glut in einem Bronzebecken und rückte es dann an das Bett heran.

»Nein, in der Normandie. Sie verließ es, da sie sich in einen Mann verliebt hatte«, kam es schläfrig über Robins Lippen. Sie wusste auch nicht, warum sie dies dem Mönch erzählte. Er hatte etwas an sich, das sie ihre übliche Vorsicht und Zurückhaltung vergessen ließ.

»Ich hoffe, Eure Tante und der Mann sind miteinander glücklich geworden?«

»Das sind sie …« Ja, Ann und Simon hatten sich sehr geliebt. Robin fiel etwas anderes ein: »Werdet Ihr auch keinen Ärger mit Euren Mitbrüdern bekommen, da Ihr mich, eine Frau, in Eurer Hütte schlafen lasst?«

»Ich bin so alt, dass mir niemand ernsthaft fleischliche Gelüste unterstellen dürfte.« Bruder Oswin lachte. »Außerdem ist unser Abt ein vernünftiger und großzügiger Mann. So, nun legt Euch hin. Ich sehe später noch einmal nach Euch und bringe Euch etwas zu essen.«

Gehorsam kam Robin dem Befehl nach. Nachdem Bruder Oswin die Hütte verlassen hatte, rieb sie sich die Brust mit der Kampfersalbe ein. Sie hatte kaum ihren Kopf auf die Unterlage gebettet und die Decken eng um sich gezogen, als sie auch schon einschlief.

*

Robin erwachte von einem Geräusch. Als sie die Augen aufschlug, sah sie, dass es Tag war, denn graues Licht füllte die Hütte. Bruder Oswin schüttete Kohlen in das Bronzebecken. Sie richtete sich auf ihren Unterarm auf. »Wie lange habe ich geschlafen?«, murmelte sie.

Er wandte sich zu ihr um. »Anderthalb Tage. Ihr habt so tief geschlafen, dass ich Euch nicht wecken wollte. Denn der Schlaf war bestimmt die beste Medizin. Aber jetzt seid Ihr gewiss hungrig. Ich hole Euch etwas zu essen.«

Während er davoneilte, ließ sich Robin wieder auf das Lager sinken. Der Regen, der immer noch niederprasselte, lullte sie ein und ließ sie vor sich hin dösen.

Bruder Oswin kehrte mit einem Korb zurück. Er holte eine in ein dickes Tuch gewickelte, mit einem Deckel verschlossene Tonschüssel heraus. Danach half er Robin, sich aufzusetzen, und stützte sie, während sie aß, denn noch immer fühlte sie sich lächerlich schwach. In die Hühnersuppe war Brot gebrockt. Obwohl ihr Hals nach wie vor brannte, konnte sie die Brühe und das eingeweichte Brot ohne starke Schmerzen hinunterschlucken.

Nachdem Robin die Schale geleert und sich wieder hingelegt hatte, beobachte sie schläfrig, wie Bruder Oswin die Blätter von getrockneten Kräuterzweigen abrieb. Eine Tätigkeit, die sie ihre Mutter oft hatte verrichten sehen und die sie seltsam beruhigend und tröstlich fand. Aber bald übermannte sie wieder der Schlaf.

Eine Berührung an ihrer Schulter ließ Robin erneut zu sich kommen. Erstaunt nahm sie wahr, dass nun das Licht eines Kienspans die Hütte erhellte. »Wie lange habe ich denn nun schon wieder geschlafen?«, fragte sie verwirrt.

»Ungefähr sechs Stunden. Zeit, dass Ihr wieder etwas esst.«

Nun war Robin imstande, die Suppe ohne Hilfe zu sich zu nehmen. Während sie aß, schmolz Bruder Oswin Wachs in einem Tiegel auf den glühenden Kohlen und rührte dann eine Tinktur hinein, die nach Eibisch roch. Als Robin die Schale abstellte, zog er einen Schemel neben ihr Lager und legte seine Hand auf ihre Stirn.

»Wie fühlt Ihr Euch?«

»Viel besser. Mein Hals tut nicht mehr so weh.«

»Ja, auch Euer Fieber ist deutlich zurückgegangen. Wohin wollt Ihr gehen, wenn Ihr wieder gesund seid?«

Seine direkte Frage überrumpelte Robin. »Ich weiß es nicht«, sagte sie zögernd. Wieder fasste sie Vertrauen zu dem alten Mann. »Im vergangenen Herbst wurden mein Bruder und ich von unseren Gütern vertrieben. Wir versteckten uns in den Wäldern. Aber dann hatte ich einen schrecklichen Streit mit meinem Bruder. Ich kann nicht mehr zu ihm zurück.«

»Auf meine Frage, ob Ihr heilkundig seid, habt Ihr ausweichend geantwortet. Seid Ihr es denn?«, fragte er sanft.

»Mein Bruder und ich kämpften mehrmals gegen einen Gefolgsmann Johns. Ich behandelte unsere Verletzten. Ich konnte allen helfen«, erwiderte Robin knapp. »Habt Ihr vielleicht etwas von Richard gehört, oder wisst Ihr, wo sich seine Mutter, die Königin, aufhält?«, wechselte sie das Thema, und in ihrer Stimme schwang Hoffnung mit.

»Ein Händler, der letzte Woche in unserem Gästehaus übernachtete, berichtete von Gerüchten, dass Richard in Österreich gefangen genommen worden sein soll. Aber wie das nun einmal mit Gerüchten so ist, weiß niemand, ob sie tatsächlich wahr sind. Die Königin soll sich wieder in England aufhalten. Mehr kann ich Euch dazu leider auch nicht sagen.« Bruder Oswin betrachtete Robin nachdenklich, ehe er weitersprach: »Der junge Bruder, der mir bei der Krankenpflege half, wurde kürzlich von unserem Abt nach Canterbury geschickt, um dort Theologie zu studieren. Ich könnte Unterstützung gebrauchen. Was würdet Ihr denn davon halten, mir zu helfen, sobald Ihr wieder ganz gesund seid? Zumindest so lange, bis Ihr ein neues Ziel für Euer Leben findet?«

»Ich kann mir nicht vorstellen, dass Euer Abt und Eure Brüder das gutheißen würden ...«

Bruder Oswin winkte ab. »Nun, wie ich Euch bereits sagte, ist unser Abt ein großzügiger und vernünftiger Mann. Im Kloster Fontevrault im Anjou dienen Mönche und Nonnen gemeinsam Gott. Außerdem würdet Ihr ja nicht die Klausur betreten.«

Das Angebot Bruders Oswins war wie ein Anker, an dem sie sich festhalten konnte. Robin nickte. »Ja, ich werde Euch helfen«, sagte sie leise.

*

Robin verknotete den Verband an der Hand eines stämmigen Bauern. Dem Mann war beim Späneschnitzen das Messer abgerutscht und tief in den Daumenballen gefahren. Sie hatte die Wunde mit scharf gebranntem Schnaps und einer Salbeitinktur gereinigt und mit Dornen geklammert.

»Kommt in zwei Tagen wieder, damit ich mir Eure Hand ansehen kann«, sagte sie zu dem Bauern. »Und falls die Wunde plötzlich stark zu schmerzen beginnen sollte, müsst Ihr unbedingt sofort kommen. Denn dann hat sich die Verletzung sehr wahrscheinlich entzündet.«

»Ja, das werde ich tun.« Der Bauer nickte schwerfällig. An der Tür drehte er sich noch einmal um und brachte ein »Danke« über die Lippen. Robin legte den Leinenballen, von dem sie die Verbandsstreifen abgeschnitten hatte, wieder ins Regal, ehe sie die Tongefäße, die sie vorhin zum Zubereiten einer Salbe benutzt hatte, in einen Bottich voll heißem Wasser tauchte.

Ein Aprilregenschauer klatschte gegen die Fenster des Behandlungsraums. Für einige Momente war es so dunkel, dass sie überlegte, ob sie nicht ein Licht anzünden sollte. Doch gleich darauf brach die Sonne hervor und erfüllte das Zimmer mit gleißendem Licht.

Seit zwei Wochen, ging es Robin durch den Kopf, während sie die Ton- und Holzgefäße in dem heißen Wasser sorgfältig säuberte, war sie nun wieder gesund und half Bruder Oswin, Kranke zu betreuen. Zwei oder drei Mönche bedachten sie mit scheelen Blicken. Doch die meisten – etwa dreißig Benediktiner lebten in dem Kloster – schienen sich nicht an ihr zu stören. Sie schlief in einer Kammer im Gästehaus und nahm dort auch ihre Mahlzeiten ein. Ihre Tage waren ausgefüllt, und darüber war sie auch froh. Denn dies hielt sie meistens davon ab, an Luce oder Cederick zu denken.

Wenn sie Bruder Oswin nicht im Spital oder im Kräutergarten half – dort war gerade jetzt viel Unkraut zu jäten, und junge Pflanzen mussten gezogen und in die Beete gesetzt werden –, arbeitete sie an einer Stickerei. Denn auch dieses Kloster benötigte ein neues Altartuch.

Draußen auf dem Gang hörte Robin nun das vertraute, ein wenig schlurfende Klappern, das Bruder Oswins Sandalen auf dem Steinboden hervorriefen. Gleich darauf kam er herein und hängte seinen nassen Umhang über einen Haken. »Was für ein verrücktes Wetter …«, meinte er kopfschüttelnd. »Auf dem Weg zum Dorf bin ich Rainer begegnet«, fügte er hinzu, während er sein Bündel auf dem Tisch abstellte, »er war voll des Lobes für Euch.«

»Ach ja?« Robin lächelte. »Ich hatte eher den Eindruck, dass es ihm viel lieber gewesen wäre, wenn Ihr seine Hand behandelt hättet. Und ein Dank kam ihm auch nur sehr widerstrebend über die Lippen.«

»Die Leute hier sind sehr wortkarg. Was vielleicht mit ihren rauen Lebensumständen zusammenhängt. Nein, glaubt mir, sie mögen Euch und sie vertrauen Euch.« Er musterte Robin mit leicht schiefgelegtem Kopf. »Ihr seht zufrieden, ja, fast glücklich aus«, stellte er schließlich lächelnd fest.

»Ich habe gerade an meine Stickerei gedacht«, sagte Robin. »Nein, das stimmt nicht ganz …« Sie runzelte überrascht die Stirn. »Es macht mich zufrieden, wenn ich Kranken helfen kann.«

»War das früher nicht der Fall?«

»Ich habe unseren Kranken und Verletzten geholfen, weil außer mir sonst niemand dazu in der Lage war. Weil ich es einfach tun *musste.* Aber ich habe es nie gern getan.« Robin suchte nach Worten, während sie eine der Tonschüsseln aus dem Bottich nahm. Wasser tropfte auf den Boden, doch sie nahm es gar nicht wahr. »Ich hatte immer Angst, dass es mich schwach und verletzlich machen würde, wenn ich Kranken helfen würde.« Hilflos hob sie die Schultern.

»Und jetzt empfindet Ihr diese Angst nicht mehr?«

»Nein, jetzt habe ich diese Angst nicht mehr …«, erwiderte Robin verwundert, während sie plötzlich das Gefühl hatte, dass etwas in ihr heil geworden war.

*

Sorgfältig zog Robin den roten Seidenfaden durch den goldgelben Stoff. Ihr Platz auf der Bank an der Südseite der Hütte, zwischen den Mauern des Kräutergartens, war windgeschützt. Aber die Kronen der Obstbäume auf der anderen Mauerseite wurden vom Wind gezaust, und hin und wieder wehten ihr welke Blütenblätter wie Schneeflocken vor die Füße. Mittlerweile hatte sie sich daran gewöhnt, dass es an der Küste oft stürmisch war, und sie konnte der kargen Marschlandschaft sogar etwas abgewinnen. Je nach Lichteinfall und dem Wasserstand des Meeres veränderten sich die Farben, und jetzt im Frühling blühte das Wiesenschaumkraut und sprenkelte die braune Marsch mit seinen weißen Blüten. Auch überall in den Beeten sprossen junge Pflanzen.

Oft fand Robin nicht die Zeit zum Sticken. Aber an diesem Tag war es im Spital ruhig. Da auch keine Verbände gewaschen und keine Heilmittel zubereitet werden mussten, hatte sie sich für eine Weile in den Kräutergarten zurückgezogen und die Stickarbeit hervorgeholt. Sie vollendete das Blütenblatt einer Rose und nahm das nächste in Angriff.

Unwillkürlich wanderten ihre Gedanken zu Luce. Bestimmt hatte er das Waldlager längst aufgegeben und sich mit den Bediensteten und den Dörflern in ein anderes Versteck zurückgezogen, wo sie vor Edward de Thorigny und Cederick de Molesme sicher sein würden. Sie konnte sich nicht vorstellen, dass Luce ihre frühere Stickarbeit mitgenommen hatte. Sicher verrottete diese in der verlassenen und verfallenen Wohnhöhle.

Robin sah vor sich, wie der Stoff samt den silberweißen Glockenblumen und den grünen Blätter, an denen sie mit so viel Hingabe gearbeitet hatte, braun und fleckig geworden war, und biss sich auf die Lippen. Die zerstörte Stickerei erschien ihr plötzlich wie ein Sinnbild ihrer Beziehung zu Luce. Noch nicht einmal in ihren schlimmsten Träumen hätte sie sich vorstellen können, dass er sie einmal hassen und verachten würde. Erst mit vier Jahren war sie Luce zum ersten Mal begegnet, denn er war bei ihrer Tante Ann in der Normandie aufgewachsen. Luce war damals zwölf Jahre alt gewesen. Robin hatte ihren großen Bruder vom ersten Moment an geliebt und bewundert, und diese kindliche Bewunderung hatte sich später, als sie erwachsen geworden war, in ein tiefes Vertrauen gewandelt.

*Auch dies haben mir Edward de Thorigny und Cederick de Molesme genommen,* dachte sie traurig.

Robin versuchte, die düsteren Gedanken wegzuschieben und sich wieder auf ihre Stickerei zu konzentrieren. Doch sie hatte nur wenige Stiche ausgeführt, als ein schlaksiger Novize um einen Ginsterstrauch gebogen kam und auf sie zueilte. Dies konnte nur bedeuten, dass Bruder Oswin ihre Hilfe im Spital benötigte. Hastig faltete Robin die Stickerei zusammen und schlug sie in ein Leinentuch ein.

»Geht es etwa Edred schlechter?«, fragte sie erschrocken. Edred, ein Bauer, war vor einigen Tagen vom Dach seiner Scheune gestürzt, hatte sich Knochenbrüche und Prellungen zugezogen und seit dem Unfall das Bewusstsein noch nicht wieder erlangt.

»Das kann ich Euch nicht sagen.« Der Novize errötete, als Robin ihn ansprach, und schlug schüchtern die Augen nieder. »Bruder Oswin hat mir nur aufgetragen, Euch mitzuteilen, dass Ihr so schnell wie möglich zu ihm kommen sollt.«

*

Als Robin den Behandlungsraum betrat, verstaute Bruder Oswin gerade Verbandsmaterial in einem viereckigen Korb. Daneben lagen lange, gerade Äste, wie er sie zum Schienen von Knochenbrüchen verwendete.

»Wurdet Ihr zu einem Kranken gerufen? Soll ich mich um Edred kümmern?«, fragte Robin.

»Hugh, würdet Ihr uns bitte kurz allein lassen?« Bruder Oswin wandte sich einem Mann zu, der in einer Ecke wartete und den Robin jetzt erst bemerkte. Er war groß und bärtig, um die vierzig Jahre alt und trug einen Umhang und einen Kittel aus guter Wolle, wie es für einen Knecht in einer herausgehobenen Position am Hofe eines Adeligen üblich war.

»Gewiss, Bruder.« Der Mann nickte höflich und verließ den Raum.

»Hugh ist Knecht am Hofe von Lord Berengar«, bestätigte Bruder Oswin Robins Vermutung. »Agnes, die Tochter des Lords, ist beim Reiten von ihrem Pferd gestürzt und hat sich das Bein gebrochen. Ich rechne damit, dass Edred im Laufe der nächsten Stunden zu sich kommt. Manchmal, wenn Menschen so lange bewusstlos waren wie er, ist ihr Geist anfangs verwirrt, und sie ängstigen sich. Mich kennt

Edred schon seit vielen Jahren. Deshalb wird ihn meine Gegenwart wahrscheinlich schneller beruhigen als Eure.« Während er sprach, hatte Bruder Oswin Mohnsaft aus einer großen Tonflasche in ein kleines Gefäß gefüllt und auch dieses in den Korb gelegt. Nun wandte er sich Robin zu und lächelte sie an. »Kurzum – ich möchte Euch bitten, Hugh zu begleiten und ein oder zwei Tage bei Lady Agnes zu bleiben, bis es ihr wieder besser geht.«

*Meine Mutter wurde von William de Thorigny in eine Falle gelockt, als sie zu einem Verletzten eilte,* schoss es Robin durch den Kopf. »Haltet Ihr den Knecht und Lord Berengar für vertrauenswürdig?«, fragte sie zögernd.

»Ja, beides sind ehrliche Menschen und stehen ganz sicher nicht auf Johns Seite.«

»Gut, dann werde ich Hugh begleiten. Ich vertraue Eurem Urteil.« Trotzdem vergewisserte sich Robin, dass ihr Dolch auch tatsächlich griffbereit in ihrem Gürtel steckte.

*

In einem schnellen Trab ritten Robin und Hugh durch die Marschen. Die Sonne brach gelb hinter den Wolken hervor. Es herrschte Ebbe, und das Farbenspiel des Himmels spiegelte sich in den Prielen an der geschwungenen Küste.

Lord Berengars Gut lag zwei Meilen landeinwärts auf einem Hügel und war wie eine Burg befestigt. Vor dem mit Palisaden verstärkten Erdwall befand sich ein tiefer Graben, über den eine Zugbrücke zum Tor führte. Das Anwesen wurde von einem eckigen Wohnturm aus grauem, verwittertem Stein beherrscht, der Robin vermuten ließ, dass die Anfänge des Guts in die Zeit zurückreichten, als Wikingerüberfälle die Küste bedrohten.

Nachdem sie und Hugh abgesessen waren, führte der Knecht sie in den Wohnturm und dort eine schmale, gewundene Treppe hinauf. Im dritten Stockwerk klopfte er an eine Tür. Eine Frau Mitte dreißig, die ein schönes, wenn auch strenges Gesicht hatte, öffnete ihnen. Sie trug ein mit roten Stickereien verziertes Kleid aus einer feinen blauen Wolle – offensichtlich war sie die Hausherrin und Mutter des verletzten jungen Mädchens.

»Bruder Oswin schickt mich«, erklärte Robin auf ihren fragenden Blick. »Er ist im Spital unabkömmlich.«

»Dann seid Ihr die junge Frau, die ihm seit einiger Zeit hilft. Ich habe von Euch gehört«, sagte die Lady etwas zögernd. »Agnes liegt dort.« Sie wies auf ein breites Bett im Hintergrund. Robin registrierte, dass die Wände des Raums mit grünen und roten Pflanzenornamenten bemalt waren und dass die Bettvorhänge aus einem schweren Seidenstoff bestanden. Dann konzentrierte sie sich ganz auf die Verletzte. Agnes war – so schätzte Robin – um die zwölf Jahre alt und sah ihrer Mutter sehr ähnlich. Ihr ovales Gesicht war totenbleich, und ihre Stirn bedeckte, wie Robin nun fühlte, als sie ihre Hand darauf legte, kalter Schweiß. Auf ihre Berührung hin schlug das Mädchen die Augen auf.

»Mein Kopf tut so weh«, flüsterte es.

»Meine junge Lady ist auf eine Wurzel gefallen«, jammerte die ältliche Frau, die am Bett saß und Agnes' Hand streichelte. Anscheinend handelte es sich um ihre Dienerin.

Robin nahm die ängstliche, unausgesprochene Frage in den Augen der Mutter wahr. Behutsam tastete sie Agnes' Kopf ab. Unter dem dichten braunen Haar konnte sie eine große Schwellung spüren, aber nirgends gab die Schädeldecke unter ihren Fingerspitzen nach. Sie schüttelte den Kopf und sagte leise: »Der Schädel ist nicht gebrochen.«

Zusammen mit der Mutter und der Dienerin zog sie Agnes aus, die die Berührungen wimmernd über sich ergehen ließ. Der Oberschenkelknochen war glatt durchgebrochen, wie Robin rasch erfühlte. Mit Hilfe der beiden Frauen schiente sie das Bein, indem sie die Zweige mit Leinenstreifen fest darum band. Danach – mittlerweile war es so dunkel geworden, dass die Hausherrin einen großen, mit Kerzen bestückten Leuchter hatte bringen lassen – versorgte sie eine Prellung an Agnes' Rücken und schiente auch ihr verstauchtes Handgelenk.

Als sie damit fertig war, füllte sie Wasser in einen Becher und träufelte etwas von dem Mohnsaft hinein, den ihr Bruder Oswin mitgegeben hatte. Bis sie dem Mönch begegnet war, hatte Robin sich dabei immer auf ihr Gefühl verlassen müssen und war sich oft unsicher gewesen, ob sie den nicht ungefährlichen Saft richtig anwendete. Doch Bruder Oswin hatte sie gelehrt, das Heilmittel genau zu dosieren.

»Dieser Trank wird Euch einen tiefen, langen Schlaf schenken«, sagte sie zu Agnes, während sie ihr den Becher an die Lippen setzte. »Wenn Ihr morgen aufwacht, werden Eure Schmerzen ganz sicher nachgelassen haben.« Das Mädchen schluckte willig.

»Ich war zuerst etwas besorgt, aber Ihr scheint Euch wirklich auf die Heilkunst zu verstehen«, sagte Agnes' Mutter leise zu Robin.

»Wenn Bruder Oswin mir nicht vertrauen würde, hätte er mich nicht hierhergeschickt«, erwiderte sie einfach. Während sie Agnes betrachtete, die gleichmäßig atmete, empfand sie wieder ein tiefes Gefühl von Zufriedenheit. »Ich bin wirklich davon überzeugt, dass es Eurer Tochter morgen wieder besser gehen wird«, wandte sie sich an die Mutter. »Trotzdem werde ich sicherheitshalber bei ihr wachen.«

Die Lady ließ ihr etwas zu essen bringen – ein Geflügelgericht und helles Brot sowie mit Wasser verdünnten Wein. Nachdem Robin gegessen hatte – sie war wirklich hungrig gewesen –, löschte sie alle Kerzen bis auf zwei und rückte einen Stuhl an das Bett. Gelegentlich döste sie ein. Aber sobald sich Agnes bewegte, kam sie sofort wieder zu sich und überzeugte sich, dass mit der Kranken alles in Ordnung war. Manchmal schlüpften auch die Mutter und die Dienerin herein und sahen nach dem Mädchen.

Als Morgenlicht durch die Ritzen der Fensterläden fiel, stand Robin auf und öffnete einen der Läden, um frische Luft in den Raum zu lassen. Der Himmel über dem Meer war ganz klar. Mittlerweile herrschte Flut, und Robin konnte in der Ferne leise die Brandung murmeln hören. Ein Geräusch vom Bett ließ sie sich umdrehen. Agnes hatte sich aufgerichtet. »Ihr solltet Euch in den nächsten Tagen so wenig wie möglich bewegen«, sagte Robin rasch und eilte zu ihr. »Wie fühlt Ihr Euch?«

»Besser. Mein Kopf tut lange nicht mehr so weh«, flüsterte das Mädchen.

»Gut, dann solltet Ihr jetzt etwas essen.« Robin wollte sich auf die Suche nach der Dienerin machen. Doch da diese nun gerade in das Zimmer trat, trug sie ihr auf, eine leichte Brühe für das Mädchen zubereiten zu lassen.

Bis die Dienerin mit der Speise erschien, war Agnes wieder eingeschlafen. Robin weckte sie behutsam, und während die Dienerin das Mädchen stützte, flößte sie ihr die Brühe ein. Danach bat sie die Dienerin, bei Agnes zu bleiben. Denn nach der Nacht, die sie auf dem Stuhl verbracht hatte, war sie ganz steif und wollte sich kurz die Beine vertreten.

Robin hatte eben den Wohnturm verlassen und ging in Richtung des Tores, um ein bisschen durch die Marschen zu laufen, als sie hinter dem Gebäude eine Abfolge von Lautentönen hörte. Es klang, als ob jemand prüfend seine Hand über das Instrument gleiten ließe. Gleich darauf begann ein Mann ein Lied zu singen. Robin blieb abrupt stehen und lauschte. Sie konnte keine Worte verstehen, aber die Stimme des Mannes kam ihr sehr vertraut vor. *Das ist doch nicht möglich … Ich muss mich täuschen …*, durchfuhr es sie.

Während sie dies noch dachte, folgte sie schon der Stimme und rannte um das Gebäude herum. Dahinter befand sich eine hohe Hainbuchenhecke, in die eine Öffnung geschnitten war. Als Robin hindurchgeeilt war, lag ein kleiner sonnenbeschienener Garten vor ihr. Auf einer Grasbank in der Nähe von einigen Rosenbeeten saß ein großer schlanker Mann, der ein schwarzes, weit geschnittenes Gewand trug, das Ähnlichkeit mit einer Mönchskutte hatte. Graues Haar fiel ihm auf die Schultern. Sein Gesichtsausdruck war selbstvergessen, und die Bewegungen, mit denen er an der kleinen Laute zupfte, waren leicht und elegant wie die eines Tänzers.

Ja, dieser Mann war Simon de Bohun, ihr Onkel. Robin presste die Hände gegen die Brust. Ihr wurde erst klar, dass sie seinen Namen gerufen haben musste, als Simon sich umdrehte. Seine Stimme erstarb, während gleichzeitig ein Durcheinander von Tönen durch die Luft schwebte, als er die Laute sinken ließ.

»Robin … Mein Gott, Robin …« Nun sprang er auf und war mit wenigen Schritten bei ihr. Er umarmte sie, während auch sie ihre Arme um ihn schlang. Nachdem sie sich eine Weile festgehalten hatten, schob er sie ein Stück von sich und betrachtete sie lächelnd. »Ja, du bist es wirklich und keine Ausgeburt meiner Fantasie. Ich habe geglaubt, du und Luce, ihr wäret tot. Dass Edward de Thorigny und seine Leute euch und die Bediensteten umgebracht hätten …« Er fasste Robin bei den Händen und zog sie neben sich auf die Grasbank.

»Das Gleiche nahmen Luce und ich von dir, Corinne und Jocelyn an.« Noch immer konnte Robin es nicht ganz fassen, dass Simon wirklich bei ihr war.

»Was hat dich zu Lord Berengars Gut geführt? Ist Luce auch hier? Wie seid ihr Edward de Thorigny entkommen?« Normalerweise war Simon sehr gelassen und begegnete dem Leben mit Humor und Selbstironie. Doch nun war selbst er sehr aufgewühlt.

»Luce …« Robin stockte. Einige Möwen zogen kreischend über den Himmel. Simon war der beste Freund ihres Vaters gewesen. Er war für Luce da gewesen, als dieser bei Ann in einem Kloster in der Normandie gelebt hatte, und liebte ihn wie einen eigenen Sohn.

Das Lächeln wich von Simons Gesicht. »Luce ist doch nicht tot?«, fragte er erschrocken.

»Nein, ich bin fest davon überzeugt, dass er noch am Leben ist. Ich … Ach, Simon …«, stammelte Robin hilflos. Wie sollte sie es Simon nur begreiflich machen, dass sie sich in einen Sohn William de Thorignys verliebt und sich deshalb mit Luce überworfen hatte?«

»Erzähl mir alles von Anfang an«, erklärte Simon ruhig.

Und so berichtete Robin ihm von Edward de Thorignys Überfall auf das Gut und wie sie und Luce sich entschlossen hatten, sich nach Yvains Tod mit den Bediensteten in den Wäldern bei York zu verstecken. Sie erzählte ihm, wie sie beide während der Jagd auf die Steuereintreiber gestoßen waren und sich entschlossen hatten, den Gefangenen zu befreien, und wie daraus Luces Plan entstanden war, Edward de Thorigny in eine Falle zu locken. Als sie davon berichten musste, dass sie sich in Cederick verliebt hatte, stockte sie kurz und senkte den Kopf. Simon wusste, was für ein Monster William gewesen war, deshalb wagte sie es nicht, ihn anzusehen, während sie weiterredete. Schweigend hörte ihr Simon zu. Auch als Robin ihren Bericht damit beendete, wie sie zum Gut des Lords gekommen war, erwiderte er erst einmal nichts.

Schließlich hielt sie die lastende Stille zwischen ihnen nicht mehr aus. »Ach, Simon, du kannst ruhig sagen, dass du mich hasst und verachtest«, brach es verzweifelt aus ihr hervor.

»Nein, das tue ich nicht.«

Als Robin ungläubig aufblickte, zeigte seine Miene wirklich keine Verachtung. Nur das ihr so vertraute selbstironische Lächeln spielte um seinen Mund. »Ich bin viel älter als Luce und habe in Liebesdingen viel mehr erlebt als er«, sagte er seufzend, »und ich weiß, dass einen die Liebe manchmal gegen den eigenen Willen überwältigt. Deshalb werde ich niemals einen Menschen, der liebt, verurteilen. Auch wenn ich mir wünschte, dass deine Liebe nicht ausgerechnet einem Sohn Williams zugefallen wäre.« Er betrachtete sie einen Moment lang forschend, ehe er fragte. »Du empfindest immer noch etwas für diesen Cederick, nicht wahr?«

»Ja, auch wenn ich mir mit meinem ganzen Herzen und meiner ganzen Seele ersehnte, ich würde es nicht tun«, flüsterte Robin.

»Je mehr du versuchst, dir diese Liebe aus dem Herzen zu reißen, desto mehr wird sie in dir Wurzeln schlagen. Wehr dich nicht länger dagegen. Vielleicht gelingt es dir ja gerade so, diesen Cederick zu vergessen.«

»Ich will es versuchen.«

Während Simon sie noch einmal aufmerksam ansah, zog wieder ein Möwenschwarm kreischend über den Himmel. Robin war Simon dankbar für sein Verständnis. Sicher, auch Bruder Oswin hatte sie nicht verurteilt, aber er hatte William de Thorigny auch nicht gekannt. »Aber jetzt erzähl von dir«, bat sie, »wie konnten du, Corinne und Jocelyn denn Edward de Thorigny entkommen?«

»Die Äbtissin Matilda schickte uns einen Boten, der uns vor dem Überfall warnte. Als sie erfuhr, dass Richard verschollen war, ging sie davon aus, dass Edward de Thorigny sofort Rache nehmen würde. Auch zu Yvains Gut sandte sie einen ihrer Leute mit einer Nachricht. Der Mann muss dort eingetroffen sein, kurz nachdem ihr das Gut verlassen hattet. Er fand es verlassen und völlig verwüstet vor. Auch von den Bewohnern des nahen Dorfes wusste niemand etwas von euch.«

»Aber, das kann nicht sein.« Robin schüttelte verständnislos den Kopf. »Als wir aufbrachen, war ein Teil der Hecke niedergebrannt, und auch in den Dächern des Wohnhauses, der Scheune und einiger Ställe klafften Brandlöcher. Mehr aber auch nicht …«

»Dann muss Edward de Thorigny nach dem erfolglosen Überfall noch einmal zurückgekehrt sein.«

Bislang hatte Robin immer gehofft, dass sie irgendwann auf das Gut zurückkehren könnte, denn dort hatte sie den größten Teil ihrer Kindheit mit ihrer Mutter verbracht, und dort war ihre Heimat. *Ob Cederick wohl dabei geholfen hat, es niederzubrennen?*, durchfuhr es sie. *Aber ich will nicht schon wieder an ihn denken …*

»Simon, du hast mir immer noch nichts von Corinne und Jocelyn erzählt«, sagte sie hastig. »Es geht ihnen hoffentlich gut?«

»Corinne lebt am Hofe Königin Eleonors …«, begann Simon.

»Du weißt, wo sich die Königin aufhält?«, unterbrach Robin ihn aufgeregt. »Luce und ich haben immer nur ganz Widersprüchliches darüber in Erfahrung gebracht.«

»Der Bote der Äbtissin brachte Corinne und mich zu seiner Herrin, Matilda. Und diese wiederum hielt sich am Hofe der Königin auf.« Simon lächelte schief. »Matilda befürchtete, dass John versuchen würde, sie in seine Gewalt zu bringen, und flüchtete sich deshalb zu Eleonor in die Normandie. Leider war Matildas Sorge nicht unberechtigt, denn sie und ihre Leute wurden in der Nähe von London überfallen und konnten Johns Häschern nur knapp entkommen.«

»Die Königin und Matilda halten sich immer noch in der Normandie auf?«

»Nein, vor wenigen Wochen reiste Eleonor mit ihrem Hof nach Schottland, wo sie nun auf Sterling Castle lebt. Matilda, Corinne und ich begleiteten sie dorthin. Und was Jocelyn betrifft …«, kam Simon einer weiteren Frage Robins zuvor. Seine Stimme hatte plötzlich einen eigentümlich angespannten Klang, der sie das Schlimmste vermuten ließ.

»… er ließ sich letztes Jahr nicht davon abbringen, Richard doch noch auf diesen dummen Kreuzzug zu folgen.«

Robin blickte ihn stumm an.

Simon seufzte und hob in einer hilflosen Geste die Hände. »In Schottland erreichte mich auf verschlungenen Wegen die Nachricht, dass Jocelyn im Heiligen Land verschollen ist. Er und ein Freund begleiteten eine Karawane von Akkon aus nach Jerusalem. Die Karawane wurde von räuberischen Beduinen überfallen, und viele der Händler und Soldaten wurden getötet. Jocelyn und sein Freund befanden sich nicht unter den Toten, aber sie erreichten auch Jerusalem nicht. Seitdem fehlt von ihnen jede Spur. Deshalb habe ich mich entschlossen, ins Heilige Land zu reisen und nach meinem Sohn zu suchen. Ich hoffe, dass ich Jocelyn lebend finde und nach England zurückbringen kann.«

»Immerhin besteht noch Hoffnung für Jocelyn«, flüsterte Robin und griff nach Simons Hand. Als er schon einmal ins Heilige Land gereist war, hatte er nach dem Leichnam seines Vaters gesucht.

»Ich habe so sehr versucht, ihm diesen verwünschten Kreuzzug auszureden, aber er wollte einfach nicht auf mich hören.« Simon schüttelte zornig den Kopf, stutzte jedoch plötzlich. »Hat Luce nicht einen guten Freund, der Philip de Tallebois heißt?«

»Ja, auch er schloss sich dem Kreuzzug an. Warum erwähnst du ihn?«, fragte Robin erschrocken.

»Weil das der Name des jungen Mannes ist, der zusammen mit Jocelyn verschollen ist«, erwiderte Simon langsam.

*Philip, der sich wegen mir dem Kreuzzug angeschlossen hatte, ist verschollen … Womöglich tot …* Der Garten begann sich um Robin zu drehen.

»Robin, was hast du?«, hörte sie Simon besorgt fragen.

Sie riss sich zusammen. »Ich … ich muss mich um die Lady Agnes kümmern«, brachte sie hervor. Dann sprang sie auf und stürzte davon.

*

Spät am Abend fand Robin Simon in der Halle des Wohnturms. Bis auf den Schein der Flammen in der mächtigen Feuerstelle war der Raum dunkel. Der schwere Geruch von brennenden Wachskerzen und von Speisen hing noch in der Luft, obwohl die langen Tafeln schon vor einer Weile verlassen worden waren.

Simon saß vor dem Feuer, zupfte gedankenverloren an den Saiten seiner Laute und summte eine melancholische Melodie vor sich hin. Die ganze Zeit, während Robin sich um Lady Agnes gekümmert hatte, hatte sie über seine Worte nachgedacht, bis sie zu einem Entschluss gelangt war. Sie hatte schon früher mit Simon sprechen wollen, aber am Nachmittag war er mit Lord Berengar ausgeritten, und danach hatte er mit der Familie und Gästen zu Abend gespeist.

»Robin …« Simon lächelte sie an, während sie sich auf einen Schemel neben ihm setzte. »Wie geht es der jungen Lady?«

»Die Schwellung an dem gebrochenen Oberschenkel ist zurückgegangen. Ich bin zuversichtlich, dass der Knochen gerade zusammenwachsen wird«, antwortete sie.

»Deine Mutter hätte sich sehr darüber gefreut, dass du doch noch eine Heilerin geworden bist. Sie war immer davon überzeugt, dass du diese Gabe ebenfalls besitzt«, sagte Simon sanft. »So wie sie und Ann und deine Großmutter sie schon besaßen.«

»Ja, ich weiß. Wenn ich Kranke behandele, fühle ich mich meiner Mutter oft sehr nahe, und mir fallen plötzlich Dinge ein, die sie tat oder sagte ...«

»Aber du bist nicht gekommen, um mit mir darüber zu sprechen«, stellte Simon fest.

»Nein ...« Eine blaue Flamme züngelte an einem noch unversehrten Buchenscheit hoch, wurde plötzlich rot und setzte das Holz in Brand. Robin gab sich einen Ruck. »Ich würde dich gerne ins Heilige Land begleiten und dir bei deiner Suche nach Jocelyn helfen. Ich kann auch ein bisschen Arabisch. Matthew, der Schmied, der mir beibrachte, mit einem Dolch zu kämpfen, und mein Bogenschießen verbesserte, hat es mich gelehrt.«

»Yvain hat mir erzählt, dass du diesen Schmied in deinen Briefen erwähntest.« Simon nickte. »Von meiner früheren Reise ins Heilige Land weiß ich, dass meine Suche nach Jocelyn nicht ganz ungefährlich ist. Mir wäre es deshalb lieber, wenn du dich der Königin und Matilda anschließen würdest. Lord Berengar wird bestimmt einige Knechte entbehren können, die dich sicher nach Schottland begleiten.«

Robin schüttelte den Kopf. »Sobald Luce erfährt, wo sich die Königin aufhält, wird er sich zu ihr begeben. Und ich möchte ihm auf keinen Fall begegnen.«

»Luce ist dein Bruder. Irgendwann wirst du dich mit ihm versöhnen müssen.«

»Er hasst mich. Und ich kann es ihm noch nicht einmal verdenken.«

»Im Grunde genommen liebt er dich genauso wie du ihn. Davon bin ich fest überzeugt.« Simon seufzte. »Ihr beide seid ebenso starrsinnig, wie eure Tante Ann es war ...« Für einen Moment wurde sein Gesicht ganz weich, ehe er weitersprach. »Auch bei Bruder Oswin wärest du besser aufgehoben als bei mir. Außerdem braucht er deine Hilfe.«

»Notfalls kann Bruder Oswin ein anderes Benediktinerkloster bitten, ihm jemanden zur Unterstützung zu schicken.« Robin ging es wirklich nahe, den alten Mönch verlassen zu müssen. Aber ihr Entschluss stand fest, und sie war davon überzeugt, dass Bruder Oswin ihre Motive verstehen würde.

Simon lehnte sich auf seinem Stuhl zurück und vollführte eine zustimmende Geste. »Gut, dieses Argument lasse ich gelten. Aber deine Sorge um deinen alten Onkel und deinen uneinsichtigen Vetter sind doch sicher nicht die einzigen Gründe, warum du mich begleiten willst?« In seinen dunklen Augen lag ein liebevoller Spott. Robin wünschte sich, er wäre weniger scharfsichtig gewesen.

»Ich mache mir auch Sorgen um Philip«, gab sie zu. »Vor etwa drei Jahren, Yvain lebte damals noch, bat er mich, seine Frau zu werden. Aber ich war in Cederick de Molesme verliebt und lehnte seinen Antrag deshalb ab.«

»Und jetzt machst du dir Vorwürfe, weil du glaubst, dass Philip sich deshalb dem Kreuzzug angeschlossen hat.«

»Ja …«

»Nun, ich bin der Ansicht, Philip de Tallebois ist ganz alleine für seine Entscheidungen verantwortlich. Und ich wüsste wirklich Besseres, als mich aus enttäuschter Liebe ausgerechnet etwas so Dummem wie einem Kreuzzug anzuschließen.« Simon schlug lässig seine langen Beine übereinander. »Aber wenn du wirklich so fest entschlossen bist, mich zu begleiten, werde ich dir deinen Wunsch nicht abschlagen.«

»Danke …«, sagte Robin erleichtert. Simon blickte sie weiterhin aufmerksam an, immer noch mit diesem ein bisschen amüsierten Ausdruck in den Augen.

»Philip ist ein guter Freund«, erklärte sie heftiger, als sie beabsichtigt hatte.

»Gewiss, ich verstehe …« Simon nickte.

*Ja, Philip ist mein Freund,* dachte Robin. *Und ich werde mich ganz bestimmt nicht wieder verlieben.*

*

Cederick eilte auf die Halle der Burg von York zu. Den ganzen Tag lang war er mit den Steuereintreibern unterwegs gewesen. Eine Aufgabe, die ihn mit immer stärkerem Widerwillen erfüllte. Aber wenn er die Männer begleitete – so redete er sich ein –, konnte er wenigstens dafür sorgen, dass sie sich nicht unnötig grausam verhielten. Als er eben nach einem langen Tag durch das Burgtor geritten war, hatte ihn ein Knecht darüber informiert, dass John vor kurzem eingetroffen sei und der Herrscher Edward und ihn dringend zu sprechen wünschte.

Als Cederick die Halle betrat, leistete Edward John bereits Gesellschaft. Sofort fühlte Cederick die Anspannung, die von den beiden Männern ausging. John saß, in ein blaues Seidengewand gekleidet, in einem Lehnstuhl. Edward ging auf dem dicken Teppich auf und ab. Die bogenförmigen Fenster standen offen und ließen Sonnenlicht und Blütenduft in den Raum ein. Die heitere Atmosphäre stand, konstatierte Cederick, in auffälligem Kontrast zu den düsteren Mienen seines Halbbruders und des Herrschers.

»Was ist geschehen?«, fragte Cederick rasch, nachdem er sich vor John verbeugt hatte.

»Sagt Ihr es ihm«, bedeutete dieser Edward mit einer Handbewegung.

»Richard ist am Leben.« Edward wandte sich seinem Bruder zu. »Er ist an einem Ort namens Trifels eingekerkert. Im Dezember nahm Herzog Leopold Richard in Wien gefangen und übergab ihn dann an Kaiser Heinrich.«

»Aber wie kann es der Kaiser wagen, den englischen König gefangen zu halten?«, fragte Cederick verblüfft.

»Nun, als sich Heinrich die Möglichkeit dazu bot, ergriff er sie.« John lächelte dünn. »Was für Mut und eine gehörige Portion Durchtriebenheit spricht.«

»Fordert Heinrich denn ein Lösegeld für Richard?« Cederick blickte von John zu Edward. Noch immer konnte er die Neuigkeit nicht recht glauben.

»Genau, das tut er. 150.000 Pfund in Silber.« John nickte und schwieg einen Moment, wie um die gewaltige Summe wirken zu lassen. »Meine teure Mutter ist zurzeit schon eifrig damit beschäftigt, das Lösegeld für Richard zu beschaffen«, sagte er dann. »Da nun bekannt ist, dass Richard noch am Leben ist, kann sie auch auf die Unterstützung vieler Lords und Fürsten zählen, die ihr bisher noch nicht offen beistehen wollten. Ich bin davon überzeugt, dass es ihr gelingen wird, die geforderte Summe an den Kaiser zu zahlen, und dass Richard nach England zurückkehren wird. Ich habe während der vergangenen Monate festgestellt, dass ich es durchaus genieße zu herrschen, und ich habe nicht vor, die Macht kampflos an meinen Bruder abzutreten.« Wieder verzog er seinen Mund zu einem dünnen Lächeln.

»Ihr wollt also ein Heer gegen Richard aufstellen«, stellte Cederick fest.

»So ist es. Um genügend Söldner anwerben zu können, benötige ich viel Geld. Eine Summe, für die die Steuereintreibungen nicht ausreichen werden. Ganz zu schweigen davon, dass meine geliebte Mutter, die mittlerweile in Schottland weilt, mich dabei ohnehin, wann immer sie kann, behindern wird. Deshalb habe ich eine andere Möglichkeit zur Geldbeschaffung ins Auge gefasst. Ich beabsichtige, den Templerorden um ein Darlehen zu bitten. Gilbert Hérail, der Großmeister des Ordens, ist ein Freund von mir. Und dabei kommt Ihr, Cederick, ins Spiel.« Erneut bedeutete John Edward mit einer Geste, das Wort zu ergreifen.

»Du wirst, ausgestattet mit Empfehlungsschreiben, nach Jerusalem reisen und ein Darlehen mit Gilbert aushandeln«, erklärte dieser.

»Aber warum ausgerechnet ich?«, fuhr Cederick überrascht auf.

»Weil ich Edward unterdessen hier brauche«, erklärte John. »Es würde gerade noch fehlen, dass sich diese Aufständischen meiner Mutter anschließen. Und ich halte Euren Bruder besser als Euch dafür geeignet, Menschen zu jagen. Zumal Ihr Euch unglücklicherweise ja auch noch in die Schwester ihres Anführers verliebt habt.«

»Ich habe niemals meine Pflicht Euch gegenüber vernachlässigt«, fuhr Cederick auf, nur um sich gleich darauf zornig seinem Halbbruder zuzuwenden. »Wie konntest du nur …«

»Ich habe auch nie angenommen, dass Ihr Eure Pflicht mir gegenüber vernachlässigt habt.« John winkte ab, während er Cederick nachdenklich und lauernd beobachtete. »Betrachtet meinen Auftrag bitte als Auszeichnung und als Beweis dafür, dass ich großes Vertrauen zu Eurem Verhandlungsgeschick hege.«

*

Luce schlug die Zeltplane zur Seite und trat auf die Lichtung hinaus. Das Gras war noch feucht vom Tau, und die Sonne war eben über die Baumwipfel gestiegen. John und ein anderer Knecht schichteten Holz in einer Feuerstelle auf, während Caitlyn und zwei Mägde die Morgensuppe zubereiteten. Einige Kinder liefen bereits zwischen den Zelten und Hütten herum. Die Lichtung war kleiner als die in York und von vielen Eichen statt wie dort von Buchen umgeben. Bisher überwogen noch Zelte, da sie erst einige wenige Wohnhöhlen gebaut hatten. Aber sonst glich ihr neues Versteck völlig dem alten. Nach dem Kampf mit Edward de Thorigny und Cederick de Molesme war es ihm gelungen, seine Leute sicher in eine Waldgegend in der Nähe von Lancaster zu bringen.

Nachdem Luce Caitlyn und den anderen grüßend zugenickt hatte, folgte er dem Bach ein Stück in den Wald hinein. An einer sonnigen Stelle blieb er stehen, streifte seinen Kittel und seine Hose ab und stieg in das Wasser. Es war so kalt, dass es fast wehtat, aber Luce tauchte auch seinen Kopf hinein, ehe er prustend wieder auftauchte, sich schüttelte, ans Ufer watete und sich mit einer Decke abtrocknete.

Vom Lager her war die helle Stimme eines Kindes zu hören. *Ich muss die Kinder ermahnen, leiser zu sein,* dachte er. *Nicht dass uns ein Wanderer oder Reiter, der zufällig hier vorbeikommt, entdeckt.* Einige der Kinder waren vier oder fünf Jahre alt. So alt wie Robin, als er ihr zum ersten

Mal begegnet war. Seine kleine Schwester, für die er immer hatte da sein und sie beschützen wollen. Er war immer noch zornig auf sie. Trotzdem hatte er ihren Streit schon längst bereut. Wo sie sich wohl aufhielt, und wie es ihr gehen mochte? Er wusste, dass Robin gut auf sich selbst aufpassen konnte. Dennoch machte er sich ständig Sorgen um sie, und er war sich im Klaren darüber, dass er es sich niemals verzeihen würde, falls ihr etwas zustoßen sollte.

Nachdem Luce wieder in seine Kleider geschlüpft war, blieb er noch eine Weile am Bach stehen. Aus dem Wald erklang das gleichmäßige Hämmern eines Spechtes und mischte sich mit dem Vogelgezwitscher. Ja, der Vorwurf, den Robin ihm entgegengeschleudert hatte, dass er niemals darüber hinweggekommen war, dass William de Thorigny ihn überwältigt und zu Yvains Gut geschleppt hatte, hatte ihn getroffen. Denn er war sich selbst gegenüber ehrlich genug, um sich einzugestehen, dass sie Recht hatte.

Dass er damals fast noch ein Junge und William ein erfahrener, skrupelloser Kämpfer gewesen war, änderte nichts daran, dass er sich deswegen in einem Winkel seines Herzens immer noch verachtete. Verfluchte Thorignys, die es nun auch noch vermocht hatten, dass Robin und er sich entzweiten! Luce ballte die Hände zu Fäusten, ehe er sich wieder auf den Weg ins Lager machte.

Nach der Morgenmahlzeit brach Luce zusammen mit einigen Knechten und ehemaligen Dörflern in den Wald auf, denn sie benötigten dringend Feuerholz und außerdem Weidenzweige und junge Baumstämme, um weitere Hütten bauen zu können. Am Vortag hatte Luce etwa fünf Meilen entfernt ein Waldstück entdeckt, in dem sie all dies finden würden. Der Weg dorthin führte an einem einsamen Gehöft vorbei. Damit sie möglichst nicht gesehen wurden, befahl Luce seinen Leuten, im Schutz der Bäume zu warten, als sie das Anwesen fast erreicht hatten. Er selbst schlich bis zum Waldrand, um die Lage auszukundschaften. Dort versteckte er sich hinter dem dicken Stamm einer Eiche und spähte in die Senke hinunter.

Keuchend stieß Luce den Atem aus. Vor dem niedrigen, strohgedeckten Haus standen Bewaffnete. Sie hatten einen Karren mit einer großen Truhe darauf bei sich, und nun kam ein Mann – wahrscheinlich der Bauer – aus dem Haus und übergab ihnen etwas, das im Sonnenlicht auffunkelte. Ganz offensichtlich Münzen, die einer der Bewaffneten entgegennahm und abzählte, während ein anderer Mann etwas auf ein Wachstäfelchen notierte.

Die Bewaffneten trugen zwar nicht das Wappen der Thorignys auf ihren Schilden, aber ganz bestimmt gehörten sie trotzdem zu deren Leuten. Luce machte seinen Männern ein Zeichen, zu ihm zu kommen.

»De Thorignys Büttel«, murmelte gleich darauf auch Roderick. »Nehmen wir den Kerlen das Geld ab, das sie den Bauern abgepresst haben?«

»Ja.« Luce nickte. Er hatte sich bereits einen Plan zurechtgelegt. De Thorignys Leute mussten in Richtung Wald reiten, denn der Pfad, der von dem Gehöft über die Wiese führte, mündete in den Weg, den auch Luce mit seinen Männern hatte nehmen wollen. »Wir warten, bis sich die Bewaffneten ein Stück von dem Gut entfernt haben, damit sie nicht hinter dem Haus oder im Stall Deckung suchen können. Dann bedrohen wir sie mit unseren Pfeilen.«

Nun ging der Bauer mit gebeugtem Rücken in Richtung des Hauses, während die Bewaffneten die Kiste auf dem

Karren verschlossen. Auf Luces Zeichen hin schlichen seine Männer auf das Gehöft zu, wobei sie auf der Wiese hinter Büschen und Bäumen Schutz suchten.

Die Bewaffneten schwangen sich auf ihre Pferde, der Mann auf dem Bock des Karrens ließ seine Peitsche durch die Luft tanzen. Karren und Reiter bewegten sich über den Hof und dann den Pfad entlang. Luce wartete, bis sie auf etwa zwanzig Schritt herangekommen waren.

»Jetzt«, rief er und verließ seine Deckung. Im nächsten Augenblick hatte er einen Pfeil an die Sehne gelegt und seinen Bogen gespannt. Seine Begleiter taten es ihm gleich.

»Lasst eure Bogen und Schwerter fallen!«, rief er den Bewaffneten zu. »Und zwar sofort. Sonst bekommt ihr unsere Pfeile zu schmecken.«

Einer der Bewaffneten machte Anstalten, seinen Bogen von der Schulter gleiten zu lassen. Sofort schoss Luce seinen Pfeil ab. Mit einem Schmerzensschrei fasste sich der Mann an den Oberarm, wo Blut zwischen dem Stoff des Obergewandes und den Gliedern des Kettenhemdes hervorquoll.

»Los, beeilt euch!«, schrie Luce, während er einen neuen Pfeil anlegte. »Das nächste Mal ziele ich auf die Brust oder den Hals, ihr verdammten Knechte Johns und Thorignys.«

»Wir tun, was Ihr verlangt.« Ein junger Mann, offensichtlich der Anführer, nahm als Erster seine Waffen ab und ließ sie auf den Boden fallen. Die anderen taten es ihm gleich.

»So, und jetzt bewegt ihr euch weg von euren Waffen und ganz langsam auf uns zu«, befahl Luce.

Die Bewaffneten – alle, wie er jetzt sah, noch recht junge Männer – befolgten eingeschüchtert seine Anordnung. Der

Anführer leckte sich nervös über die Lippen. »Ihr überfallt und beraubt Soldaten des rechtmäßigen Herrschers«, versuchte er Luce anzuherrschen, aber seine Stimme klang dabei recht zittrig.

»Pah, John ist nicht der rechtmäßige Herrscher. Er ist ein Thronräuber.«

»Aber wir treiben nicht Johns Steuern ein.« Der Anführer blinzelte unsicher. »Wir sind im Auftrag der Königin unterwegs. Die Steuern sind nötig, damit sie das Lösegeld für Richard zahlen kann.«

»Lösegeld für Richard?« Luce schüttelte den Kopf. »Ich glaube dir kein Wort.«

»He, Alter«, hörte er nun Roderick rufen, »bleib, wo du bist.« Der Bauer war aus dem Haus getreten und blickte ängstlich zu ihnen.

»Aber der Mann sagt die Wahrheit.« Der Bauern deutete auf den Anführer.

»Komm her.« Luce winkte ihn zu sich.

»Vor ein paar Tagen kam ein Bote der Königin ins Dorf«, erklärte der Bauer atemlos, nachdem er zu ihnen geeilt war. »Der Bote machte bekannt, dass Richard von dem deutschen Kaiser gefangen gehalten wird, der ein Lösegeld für seine Freilassung fordert. Außerdem kündigte der Bote an, dass bald Steuereintreiber in die Ortschaften und zu den Bauerhöfen kommen und von jedem seinen Anteil am Lösegeld fordern würden. Auch die Klöster und die Adeligen müssten ihren Anteil bezahlen.« Der Bauer blickte zu dem Karren und verzog den Mund. »Wenn ich schon erhöhte Abgaben leisten muss, dann tue ich es ehrlich gesagt lieber für Richard als für John.«

*Richard lebt, und seine Mutter lässt ein Lösegeld für ihn*

*eintreiben* ... Luce benötigte einige Momente, ehe er die Nachricht wirklich begriff. Ein breites Grinsen erhellte sein Gesicht, während er sich an den jungen Anführer wandte. »Ihr habt noch einmal Glück gehabt, denn wir stehen auf Richards Seite. Und wenn Ihr auch als Soldat noch einiges zu lernen habt, hoffe ich doch, dass Ihr uns zur Königin bringen könnt.«

*

Obwohl es mittlerweile bereits Juni war, bedeckte Nebel die Bergkuppen. Aus riesigen Steinquadern erbaut, grau, wehrhaft und abweisend stand die Burg von Sterling auf einem Hügelausläufer. Klamme Feuchtigkeit drang durch Luces Umhang. Das Wetter war, seit sie vor einer guten Woche die Reste des alten Walls passiert hatten, der einmal die Grenze zwischen dem Römischen Reich und dem Gebiet der Pikten gebildet hatte, gleichbleibend schlecht gewesen.

Trotzdem fühlte Luce sich so zuversichtlich wie schon lange nicht mehr. Zum einen glichen die schottischen Highlands in ihrer Schroffheit den walisischen Bergen – der Gegend, in der nicht nur Yvains Gut lag, auf dem er sich immer wohl gefühlt hatte, sondern auch das Anwesen von Lord Godfrey, bei dem er eine glückliche Zeit als Knappe verbracht hatte. Vor allem aber stimmte ihn die Aussicht hoffnungsvoll, Matilda und die Königin zu treffen und an Richards Rückkehr nach England mitwirken zu können. Denn dies würde ihn seinem Ziel, Rache an Williams Söhnen zu nehmen, einen großen Schritt näher bringen.

»Beeindruckender Kasten«, sagte Roderick, der neben ihm ritt, und wies mit einer Kopfbewegung auf die Burg.

»Allerdings«, erwiderte Luce grinsend.

Nachdem sie unverhofft auf die Steuereintreiber der Königin gestoßen waren, hatte sich Luce mit seinen Leuten beraten. Gemeinsam hatten sie beschlossen, das Geld, das sie Edward de Thorignys Bewaffneten abgenommen hatten, als Beitrag zur Lösegeldsumme bereitzustellen. Zusammen mit etwa dreißig Männern war Luce dann nach Schottland aufgebrochen, während die übrigen Männer mit den Frauen und Kindern in dem Versteck blieben. Wenn sie sich alle zusammen auf den Weg in den Norden gemacht hätten, hätte dies zu lange gedauert, denn sie besaßen nur eine begrenzte Anzahl von Pferden und Maultieren.

Die Steuereintreiber der Königin zogen währenddessen weiter durch Lancastershire, um das Lösegeld einzutreiben. Sie hatten jedoch einen Boten, der die Ankunft von Luce und seinen Leuten ankündigen sollte, nach Sterling geschickt.

Tatsächlich musterten die Wachen am Tor den abgerissenen Haufen zuerst sehr misstrauisch. Doch nachdem Luce seinen Namen genannt hatte, ließen die Männer sie sofort passieren, und einer der Soldaten erklärte, dass er sie zu den Stallungen begleiten würde.

Auf dem Hof vor den Stallungen erregte eine Gruppe von Knappen und jungen Rittern, die sich um eine Reiterin in einem kastanienbraunen Samtmantel versammelt hatten, Luces Aufmerksamkeit. Er unterdrückte ein Lächeln. Die Reiterin war fünfzehn oder sechzehn Jahre alt und mit ihrem herzförmigen Gesicht, den dunklen Augen und dem kirschroten Mund, der in überraschendem Kontrast zu ihrer auffallend hellen Haut stand, sehr hübsch. Kein Wunder, dass die jungen Kerle ihre Gegenwart suchten. Die Stirn des Fräuleins war ärgerlich gerunzelt, was wohl damit zusammenhing, dass ihre Stute – ein sehr schönes fuchsrotes Tier – bockte.

Luce sprang von seinem Pferd und warf Roderick die Zügel zu. »Bring den Hengst für mich in den Stall«, bat er, »ich komme gleich nach.« Danach schlenderte er zu der Gruppe.

»Ach, nun komm schon, Moira«, sagte die junge Adelige aufgebracht und presste ihre Fersen in die Seiten der Stute. Das Pferd ging zögernd einige Schritte, wieherte dann, blieb stehen und schlug mit dem Kopf aus. Luce bemerkte, dass die junge Frau nahe daran war, in Tränen auszubrechen.

»Lady Ailsa, Ihr solltet Eure Stute mit Eurer Peitsche Gehorsam lehren«, sagte jetzt einer der Ritter, ein großer, schlanker blonder Mann. Die Lady biss sich auf die Lippen und schüttelte den Kopf, doch als das Pferd jetzt nervös zu tänzeln begann, hob sie die Peitsche.

»Wartet.« Luce trat rasch vor und fiel ihr in den Arm. »Ihr selbst seid ängstlich und traurig, und das überträgt sich auf Eure Stute. Wenn Ihr sie jetzt schlagt, verstört Ihr sie nur noch mehr.«

Die junge Frau riss sich von ihm los und funkelte ihn zornig an. »Was erlaubt Ihr Euch? Und wie kommt Ihr auf die Idee, dass ich ängstlich bin?«

»Nun, man sieht es Euch an«, erwiderte Luce lächelnd.

»Eure Meinung interessiert mich nicht!«, gab sie von oben herab zurück.

»He, belästige Lady Ailsa nicht, sondern troll dich«, fuhr der blonde Ritter Luce jetzt an. »Sonst mache ich dir Beine, du Strauchdieb.«

»Ach, wirklich?«, antwortete Luce gelassen und wandte sich zum Gehen.

»Ja, allerdings.« Der Blonde packte ihn grob an der Schulter.

»Nehmt Eure Hand weg!«, sagte Luce knapp, dem das Benehmen des jungen Kerls allmählich reichte. »Außerdem solltet Ihr alt genug sein, um einen Mann nicht nach seiner Kleidung zu beurteilen.«

»Verbirgt sich hinter deinem zerlumpten Äußeren vielleicht ein Ritter?«, höhnte der Blonde.

»Wer weiß?« Luce zuckte mit den Schultern.

Sein Gegner ballte die Rechte zur Faust und bewegte sich, als wollte er Luce einen Schlag in den Magen versetzen. An einem raschen Flackern in seinen Augen erkannte Luce jedoch, dass dies eine Finte war und der junge Kerl eigentlich auf sein Kinn zielte. Er wich dem Schlag aus, packte den Ritter am Arm, unterlief ihn und schleuderte ihn von sich weg. Der Blonde stolperte ein paar Schritte, ehe er auf den Boden fiel.

»Du Mistkerl, das wirst du mir büßen!« Mit einem Wutschrei kam er wieder auf die Füße und riss seinen Dolch aus dem Gürtel. Lady Ailsa schrie erschrocken auf. Auch Luce zog seinen Dolch aus dem Gürtel. Aus den Augenwinkeln beobachtete er, wie Roderick und ein paar von seinen Leuten aus dem Stall kamen.

Er ließ den Blonden auf sich zukommen, ehe er ihm wieder auswich, ihm gegen die Beine trat und ihn erneut zu Fall brachte.

»He, was fällt Euch ein!«

»Benehmt Euch gefälligst Eurem niedrigen Stand entsprechend.«

»Dem Kerl zeigen wir es!« Die anderen Ritter und Knappen kamen drohend auf Luce zu. Luce hatte nicht vor, der Prügelei, die in der Luft lag, auszuweichen. Er hatte es satt, dass die Leute, die zu den Herrschenden gehörten, glaubten, alle anderen herumstoßen zu können. Er stellte sich breitbeinig hin und fixierte die Angreifer. Roderick und die anderen gesellten sich zu ihm, bereit, ihm beizustehen.

»Was ist denn hier los?«, erklang eine klare, zornige Frauenstimme. »Alle auseinander – und zwar auf der Stelle.« Luce wirbelte herum und ließ seinen Dolch sinken. Eine ungewöhnlich große Frau, die in einen kostbaren, pelzbesetzten dunkelroten Samtmantel gekleidet war, schritt über den Hof. Zwischen den Mantelfalten blitzte ein blaues Seidenkleid hervor. Trotz ihres hohen Alters – er schätzte die Frau auf sechzig oder siebzig Jahre – war sie immer noch schön. Ihre Augen hatten eine leuchtend blaue Farbe, und ihr Gesicht mit den hohen Wangenknochen, dem breiten, schön geschwungenen Mund und der schmalen gebogenen Nase war dem Richards sehr ähnlich.

»Hoheit!« Er verneigte sich.

»Bekomme ich endlich eine Antwort auf meine Frage?« Die Königin schaute die Männer ungeduldig an.

»Dieser Kerl hat sich Lady Ailsa gegenüber ungebührlich verhalten«, erklärte der Blonde verächtlich. »Das konnten wir ihm nicht durchgehen lassen.«

Die junge Frau öffnete den Mund, als ob sie etwas sagen wollte. Sie war noch blasser geworden.

»Dafür, dass er ein nicht gerade ritterliches Aussehen hat, weiß er sich aber gut zu wehren«, bemerkte die Königin trocken. Auch Luce setzte nun an, etwas zu sagen. Doch eine andere Frau trat nun neben die Königin. Sie trug die dunklen Gewänder einer Äbtissin, wirkte aber nichtsdestotrotz wie eine Fürstin.

»Bei diesem jungen Mann handelt es sich um Luce de Nonant, von dem Euch bereits der Bote berichtet hat, Hoheit«, erklärte sie. Luce glaubte, in Matildas meergrünen Augen einen amüsierten Schimmer wahrzunehmen.

»So, Ihr bedroht also nicht nur meine Steuereintreiber, sondern auch noch meine Ritter«, sagte die Königin nach einer Pause und musterte Luce durchdringend.

»Luce, Luce, ach, du bist es wirklich! Endlich bist du hier«, erklang eine helle Stimme. Ehe Luce sich noch von seiner Verblüffung erholt hatte, rannte schon eine junge Frau, unter deren verrutschtem Schleier honigblondes Haar hervorquoll, auf ihn zu, schlang ihre Arme um seinen Hals und strahlte ihn aus ihren großen dunkelbraunen Augen an.

»Mein Gott, Corinne …«, stammelte Luce verwirrt.

»Ich unterbreche ungern ein Wiedersehen unter Verwandten«, ergriff wieder die Königin das Wort. »Aber ehe Ihr und Eure Base Euch aussprecht, möchte ich gerne ein Wort mit Euch reden, Luce de Nonant. Trennt Euch also von Eurer Base und folgt mir.«

Und eilig tat Luce, wie ihm befohlen.

*

Luce hatte schon viele kostbar eingerichtete Gemächer gesehen. Aber keines war so prächtig gewesen wie jenes, wohin er die Königin und Matilda begleitete. Samt- und Seidenstoffe hingen vor den Steinwänden und ließen den Raum wie ein Zelt wirken. Dicke Teppiche, so weich wie Gras, bedeckten den Boden. Die Truhen waren mit goldenen und silbernen Einlegearbeiten verziert, und die Krüge und Schalen, die sich darauf befanden, bestanden ebenfalls aus Edelmetallen und waren mit Juwelen besetzt.

»Auch diese Gefäße werden als Lösegeld dienen«, sagte Eleonor, als hätte sie Luces Blick bemerkt. »Das meiste von meinem Schmuck habe ich bereits veräußert. Wenn es nötig wäre, würde ich sogar die Krone verpfänden, um meinen Sohn auszulösen.« Ihre Stimme hatte einen harten Unterton, gleichzeitig wirkte sie einen Moment lang bekümmert und sehr besorgt. Luce hatte häufig sagen hören, dass Eleonor Richard sehr liebte, und er hatte den Eindruck, dass dies auch zutraf.

Eleonor bedeutete ihm, Platz zu nehmen, woraufhin er sich ihr und Matilda gegenüber auf einem mit Kissen gepolsterten Stuhl niederließ. »Die Beute, die Ihr Edward de Thorignys Männern abgenommen habt, nehme ich jedenfalls gerne entgegen«, sagte sie lächelnd. Luce hatte ihr auf dem Weg zu dem Gemach von dem Überfall auf die Steuereintreiber erzählt.

»Gibt es neue Nachrichten von Eurem Sohn?«, fragte er.

»Leider nein.« Sie seufzte. »Nur Informationen, dass der französische König zu einem Überfall auf England rüstet. Ich werde in den nächsten Tagen aufbrechen, um nach Süden zu reiten, und dort die Burgherren an der Küste schwören lassen, dass sie Richard und ihrem Land die Treue halten.«

»Wenn Ihr dies wünscht, schließe ich mich gerne Eurem Gefolge an.« Luce verneigte sich.

»Ich weiß Euer Angebot zu schätzen.« Sie lächelte wieder. »Aber mir wäre es lieber, wenn Ihr Euch den Soldaten anschließen würdet, die das Lösegeld für Richard eintreiben. Schließlich habt Ihr Euch ja in dieser Sache bereits als sehr fähig erwiesen«, fügte sie mit freundlicher Ironie hinzu.

»Wie Ihr befehlt.« Luce neigte den Kopf.

»So, und nun werde ich hoffentlich endlich dazu kommen auszureiten.« Eleonor erhob sich, winkte jedoch ab, als Luce und Matilda ebenfalls aufstehen wollten. »Ihr beide kennt Euch schon lange. Wahrscheinlich habt Ihr Euch einiges zu erzählen.«

»Ja, das haben wir allerdings, Madam«, erwiderte Matilda höflich, aber bestimmt. »Danke für Euer Verständnis.«

»Die Königin ist eine wirklich beeindruckende Frau«, sagte Luce, als sich die Tür hinter Eleonor geschlossen hatte. *Und Matilda gelingt es, sich neben ihr zu behaupten,* ging es ihm unwillkürlich durch den Kopf, *was den meisten Männern und Frauen schwerfallen dürfte.*

»Ja, das ist sie in der Tat.« Matilda nickte, während in ihrer Stimme neidlose Anerkennung mitschwang. »Ich bin davon überzeugt, dass sie einen mindestens ebenso guten Herrscher abgegeben hätte, wie es mein Vater war. Mein Vater war schlau und gerissen, aber Eleonor ist klug und lässt sich viel weniger von ihren Gefühlen und Trieben hinreißen als er. Bedauerlicherweise schlägt ihr Richard zwar nach, was sein gutes Aussehen anbelangt, jedoch nicht unbedingt, was seine Intelligenz und Selbstbeherrschung betrifft.«

»Richard kann Menschen begeistern.«

»Ja, aber das ist eine nicht ganz ungefährliche Gabe. Wisst Ihr eigentlich, dass sich nicht nur Euer Freund Philip de Tallebois, sondern auch Euer Vetter Jocelyn Richards verwünschtem Kreuzzug angeschlossen hatten und dass sie im Heiligen Land verschollen sind?«

»Nein … Ich wusste ja noch nicht einmal, dass meine Verwandten Edward de Thorignys Überfall auf ihr Gut überlebt haben.« Luce starrte Matilda entgeistert an.

»Robin begleitet Simon ins Heilige Land, um nach den beiden zu suchen.« Matilda bedachte ihn mit einem ihrer scharfen Blicke, stellte aber zu Luces Erleichterung keine weiteren Fragen. »Vor einigen Tagen habe ich einen Brief Simons erhalten.«

»Robin …«, flüsterte Luce. Ja, er würde es sich niemals verzeihen, wenn ihr etwas zustoßen würde.

»Ich bin zuversichtlich, dass Robin heil und gesund mit Simon nach England zurückkommen wird«, hörte er Matilda sagen. »Sie weiß auf sich aufzupassen, und Simon ist zwar nicht mehr der Jüngste, aber ich bin überzeugt, dass auch er sich zu verteidigen weiß. Hat Robin zusammen mit Euch de Thorignys Steuereintreiber überfallen?«, wechselte sie dann unvermittelt das Thema.

»Ja, das hat sie.«

»Indem dieses Geld nun Richards Lösegeld zugutekommt, habt Ihr beide Euch damit gewissermaßen als Wächter der Krone erwiesen. Auch wenn Robin dies, da sie meinen Halbbruder, wie ich wohl weiß, nicht sehr schätzt, wahrscheinlich nicht gerne hören würde.« Wieder wirkte Matilda amüsiert. »Und nun, schlage ich vor, solltet Ihr ein Bad nehmen, Euch den Bart abrasieren lassen und frische Kleidung anziehen und Euch von einem Strauchdieb wieder in einen Ritter verwandeln.«

*

Nachdem Luce Matildas Rat gefolgt war – in der Kammer, in die ihn ein Diener führte, stand schon ein Bottich mit heißem Wasser, und auch saubere Kleidung lag bereit – und nachdem er sich davon überzeugt hatte, dass seine Leute gut untergebracht waren, ging er ziellos durch die Höfe der Burg. Er war froh, dass ihn Matilda nicht weiter zu seinem Zerwürfnis mit Robin ausgefragt hatte. Wieder verwünschte er sich wegen ihres Streites, und er machte sich große Sorgen um Philip und Jocelyn.

Ohne es recht zu bemerken, betrat er den Garten der Burg, ein kleines Geviert auf der Südseite der Anlage. Da der Sommer in Schottland nur kurz war, gab es kaum Blumen. Nur einige kleine Rosenstöcke behaupteten sich tapfer gegen den Wind und das oft schlechte Wetter. Stein- und Rasenbänke standen zwischen beschnittenen Hainbuchenhecken.

Luce war gerade um eine der Hecken herumgegangen, als er Ailsa an der hohen Mauer stehen sah, die den Garten begrenzte und als Teil der Burgbefestigung diente. Die junge Frau wandte ihm den Rücken zu und blickte durch eine Öffnung zwischen den Steinen. Sie trug wieder den kastanienbraunen Samtmantel, der, wie Luce jetzt sah, die gleiche Farbe wie ihr Haar hatte. Ihm war nicht nach einer Begegnung mit ihr zumute. Deshalb wollte er den Garten wieder verlassen, doch Ailsa hatte wohl seine Schritte gehört. Sie drehte sich um, sah ihn, und nach einigen Momenten sagte sie: »Ihr seid das … Ich hätte Euch fast nicht erkannt. Ihr seid ja tatsächlich ein Ritter.«

Ihr hochmütiger Ton ärgerte Luce, und er antwortete scharf: »Ihr solltet Menschen ebenso wenig nach ihrer Erscheinung beurteilen wie dieser blonde Dummkopf.«

Ailsa schürzte die Lippen. »Ich kenne Guy de Rigord – den Ihr einen ›blonden Dummkopf‹ nennt – nicht gut.

Aber ich weiß, dass er es hasst, vor anderen gedemütigt zu werden. Ihr habt ihn Euch zum Feind gemacht.«

»Das ist mir, ehrlich gesagt, völlig gleichgültig.« Luce wandte sich ab, um endgültig zu gehen. Doch zu seiner Überraschung hörte er Ailsa rufen: »Bitte, wartet.«

»Ja?« Luce blieb stehen.

Ailsa lief einige Schritte auf ihn zu. »Es tut mir leid, dass ich Euch vorhin so von oben herab behandelt habe«, sagte sie hastig. »Ich wollte nicht, dass es zwischen Euch und Guy de Rigord zum Streit kam. Es ist nur ... Ich habe mich so schlecht gefühlt. Ich hatte Heimweh. Moira, meine Stute, ist für mich ein Stück Zuhause. Und auch sie benahm sich plötzlich so, als wäre ich ihr völlig fremd.«

»Ihr lebt noch nicht lange auf der Burg?«

»Erst seit zwei Wochen. Mein Vater ist ein Anhänger Richards und der Königin. Deshalb wollte er, dass ich eine Hofdame Eleonors werde. Es ist nicht so, dass sie oder die Äbtissin Matilda unfreundlich zu mir wären. Aber sie sind so vornehm und einschüchternd ...« Ailsa stockte.

»Ich kann gut verstehen, dass Ihr die beiden Damen so empfindet.« Luce lächelte.

Von seiner Reaktion ermutigt sprudelte es aus Ailsa hervor: »Eure Base Corinne ist nett. Aber ich sehe sie nicht sehr oft. Denn sie gehört zum Gefolge der Äbtissin. Ach, ich hasse dieses kalte, nasse und düstere Land. Und ich hasse es, in dieser Burg eingesperrt zu sein und sie nur mit Erlaubnis der Königin verlassen zu dürfen. Und nun kann ich vielleicht nicht einmal mehr mit Moira ausreiten, weil sie mir nicht mehr gehorcht. Ach, ich hätte es mir nie verziehen, wenn ich sie geschlagen hätte ...«

Ailsas verzweifelter Temperamentsausbruch und wie sie

tapfer gegen die Tränen ankämpfte, die ihr in die Augen stiegen, rührte Luce. »Ich vermute, Eurem Pferd geht es genauso wie Euch«, sagte er.

»Wie meint Ihr das?« Ailsa wischte sich über die Nase.

»Die Umgebung hier ist für sie genauso fremd wie für Euch. Und dann hat sie gespürt, dass Ihr traurig und unsicher wart und außerdem unzufrieden mit ihr. Sie ist ein stolzes Tier. Sie konnte Euch nicht mehr vertrauen und hat deshalb gebockt.«

»Meint Ihr wirklich?« Ein zaghaftes Lächeln erschien auf Ailsas Gesicht.

»Ja, allerdings.« Luce nickte. »Zeigt Eurer Stute, dass Ihr sie wirklich mögt und mit ihr zufrieden seid.«

»Woher wisst Ihr so viel über Pferde?«

»Mein Großvater hatte schon eine Art sechsten Sinn für sie. Das habe ich wohl von ihm geerbt.« Luce zuckte mit den Schultern. »Außerdem habe ich jahrelang als Pferdeknecht in einem Kloster gelebt.«

»Ein Knecht? Aber, ich dachte, Ihr seid ein Ritter?« Ailsa starrte ihn verwirrt an.

»Durch einige Wendungen des Schicksals wurde ich schließlich Knappe bei einem Lord und später ein Ritter. Jedenfalls kann ich gut verstehen, dass Ihr Euch einsam fühlt. Wenn ich nicht das große Glück gehabt hätte, am Hof des Lords gleich vom ersten Tag an einen guten Freund zu finden, wäre es mir wohl ähnlich ergangen.«

»Ihr müsst viel erlebt haben. Und ich tue mir leid, weil ich mich hier unglücklich fühle.« Ein schuldbewusster Ausdruck huschte über Ailsas hübsches Gesicht.

Ein Sonnenstrahl brach durch die Wolken und brachte die Nässe auf dem Gras und den Büschen zum Funkeln.

»Kommt«, sagte Luce. Er fasste Ailsa am Arm und führte sie zu einer der Öffnungen in der Mauer. Vor ihnen erstreckten sich die dicht gestaffelten Hügelketten bis zum Horizont. Wie ein Schleier stieg der Nebel von ihnen auf und vereinigte sich mit den von der Sonne überstrahlten Wolken zu einem silbrigen Gespinst. In dem diffusen Licht besaßen die Bergsilhouetten alle möglichen Grauschattierungen – von fast Schwarz bis hin zu beinahe Weiß.

»Seht Ihr nicht, wie schön diese raue Gegend sein kann?«, fragte Luce.

Ailsa betrachtete noch einige Momente den Nebelschleier, der sich immer mehr lichtete. Dann wandte sie sich Luce zu. Sie sah ihn fest an, doch er konnte spüren, dass sie wieder unsicher war. »Würdet Ihr denn einmal mit mir ausreiten?«, fragte sie.

»Das würde ich sehr gerne«, antwortete er ehrlich.

# 7. Kapitel

So gigantische Stadtmauern wie die von Akkon hatte Robin noch nie zuvor erblickt. Aus riesigen Quadern zusammengesetzt, wirkten sie, als hätten die Zyklopen aus den griechischen Sagen sie erbaut. Von der Sonne beschienen, waren die Steine so hell, dass es fast schmerzte, sie anzusehen. Robin wusste, dass Richard die Stadt vom Land her eingenommen hatte. Doch hier, auf der Meerseite, waren die Mauern noch vollständig erhalten. Auf den Türmen, die halbrund aus der Befestigung vorragten, wehten bunte Fahnen, und auf dem Kai drängten sich Menschen, die in farbenprächtige Gewänder gekleidet waren. Über allem wölbte sich ein tiefblauer Himmel. Obwohl es noch früh am Morgen war, konnte Robin schon spüren, dass der Tag sehr warm werden würde.

Auf einen Befehl des Kapitäns hin verlangsamten die Ruderer jetzt die Fahrt, und das Schiff, auf dem Robin und Simon etwa zwei Monate verbracht hatten, beschrieb einen weiten Bogen durch das Hafenbecken. *Wir haben Glück gehabt, dass wir keine schweren Stürme erlebt haben,* dachte Robin. Auch die Schiffsfahrt von Whitby entlang der englischen Küste, durch den Kanal bis nach Barfleur und dann den Landweg bis nach Marseille hatten sie ohne größere Schwierigkeiten überstanden.

Von Marseille aus hatten sie dann ein Schiff nach Akkon genommen. Es war immer dicht am Land entlanggesegelt, denn das Mittelmeer zu überqueren war wegen der Stürme, die dort lauerten, gefährlich. Anfangs hatte Robin es noch spannend gefunden, all die fremden Länder mit ihrer ungewohnten Vegetation an sich vorbeiziehen zu sehen. Doch irgendwann hatten sich alle Eindrücke verwischt, und sie hatte sich nur noch danach gesehnt, der Enge an Bord und der Gleichförmigkeit der Tage zu entkommen. Insgesamt waren sie und Simon gut vier Monate lang unterwegs gewesen.

Wobei sie und Simon während der Schiffsfahrt noch privilegiert gewesen waren. Denn von dem Geld, das Matilda Simon für die Reise geschenkt hatte, hatten sie sich einen kleinen, mit alten Säcken und löchrigen Decken abgetrennten Verschlag mieten können. Hin und wieder hatte Simon an einem Lied gearbeitet oder die anderen Reisenden mit seinem Gesang unterhalten, und Robin hatte sich um Kranke gekümmert. Mehr hatte es nicht zu tun gegeben.

»Einen Teil unserer Reise haben wir also überstanden«, hörte sie Simon hinter sich sagen. »Ich schätze, es war der leichtere Teil.«

Robin wandte sich zu ihm um. Nach den Wochen auf dem Meer war Simon tiefbraun gebrannt, so dass man ihn mit seinen dunklen Augen und seinem schmalen, markanten Gesicht ohne weiteres für einen Araber hätte halten können. Ihre Haut hatte die gleiche dunkle Färbung angenommen. Während der ganzen Reise hatte sie der Bequemlichkeit halber Jungenkleidung getragen, und sie beabsichtigte, das beizubehalten.

»Ich fürchte auch, dass die eigentlichen Schwierigkeiten erst noch vor uns liegen«, erwiderte sie.

Simons Blick wanderte zu dem riesigen Tor, das ständig neue Menschen, Wagen und Tiere auf den Kai spuckte und andere durch seinen Schlund wieder in die Stadt hineinsog. »Sobald das Schiff angelegt hat, gehen wir zuerst zu dem Gästehaus der Johanniter, wo Jocelyn und Philip zuletzt untergekommen sind und von wo aus man mir die Nachricht schickte.«

Robin nickte. Sie und Simon hatten oft beratschlagt, wie sie Philip und Jocelyn am besten finden könnten, und das Gästehaus war immer der Ausgangspunkt ihrer Suche gewesen. *Wir müssen Philip und Jocelyn finden,* dachte sie, während Seeleute Taue auf den Kai warfen, wo andere Männer sie auffingen und an eisernen Pollern befestigten. *Die beiden müssen einfach noch am Leben sein.*

Nun stieß das Schiff gegen die mit Sand gefüllten Säcke, die an der Kaimauer hingen. Gleich darauf wurde ein Reep hinuntergelassen. Robin und Simon reihten sich in die Schlange der anderen Reisenden ein. Bei den ersten Schritten auf der Holzbrücke und dann an Land hatte Robin Mühe, das Gleichgewicht zu bewahren, so sehr war sie mittlerweile daran gewöhnt, sich dem Schwanken des Schiffes anzupassen. Simon erging es genauso. Sie bahnten sich ihren Weg durch das Menschengewimmel und durchquerten dann das Stadttor, das – so erschien es Robin – die Höhe und die Breite eines Kirchenschiffes hatte.

Nach dem Dämmerlicht im Stadttor wirkte der Sonnenschein auf der anderen Seite wieder besonders intensiv. Sie ließen sich von dem Menschenstrom mitziehen und folgten einer schmalen gepflasterten Straße. Diese führte zwischen in Umbra- und Ockertönen gestrichenen Häusern entlang, deren Fenster nur aus schmalen Scharten bestanden. Simon wusste von seinem früheren Aufenthalt im Heiligen Land, wo sich die Niederlassung der Johanniter befand.

Obwohl die Straße eng war, standen immer wieder Tische in den Hauseingängen oder vor den Gebäuden, auf denen Zitronen oder Orangen feilgeboten wurden – Früchte, die Robin in England nur sehr selten einmal auf einem Markt gesehen und kaum einmal gekostet hatte. Anderswo wurden Feigen und alle Arten von Melonen angeboten. Die Kleidung der Menschen, selbst der Armen, war äußerst farbenfroh. Trotz ihrer Sorge um Philip und Jocelyn war Robin fasziniert von ihrer Umgebung. Gelegentlich verstand sie einzelne Wortfetzen von dem, was um sie herum gerufen oder gesprochen wurde.

»Ich kann schon jetzt begreifen, warum Matthew von diesem Land nicht losgekommen ist«, sagte sie zu Simon.

»Ich habe den Orient auch niemals vergessen können.« Er verzog den Mund zu einem schiefen Lächeln. »Vielleicht habe ich ja durch meine Erzählungen Jocelyns Sehnsucht geweckt, und er beschloss deshalb, sich dem Kreuzzug anzuschließen – auch wenn er das mir gegenüber nie zugegeben hat.«

Das Kloster der Johanniter lag in einer Seitengasse. Nachdem Simon an das Tor geklopft hatte, öffnete ihnen ein alter Mönch, der Robin unwillkürlich an Bruder Oswin erinnerte. Der Abschied von ihm war ihr sehr schwergefallen, und sie vermisste ihn immer noch. Simon trug sein Anliegen erst auf Englisch vor, und als der Mönch ihn nicht verstand, wechselte er ins Lateinische. Nun nickte der Mann. Er geleitete sie durch einen Innenhof, in dem ein mit einem Flechtmuster verzierter Marmorbrunnen inmitten von Blumen und Orangenbäumen plätscherte, und dann in einen Raum, dessen Wände mit blauen und türkisfarbenen Kacheln verkleidet waren. Hier bat er sie zu warten und ließ sie allein.

Plötzlich wurde Robin von der verzweifelten Hoffnung erfasst, dass Philip und Jocelyn vielleicht mittlerweile wohlbehalten nach Akkon zurückgekehrt waren und sie ihnen gleich gegenüberstehen würden. Doch nur ein Mönch mittleren Alters, dessen muskulöser Körperbau und die tiefe Narbe auf der rechten Wange verrieten, dass er nicht nur ein Ordensmann, sondern auch ein Krieger war, trat kurz darauf durch die offene Tür.

»Ihr seid also Simon de Bohun«, begrüßte er Simon.

»Ja, der bin ich.« Simon nickte.

»Ihr und Euer Begleiter habt eine lange Reise hinter Euch.«

»Gibt es neue Nachrichten von meinem Sohn und Philip de Tallebois?«, fragte Simon knapp.

»Ja, aber es sind leider keine guten Neuigkeiten.« Der Mönch seufzte. »Hat Euch denn mein zweiter Brief nicht erreicht?«

In das leise Plätschern des Brunnens mischte sich ein hoher Ton. Simon hatte sich rasch bewegt und war an die Laute in seinem Bündel gestoßen. Doch seine Stimme klang sehr ruhig, als er fragte: »Nein, ich habe nur die Nachricht erhalten, dass mein Sohn und Philip de Tallebois verschollen sind. Sind die beiden tot? Müsst Ihr uns das mitteilen?«

Unwillkürlich hielt Robin voller Furcht den Atem an, während der Johanniter wieder das Wort ergriff: »Ich weiß nicht, ob die beiden jungen Männer tot oder noch am Leben sind. Zwei oder drei Wochen nachdem ich den ersten Brief an Euch abgesandt hatte, kam ein Kaufmann in das

Kloster. Er gehörte der Karawane an, die Euer Sohn und sein Freund beschützen wollten. Bei den Ausläufern des Sinai-Gebirges wurde die Karawane, wie Ihr ja bereits wisst, von räuberischen Beduinen überfallen. Der Kaufmann sah Euren Sohn und Philip de Tallebois gegen die Angreifer kämpfen und beobachtete außerdem, wie Euer Sohn verwundet wurde und sein Freund ihn beschützte und verteidigte. Ehe dem Händler die Flucht gelang, wurde er noch Zeuge, dass die beiden jungen Männer von den Beduinen gefangen genommen wurden.«

»Das bedeutet, dass mein Sohn und Philip – falls Jocelyn seine Verwundung überlebte und auch Philip nicht getötet wurde – als Sklaven verkauft worden sein könnten?«, sprach Simon die Gedanken aus, die auch Robin bewegten.

»Ja.« Der Mönch nickte. »Eine andere Möglichkeit wäre noch, dass die Männer, die sie gefangen nahmen, Lösegeld für die beiden fordern könnten.«

»Jocelyn hat sich gegen meinen Willen Richards Kreuzzug angeschlossen. Er würde niemals zulassen, dass ich eine Lösegeld-Forderung für ihn erhalte. Das würde sein Stolz nicht erlauben. Ganz zu schweigen davon, dass Jocelyn wüsste, dass ich eine solche Forderung nicht begleichen könnte.« Simon lächelte schief. »Möglicherweise hat aber Philips Vater ein solches Ansinnen erreicht. Er gehört dem hohen Adel an und ist im Gegensatz zu mir sehr reich.«

»Das glaube ich nicht«, sagte Robin heftig und ergriff zum ersten Mal das Wort. Die beiden Männer wandten sich ihr zu. »Philip versteht sich nicht gut mit seinem Vater. Deshalb wäre auch er zu stolz, ihm eine solche Forderung zukommen zu lassen. Ich vermute eher, dass die beiden versucht haben oder versuchen werden, aus der Sklaverei zu fliehen.« Sie brachte es nicht über sich, es auszusprechen, was sie alle dachten – *falls sie noch am Leben sind.*

»Wohin könnten die beiden denn als Sklaven verkauft worden sein?« Simon blickte den Johanniter fragend an.

»Nun, arabische Sklavenmärkte bedienen die ganze islamische Mittelmeerküste, das Hinterland mit den Wüsten und Oasen und auch Ägypten und Gebiete am Schwarzen Meer.«

»Wo erfahren wir am schnellsten etwas über den Verbleib von zwei englischen Sklaven?«, hakte Simon weiter nach.

»Der Markt von Akkon wäre eine Möglichkeit.« Der Mönch seufzte. »Falls Ihr hier nicht weiterkommt, könntet Ihr es auf den Märkten von Sidon, Tyros oder Jaffa versuchen.«

»Das werden wir auf jeden Fall tun«, sagte Robin entschieden und kam so Simons Antwort zuvor.

*

Robin bückte sich hinter Simon durch den Zelteingang. An einem Tisch zwischen Seidenballen in allen erdenklichen Farben saß ein kräftiger Araber, dessen Gesicht von einem dunklen Vollbart umrahmt wurde. Sein Name war Nizam. Immer wieder hatten Robin und Simon auf dem Markt gehört, wenn jemand in Akkon etwas über das Schicksal von Jocelyn und Philip wüsste, dann er. Als sie vor einer Woche in der Stadt eingetroffen waren, hatte er sich auf einer Handelsreise befunden. Seither hatten sie ungeduldig auf seine Rückkehr gewartet.

Simon verbeugte sich vor Nizam und nannte ihm seinen Namen. Da dies die einfachste Erklärung war, stellte er Robin als seinen Sohn vor. Nach den üblichen höflichen Fragen und Bemerkungen zum Zustand der Stadt und der Welt, wie sie auf einem Basar üblich waren – hin und wieder, wenn Simons Sprachkenntnisse nicht ausreichten, griff Robin in die Unterhaltung ein –, kam Simon zum eigentlichen Grund, weshalb sie Nizam aufgesucht hatten.

Doch zu ihrer grenzenlosen Enttäuschung erklärte Nizam, dass er ihnen nicht weiterhelfen könne. Sicher, auch er habe von dem Überfall auf die Karawane erfahren. Doch leider wisse er überhaupt nichts über das Schicksal der beiden jungen Männer. Vielleicht würden Simon und sein Sohn ja in einer anderen Küstenstadt jemanden treffen, der besser informiert sei als er. Simon und Robin blieb nichts anderes übrig, als sich bei Nizam für die Zeit zu bedanken, die er ihnen geschenkt hatte, und sich zu verabschieden.

Stumm gingen sie nebeneinander zwischen den Ständen und Zelten über den Basar. Es war früher Nachmittag, die Zeit des Tages, während der die Bewohner der Stadt sich der Hitze wegen meist in ihren Häusern aufhielten. Deshalb war es auf dem sonst so dicht bevölkerten Platz relativ leer. Zusätzlich wehte an diesem Tag ein heißer Wind von der Wüste her, der winzige Sandteilchen mit sich führte, die in den Augen brannten. Robins Mund war wie ausgedörrt. Selbst die bunten Farben wirkten an diesem Tag wie ausgebleicht.

»Eine ganze Woche haben wir völlig umsonst in Akkon gewartet«, brach es aus ihr heraus. »Glaubst du, dass uns Nizam die Wahrheit gesagt hat?«

»Ich bin mir nicht sicher.« Simon hob müde die Schultern. »Gut möglich, dass er auf Christen nicht allzu gut zu sprechen ist und uns deshalb etwas verschweigt. Was ich ihm auch nicht verdenken könnte, bei allem, was die Kreuzfahrer und die christlichen Orden hier in den letzten hundert Jahren an Gräueltaten angerichtet haben. Vielleicht weiß er aber auch wirklich nichts. Ich kenne einfach die Denk- und Verhaltensweisen der Einheimischen zu wenig, um dies wirklich beurteilen zu können. Ganz zu schweigen davon, dass wir beide die Sprache nicht richtig beherrschen. Uns bleibt nichts anderes übrig, als, wie Nizam uns vorgeschlagen hat, nach Sidon, Tyros oder Jaffa zu reisen und dort weiter nach den beiden zu forschen. Wir dürfen die Hoffnung nicht aufgeben.«

»Nein, das dürfen wir nicht«, erwiderte Robin leise. Doch es fiel ihr sehr schwer, noch Zuversicht zu empfinden. Simon hatte ja Recht – das Land und die Menschen waren ihnen fremd. Und warum hätte das Schicksal zweier christlicher Kreuzfahrer die Araber berühren sollen? Schließlich hatte Richard vor den Toren von Akkon fast dreitausend muslimische Soldaten und Offiziere niedermetzeln lassen. Eine Tat, über die sie nur Abscheu und Entsetzen empfinden konnte.

Mittlerweile hatten sie den Basar hinter sich gelassen und gingen eine Straße entlang, die eine Anhöhe hinaufführte. Hinter einer Mauer am Hügel ragten Zypressen auf, die vor dem grauen Himmel und geschüttelt vom Wind wie dunkle züngelnde Flammen wirkten. Ein Stück unterhalb bauschten sich Planen aus Sackleinen vor einem Gerüst aus Tauen und Brettern, das an einer Fassade befestigt war.

Einer Gruppe von Jungen im Alter zwischen acht und zehn Jahren konnte die Hitze nichts anhaben. Mit Holzschwertern in den Händen tollten sie auf der Straße herum.

Einer von ihnen, ein hübscher kleiner Kerl mit widerspenstigen Haaren, rannte jetzt die Straße hinauf, wo er stehen blieb und sein Schwert in die Höhe reckte. Die anderen Jungen beratschlagten sich. Sie hatten wohl die Aufgabe, ihn zu fangen.

Während sie an den Kindern vorbeigingen, betrachtete Simon den düsteren Himmel. »Es sieht so aus, als ob es einen Sandsturm geben wird«, sagte er. »Wir müssen abwarten, wie das Wetter sich entwickelt. Sobald wir sicher reisen können, brechen wir nach Tyros auf.«

Robin wollte ihm gerade zustimmen – sie waren eben auf einer Höhe mit dem Jungen mit den widerspenstigen Haaren, der sie keck angrinste, mit seiner Waffe in der Luft herumfuchtelte und etwas schrie, das Robin nicht verstand –, als ein knirschendes Geräusch ertönte. Plötzlich schienen die Leinwandplanen sich auf sie zuzubewegen.

»Weg hier!«, hörte sie Simon schreien. Aus den Augenwinkeln nahm sie wahr, dass er den Jungen packte und mit ihm fortrannte, die Straße hinauf. Robin folgte ihm. Doch gleich darauf ertönte wieder das Knirschen, lauter als zuvor, und im nächsten Augenblick ein dröhnendes Poltern.

Robin hatte die Empfindung, als ob eine Eisenhand sie zwischen die Schulterblätter träfe und zu Boden schleuderte. Etwas Schweres breitete sich über sie und raubte ihr die Atemluft. Dann herrschte plötzlich Stille. Nur noch das Heulen des Windes war zu hören. Robin kam wieder richtig zu sich. Sie begriff, dass sie unter einer Plane begraben war, und arbeitete sich hustend und keuchend darunter hervor, während sie immer wieder Simons Namen schrie.

Er lag auf der Straße, zwischen Steinbrocken, zerrissenen Tauen und zerschmetterten Bohlen, halb verdeckt von einer anderen Plane. Zu Robins grenzenloser Erleichterung richtete er sich nun auf. Auch der Junge regte sich – Simon hatte ihn mit seinem Körper geschützt. Seine Augen waren weit aufgerissen und verstört. Zuerst glaubte Robin, dass er – abgesehen von dem Schrecken – unverletzt geblieben wäre. Doch dann sah sie die Blutlache neben ihm auf der Straße. Sie stolperte zu ihm.

Im rechten Oberschenkel des Jungen, wo ihn ein zersplittertes Holzstück getroffen hatte, klaffte eine tiefe Wunde. Blut sprudelte daraus hervor.

»Simon, schnell«, rief Robin, »press deine Hände auf die Verletzung.«

Während sich Simon über den Jungen beugte und versuchte, die Blutung mit seinen Händen notdürftig zu stillen, zog Robin in fieberhafter Eile ihren Kittel aus und zerriss ihn. Dann band sie den Oberschenkel oberhalb der Wunde mit einem Stoffstreifen ab und verband schließlich die Verletzung.

Als sie endlich damit fertig war, war der Junge halb ohnmächtig. Erst jetzt realisierte Robin, dass sich eine größere Menschenmenge um sie versammelt hatte. Die Freunde des Kindes starrten sie aus schreckensbleichen Gesichtern an. Zwei Männer drängten sich zwischen den Leuten hindurch – ihren hellen, einfachen Kitteln nach zu schließen waren sie Sklaven. Sie schoben Robin und Simon zur Seite und beugten sich über das Kind.

»Ja, das ist Hakims Sohn«, erklärte einer von ihnen und hob den Jungen hoch.

»Das Kind braucht einen Arzt«, sagte Robin. Die Männer reagierten nicht auf ihre Worte.

»Hört Ihr?«, wiederholte sie. »Die Wunde muss richtig

behandelt werden, sonst schließt sie sich nicht.« Die Männer beachteten sie immer noch nicht, sondern trugen das Kind davon. Robin wollte ihnen nachlaufen, doch sofort verstellte ihr die Menge den Weg. Nicht feindselig, aber entschieden.

»Die Sklaven wissen schon, was sie zu tun haben«, sagte ein älterer Mann. »Lasst sie und den Jungen jetzt in Ruhe.«

Robin wollte sich damit nicht zufriedengeben, doch Simon, der mit einem Stöhnen aufgestanden war, berührte sie am Arm.

»Wir sind hier offensichtlich nicht mehr erwünscht«, raunte er ihr zu. »Lass uns in unsere Herberge zurückkehren.«

*

Der Sturm wütete die ganze Nacht, erst gegen Morgen verebbte er. Nach einer hastigen Mahlzeit sattelten Robin und Simon die beiden Maultiere, die sie den Johannitern abgekauft hatten, und beluden sie mit ihren wenigen Sachen. Sie hatten die Tiere eben aus dem Tor geführt – wie der Innenhof war auch die Straße von einer dünnen Sandschicht bedeckt –, als einer der Männer, die den verletzten Jungen am Vortag weggebracht hatten, auf sie zueilte.

Er verbeugte sich tief vor ihnen. »Wie gut, dass ich Euch noch antreffe. Mein Herr Hakim schickt mich. Er bittet Euch, zu ihm zu kommen, da er sich dafür bedanken möchte, dass Ihr seinem Sohn geholfen habt.«

Robin und Simon wechselten einen Blick. »Geht es dem Jungen gut?«, fragte Robin.

»Sinan ist wohlauf, und die Wunde beginnt zu verheilen.« Der Sklave verneigte sich wieder.

»Wir wissen es aufrichtig zu schätzen, dass dein Herr dich zu uns geschickt hat, um uns seinen Dank auszusprechen«, sagte Simon höflich. »Für uns ist das so, als hätte dein Herr die Worte selbst zu uns gesagt. Er möge es uns bitte nachsehen, dass wir nicht zu ihm kommen werden, aber wir möchten aufbrechen. Wir haben etwas sehr Dringliches zu erledigen.«

»Mein Herr lässt Euch außerdem ausrichten, dass er Euch möglicherweise bei Eurer Suche nach den beiden jungen Engländern weiterhelfen kann«, sagte der Sklave zu Simons und Robins Verblüffung.

»Nun, in diesem Fall sollten wir ihn doch noch aufsuchen«, sprach Simon Robins Gedanken aus.

Der Sklave führte sie in den höher gelegenen Teil der Stadt, zu einem Haus mit einer unscheinbaren ockerfarben gestrichenen Fassade. Doch schon das Gewölbe hinter dem Tor war mit wunderschönen tiefblauen Kacheln ausgekleidet. Andere Sklaven eilten herbei und brachten die Maultiere weg. Robin und Simon wurden in einen Innenhof geleitet, wo sich Feigen- und Olivenbäume über ein großes, rundes Marmorbecken neigten, und dann eine Treppe hinauf, bis zum flachen Dach des Gebäudes. Wie schon der Innenhof war auch das Dach blank gefegt vom Sand. Auch hier gab es einen Marmorbrunnen, und der Boden war mit kleinen, bunten Steinchen verziert. Ein Mosaik, das ineinander verschlungene Muster bildete, die Robin entfernt an Pflanzen erinnerten.

Von der einen Seite des Dachs konnte man in einen Garten sehen, in dem Zypressen und alle möglichen anderen Arten von Bäumen wuchsen; von der anderen aus konnte man aufs Meer blicken, das sich tiefblau wie die Kacheln im

Eingang unter einem wolkenlosen Himmel bis zum Horizont erstreckte.

Hinter dem Brunnen befand sich ein Sonnensegel. Dort erhob sich nun ein großer, schlanker Mann Anfang vierzig von einer geschwungenen Marmorbank. Sein schwarzer Bart war sorgfältig geschnitten, und sein gut aussehendes Gesicht wirkte klug und kultiviert.

»Hakim, mein Herr«, beschied der Sklave Robin und Simon, ehe er sich lautlos entfernte.

Hakim ging auf sie zu und verneigte sich, wie schon zuvor der Sklave, tief vor ihnen. »Mein Arzt hat mir versichert, dass mein Sohn Sinan ohne Eure schnelle und beherzte Hilfe wahrscheinlich verblutet wäre. Ich werde auf ewig in Eurer Schuld stehen«, sagte er.

»Wir waren gerade zur Stelle, und ich verstehe mich ein bisschen auf die Heilkunst«, wehrte Robin ab. »Es ist schön, dass es Sinan wieder gut geht.«

Hakim bedachte sie und Simon mit einem Lächeln. »Meine Sklaven und sonstigen Kundschafter auf dem Markt haben mir schon vor einigen Tagen berichtet, dass zwei Engländer, ein älterer Mann, der auch ein Sänger ist, und sein hübscher Sohn sich nach zwei verschollenen Christen erkundigten.«

»Ihr seid sehr gut darüber informiert, was auf dem Basar geschieht«, bemerkte Simon trocken. Mittlerweile hatten sie auf eine Geste Hakims hin auf der Marmorbank Platz genommen, und er hatte ihnen aus einem mit Emaille verzierten Krug ein Getränk in Becher gegossen, das nach Orangen und Zitronen duftete.

»Die Zeiten sind schwierig und gefährlich.« Hakim neigte leicht den Kopf. »Heute beherrschen Christen die Stadt, morgen können es schon wieder meine muslimischen Brüder sein, was ich – ich hoffe, Ihr verzeiht mir diese Offenheit – bevorzugen würde. Ich erachte es als meine Pflicht meiner Familie gegenüber, stets gut darüber informiert zu sein, was in Akkon und überhaupt zwischen Jerusalem und Sidon vor sich geht.«

Simon beugte sich vor und drehte den Becher zwischen seinen Händen. »Wisst Ihr denn etwas über meinen Sohn und seinen Freund?«, fragte er gespannt.

»Noch nicht. Aber Ihr habt mir meinen Sohn wiedergegeben. Deshalb werde ich alles tun, damit Ihr Euren Sohn und dessen Freund findet«, erklärte Hakim entschieden. »Und ich würde mich sehr glücklich schätzen, wenn Ihr währenddessen meine Gäste wäret.«

Simon zögerte, was Robin gut verstehen konnte. Sie hatten schon so viel Zeit in Akkon verloren, indem sie auf Nizam gewartet hatten.

Hakim blickte von Simon zu ihr. »Ich versichere Euch, dass ich über vielfältige Verbindungen verfüge«, meinte er sanft. »Wenn ich Euch nicht weiterhelfen kann, wird es auch sonst niemand können.«

»Auch das wisst Ihr also«, sagte Simon.

»Ich habe mit Nizam gesprochen.«

Robin nickte Simon zu. Sie war davon überzeugt, dass Hakim sein Angebot ehrlich meinte.

»Gut«, erklärte Simon schließlich. »Wir nehmen Eure Hilfe gerne an.«

Hakim erhob sich. »Dann lasse ich Euch jetzt zu Euren Räumen bringen, wo Ihr Euch waschen und umkleiden könnt.«

»Ich würde vorher gerne nach Sinan sehen«, erklärte Robin rasch. »Und ich möchte Euch sagen, dass ich eine Frau bin.« Da Hakim ihnen helfen wollte, sollte er die Wahrheit über sie erfahren.

Hakim betrachtete sie überrascht, dann lächelte er. »Meinen Kundschaftern ist also doch etwas Wichtiges verborgen geblieben. Nun, sucht ruhig zuerst Sinan auf, wenn Ihr dies wünscht. Falls er wach ist, wird er sich freuen, Euch zu sehen und sich bei Euch bedanken zu können.«

*

Gilbert Hérail, der Großmeister des Templerordens, war ein großer, hagerer und kahlköpfiger Mann. Er hatte sehr lange, schmale Hände und einen schmallippigen Mund. Dies, zusammen mit seiner sehr bleichen Hautfarbe, ließ Cederick an ein wurmartiges Wesen denken, das kaum einmal das Tageslicht erblickte. Auch die Augen Gilberts waren seltsam farblos. Je nachdem, wie er den Kopf bewegte, changierten sie von einem blassen Blau zu Grün. Dabei waren sie wachsam und besaßen eine intelligente Schläue. Gilbert war Cederick vom ersten Moment an, als er ihm in der Ordensburg begegnete, zutiefst unsympathisch gewesen.

Auch hinter Cederick lag eine Reise, die weitgehend ohne Schwierigkeiten verlaufen war. Gleich nach seiner Ankunft in Akkon hatte Cederick sich zur Templerburg begeben. Auf Johns Empfehlungsschreiben hin war Gilbert sofort bereit gewesen, ihn zu empfangen.

Nun saß er dem Großmeister an einem Tisch gegenüber, dessen Kanten mit einem geschnitzten Blattmotiv verziert und vergoldet waren. Der fünfarmige Leuchter darauf war ebenfalls vergoldet oder bestand vielleicht sogar aus massinem Gold und war mit Edelsteinen besetzt. Gilberts lange Finger spielten mit dem Empfehlungsschreiben aus Pergament, wobei er Cederick nicht aus den Augen ließ, und legten es dann auf der Tischplatte ab.

»John will also die englische Krone an sich bringen. Ein mutiger Entschluss. Von mir aus könnte Richard ohnehin gerne in einem Kerker des deutschen Kaisers verrotten.« Seine schmalen Lippen verzogen sich zu einem Lächeln. »Wobei wir natürlich noch über die Bedingungen sprechen müssen, zu denen der Orden John die gewünschte Summe leihen wird.«

»Gewiss«, antwortete Cederick höflich. »John hat nichts anderes erwartet. Sein Gewinn soll auch der Eure sein – vor allem, sobald er König ist.«

Gilbert verstand den Wink und nickte, während er sich auf seinem breiten, gepolsterten Stuhl zurücklehnte. Durch die kunstvollen Holzgitter vor den Fenstern wehte eine für die Hitze draußen überraschend frische Brise.

»Mir ist noch niemals unter hochrangigen Fürsten oder gar Königen ein derartiger Rüpel begegnet wie Richard«, sagte er nach einem kurzen Schweigen. »Er besitzt keinerlei Respekt gegenüber der Geistlichkeit. Und dass er das Banner des Herzogs Leopold von Österreich vor den Augen von dessen Soldaten in die Latrine von Akkon werfen ließ, nur weil er sich über den Herzog ärgerte … Nun, ich kann es Leopold nicht verdenken, dass er Richard in Wien gefangen nehmen ließ … Wie heißt es doch in der Schrift: ›Ein jeder wird ernten, was er gesät hat.‹«

»Wahrscheinlich verhält es sich so.« Cederick bemühte sich weiter, verbindlich zu sein. Von der Geschichte mit dem Banner in der Latrine hatte er schon in den Häfen auf seiner Reise gehört. Auch wenn er Richard ansonsten hasste, war dies eine Tat, die er, nun ja ... zumindest nicht ganz unverständlich fand. Denn Leopold schien äußerst von sich eingenommen und zudem ein schlechter Heerführer zu sein. Aber was das Säen und das Ernten betraf ... Er ertappte sich bei dem Wunsch, dass es auch Gilbert einmal so ergehen würde. Denn dieser hatte, vermutete Cederick, bestimmt einige Missetaten auf dem Gewissen.

Der Großmeister schien Cedericks Vorbehalte zu spüren. Denn er fügte hinzu: »Nun, ich will Richard zugutehalten, dass er Akkon von den Muslimen erobert und wieder unter die Herrschaft der Christen gebracht hat. Ansonsten war seine einzige kluge und vernünftige Tat während seines gesamten Kreuzzuges, dass er die dreitausend heidnischen Soldaten und Offiziere vor den Toren der Stadt niedermetzeln ließ.«

*Mit wem habe ich mich nur eingelassen?*, schoss es Cederick durch den Kopf. Auch von dieser Tat hatte er auf seiner Reise erfahren, und sie hatte ihn mit tiefem Abscheu erfüllt.

»Verzeiht«, es gelang ihm nicht, sich zu beherrschen, »aber ich kann nichts Gottgefälliges darin sehen, wehrlose Menschen abschlachten zu lassen.«

»Nun, Saladin als der Oberbefehlshaber der Muslime hätte nur rechtzeitig auf Richards Bedingungen eingehen müssen, dann wären diese Menschen verschont worden.« Gilbert zuckte gleichmütig mit den Schultern. »Ohnehin liegt letztlich alles in Gottes Hand. Also auch, ob John die englische Krone erringen wird. Aber ich will jedenfalls das Meinige dazu beitragen, dass sein Plan gelingt.«

*Ich bin hier als Johns Gesandter*, ermahnte sich Cederick

in Gedanken. *Meine Gefühle Gilbert gegenüber dürfen keine Rolle spielen.* »Dann nennt mir Eure Bedingungen«, sagte er.

*

Cederick verließ die Templerburg, die auf einer schmalen Landzunge hoch über dem Hafen stand, und trat in den Abend hinaus. Nach den langen Wochen, die er auf dem Schiff verbracht hatte, sehnte er sich nach Bewegung. Außerdem hatte er nach dem Gespräch mit Gilbert Hérail einen üblen Geschmack im Mund und musste unbedingt seine Gedanken ordnen.

*Ich kann mit dem Ergebnis meiner Verhandlungen wirklich zufrieden sein,* überlegte Cederick, während er der Straße bergab folgte. Die Hitze hatte sich in eine angenehme Wärme verwandelt. Von überall her waren von den flachen Dächern Stimmen zu hören. Dort hatte sich die Menschen eingefunden, um die letzten Stunden des Tages in der wohltuenden Brise zu verbringen.

Gilbert hatte ihm versprochen, am nächsten Tag einen Boten mit einer Anweisung für die dort lebenden Templer nach Paris zu schicken, dass sie John 80.000 Pfund in Silber leihen sollten. Als Christ war es Gilbert verboten, Zinsen auf das verliehene Geld zu nehmen. Aber es gab auch andere Möglichkeiten, Gewinn aus einem Kredit zu ziehen. Falls John König werden würde, verpflichtete er sich, den Templerhöfen in England bestimmte Privilegien zu gewähren, wie zum Beispiel die Reduzierung der Abgaben für die nächsten zwanzig Jahre. Außerdem würde John dem Orden Ländereien überschreiben und 10.000 Pfund in Silber spenden. Was um die Hälfte unter der Summe lag, mit der

John gerechnet hatte. Und auch was die zu übertragenden Ländereien betraf, war John von größeren Gebieten ausgegangen.

Trotzdem fühlte sich Cederick völlig uneins mit sich selbst. *Es ist bezeichnend für John, dass er mit einem Menschen wie Gilbert Geschäfte macht und dieser ihn schätzt,* dachte er. Gleich darauf verbot er sich diesen Gedanken und rief sich ins Gedächtnis, dass er John viel verdankte und ihm die Treue geschworen hatte. Richard stand seinem Bruder, was seine Grausamkeit betraf, in nichts nach. Zudem hatte er sich mit den Feinden der Familie Thorigny verbündet und diese triumphieren lassen.

Ohne dies beabsichtigt zu haben, hatte Cederick den Basar erreicht. In der Abendkühle waren viele Menschen unterwegs. Da und dort brannten bereits Lampen und Fackeln und beschienen die Stände und das Treiben ringsum. Cederick hatte keinen Blick für die exotischen Waren, sondern ließ sich einfach vorwärtsschieben. Die fremde Sprache, von der er kaum ein Wort verstand, vermischte sich zu einem gleichmäßigen Geräusch, das in seinen Ohren dröhnte, ihn noch müder werden ließ, als er ohnehin schon war, und so seine quälenden Gedanken allmählich vertrieb.

Als Cederick Robin vor einem der Stände sah, glaubte er zuerst, einem Traumgespinst zu erliegen. Dennoch blieb er unwillkürlich stehen. Dass ihn die Vorbeigehenden anrempelten, nahm er kaum wahr. Dies konnte nicht Robin sein … Sie konnte sich unmöglich in Akkon aufhalten … Aber nun beugte sich der schlanke Junge, der eine so verblüffende Ähnlichkeit mit Robin besaß, über die Auslage aus Seidengarnen, und das Licht einer Lampe fiel voll auf sein Gesicht.

Cederick empfand ein schmerzhaftes Ziehen in seiner Brust. Es gab keinen Zweifel – dies war Robin. Diesen ganz besonderen Ausdruck der Konzentration, mit dem sie die Garne betrachtete – die Stirn und die schmale Nase leicht gekraust, den Mund leicht geöffnet –, hätte er überall wiedererkannt. Einen ähnlichen Gesichtsausdruck hatte sie gehabt, wenn sie sich geliebt hatten.

Während Cedericks Sehnsucht nach Robin immer mehr wuchs, stand er wie gebannt da und beobachtete, wie sie auf einen Garnstrang deutete und lächelnd etwas zu dem Händler sagte.

Cederick rechnete damit, dass Robin das Garn kaufen würde. Deshalb war er unvorbereitet, als sie plötzlich, ohne es zu erwerben, weiterging. Er benötigte einige Momente, bis er sich wieder so weit gefangen hatte, dass er ihr folgen konnte. Basarbesucher schoben sich zwischen ihn und Robin. Er wagte es nicht, sich an ihnen vorbeizudrängen, denn wenn sie sich lauthals über ihn beschwerten, würde dies bestimmt Robins Aufmerksamkeit erregen.

Robin hatte eben einen Querweg passiert, als ein mit Stoffen beladener Karren, der wegen des Gedränges nicht weiterkam, an der Kreuzung stehen blieb. Er durfte Robin nicht verlieren! Cederick gab nun doch seine Vorsicht auf und kämpfte sich an dem Hindernis vorbei. Doch als er es endlich hinter sich gelassen hatte, konnte er Robin in dem Menschengewimmel nirgends mehr erblicken.

Hass mischte sich in seine Sehnsucht. Bestimmt hielt sich Robin in Akkon auf, um irgendwelche Ränke gegen John, Edward und ihn selbst zu spinnen. Gut möglich, dass die Königin durch Kundschafter von Johns Plan erfahren hatte und Robin und ihren verwünschten Bruder gesandt hatte, um das Darlehen zu vereiteln oder auf andere Weise Schaden anzurichten.

Robin und ihr Bruder durften ihm nicht entkommen. Es musste ihm gelingen, sie in Akkon aufzuspüren und in seine Gewalt zu bringen. Dabei würde ihm Gilbert, so sehr er den Großmeister auch verachtete, sicher helfen.

*

»Wo bist du gewesen?« Sinan richtete sich in seinem Bett auf, als Robin sein Zimmer betrat. »Ich habe dich vermisst.«

»Als du vorhin eingeschlafen warst, bin ich auf dem Basar herumgeschlendert.« Robin setzte sich neben ihn. Eine Weile hatte Sinan gefiebert – eine Folge davon, dass sich die Wunde an seinem Bein entzündet hatte, wie das bei so tiefen Verletzungen häufig der Fall war. Aber dem arabischen Arzt und ihr war es erfolgreich gelungen, die Entzündung zu bekämpfen und das Fieber zu senken. Jetzt blickten Sinans braune Augen ganz klar und glänzten nicht mehr verdächtig. Da Robin wusste, dass der Arzt erst vorhin bei dem Jungen gewesen war, und sie ihm vertraute, verzichtete sie darauf, die Wunde erneut in Augenschein zu nehmen.

»Hast du etwas auf dem Basar gekauft?«

»Nein, ich habe mir nur die Stände angesehen. Bei einem, wo schöne Seidengarne angeboten wurden, bin ich länger stehen geblieben. Aber da ich in der nächsten Zeit nicht dazu kommen werde zu sticken, habe ich auch kein Garn gekauft.« *Die Farben waren wirklich wunderschön*, dachte Robin, und sie hatte es genossen, das kühle, geschmeidige Garn zu berühren. Da sie jedoch zwei unvollendete

Stickereien in England hatte zurücklassen müssen, wollte sie nicht noch eine weitere anfangen, die sie ebenfalls nicht fertigstellen würde.

Sinan konnte ihre Faszination nicht verstehen. »Garne, wie langweilig«, sagte er und rümpfte die Nase. »Erzähl mir davon, wie es war, als dein Bruder ein Knappe war.« Er verschränkte die Arme vor der Brust und legte sich mit gespannter Miene in die Kissen zurück. Das Licht einer schiffsförmigen, vergoldeten Öllampe, die an der Decke hing, huschte über ihn. Robin hatte den Jungen längst lieb gewonnen. Sobald es ihm besser gegangen war, hatte Sinan begonnen, sie über ihre Heimat auszufragen, und hatte alles ganz genau wissen wollen. Besonders angetan hatten es ihm Erzählungen über Burgen und Ritter.

Irgendwann hatte es sich so ergeben, dass Robin Luce erwähnt hatte. Sinan war völlig fasziniert davon gewesen, dass ihr älterer Bruder ein Ritter war. Anfangs war Robin seinen Fragen ausgewichen. Aber Sinan hatte nicht locker gelassen, und schließlich hatte Robin nachgegeben und ihm ausführlicher berichtet.

Mittlerweile erzählte sie Sinan sogar gerne von Luce. Während sie von ihrem Bruder sprach, war es, als hätte es das Zerwürfnis zwischen ihnen nie gegeben und Luce würde sie nicht wegen ihrer Liebe zu Cederick hassen und verachten. Manchmal kam auch Philip in diesen Erzählungen vor, und trotz ihrer Sorge um ihn fühlte sich Robin dem Freund dann sehr nahe.

Robin führte gerade mit etlichen Ausschmückungen aus, wie Luce und Philip einmal einem unfreundlichen Haushofmeister einen Streich gespielt hatten, als ein Sklave die Tür öffnete und sich vor ihr verneigte. »Verzeiht, dass ich

Euch und den Sohn meines Herrn störe. Aber mein Herr Hakim wünscht Euch dringend zu sprechen.«

Ob er Nachrichten von Philip und Jocelyn hatte? Hastig erhob sich Robin.

»Du musst aber wiederkommen und die Geschichte zu Ende erzählen«, beschwerte sich Sinan.

»Ja, natürlich, das werde ich«, versprach Robin, während sie versuchte, sich ihre Aufregung vor dem Kind nicht anmerken zu lassen.

*

Hakim erwartete Robin in einem Raum im Erdgeschoss, dessen Ebenholztüren weit offen standen und den Blick auf den Innenhof freigaben. Das Licht von Öllampen spiegelte sich in dem Bassin und ließ das Wasser wie dunkle, golddurchwirkte Seide schimmern – ein Anblick, der Robin normalerweise entzückt hätte. Doch jetzt nahm sie das Bild kaum richtig wahr. Simon befand sich schon bei Hakim. Sie sah es ihm an, dass auch er sehr angespannt war.

»Hakim hat mir noch nichts berichtet«, erwiderte Simon auf die unausgesprochene Frage in Robins Augen.

»Ja, ich dachte, es ist am besten, wenn ich meine Nachrichten Euch beiden zusammen übermittle.« Hakim nickte. »Die gute Botschaft ist«, er wandte sich Simon zu, »dass Euer Sohn und sein Freund am Leben sind.« Das leichte Zögern in seiner Stimme hielt Robin davon ab, erleichtert aufzuatmen. Auch Simon registrierte es. »Und was ist die schlechte?«, fragte er ruhig.

Hakim hob die Hände und seufzte. »Jocelyn und Philip befinden sich in der Gewalt eines einflussreichen Sklavenhändlers namens Hasan, in einem Ort etwa dreißig Meilen östlich von Aleppo. Außerdem hat Euer Sohn – so haben es mir meine Kundschafter berichtet – lange an einem heftigen Fieber gelitten und soll sehr schwach sein.«

»Dann müssen wir die beiden so schnell wie möglich befreien«, sagte Simon rasch.

»Das dürfte nicht so leicht sein. Hasans Anwesen ist sehr gut bewacht.« Hakim schüttelte den Kopf. »Nein, am einfachsten und ungefährlichsten für Euch und auch für Jocelyn und Philip wird es sein, wenn Ihr die beiden Hasan abkauft.«

»Aber wir besitzen kaum noch Geld«, wandte Robin ein.

»Der Kaufpreis für einen christlichen, gebildeten Sklaven liegt etwa bei zwanzig Pfund in Gold«, bemerkte Hakim gelassen. »Nein, lasst mich meinen Gedanken bitte zu Ende führen«, wieder hob er die Hände, »ich werde Euch diese Summe selbstverständlich geben.«

»Aber wir werden sie Euch niemals zurückzahlen können.« Simon schüttelte den Kopf.

»Mit geben meinte ich selbstverständlich schenken.« Hakim lächelte ihn und Robin an. »Ihr habt mir das Leben meines Sohnes geschenkt. Im Vergleich dazu ist diese Summe nicht der Rede wert. Wenn Ihr wollt, könnt Ihr gleich morgen, begleitet von meinen Sklaven, aufbrechen. Unter diesen Männern werden sich Bewaffnete befinden, die Eure Sicherheit garantieren, und auch ein erfahrener älterer Sklave, der die Verhandlungen mit Hasan für Euch führen wird. Falls Ihr mein Angebot nicht annehmt, werdet Ihr mich tief kränken. Denn das bedeutet, dass Ihr meine Gastfreundschaft und das Leben Sinans nicht wirklich schätzt.«

Robin spürte, dass es Hakim mit diesen Worten ernst

war. »Ich liebe Euren Sohn aufrichtig, und Simon empfindet genauso. Außerdem sind wir Euch zutiefst dankbar für Eure Gastfreundschaft«, sagte sie ernst. »Deshalb nehmen wir Euer Angebot gerne an.«

*

Als Cederick in die Burg zurückgekehrt war, hatte er um eine Unterredung mit dem Großmeister gebeten, die ihm auch sofort gewährt worden war. Er schilderte Gilbert Hérail, wie er Robin begegnet war und dass er annahm, sie und ihr Bruder Luce hielten sich im Auftrag der Königin Eleonor in Akkon auf.

»Von meinen Spitzeln habe ich bereits von dieser jungen Frau erfahren. Allerdings wird sie nicht von ihrem Bruder, sondern von ihrem Onkel begleitet. Sein Name ist Simon de Bohun.« Der Großmeister wiegte nachdenklich seinen kahlen Schädel. »Die beiden suchen nach Simon de Bohuns Sohn Jocelyn und dessen Freund Philip de Tallebois. Davon, dass Robin und ihr Onkel sich im Auftrag der Königin in Akkon aufhalten, ist mir nichts bekannt.«

»Vielleicht ist diese Suche ja nur vorgeschoben, um ihre wahren Motive zu verschleiern.« Cederick zuckte ungeduldig mit den Schultern. Auch Simon de Bohun, dachte er, hatte mit dazu beigetragen, dass sein Vater in Ungnade gefallen und getötet worden war.

»Das glaube ich eigentlich nicht.« Der Großmeister lächelte sein dünnes Lächeln. »Seit Saladin einen großen Teil der Gebiete östlich von Antiochia bis hinunter nach Askalon zurückerobern konnte, ist die Lage im Heiligen Land für uns Christen, nun ja, angespannt.« Gilbert lächelte dünn. »Deshalb lege ich allergrößten Wert darauf, über alles, was in Akkon und Umgebung vor sich geht, sehr gut im Bilde zu sein. Bisher wurde mir wirklich nur berichtet, dass Robin und Simon de Bohun im Hause des Kaufmanns Hakim untergekommen sind und dieser nach den beiden verschollenen jungen Männern suchen lässt. Aber wie auch immer ... Ich werde Euch natürlich dabei helfen, die junge Frau und ihren Onkel zu ergreifen.«

»Dann stellt mir einige Ritter zur Verfügung, damit ich die beiden im Hause dieses Kaufmanns gefangen nehmen kann«, sagte Cederick impulsiv.

»Vor einigen Jahren wäre ich Eurer Bitte sofort und mit Freuden nachgekommen.« Gilbert seufzte. »Doch, wie ich eben schon sagte, der derzeitige Frieden ist sehr zerbrechlich. Hakim ist reich und unter den Muslimen sehr angesehen. Robin und Simon sind seine Gäste. Wenn Ihr sie unter seinem Dach festnehmt, stellt dies eine große Beleidigung für Hakim dar – und mit ihm werden sich alle Muslime angegriffen fühlen.«

»Aber ich muss die beiden festnehmen!«, fuhr Cederick ungeduldig auf.

»Das verstehe ich völlig.« Gilbert neigte zustimmend den Kopf. »Es ist auch durchaus in meinem Sinne, dass zwei Gegner Johns unschädlich gemacht werden. Aber manchmal ist es klüger, eine List zu wählen als einen direkten Angriff. Ich werde das Haus des Kaufmanns beobachten lassen. Sobald sie ihren Fuß vor das Portal setzen, erfahre ich es. Dann könnt Ihr sie mit Hilfe meiner Ritter in der Stadt überfallen und entführen. So bleibt Hakims Gastfreundschaft unberührt.«

»Damit bin ich einverstanden.« Cederick nickte. Nachdem er noch einige höfliche Worte mit dem Großmeister gewechselt hatte, bat er, sich in seine Räume zurückziehen zu dürfen.

Auf dem Weg durch die langen, von Fackeln erleuchteten Flure der Templerburg fragte er sich, ob Gilbert Hérail nicht vielleicht doch Recht hatte und Robin und ihr Onkel tatsächlich nur nach den verschollenen jungen Männern suchten. Jocelyn war Robins Vetter. Aber wie stand es mit diesem Ritter Philip de Tallebois? Verband Robin etwas mit ihm, und hatte sie deshalb ihren Onkel ins Heilige Land begleitet? In Cedericks Hass mischte sich eine quälende Eifersucht.

*

Die meisten Lichter in Akkon waren mittlerweile erloschen. Ein dünner Nebelschleier bedeckte den Nachthimmel, nur da und dort waren vereinzelt Sterne zu sehen. Darunter bildete das Meer einen schwarzen Streifen. Das Geräusch der Brandung, das sonst am Tag vom Lärm der Stadt übertönt wurde, klang zu Robin herauf.

Als sie Schritte auf dem Dach hörte, drehte sie sich um und erkannte Simons Silhouette vor dem dunklen Himmel.

»Ich habe fast damit gerechnet, dass ich dich hier oben finde«, sagte er, während er sich neben sie an die Brüstung stellte.

»Ich bin zu aufgewühlt, um schlafen zu können.« Robin hob hilflos die Schultern.

»Mir geht es genauso.«

»Ich habe solche Angst, dass Jocelyn und Philip doch noch etwas zustößt, bevor wir sie freikaufen können«, sagte sie leise.

Sie spürte mehr, als dass sie es sah, dass Simon ihr sein

Gesicht zuwandte. »Du empfindest mehr für Philip als für einen einfachen Freund, nicht wahr?«, fragte er sanft.

»Ich …« Robin biss sich auf die Lippen und fixierte einen Stern, der aus dem Dunst hervorleuchtete. »Ich weiß nicht, was ich für ihn empfinde«, flüsterte sie schließlich. »Ich weiß nur, dass ich es nicht ertragen würde, falls Philip etwas zustoßen sollte.«

Als Simon die Arme auf die Brüstung legte und schweigend in die Nacht hinausblickte, seufzte Robin und meinte: »Du hältst das wahrscheinlich für ein Zeichen von Liebe …«

»Ja, ich glaube schon …« An Simons Stimme konnte sie hören, dass er lächelte.

*

»Das meint Ihr doch nicht im Ernst, dass Robin und Simon de Bohun vorhin aus Hakims Haus entkommen sind?« Fassungslos starrte Cederick Gilbert Hérail an. »Bei Gott, ich hätte doch darauf bestehen sollen, dass die beiden letzte Nacht festgenommen wurden«, fügte er bitter hinzu. Er war so nahe daran gewesen, Robin in seine Gewalt zu bekommen. Es konnte einfach nicht sein, dass sie ihm entschlüpft war.

»Von *entkommen sein* kann keine Rede sein.« Gilberts Gelassenheit brachte Cederick noch mehr auf. »Die beiden sind mit einer ganzen Eskorte aufgebrochen. Ich sagte Euch doch schon gestern, dass sie Simon de Bohuns Sohn und diesen anderen Ritter, Philip de Tallebois, suchen. Wahrscheinlich hat Hakim einen Hinweis darauf, wo sich die beiden aufhalten, und Robin und ihr Onkel wollen, beschützt von Hakims Sklaven, diese Spur verfolgen. Nein, bevor sie die beiden tot oder lebendig gefunden haben, werden sie dieses Land ganz sicher nicht verlassen.«

»Das mag ja sein. Aber leider haben wir keine Ahnung, wohin diese Spur sie führt«, versetzte Cederick ungeduldig.

»Ihr solltet etwas mehr Zutrauen in meine Spitzel haben.« Gilbert vollführte eine wegwerfende Bewegung mit seinen langen, schmalen Händen. »Meine Leute verstehen ihr Handwerk. Einer von ihnen hat schon die Verfolgung von Robin und Simon de Bohun aufgenommen. Ein anderer horcht Hakims Sklaven aus. Wir werden bald erfahren, wohin sie unterwegs sind.«

Cederick blieb nichts anderes übrig, als Gilbert zu vertrauen. Die nächsten Stunden verbrachte er in dem prächtigen Gemach, das man ihm als dem Gesandten eines königlichen Prinzen – der wahrscheinlich bald zum König gekrönt werden würde – zugewiesen hatte. Wenn er nicht gerade auf dem Bett lag und auf die goldverzierten Deckenbalken starrte, ging er auf dem Marmorboden auf und ab. Er fühlte sich, als hätte ihn ein heftiges Fieber befallen.

Am späten Nachmittag ließ Gilbert ihn endlich zu sich rufen. Mit kaum verhohlener Genugtuung teilte ihm der Großmeister mit, dass Robin und Simon de Bohun in das Gebiet östlich von Aleppo unterwegs seien, wo Jocelyn und Philip de Tallebois von einem Sklavenhändler gefangen gehalten würden.

Noch in der Abenddämmerung nahm Cederick mit einer Gruppe von Tempelrittern ihre Verfolgung auf.

# 8. Kapitel

Ein halbes Jahr, bevor Robin und Simon aus Hakims Haus aufbrachen, um ihn auszulösen, musste Philip mit ansehen, wie sich eine Fußfessel um seinen Knöchel schloss. »So, nun werdet Ihr mir keine Dummheiten mehr machen«, erklärte der stämmige, schwarzhaarige Sklavenaufseher spöttisch und zog prüfend an der Kette, die die Fußfessel mit einem Eisenring in der Wand verband. »Auch wenn mein Herr sich von Euch und Eurem kranken Freund ein Lösegeld erhofft«, er warf einen verächtlichen Blick auf Jocelyn, der unruhig schlafend auf dem Stroh lag, »habe ich trotzdem die Erlaubnis, Euch zu züchtigen, wenn Ihr mir Ärger macht. Und Ihr«, er sah wieder Philip an, »werdet, auch wenn Ihr in Eurer Heimat ein reicher, vornehmer Herr sein mögt, auf dem Gut arbeiten.«

»Ich freue mich, Eurem Herrn zu Diensten sein zu dürfen«, erwiderte Philip übertrieben höflich.

»Werdet bloß nicht frech«, knurrte der Sklavenaufseher – sein Name war Karim – und berührte die Peitsche in seinem breiten Ledergürtel.

»War eigentlich der Arzt bei meinem Freund, während Euer Herr mich zu sich holen ließ?«, fragte Philip und versuchte das ungewohnte Gefühl des Metalls um seinen Knöchel zu ignorieren.

Karim knurrte etwas, das ein Ja sein konnte – oder auch nicht. Dann schlug er die dicke Holztür hinter sich zu, und Philip hörte, wie sich ein Schlüssel im Schloss drehte.

Ach, verdammt … Philip kauerte sich auf den Lehmboden und lehnte den Kopf gegen die Steinwand. In was waren Jocelyn und er da nur hineingeraten! *Warum haben wir dieses verwünschte Land nicht schon vor Monaten verlassen?*, dachte er. *Was gäbe ich jetzt dafür, in England zu sein und so etwas Langweiliges zu tun, wie mich um meine Ländereien zu kümmern?*

Sein Gefängnis war nicht dazu angetan, seine Laune zu verbessern. Sicher, das Stroh war frisch, und es gab grobe Decken, falls ihnen kalt wurde, und einen Holzeimer, um ihre Notdurft zu verrichten. Aber ansonsten war der Raum völlig kahl, und das kleine Fenster oben in der Wand war vergittert.

»Philip …«

Er schreckte auf. Hatte er sich das nur eingebildet, oder hatte Jocelyn wirklich seinen Namen gesagt? Tatsächlich, der Freund war bei sich und hatte ihm das Gesicht zugedreht. Entsetzt sah er sich in dem Kerker um. »Philip, wo sind wir hier?«, stammelte er.

»Iss und trink erst einmal etwas.« Philip half Jocelyn sich aufzusetzen, und da der Freund zu schwach war, einen Becher zu halten, flößte er ihm Wasser ein und fütterte ihn mit dem Hirsebrei, den Karim in ihr Gefängnis gebracht hatte. Während der zehntägigen Fahrt zu dem Anwesen des Sklavenhändlers war Jocelyn zwar manchmal zu Bewusstsein gekommen, aber immer viel zu kurz, als dass er ihre Situation wirklich begriffen hätte.

»War der Arzt vorhin bei dir?«, fragte Philip. Während der Fahrt hatte sich der ältliche Sklave regelmäßig um Jocelyn gekümmert.

»Ich glaube, jemand hat sich an meinen Verbänden zu schaffen gemacht.«

»Gut ...« Also legte Hasan immer noch Wert darauf, dass Jocelyn gesund wurde.

»Philip, wo sind wir hier? Wie sind wir in Gefangenschaft geraten?«, wiederholte Jocelyn.

»Du hast anscheinend alles vergessen ...« Philip seufzte, ehe ein schwaches Grinsen über sein Gesicht huschte. »Es tut mir leid, aber unsere Lage ist im Moment wirklich so miserabel, wie sie aussieht.« Dann erzählte er Jocelyn von dem Überfall und wie er danach gefesselt unter den Augen Hasans in einem Zelt zu sich gekommen war. »Ich habe behauptet, Hasan könnte ein hohes Lösegeld für uns bekommen«, schloss er. »Damit habe ich ihn dazu gebracht, uns beide den Banditen abzukaufen und deine Wunden behandeln zu lassen.«

»Ein Lösegeld ...« Jocelyn starrte Philip erschrocken an. »Aber mein Vater ist nicht reich ... Er kann auf keinen Fall ein Lösegeld für mich zahlen.«

»Keine Sorge«, Philip winkte ab, »dein Vater wird kein Lösegeld aufbringen müssen. Vorhin hat Hasan mich zu sich bringen lassen und mir einen Brief an meinen und deinen Vater mit den Bedingungen für unsere Freilassung diktiert. Glücklicherweise kann Hasan kein Englisch und sein Schreiber ebenfalls nicht. Ich habe den Brief stattdessen mit Luces Namen versehen und ihm unsere Lage geschildert und ihn gebeten, in die Wege zu leiten, was er für richtig hält.«

»Gut ...« Jocelyn lächelte erleichtert.

»Hasan hat mich den Brief mit meinem Siegel versehen lassen. Der Siegelring war das Einzige, was man mir bisher noch nicht abgenommen hatte. Nachdem ich den Falken, das Zeichen unserer Familie, wie du ja weißt, in das heiße Wachs gedrückt hatte, hat mir ein Sklave auch noch den Ring vom Finger gezerrt.« Wieder lächelte Philip schief. »Nun ja, völlige Besitzlosigkeit ist eine Erfahrung, die ich bisher noch nicht kannte.«

»Armut soll ja gut für das Seelenheil sein.« Jocelyn erwiderte sein Lächeln.

Gott sei Dank, dem Freund ging es wirklich besser … Philip traten vor Erleichterung fast die Tränen in die Augen. Er legte Jocelyn die Hand auf die Schulter. »Ich verspreche dir, sobald du wieder auf den Beinen bist, werden wir von hier fliehen«, sagte er rau.

*

Zusammen mit den anderen Sklaven ging Philip von den Olivenhainen zum Haus des Sklavenhändlers zurück. Seit vier Wochen befanden er und Jocelyn sich nun als Gefangene auf Hasans Anwesen. Wie alle trug Philip auch außerhalb des Gefängnisses eine Fußfessel, die es ihm zwar ermöglichte zu laufen, aber verhinderte, dass er große Schritte machte oder gar rannte. Seit dem Morgen hatte er geholfen, die Bäume zu beschneiden. Eine Arbeit, die ihm sogar Freude bereitet hätte, wenn er nicht die lästige Fessel hätte tragen müssen und wenn nicht Karim zwischen den Sklaven herumstolziert wäre und Befehle gebrüllt hätte. Gelegentlich hatte er dem einen oder anderen Sklaven seine Peitsche über den Rücken gezogen, als pure Demonstration seiner Macht. Auch Philip hatte er schon geschlagen. Wobei

Philip davon überzeugt war, dass Karim dies nur getan hatte, um ihn zu demütigen. Mittlerweile hasste er den Aufseher aus tiefstem Herzen.

Die Sklaven waren dazu angehalten, nur das Nötigste mit dem christlichen Ritter zu reden. Auf Philip wirkten sie alle wie Menschen, die sich schon lange mit ihrem Schicksal abgefunden hatten. Er war sich sicher, dass er und Jocelyn keine Hilfe von ihnen erwarten konnten.

Außer auf den Olivenhainen hatte er auch im Stall arbeiten und außerdem helfen müssen, Bewässerungsgräben zu bauen. Philip war froh, dadurch dem Kerker zu entkommen und seinen Körper kräftigen zu können. Zudem hatte er inzwischen herausfinden können, wie das Anwesen aufgebaut war. An seinem äußeren Ende standen die niedrigen Hütten, in denen die bedauernswerten Menschen gefangen gehalten wurden, die Hasan erworben hatte, um sie auf einem der Sklavenmärkte weiterzuverkaufen. Davon durch eine hohe Mauer getrennt, schlossen sich die Quartiere seiner eigenen Sklaven an, wo auch Karims Unteraufseher schliefen. Dann folgten die Stallungen mit einer großen Pferdetränke und die Wirtschaftsgebäude – in einem davon befand sich auch Philips und Jocelyns Kerker. Im oberen Stockwerk hatte Karim eine Kammer für sich. Über einen Hof gelangte man durch einen Hintereingang in das prächtige Wohnhaus, in dem Hasan mit seinen Frauen und Kindern lebte und wo er Philip den Brief mit der Lösegeldforderung hatte schreiben lassen.

Vor dem Wohnhaus befand sich ein weiterer Hof, und von dort aus führte auch ein Tor auf die Straße. Es war, wie Philip inzwischen wusste, nachts gut bewacht. Außerdem liefen scharfe Hunde auf dem Gelände herum.

*Trotzdem wird es uns gelingen zu fliehen,* dachte Philip, während seine Hand unauffällig den Ärmel seines groben Leinenkittels berührte und danach tastete, ob sich die Feile noch dort befand. Vor ein paar Tagen, als ihn einer der Unteraufseher zum Pferdestall geführt hatte, hatte er auf dem sandbestreuten Hof etwas metallisch glitzern sehen. Instinktiv hatte er so getan, als würde er über die Fessel stolpern, und hatte sich auf den Boden fallen lassen. Hastig hatte seine Hand das Ding umschlossen. Später dann, als er unbeobachtet gewesen war, hatte er gesehen, dass er eine Feile gefunden hatte.

Dies war auf jeden Fall ein Geschenk der Vorsehung und ein gutes Omen noch dazu, fand Philip. Während der vergangenen Nächte hatte er seine damals bei Robert, seinem Wirt in Akkon, erworbenen Fähigkeiten an der Eisenfessel der Wandkette erprobt, und inzwischen konnte er es tatsächlich mit der Feile öffnen und wieder schließen. Jocelyn ging es mittlerweile auch recht gut. *Er muss natürlich noch zu Kräften kommen,* überlegte Philip, *aber in zwei, spätestens drei Wochen können wir uns ernsthaft mit einem Fluchtplan befassen.*

Nun hatten sie das Wirtschaftgebäude erreicht, und der Unteraufseher, ein mürrischer Mann Ende vierzig, brachte Philip zu dem Kerker. Noch während er ihm die Fußfessel abnahm und das mit der Kette verbundene Eisen um den Knöchel legte, bemerkte Philip, dass Jocelyns Augen unnatürlich glänzten.

»Jocelyn, hast du Fieber?«, fragte er erschrocken. »Hat sich deine Wunde wieder entzündet?«

»Mit der Wunde ist alles in Ordnung.« Die Stimme des Freundes klang matt. »Aber ja, ich glaube, ich habe tatsächlich Fieber.« Plötzlich wurde er von einem heftigen Husten geschüttelt.

»Hol den Arzt«, wandte sich Philip rasch an den Unteraufseher. Dieser brummte eine Antwort und schloss erst einmal die Fessel, ehe er davontrottete. Aber immerhin kam er eine Weile später mit dem Arzt und Karim zurück.

»He, will sich der edle Ritter etwa vor der Arbeit drücken, die ihn demnächst erwartet?«, blökte Karim. Philip biss sich auf die Lippen, um ihn nicht wütend anzufahren. Der Arzt kniete sich neben Jocelyn. Während er ihn untersuchte, wurde Jocelyn wieder von einem heftigen Husten geschüttelt.

»Was hat mein Freund denn, nun sagt schon?«, fragte Philip besorgt.

»He, du hast hier keine Fragen zu stellen!«, blaffte Karim.

»Der Franke täuscht keine Krankheit vor«, wandte sich der Arzt demütig an Karim. »Er wird aber, fürchte ich, noch lange Zeit nicht auf den Feldern arbeiten können. Er leidet an Auszehrung. Er benötigt nahrhaftes Essen, und er sollte jeden Tag ein paar Stunden draußen verbringen. Damit wird sich die Krankheit vielleicht heilen lassen.«

Philip entging die Skepsis in der Stimme des ältlichen Mannes nicht. Auszehrung war eine Krankheit, die häufig zum Tode führte. Außerdem würde Jocelyn in seinem kranken und geschwächten Zustand keine anstrengende und gefährliche Flucht überstehen.

*Irgendwie müssen wir es trotzdem schaffen zu entkommen*, dachte er. Doch zum ersten Mal, seit sie auf das Anwesen geschleppt worden waren, geriet seine Zuversicht ernsthaft ins Wanken.

*

Während Philip die Schaufel hob und weitere Erdbrocken aus dem Graben beförderte, sprang der riesige schwarze Hund zu ihm hinunter und stupste ihn mit seiner Schnauze in die Hacken.

Karim erschien am Rand des Grabens und bedachte ihn und das Tier mit einem höhnischen Blick. »Ja, gut so, mach dem faulen Kerl Beine!«, feixte er. Während die Sklaven in der Mittagshitze ausruhen durften, musste Philip weiterarbeiten. Eine Strafe dafür, dass er angeblich zu langsam gewesen war.

Philip erwiderte nichts, sondern grub stoisch weiter, während er ein Grinsen unterdrückte. Verbohrt, wie Karim nun einmal war, war es ihm völlig entgangen, dass der Hund ihn freundschaftlich berührt hatte. Im Laufe der vergangenen Monate war es ihm nach und nach gelungen, den Hund zu zähmen. Anfangs hatte Philip ihm Brotbrocken oder eine Hand voll getrockneten Brei hingeworfen. Dabei war es ihm zugutegekommen, dass er meist ein Stück entfernt von den Sklaven arbeiten musste und die Hunde glücklicherweise nicht oder nicht richtig darauf dressiert waren, ihr Futter nur von bestimmten Menschen anzunehmen.

*Nun ja, bei einem tumben Aufseher wie Karim wundert mich das nicht*, dachte Philip spöttisch. Dann, eines Tages, als er in einem Weinberg gearbeitet und Reben beschnitten hatte, war der Hund zwischen den Stöcken auf ihn zugehinkt. Er hatte gewinselt und sich von Philip anfassen lassen. Ein großer Dorn hatte in seiner Vorderpfote gesteckt, den Philip entfernte. Seitdem betrachtete ihn der Hund nicht mehr als Sklaven, den er bewachen musste, sondern als Freund. Da er das Leittier war, akzeptierten ihn auch die anderen Hunde. Als Philip es einmal nachts gewagt hatte, den Kerker zu verlassen, und über den Hof geschlichen war – mittlerweile war er so geschickt im Umgang mit der Feile, dass er das Schloss seiner Fessel und auch das Türschloss schnell öffnen und auch wieder schließen konnte –, hatte keiner der Hunde angeschlagen.

Dies war aber auch das einzige Gute, was sich in den letzten Wochen ereignet hatte. Die Torschlösser mit der Feile zu öffnen traute Philip sich nicht zu. Und auch wenn es ihm gelingen sollte, Karim die Schlüssel zu entwenden, gab es da immer noch die Wachen. Das Schlimmste aber war, dass Jocelyn immer schwächer wurde, was jeden Gedanken an Flucht unmöglich machte. Ja, manchmal hatte Philip den Eindruck, dass der Freund innerlich aufgegeben und jeden Lebensmut verloren hatte.

Ein Unteraufseher erschien und reichte Philip eine mit Wasser gefüllte Kalebasse, aus der er gierig trank. Danach grub er gleichmäßig weiter. Die Hitze und die Anstrengung löschten jeden Gedanken in ihm aus. Der Mann kam noch einige Male im Laufe der nächsten Stunden und gab ihm zu trinken. Schließlich war die Arbeit auf dem Feld beendet, und Philip wurde wieder zurück in sein Gefängnis geführt.

Auf den ersten Blick hatte Jocelyn keine ungesunde Gesichtsfarbe, da er, auf den Rat des Arztes hin, immer wieder ein paar Stunden angekettet im Schatten verbringen durfte. Doch unter der Bräune war er blass. Seine Beine und Arme waren, wie Philip fand, erschreckend abgemagert. *Es wird nicht mehr lange dauern,* ging es ihm unwillkürlich durch den Kopf, *dann werden Jocelyns Knochen unter der Haut hervorragen.*

»Was hast du heute tun müssen?«, fragte Jocelyn matt.

»Einen Graben anlegen.« Philip setzte sich neben ihn. »Wenn es nicht so mörderisch heiß gewesen wäre und wenn mich Karim nicht ohne Pause hätte schuften lassen, hätte mir die Arbeit sogar Spaß gemacht. Ich hätte es ja nie für möglich gehalten. Aber ich glaube, wenn wir wieder zu Hause sind, werde ich mich tatsächlich dafür interessieren, was auf meinen Gütern alles angebaut wird. Vielleicht werde ich auch einmal selbst zur Schaufel oder zum Spaten greifen und mit Hand anlegen. Obwohl das meine Verwalter ziemlich verwirren dürfte.«

Er hatte gehofft, Jocelyn ein Lächeln zu entlocken. Doch der Freund wurde wie schon so oft von einem heftigen Hustenanfall geschüttelt. Als sich der Husten wieder gelegt hatte, sagte er: »Philip, bitte, nimm keine Rücksicht auf mich. Flieh allein. Ich weiß, dass es mit mir zu Ende geht, und ich habe keine Angst vor dem Sterben.«

Jocelyns Resignation machte Philip zornig. »Ich werde auf überhaupt keinen Fall ohne dich fliehen«, sagte er scharf. »Meiner Meinung nach hast du nicht einmal versucht, gegen deine Krankheit anzukämpfen. Stattdessen hast du dich einfach aufgegeben.«

Schritte draußen auf dem Gang ließen ihn verstummen. Gleich darauf drehte sich der Schlüssel im Schloss, und die Tür wurde aufgestoßen. Karim erschien mit einem Krug frischen Wassers und mit ihrem Essen – einem Linsengericht. Außerdem gab es noch ein kleines Stück Fleisch für Jocelyn.

Während Karim die Tonschüsseln auf den Boden stellte, musste Jocelyn wieder stark husten. Dann würgte er und spie gelblichen Schleim aus. Angewidert betrachtete Karim den Auswurf.

»Ich finde ja, dass das gute Essen völlig an Euch verschwendet ist«, sagte er verächtlich. »Ihr lebt ohnehin nicht mehr lange.«

Philips Frustration und Angst brachen sich Bahn. »Halt den Mund!«, fuhr er Karim an.

»He, was fällt Euch ein? So redet Ihr nicht mit mir!« Karim zog die Peitsche aus seinem Gürtel. Blind vor Wut entriss Philip sie ihm. Wie durch einen roten Nebel hörte er Jocelyn warnend seinen Namen rufen. Er zerbrach die Peitsche über seinem Knie. Dann rammte er Karim seine Fäuste in den Magen, so dass dieser sich krümmte und vornüber zu Boden sackte.

»Du verdammter Mistkerl!« Philip hob den Arm, um mit dem zerbrochenen Peitschenstiel auf Karim einzuprügeln. Doch in diesem Moment stürmten einige Unteraufseher, die von dem Lärm alarmiert worden waren, in den Kerker.

Obwohl Philip sich wie ein Wilder wehrte, wurde er schließlich niedergerungen und in ein anderes Gefängnis geschleppt.

*

»Philip … Philip …« Jocelyns besorgte Stimme weckte ihn aus seiner Bewusstlosigkeit. Philip stöhnte. Sein Rücken schmerzte, als er würde er von Flammen verzehrt. Er wünschte sich, wieder ohnmächtig zu werden. Doch stattdessen erinnerte er sich: Eine Nacht lang hatte man ihn in dem Verlies liegen lassen. Am Morgen dann war er zu einem Pfahl auf dem Hof gezerrt und daran festgebunden worden. Im Beisein von allen Sklaven hatte Karim ihn ausgepeitscht. »Mich greift niemand an – erst recht nicht ein christlicher Ritter«, hatte er gehöhnt.

Schon beim ersten Schlag hatte Philip das Gefühl gehabt, das Fleisch würde ihm mit glühenden Zangen von den Knochen gerissen. Leider hatte es sehr lange gedauert, bis er die Besinnung verloren hatte.

»Philip …«, wiederholte Jocelyn. Mühsam riss Philip die Augen auf. Jocelyn beugte sich über ihn. Auf seiner rechten Kinnseite prangte ein großer Bluterguss.

»Was …?«, murmelte Philip. Jocelyn verstand. »Einer der Unteraufseher hat mir einen Kinnhaken versetzt, als ich dir zu Hilfe kommen wollte«, sagte er. »Ich bin wirklich nicht mehr in Form.« Er grinste, was er, wie Philip dachte, schon lange nicht mehr getan hatte. Überrascht erwiderte er das Grinsen mit seinen aufgesprungenen Lippen und sank wieder in die Ohnmacht zurück.

»Wenn es nach mir gegangen wäre, hätte ich diesen Kerl zu Tode gepeitscht. Aber das hat mir mein Herr leider nicht erlaubt.« Karims Stimme war es, die Philip das nächste Mal zu sich brachte. »Ich hätte auch kein Geld für seine Behandlung verschwendet. Fasst ihn ruhig hart an.«

»Ich weiß, wie ich mit einem Kranken umzugehen habe. Ich benötige Eure Ratschläge nicht«, sagte eine Frau gelassen, aber entschieden. Ihre Stimme war angenehm – dunkel und ein wenig rau. Philip schielte nach oben. Das Frauengesicht, das ihn unter einem Schleier anblickte, entsprach der Stimme. Es war auf eine wilde Weise schön. Schwarzes Haar fiel ihr in die Stirn. Er schätzte, dass die Frau Mitte zwanzig war.

»He, als Jüdin solltet Ihr dankbar sein, dass Euch mein Herr überhaupt hat rufen lassen«, fuhr Karim sie an.

»Hasans Arzt ist selbst krank«, sagte die Frau, während sie Wasser aus einem Krug in einen Tonbecher füllte, »deshalb ließ Euer Herr meinen Gatten verständigen, und da dieser gerade bei einem Patienten weilte, bin ich an seiner Stelle zu Euch gekommen. Denn ich bin meinerseits Ärztin. Mein Name ist übrigens Dinah.« Die Worte und der Klang ihrer Stimme beruhigten Philip, und er nahm an, dass sie genau das bezweckte.

Mit konzentriert gerunzelter Stirn träufelte sie dann Tropfen aus einem Tonfläschchen in den Becher. Es schien Philip sehr lange zu dauern, bis jeder der Tropfen sich von der Öffnung des Fläschchens gelöst hatte. Er stellte sich vor, wie der Tropfen auf die Wasseroberfläche traf und sich kleine Kreise bis zum Becherrand bildeten.

»Könnt Ihr versuchen, Euren Kopf ein bisschen anzuheben?«, fragte sie schließlich, nachdem sie das Fläschchen mit einem Korken verschlossen und beiseitegestellt hatte.

Beim Versuch, seine Halsmuskeln anzuspannen und seinen Kopf eine Handbreit vom Boden hochzubekommen, stöhnte Philip vor Schmerz laut auf.

»Das reicht schon«, sagte sie beruhigend, während sie ihm den Becher an die Lippen setzte. Das Wasser schmeckte ein wenig süßlich. Kurz nachdem Philip es getrunken hatte, breitete sich eine angenehme Müdigkeit in ihm aus, und es kam ihm vor, als würde er alles wie durch einen Schleier wahrnehmen.

Trotzdem musste er die Zähne zusammenbeißen, um nicht vor Schmerz aufzuschreien, und er zitterte am ganzen Leib, als Dinah begann, die Striemen auf seinem Rücken zu säubern, und sie danach mit einer Salbe bestrich.

»Gleich ist alles vorbei, und Ihr werdet wieder schlafen«, hörte er sie wie aus großer Entfernung sagen. Kurz danach schlief er tatsächlich ein.

Das Geräusch von Schritten auf dem Kerkerboden weckte Philip. Die Schritte waren nicht sehr fest, aber gleichmäßig. Sein Rücken brannte noch immer, aber die Schmerzen waren nicht mehr ganz so unerträglich. Er blinzelte. Dämmerlicht füllte das Gefängnis. Dann sah er, dass Jocelyn, soweit es die Kette um seinen Knöchel zuließ, von einer Wand zur anderen lief, sich umdrehte und wieder in die andere Richtung ging. Einige Momente beobachtete Philip ihn. Dann murmelte er: »Was in Gottes Namen machst du da?«

»Ich habe beschlossen, wieder zu Kräften zu kommen.« Jocelyn lief weiter. Seine Bewegungen waren ein bisschen zittrig, und seine Augen glänzten immer noch fiebrig. Aber seine Stimme klang fest. »Ich habe dieses Loch wirklich satt. Wenn ich schon an Auszehrung sterben muss, dann möchte ich das in Freiheit tun.« Nach einer kurzen Pause fügte er hinzu: »Dinah hat Karim übrigens klargemacht, dass sie während der nächsten Zeit täglich nach dir sehen muss. Ich habe den Eindruck, sie mag dich.«

»Sie ist verheiratet.«

»Was hat das eine denn mit dem anderen zu tun?« Jocelyn lächelte.

Während Philip wieder die Augen zufielen, hoffte er, dass wirklich Dinah wiederkommen würde und nicht ihr Ehemann.

*

Zu Philips Erleichterung führte Karim am nächsten Tag wieder Dinah in das Gefängnis. Wie bei ihrem vorherigen Besuch gab sie ihm Wasser mit Mohnsaft darin zu trinken. Sie hatte gerade angefangen, seine Wunden zu säubern, als einer der Unteraufseher nach Karim rief. Dieser trat auf den Gang hinaus und wechselte gereizt einige Worte mit seinem Untergebenen.

»Könnt Ihr mir eine Waffe besorgen?«, flüsterte Philip rasch. Im nächsten Moment kam Karim wieder in das Gefängnis. Aber er glaubte, Dinah leicht nicken gesehen zu haben. Das Reinigen und Säubern seiner Wunden erschien ihm nicht mehr ganz so schmerzhaft wie am Vortag.

Ungeduldig erwartete er ihren nächsten Besuch. Doch Dinah kümmerte sich wieder nur um seine Wunden, nachdem sie ihm den Trank mit dem Mohnsaft verabreicht hatte. Er fragte sich schon, ob er sich vielleicht nur eingebildet hatte, dass sie ihm helfen würde. Dann jedoch, am folgenden Tag, sie hatte eben den Tontiegel mit der Salbe aus ihrem Korb genommen, rief sie erschrocken: »Der andere Christ ist ohnmächtig geworden, schnell, spritzt ihm Wasser ins Gesicht!«

Karim, der sie wie immer beobachtet hatte, fluchte und griff nach dem Krug. In dem Moment, als er das Wasser über Jocelyn goss, fühlte Philip, wie Dinah etwas metallisch Kühles unter ihn schob und gleich darauf noch etwas anderes, von dem er nicht erraten konnte, was es war.

Jocelyn stöhnte, als würde er langsam wieder erwachen. »Der macht es nicht mehr lange«, hörte Philip Karim voller Befriedigung sagen. Entsetzt fragte er sich, ob der Freund einen Rückfall erlitten habe. Dinahs Antwort auf Karims abfällige Bemerkung konnte er schon nicht mehr verstehen, denn der Mohnsaft entfaltete seine Wirkung.

Als Philip erwachte, schritt Jocelyn wieder in dem Kerker auf und ab. »Gott sei Dank, dass es dir wieder besser geht«, murmelte Philip.

Jocelyn winkte ab. »Der Ohnmachtsanfall war nur vorgetäuscht. Ich dachte, es wäre eine gute Idee, Karim abzulenken, falls Dinah beabsichtigte, dir eine Waffe zuzustecken. Ich war mir ziemlich sicher, dass ich mich nicht geirrt habe und sie dich wirklich mag.«

*Natürlich, Dinah hat mir ja eine Waffe mitgebracht!*, durchfuhr es Philip. Hastig, ohne auf seinen verletzten Rücken zu achten, richtete er sich auf. Unter ihm, halb verborgen im Stroh, lag ein Dolch. Außerdem fand er noch ein kleines Tonfläschchen. Das war also das andere Ding, das sie ihm zugeschoben hatte. Für was es wohl gut sein sollte? Er entkorkte es und roch daran. Als er den Geruch erkannte, breitete sich ein Grinsen auf seinem Gesicht aus: »Mohnsaft … Wie klug von ihr. Vielleicht müssen wir ja jemanden bei unserer Flucht betäuben.«

Jocelyn nickte. »Jetzt müssen wir die beiden Dinge nur noch verstecken, damit Karim und seine Untergebenen sie nicht finden.«

Die Nacht verbrachte Jocelyn damit, mit dem Dolch ein kleines Loch in den steinharten Lehmboden zu graben. Denn Philip war noch nicht in der Lage, ihm zu helfen. Er lauschte auf das leise schabende Geräusch, das der Dolch verursachte, und verfolgte Jocelyns schattenhafte Bewegungen in der Dunkelheit. Wie sie es besprochen hatten, legte der Freund das Tonfläschchen in die Aushöhlung. Er streute die ausgehobene Erde darüber, feuchtete sie mit Wasser an und strich sie glatt, bis sich die Stelle so gut wie nicht mehr von dem übrigen Boden unterschied. Den Dolch versteckte er in einer breiten Ritze zwischen zwei Steinquadern, die er ebenfalls mit Erde verschloss.

Während allmählich die Morgendämmerung durch die

vergitterte Fensteröffnung kroch – Jocelyn hatte sich auf seinem Lager schlafen gelegt und atmete tief und gleichmäßig –, begriff Philip, dass er Dinah begehrte. Die bloße Erinnerung daran, wie sie ihn berührt hatte, erregte ihn. Sicher, es gab keinen Tag, an dem er nicht an Robin dachte. Aber sie war weit weg und liebte einen anderen. Dinah dagegen – auch wenn sie einem anderen gehörte – war real.

Bei einem ihrer nächsten Besuche entschied Dinah, dass die Wunden nun so gut verheilt waren, dass sie nicht mehr gesäubert werden mussten, und verzichtete darauf, Philip den Mohnsaft einzuflößen. Manchmal, während ihre Hände die Heilsalbe auftrugen, erschien es ihm, als ob sie ihn länger berührte, als es nötig gewesen wäre.

Schließlich kam der Tag, den Philip fürchtete. Schon als Karim Dinah in das Gefängnis führte, blaffte er: »Der Kerl ist fast wieder gesund. Heute seid Ihr das letzte Mal hier gewesen.«

»Ja, die Wunden sind gut verheilt«, sagte Dinah nur. Philip glaubte, einen Anflug von Traurigkeit in ihrer Stimme wahrzunehmen. *Es kann nicht sein, dass ich mich noch nicht einmal für ihre Hilfe bedanken kann*, dachte er niedergeschlagen. *Es muss eine Möglichkeit geben, mich von ihr zu verabschieden.*

Als hätte das Schicksal ihn erhört, wieherte draußen ein Pferd wild auf, und ein Mann stieß einen gellenden Schrei aus. Karim fluchte und rannte aus dem Gefängnis.

»Danke für den Dolch und für den Mohnsaft«, sagte Philip rasch. »Ihr habt viel riskiert, um uns zu helfen.«

»Meine Eltern waren Sklaven.« Dinah schüttelte den Kopf. »Kein Mensch sollte einem anderen gehören dürfen.«

»Ich hoffe, dass wir Euch nicht durch unsere Flucht in

Gefahr bringen. Jemand könnte vermuten, dass Ihr die Waffe und das Betäubungsmittel in unser Gefängnis geschmuggelt habt.«

»In wenigen Tagen werden mein Mann und ich nach Jerusalem zu meinen Eltern ziehen. Dort wird Hasan uns kaum aufspüren. Ich hoffe, dass ich eines Tages davon hören werde, dass es zwei christlichen Rittern gelungen ist, aus der Gewalt eines Sklavenhändlers zu fliehen. Solche Geschichten verbreiten sich ja im Allgemeinen schnell.« Sie lächelte ihn an. Während draußen auf dem Gang Karims schwere Schritte ertönten, beugte sie sich vor und küsste ihn auf den Mund. »Ich wünsche Euch und Eurem Freund alles Glück der Welt«, flüsterte sie.

Ehe Philip etwas erwidern konnte, drehte sich schon der Schlüssel im Schloss. Als Karim das Gefängnis betrat, kniete Dinah neben Philip und strich die Salbe auf seinen Rücken, als hätte sie die ganze Zeit nichts anderes getan. Philip aber fühlte immer noch ihren Kuss auf seinen Lippen.

*

Die nächsten beiden Wochen verstrichen zäh. Dinah fehlte Philip sehr. Der einzige Lichtblick war, dass Jocelyn nach wie vor fest entschlossen war, wieder zu Kräften zu kommen, und viele Stunden lang in dem Kerker hin und her ging. Auch zog er sich in der Dunkelheit, wenn er von draußen nicht gesehen werden konnte, regelmäßig an den Gitterstäben vor dem Fenster hoch. Tatsächlich fing er langsam an, wieder Muskeln zu bekommen, doch bis er wirklich wieder gesund genug war, um eine Flucht zu überstehen, würde wohl noch einige Zeit vergehen.

Sobald Philips Wunden am Rücken nicht mehr aufbrechen konnten, musste er wieder auf dem Gut arbeiten. Die Ställe auszumisten hielt Karim für eine besonders niedrige Tätigkeit. Da er Philip, seit dieser ihn angegriffen hatte, noch mehr hasste als zuvor, teilte er ihn bevorzugt dafür ein. Philip bemühte sich, dem Aufseher vorzuspielen, dass er darunter litte. Aber insgeheim war er froh darüber. Zum einen machte ihm die Arbeit nichts aus, und zum anderen wurde er so noch vertrauter mit den Pferden, was für ihre Flucht nur von Vorteil sein konnte. Er hatte auch schon zwei Tiere dafür ausersehen. Zwei kleine Hengste, die aber, wie er mehrmals beobachtet hatte, wenn sie auf dem Gutshof trainiert worden waren, sehr schnell und ausdauernd waren.

Philip hatte eben die letzte Gabel voller Mist auf den Hof geleert, als Karim auf ihn zukam. Sein Gesicht trug, wie Philip besorgt bemerkte, einen ausgesprochen höhnischen Ausdruck.

»Der Herr will Euch sprechen«, sagte er, »Ihr werdet Euch am Brunnen waschen und einen sauberen Kittel anziehen, damit Ihr ihn nicht durch Euren Mistgestank beleidigt.«

»Wenn Ihr mir einen frischen Kittel gebt, gerne.« Philip zuckte mit den Schultern.

»Spart Euch Eure Frechheiten«, fauchte Karim. »Ihr könnt von Glück sagen, dass der Herr es mir verboten hat, Euch zu schlagen.«

*Hasan hat Karim verboten, mich zu schlagen? Was hat das denn zu bedeuten?*, grübelte Philip vor sich hin, während der Aufseher ihn zum Brunnen und dann in die Kleiderkammer scheuchte. War etwa unverhofft ein Retter für sie erschienen? Jemand, der sie freikaufen wollte? Aber wer sollte das sein? Oder war es Luce etwa gelungen, Hilfe für sie zu organisieren? Warum jedoch wirkte Karim dann so ausgesprochen höhnisch? Philip konnte sich keinen Reim darauf machen.

Karim führte Philip in den Garten des Anwesens, wo Hasan die beginnende Abendkühle in einer Art Laube genoss, die zwischen Zedern und Orangenbäumen stand.

»Du hast das Auspeitschen erstaunlich gut überstanden.« Hasan musterte Philip prüfend. »Diese Jüdin hat ihr Handwerk wirklich beherrscht. Wie auch immer … Ich hoffe, die Schläge haben dich gelehrt, dass du nun ein Sklave und kein Edelmann mehr bist.«

»Ich hoffe, bald wieder frei zu sein«, konnte Philip sich nicht verkneifen zu sagen.

»Ich fürchte, diese Hoffnung ist falsch.« Hasan lächelte ein wenig, während er einen Granatapfel aus einer Emaille-Schale vor ihm auf dem Marmortischchen nahm und ihn zwischen seinen Händen drehte.

»Du und dein Freund, ihr habt mich schon ziemlich viel Geld gekostet. Ich bin es satt, darauf zu warten, dass irgendwann ein Bote mit einem Lösegeld für euch eintrifft. Einer meiner Kunden ist sehr interessiert daran, zwei christliche Ritter unter seinen Sklaven zu haben. Bislang habe ich ihm dies abgeschlagen. Aber nun hat er sein Angebot noch einmal erhöht. Morgen oder übermorgen wird er hierherkommen, um euch in Augenschein zu nehmen. Dich wird er, davon bin ich überzeugt, ganz sicher kaufen. Falls er sich gegen deinen Freund entscheiden sollte, wird dieser sich hier auf dem Gut nützlich machen müssen. Entweder er ist imstande zu arbeiten, oder aber …« Hasan zuckte vielsagend mit den Schultern.

»Philip, was hast du, du bist ja totenbleich?«, fragte Jocelyn erschrocken, als Karims Schritte auf dem Gang vor dem Kerker verklungen waren.

Rasch berichtete ihm Philip die schlechten Nachrichten. »Ich wusste, dass es zwecklos sein würde, Hasan noch länger hinzuhalten und ihn dazu zu überreden, doch noch auf einen Boten mit dem Lösegeld zu warten«, meinte er, »deshalb habe ich es gar nicht erst versucht.« Er lächelte schief. »Einerseits kann ich es wirklich kaum erwarten, endlich wieder frei zu sein. Andererseits hätte ich um deinetwillen gerne noch ein paar Wochen Aufschub gehabt.«

»Mach dir um mich keine Sorgen.« Jocelyn legte ihm die Hand auf den Arm. »Ich sterbe lieber auf der Flucht als hier in diesem verdammten Loch.«

Sie hatten ihre Flucht schon so oft durchgespielt, dass sie nicht mehr darüber sprechen mussten. Ein letztes Mal – wie sie hofften – teilten sie sich ein Hirsegericht und leerten den Tonkrug bis auf den letzten Tropfen. Danach öffnete Philip die Schlösser ihrer Fesseln und auch das Türschloss, was ihm, so oft er dies auch schon geübt hatte, nun endlos lange zu dauern schien.

Mittlerweile war es auf dem Anwesen still geworden. Die Feldsklaven befanden sich schon in ihren Hütten. Philip wartete noch eine Weile, bis sich vermutlich auch die meisten Haussklaven zur Ruhe hatten begeben dürfen. Dann wagte er es, den Kerker zu verlassen und sich auf den Hof zu schleichen. Nur hinter einem Fenster des Wohnhauses brannte noch Licht – Hasans Schlafgemach, wie er wusste. Der Hof lag verlassen da. Nun sprang ein Schatten in großen Sätzen auf ihn zu. Unwillkürlich hielt Philip den Atem an. Doch zu seiner grenzenlosen Erleichterung schlug der

Leithund wie schon beim letzten Mal, als er sich auf den Hof gestohlen hatte, nicht an, sondern winselte nur leise.

Philip streichelte seinen Kopf, ehe er zum Raum der Wachen weiterschlich. Während er sich an der Hauswand entlang und auf die Tür zu schob, hörte er sie vor dem Tor leise miteinander reden. Es gelang ihm, in das niedrige Zimmer zu schlüpfen, wo – wie er belauscht hatte, als er in der Küche arbeiten musste – schon ein Krug voller Wasser und eine Schüssel voller Weizenbrei standen. Das Essen für die Wachablösung, die gegen Mitternacht ihren Dienst antreten würde. Hastig träufelte Philip Mohnsaft in den Krug und rührte ihn auch in den Brei, ehe er wieder davonschlich.

Sein nächster Weg führte ihn in den Stall, wo er die beiden Hengste sattelte. Da ihn die Pferde kannten, ließen sie dies willig über sich ergehen. Neben dem Sattelzeug hingen einige Lederschläuche, die für Reisen gedacht waren, an der Wand. Philip nahm vier davon und füllte sie am Brunnen vor dem Stall mit Wasser – denn Wasser würden sie während ihrer Flucht dringend brauchen. Nachdem er die Schläuche im Stall versteckt hatte, machte er sich wieder auf den Weg zu seinem und Jocelyns Gefängnis. Sie würden warten, bis die Wachablösung gegessen und getrunken hatte und das Betäubungsmittel zu wirken begann. Dann würden er und Jocelyn Karim in seiner Kammer überraschen, ihn überwältigen und fesseln und seine Torschlüssel an sich nehmen.

Dies war der Plan, der bisher, wie Philip erleichtert fand, erstaunlich reibungslos verlaufen war. Die ganze Sache begann ihm beinahe Spaß zu machen. Doch gleich darauf sollte er sich für diesen Übermut verfluchen.

Er hatte eben den Gang betreten, der zu ihrem Kerker führte, als am oberen Ende einer Treppe ein Licht aufleuchtete und Karim die Stufen herunterkam. Philip konnte sich nicht mehr verbergen. Der Schein der Lampe in Karims Hand erfasste ihn. Der Aufseher starrte ihn völlig entgeistert an. Philip fasste sich als Erster. Karim durfte keine Hilfe alarmieren! Verzweifelt sprang er die Stufen hinauf. Er erreichte Karim gerade, als dieser den Mund öffnete, um einen Schrei auszustoßen, und rammte ihm die Fäuste in den Bauch. Der Schrei verwandelte sich in ein dumpfes Aufkeuchen. Karim ließ die Lampe los, die scheppernd die Stufen hinunterrollte und erlosch.

Der Aufseher verlor das Gleichgewicht, stolperte und fiel auf Philip, riss ihn mit sich die Treppe hinunter. Philip kam auf ihm zu liegen und krallte die Hände um seinen Hals. Doch Karim wehrte sich wie ein Wilder. Es gelang ihm, sich zu drehen und Philip unter sich zu bringen. Bei dem Bemühen zu schreien stieß er röchelnde Laute aus. Mit seiner Rechten packte er Philips Daumen und versuchte ihn zu brechen. Lange, begriff Philip, würde er Karims Hals nicht mehr umklammern können.

Plötzlich erklang ein dumpfer Laut, als ob ein harter Gegenstand gegen einen Schädel geschlagen würde. Karims Gegenwehr erlosch, und seine Arme wurden schlaff. Philip wälzte ihn von sich und schüttelte seine schmerzende Hand.

»Philip, bist du verletzt?« Jocelyn beugte sich über ihn.

»Nein«, keuchte er, »schnell, wir müssen Karim fesseln und knebeln.« Sie zerrten dem Bewusstlosen den Kittel über den Kopf und zerrissen ihn. Einen Streifen benutzten sie als Knebel. Mit den anderen fesselten sie die Arme und

Beine des Aufsehers. Sie hatten ihn eben in ihren Kerker gezerrt, als Karim zu stöhnen begann.

»Sei still«, zischte Philip, »oder ich breche dir mit der Lampe den Schädel.« Karim schien zu begreifen, dass es ihm mit der Drohung ernst war, denn er verstummte und rührte sich selbst dann nicht, als Philip den Schlüsselbund von seinem Gürtel löste.

Philip glaubte den Hass spüren, der von ihm ausging. Aber er war zu müde und zu angespannt, um irgendeinen Triumph darüber zu empfinden, dass sich Karim nun in ihrer Gewalt befand.

Die nächsten beiden Stunden waren die längsten, die Philip je in seinem Leben verbracht hatte. Er fürchtete, jemand könnte entdecken, dass Karim sich nicht in seiner Kammer befand und die Wachen alarmieren. Immer wieder blickte er zu der Fensteröffnung hinauf. Endlich zeigte ihm der Stand der Sterne an, dass es eine Stunde nach Mitternacht war und der Mohnsaft inzwischen seine Wirkung entfaltet haben müsste. Philip überzeugte sich noch einmal davon, dass Karims Knebel und die Fesseln wirklich fest saßen, ehe er mit Jocelyn das Gefängnis verließ.

Sie eilten zu den Ställen, wo sie die Pferde mit den prallen Lederschläuchen bepackten und dann nach draußen führten. Das Geräusch der Hufe auf dem Hof kam Philip sehr laut vor, doch sie erreichten ungehindert das Tor. Einer der Wächter lag einige Schritte davor, so als habe er gespürt, dass der Schlaf ihn übermannte, und noch versucht, Hilfe zu holen. Der andere war vor dem Tor eingeschlafen. Jocelyn hielt die Zügel der Pferde fest, während Philip den Mann unter den Achseln packte und so weit wegzerrte, dass sich das Tor öffnen ließ. Die richtigen Schlüssel für die Schlösser zu finden kostete ihn einige schweißtreibende Momente. Doch schließlich standen er und Jocelyn mit den Pferden vor dem Tor.

Philip war im Begriff, den Flügel zu schließen, als der Leithund durch den Spalt geschossen kam und seine Hand leckte.

»Willst du ihn mitnehmen?«, fragte Jocelyn.

»Wenn er uns begleiten möchte …«

Der Freund saß schon auf dem Pferd, als Philip etwas einfiel und er noch einmal zum Tor zurückkehrte.

»Nun komm schon!«, rief Jocelyn leise.

Rasch schloss Philip das Tor von außen zu. »Das dürfte unseren Vorsprung wenigstens ein bisschen vergrößern«, sagte er. »In spätestens vier oder fünf Stunden wird unsere Flucht bemerkt werden.«

Er schwang sich ebenfalls in den Sattel. Der Leithund stand kurz unschlüssig vor dem Tor. Doch dann rannte er Philip und Jocelyn hinterher in die Freiheit.

# 9. Kapitel

Frustriert schritt Cederick durch die Straßen von Aleppo. Während der vergangenen Tage hatten er und die Tempelritter das Letzte aus ihren Pferden herausgeholt. Trotzdem war es ihnen bisher noch nicht gelungen, Robin und ihre Begleiter einzuholen. Zudem befanden sie sich nun auf islamischem Gebiet, weshalb sie sich vorsichtig verhalten mussten. So hatten die Templer darauf verzichtet, ihre Gewänder mit dem roten Kreuz auf weißem Grund zu tragen.

Sobald sie die Pferde in ihrer Herberge Sklaven übergeben hatten, machte Cederick sich auf den Weg zu Gilberts Spitzel. Vielleicht, so hoffte er, besaß der Mann ja Neuigkeiten über Robin. Oder, wenn er sehr viel Glück hatte, hielten sie und ihre Begleiter sich bereits in der Stadt auf, und der Spitzel wusste, wo sie untergekommen waren.

Und er hatte Glück! Cederick wagte es kaum zu glauben, aber als er aus den engen Gassen auf einen kleinen Platz hinaustrat, kam Robin direkt auf ihn zu. Hastig wich er in einen Hauseingang zurück, nur um gleich darauf erleichtert aufzuatmen. Nein, sie hatte ihn nicht entdeckt. Sie setzte einfach ihren Weg fort, wobei sie neugierig den Platz mit dem kleinen Brunnen in der Mitte und die bunten Häuser ringsum betrachtete, zwischen denen da und dort Leinen gespannt waren, auf denen Wäsche trocknete.

Cederick zog die Kapuze seines Umhangs über seinen Kopf und folgte ihr in eine andere enge Gasse. Er erwartete, dass Robin ihn zu ihrer Herberge führen würde. Doch stattdessen lief sie – nachdem sie eine Weile durch das Labyrinth der schmalen Straßen gewandert war – auf das südlich Stadttor zu. Nachdem sie es durchquert hatte, ging sie in einen Olivenhain, wo sie sich schließlich auf eine niedrige Stützmauer setzte. Sie betrachtete nachdenklich die alten Bäume, deren Blätter silbrig im Licht schimmerten. Cederick ging einen Bogen und langsam auf sie zu, damit sie ihn nicht vorschnell bemerken und vor ihm fliehen konnte.

*

In Aleppo hatten Robin, Simon und ihre Begleiter Unterkunft im Hause eines mit Hakim befreundeten Händlers gefunden. Dort erklärte Simon, dass er müde sei und sich gerne eine Weile ausruhen würde. Wobei Robin allerdings eher annahm, dass er sich jetzt – da er Jocelyn so bald wieder sehen würde – große Sorgen machte, in welchem Zustand er seinen Sohn wohl antreffen würde, und er deshalb eine Weile allein sein wollte.

Obwohl Robin jetzt schon einige Wochen im Orient zugebracht hatte, schlugen sie die Städte und die Landschaft immer noch in ihren Bann. Deshalb schlenderte sie eine Weile durch die Gassen, in denen die Hitze bereits nachließ. Dann erinnerte sie sich daran, dicht vor den Stadtmauern einen Olivenhain gesehen zu haben. Da sie die uralten, knorrigen Bäume mit ihren silbriggrünen Blättern, die es in ihrer Heimat nicht gab, faszinierten, schritt sie kurz entschlossen durch das Tor und in den Hain.

Während sie auf der niedrigen Stützmauer saß und den

Geruch der heißen, sandigen Erde einatmete, begriff Robin, dass es ihr im Grunde genommen ähnlich erging wie Simon. Auch sie sorgte sich um Jocelyn. Vor allem aber fragte sie sich, wie es Philip wohl gehen würde. Sicher, er war ein Mann, der das Leben meist von der leichten Seite nahm. Aber einige Monate in Gefangenschaft würden auch an ihm nicht spurlos vorübergegangen sein.

Von der Stadt her näherte sich ihr ein großer Mann, der einen hellen Umhang und eine Kapuze zum Schutz gegen die Sonne über dem Kopf trug. Seiner Kleidung nach zu schließen war er kein Muslim. Robin beachtete ihn nicht weiter. In ihrer Jungenkleidung war sie nicht als Frau zu erkennen, und sie machte auch ganz sicher nicht den Eindruck, dass es sich lohnen könnte, sie auszurauben.

*Ob Philip sich freuen wird, mich wiederzusehen?*, überlegte sie weiter. *Vielleicht bin ich ihm ja inzwischen auch ganz gleichgültig geworden.*

Der Mann war inzwischen bis auf wenige Schritte an sie herangekommen. Etwas an seiner Körperhaltung irritierte Robin nun doch. Seine Muskeln wirkten angespannt, als ob er sie angreifen wollte. In dem Moment, als sie aufstand und ihren Dolch aus dem Gürtel zog, schlug der Mann die Kapuze zurück – und sie blickte in Cedericks Gesicht.

Ein kurzer Schrei, mehr verwundert als erschrocken, entrang sich Robins Kehle. Sie war unfähig, sich zu bewegen.

»Ich war auch überrascht, als ich dich plötzlich auf dem Basar von Akkon sah«, brach Cederick schließlich das Schweigen. Die Härte in seinen grünen Augen und der Hass, den seine Miene spiegelte, ließen Robin ihre Geistesgegenwart wiederfinden.

»Du bist mir also von Akkon nach Aleppo gefolgt?«, fragte sie kalt.

»Ja, ich konnte dich und deinen Onkel im Hause Hakims aufspüren. Noch einmal werdet ihr mir aber nicht entkommen.« Cederick musterte sie voller Verachtung. »Ich werde dich nach England bringen, wo du die Strafe erhalten wirst, die du verdient hast, du verfluchte Tochter einer verfluchten Mutter.«

Robin begriff, dass Cederick nun wusste, wer sie war. Dass er ihre Mutter erwähnte, ließ sie jede Gefahr vergessen. Ein wilder Zorn stieg in ihr auf. »Ach ja? Willst du mich etwa mit Hilfe deines Halbbruders in einen Kerker sperren?«, schrie sie ihn an. »Wollt ihr mich zusammen vergewaltigen und foltern, wie es dein Vater mit meiner Mutter tat?«

»Deine Mutter war eine Hexe. Mein Vater ließ sie gefangen nehmen, damit sie anderen Menschen keinen Schaden zufügen konnte. Sie hat ihn mit ihren Zaubersprüchen zum Krüppel gemacht. Er hätte sie dafür töten können, aber er war barmherzig und ließ sie am Leben …«

»Meine Mutter war keine Hexe, sie war eine heilkundige Frau. Und da du von Barmherzigkeit sprichst … Es wäre barmherziger gewesen, wenn dein Vater sie umgebracht hätte, nachdem er sie in eine Falle gelockt hatte, statt sie langsam zu Tode zu foltern. Bestimmt wäre sie einen langen, qualvollen Tod gestorben, wenn Simon sie nicht befreit hätte.«

»Das ist nicht wahr …«

»Ich habe oft genug die Narbe am Oberarm meiner Mutter gesehen. Dein Vater brandmarkte sie mit seinem Zeichen, als wäre sie ein Stück Vieh. Nach ihrer Befreiung versuchte sie, sich das Mal mit einer Tonscherbe aus der Haut zu schneiden. Ja, ihre Seele war so zerrüttet, dass sie versuchte, sich und auch mich in der Themse zu ertränken.«

Cederick schüttelte den Kopf. »Du lügst. Mein Vater mag ein harter Mann gewesen sein, aber er war auch ein Ritter. Er hätte so etwas niemals getan.«

»Ein Ritter …«, wiederholte Robin voller Hohn. Sie war so außer sich, dass sie die Hand, in der sie ihren Dolch hielt, sinken ließ und einen Schritt auf Cederick zuging. »Schon als dein Vater unser Gut in der Normandie überfiel und meine Mutter durch eine List dazu brachte, das Tor zu öffnen, vergewaltigte er sie. Er hätte sie ohne die geringsten Gewissensbisse in dem brennenden Haus sterben lassen, wenn mein Bruder sie nicht vor den Flammen gerettet hätte. Du kannst mir glauben, meine Mutter hatte jedes Recht der Welt, deinen Vater zu töten. Zu den wenigen guten Taten, die König Henry in seinem Leben verübte, gehörte, dass er deinen Vater in Ungnade fallen ließ und deinen Verwandten nicht erlaubte, seinen Tod zu rächen. Ich mag Richard nicht. Aber ich werde alles tun, damit er König bleibt und du und die ganze Brut der Thorignys keine Macht mehr erhalten werdet.«

Robin hielt inne. Wieder sahen sie und Cederick sich stumm an. Sein Hass und seine Verachtung waren unverändert. *Wie konnte ich mich nur in diesen Mann verlieben?*, durchfuhr es Robin. Und trotzdem wünschte ein Teil von ihr sich immer noch, die Arme um seinen Hals zu schlingen, ihn zu küssen und leidenschaftlich zu lieben.

Dann, für einen Moment, nahmen auch seine Augen einen anderen Ausdruck an. Robin glaubte, Trauer und Verwirrung darin wahrzunehmen. Doch da sich fast gleichzeitig seine Hand mit der Waffe auf sie zubewegte, begriff sie, dass sie sich getäuscht haben musste. Nie würde sie sich von ihm gefangen nehmen lassen!

Robin riss ihrerseits ihren Dolch hoch und wich seinem Angriff aus. Sie umkreisten sich lauernd, als ein riesiger Hund auf sie zurannte.

*Ob der Hund Cederick gehört und mich gleich anspringen wird?*, durchfuhr es Robin. O Gott, gegen die beiden würde sie sich nicht verteidigen können. Was sollte sie nur tun?

*

Nicht lange, bevor Robin und Cederick sich in dem Olivenhain begegneten, drehte sich Philip besorgt zu Jocelyn um. Nach ihrer Flucht von Hasans Anwesen waren sie eine Zeit lang in einem Bach geritten, um ihre Spur für Hunde unkenntlich zu machen. Aber der Sklavenhändler würde sich denken, dass sie versuchen würden, zu den christlich beherrschten Orten an der Küste zu entkommen, und so viele Wege dorthin gab es nicht. Wenn Hasan klug war, würde er etliche kleinere Trupps zusammenstellen, die sie auf diesen Straßen verfolgen würden.

Seit fast vierzehn Stunden befanden sie sich nun schon auf der Flucht, abgesehen von zwei kurzen Pausen, während derer sie die Pferde und den Hund an einem Bach hatten trinken lassen und sich selbst Wasser aus den Lederschläuchen gegönnt hatten. Jocelyn hatte sich wirklich gut gehalten, aber allmählich war ihm anzusehen, dass ihn das Reiten in der Hitze anstrengte. Er war sehr bleich und hing vornübergebeugt im Sattel.

Vor ihnen tauchten nun die Mauern von Aleppo auf, umgeben von einem grünen Streifen aus Feldern, Weinbergen und Olivenhainen. Als Philip sich erneut umdrehte, sah er, dass Jocelyn im Sattel schwankte. Er zügelte sein Pferd, bis er auf gleicher Höhe mit dem Freund war.

»Wir müssen eine Rast einlegen«, sagte er entschieden. »Im Umland der Stadt finden wir sicher ein Versteck, wo wir uns eine Weile aufhalten können.«

»Ich kann noch weiterreiten.« Jocelyn schüttelte abwehrend den Kopf.

»Ich brauche eine Rast. Und die Pferde auch.« Was der Wahrheit entsprach, denn Philip fühlte sich, obwohl er viel kräftiger war als Jocelyn, allmählich ebenfalls erschöpft, und er musste seinen Hengst sehr antreiben, damit dieser den schnellen Trab beibehielt. Nur der schwarze Leithund zeigte noch keine Anzeichen von Ermüdung. Mit großen Sprüngen rannte er neben Philips Pferd her.

In dem Weinberg, an dem sie kurz darauf vorbeikamen, arbeiteten Menschen. Die Felder und Wiesen waren entweder von der Straße her zu leicht einsehbar, oder dort, wo Bäume und Sträucher ihnen Schutz gewährt hätten, waren ebenfalls Leute mit irgendwelchen Arbeiten beschäftigt. Philip wollte schon die Hoffnung aufgeben, dass sie in der Nähe der Stadt ein sicheres Versteck finden würden, als sie einen Olivenhain erreichten. Hier befand sich, soweit Philip dies sehen konnte, niemand. Zudem war der obere Teil des Haines nicht gut gepflegt und bot mit seinen zwischen den Bäumen wachsenden Büschen zusätzlichen Sichtschutz.

»Hier ist unser Platz.« Erleichtert drehte er sich zu Jocelyn um. Sie stiegen von ihren Pferden und führten sie die

Terrassen hinauf, wo sie sich im Schutz der Sträucher niederließen. Glücklicherweise hatte die Hitze schon nachgelassen. Philip nahm einen Lederschlauch von seinem Pferd und reichte ihn Jocelyn. Nachdem der Freund getrunken hatte, labte er sich selbst. Er hatte eben für den Hund Wasser in eine Mulde in einem großen Stein gegossen, als er glaubte, Stimmen zu hören. Er lauschte.

»In der Nähe sind Menschen.« Auch Jocelyn hatte die Stimmen gehört. »Sollen wir nicht lieber wieder aufbrechen?«, sagte er matt.

»Warte …« Philip hob die Hand. »Wenn ich mich nicht sehr täusche, habe ich gerade einige Wortfetzen in Englisch gehört. Bleib du hier. Wenn dort wirklich Engländer sind, werden sie uns bestimmt helfen.«

Als Philip aufstand, sprang auch der Hund hoch und blickte ihn aufmerksam an.

»Nimm den Hund ruhig mit«, Jocelyn nickte ihm zu, »dir vertraut er mehr als mir, und ihr entfernt euch ja nicht weit.«

Gefolgt von dem Tier schlich Philip die Terrassen abwärts, wobei er, so gut es ging, Schutz hinter den Olivenbäumen suchte. Nein, er hatte sich nicht getäuscht. Zwei Menschen stritten sich auf Englisch. Ein Mann und eine Frau. Philip stutzte. Die Frauenstimme hörte sich an wie Robins. Aber das konnte unmöglich sein.

Nun war er nahe genug herangekommen, um die beiden zu sehen. Ein Mann und ein Junge, keine Frau, befanden sich vor einer Stützmauer und begannen nun sich mit gezückten Waffen zu umkreisen. Verwirrt blieb Philip stehen. Was hatte das zu bedeuten? Für einen Augenblick fiel die im Südwesten stehende Sonne auf das Gesicht des Jungen und modellierte seine hohen Wangenknochen, die schmale, gebogene Nase und den schön geschwungenen Mund. Nun schrie er seinen Gegner an: »Dein Vater war bei klarem Verstande wahnsinnig!«

*Der Junge ist Robin!*, begriff Philip. »Auf den Mann!«, befahl er dem Hund, während er selbst losrannte.

*

Der Hund allein hätte Robin nicht in ihrer Konzentration gestört. Aber nun sah sie, dass ein sonnenverbrannter Mann, dem die blonden Haare wirr bis auf den Rücken hinabfielen, dem Tier hinterherrannte. Ein Mann, dessen Augen sich sehr hell und blau von der tiefbraunen Haut abhoben und der wie Philip aussah. Sie war kurz abgelenkt. Cedericks Dolch prallte gegen ihren. Die Waffe wurde ihr aus der Hand geschleudert. Er versuchte Robin zu packen, doch mit einem Zornesschrei wich sie ihm aus.

Nun sprang der Hund auf Cederick zu. Dieser bewegte sich zur Seite, während er gleichzeitig den Dolch hochriss und damit die Haut an der Flanke des Hundes aufschlitzte. Der Hund winselte kurz auf, blieb dann jedoch knurrend und mit gefletschten Zähnen vor Cederick hocken.

»Robin, lauf weg!«, rief der Mann, der sich nun schützend zwischen sie und Cederick stellte. Und da verstand Robin, dass es sich bei ihm wirklich um Philip handelte. Irgendwie musste es ihm gelungen sein, aus der Gefangenschaft zu entkommen. Doch ihre Aufmerksamkeit war immer noch auf Cederick gerichtet, der totenbleich war.

»Verschwindet«, schrie Philip Cederick an, »oder ich hetze den Hund noch einmal auf Euch!« Robin konnte sein Gesicht nicht sehen, aber sie war davon überzeugt, dass seine Augen vor Wut sprühten. Mit dem zotteligen Haar und dem riesigen Hund an seiner Seite hatte er etwas von einer antiken Sagengestalt an sich. Sie bückte sich rasch und hob ihre Waffe auf, um sich zusammen mit Philip gegen Cederick zu stellen. Aber gleichzeitig flehte ein Teil von ihr Cederick in Gedanken an: *Geh, bitte geh …*

Unter den Olivenbäumen erschien nun ein weiterer Mann – Jocelyn, wie Robin gleich darauf erkannte. Auch Cederick sah ihn.

*Geh!*, flehte ihn Robin noch einmal stumm an.

Cederick begriff, dass er gegen die Überzahl nichts ausrichten konnte, und wich langsam, immer noch den Dolch abwehrbereit in der Hand, zurück. Als er hinter einigen Olivenbäumen verschwunden war, ließ sich Robin gegen die Stützmauer sinken. Sie wäre gestürzt, wenn Philip sie nicht aufgefangen hatte.

»Robin«, sagte er mit seinem vertrauten schiefen Lächeln, »ich habe keine Ahnung, wie du hierherkommst und was das alles zu bedeuten hat. Irgendwann wirst du es mir sicher erzählen. Aber Jocelyn und ich befinden uns auf der Flucht …«

»Simon und ich wollten euch von Hasan freikaufen«, flüsterte Robin.

»Da wir seinen Oberaufseher niedergeschlagen und ihm zwei gute Pferde und einen Wachhund geraubt haben, wird er sich bestimmt an uns rächen wollen und uns nicht freigeben.« Philip schüttelte den Kopf. »Können wir uns irgendwo in Aleppo verstecken?«

Allmählich konnte Robin wieder klar denken. »Der Händler, bei dem wir untergekommen sind, wird uns bestimmt helfen«, sagte sie.

»Gut, dann sollten wir sofort dorthin gehen. Die Pferde lassen wir am besten, wo sie sind. Mit ihnen wären wir zu auffällig.« Er wandte sich an Jocelyn, der Robin völlig entgeistert anstarrte, und berührte ihn am Arm. »Du kannst deine Base später noch angemessen begrüßen.«

Während sie zum Stadttor hasteten, fasste Philip nach Robins Hand. Sie schloss ihre Finger um seine.

*Philip ist wirklich bei mir. Es geht ihm gut*, begriff sie dankbar. Und ein Lächeln stahl sich auf ihr Gesicht. Sie fühlte sich immer noch ganz schwach wegen der Begegnung mit Cederick. Auch wenn ihr diese plötzlich so unwirklich vorkam wie ein böser Traum.

*

»Dein Vater war bei klarem Verstand wahnsinnig!« Robins Worte hallten in Cederick nach. *Das stimmt nicht*, redete er innerlich dagegen an. *Mein Vater war ein harter Mann, aber er war nicht grausam, und er war schon gar nicht wahnsinnig. Alles, was Robin ihm vorgeworfen hat, ist eine einzige Lüge.*

Aber sie war so außer sich gewesen … Und so überzeugt von dem, was sie sagte … *Wahrscheinlich hat ihre Mutter das alles erfunden, und Robin glaubt es*, ging es Cederick durch den Kopf. *Ihre Mutter war ja schließlich eine Hexe.* Ja, so musste es gewesen sein.

Und doch … Cederick erinnerte sich wieder an den Alptraum, in dem er ein kleines Kind war und sein Vater auf ihn einprügelte, hörte wieder seine Mutter schreien. *Das war nur ein Traum*, versuchte er sich zu beruhigen.

»Herr, gut, dass ich Euch finde.« Ohne es bemerkt zu haben, hatte Cederick eines der Stadttore durchquert und befand sich in einer der engen Gassen. Ein drahtiger Tempelritter, der zu seinen Begleitern gehörte, sprach ihn an. Verwirrt registrierte Cederick, dass es inzwischen Abend war. In vielen Häusern brannten bereits Lichter. Er musste einige Stunden lang ziellos herumgelaufen sein.

»Da Ihr nicht zu unserem Spitzel kamt, hat er uns schließlich in unserem Quartier aufgesucht. Er hat mir mitgeteilt, wo Robin und Simon de Bohun sich aufhalten.« Der Tempelritter betrachtete Cederick besorgt. »Herr, fühlt Ihr Euch nicht wohl? Ihr wirkt, ehrlich gesagt, ziemlich mitgenommen.«

Cederick fuhr sich mit der Hand über die Stirn. »Die Hitze hat mir zu schaffen gemacht. Mir wurde schwindelig, deshalb habe ich mich vor der Stadt unter einem Baum in den Schatten gesetzt und bin eingeschlafen«, improvisierte er. »Habt Ihr dafür gesorgt, dass das Haus, in dem sich Robin und ihr Onkel aufhalten, bewacht wird?«

»Ja«, der Tempelritter nickte. »Das Gebäude gehört einem Freund von Hakim. Er ist auch ein Kaufmann.«

»Gut, sie dürfen uns nicht noch einmal entkommen. Morgen müssen wir sie überfallen, sobald sie die Stadt verlassen haben.«

Sie hatten mittlerweile einen weitläufigen Platz erreicht, der von Häusern mit Arkadengängen im Erdgeschoss gesäumt wurde. In der Mitte des Platzes befand sich ein erhöhter Brunnen. Auf den Stufen stand ein stämmiger, schwarzhaariger Mann, der von einigen Bewaffneten flankiert wurde. Eine Seite seines Schädels wurde von einem großen Bluterguss verunstaltet. Um den Mann und die Bewaffneten hatte sich eine größere Menschenmenge versammelt. Mit mäßigem Interesse blickte Cederick zu der Menge hinüber. Doch die Worte des Schwarzhaarigen ließen ihn stehen bleiben.

»Hasan, meinem Herrn, sind heute Nacht zwei christliche Sklaven entlaufen«, rief er über den Platz. »Mein Herr wird jeden, der ihm sagen kann, wo sich die beiden Männer aufhalten, reich belohnen.«

*Natürlich*, durchfuhr es Cederick, *die beiden Männer, die Robin zu Hilfe gekommen sind, müssen Jocelyn de Bohun und Philip de Tallebois gewesen sein.* Seine Begegnung mit Philip de Tallebois war zwar nur kurz gewesen. Doch sie hatte ausgereicht, um ihn erkennen zu lassen, dass Philip in Robin verliebt war. Und dass auch sie etwas für ihn empfand.

Erneut stieg eine brennende Eifersucht in Cederick auf. Auf den Brunnenstufen wiederholte Hasans Sklave das Angebot seines Herrn.

*Ach, was für eine wunderbare Rache es doch wäre, Robin leiden zu lassen, indem ich den Mann, den sie liebt, wieder seinen Peinigern ausliefere*, kam es Cederick in den Sinn. Er ging einige Schritte auf den Brunnen zu. Hasans Sklave ließ seinen Blick abwartend über die Menge schweifen.

*Der Mann wirkt grausam*, ging es Cederick durch den Sinn. *Philip de Tallebois hat mir und meiner Familie nichts getan. Ich habe kein Recht, ihn zu verraten.*

»Herr«, der Tempelritter berührte ihn am Arm, »wisst Ihr etwas über die entlaufenen Sklaven?«

»Nein«, Cederick schüttelte den Kopf, »ich dachte nur, ich hätte Robin in der Menge entdeckt, aber ich habe mich getäuscht.«

Während er zusammen mit dem Tempelritter zu ihrer Herberge ging, erschrak er über das, was er beinahe getan hätte. Er hatte keinen Grund, John wegen dessen Grausamkeit zu verachten. Im Grunde genommen war er nicht viel besser als er.

*

In Hakims Garten blieb Robin am Rand eines Wasserbeckens stehen. Eine erleuchtete Fensteröffnung spiegelte sich darin, umrahmt von schwarzen Zypressen. Wenn sie sich nicht täuschte, gehörte dieses Fenster zu Simons Zimmer. Wahrscheinlich arbeitete er an einem Lied, wie er es ja oft tat, wenn ihn etwas tief bewegte.

Robin lächelte unwillkürlich. Nach außen hin hatte Simon gelassen und, wie es so seine Art war, ein wenig ironisch darauf reagiert, Jocelyn wiederzusehen. Aber auch wenn er seine Gefühle zu verbergen versuchte, wusste sie, wie überglücklich und zutiefst erleichtert er war, dass sein Sohn am Leben war. Und auch Jocelyn wusste dies. Da er sich jedoch dafür schämte, dass sein Vater mit seiner Meinung über Richards Kreuzzug Recht gehabt hatte, verhielt er sich seinerseits Simon gegenüber etwas distanziert. Aber früher oder später, davon war Robin überzeugt, würden sich die beiden sicher wieder nahekommen.

Langsam ging Robin einige Schritte an dem Becken entlang. Zum ersten Mal seit vielen Monaten trug sie wieder ein Kleid. Eine von Hakims Frauen hatte es ihr geschenkt. Es bestand aus kostbarer roter Seide, und es war ganz ungewohnt für sie, dass ein so weich fallender Stoff ihren Körper umspielte. Sie fühlte sich so weiblich wie schon lange nicht mehr. Eine Empfindung, die sie beunruhigte, die sie aber auch genoss.

Hakims Freund in Aleppo hatte es geschafft, sie, Simon,

Philip und Jocelyn und alle ihre Begleiter durch Hinterhöfe und versteckte Gänge aus der Stadt zu schmuggeln und bis nach Antiochia zu bringen, von wo aus sie ein Schiff nach Akkon genommen hatten. In wenigen Tagen würden sie ein anderes Schiff nach England besteigen. Sinan wusste schon, dass sie bald abreisen würden. Wieder ein Abschied, der Robin schwerfiel.

*Bis zu unserer Abreise sind Simon und ich in Hakims Obhut sicher*, überlegte Robin, während sie sich auf einer Bank am Becken niederließ. *Cederick wird es nicht gelingen, uns gefangen zu nehmen.* Hakim besaß Informationen darüber, dass Cederick bei dem Großmeister der Templer um ein Darlehen für John nachgesucht hatte. Was sein Auftauchen im Heiligen Land erklären würde. Sie schauderte bei der Erinnerung daran, wie er plötzlich in dem Olivenhain vor ihr gestanden hatte. Am meisten machte es ihr aber Angst, dass sie immer noch etwas für ihn empfand.

Vom Haus her näherte sich ihr jemand – es war Philip, wie Robin erkannte, als er an einer Lampe in einem Orangenbaum vorbeiging. Er entdeckte sie und kam auf sie zu.

»Hier finde ich dich also – allein im nächtlichen Garten«, sagte er lächelnd und setzte sich neben sie.

»Ich liebe diesen Garten mit seinen Pflanzen und Düften. Wenn wir wieder in England sind, werde ich ihn und vieles andere vermissen.«

»Ich glaube nicht, dass mir irgendetwas aus diesem Land fehlen wird.« Philip lächelte sein schiefes Lächeln. »Dafür waren meine Erfahrungen einfach zu schlecht. Glaubst du, dass Jocelyn wieder ganz gesund werden wird?«, fügte er ernst hinzu.

»Ich denke schon. Dafür, wie du seinen Zustand vor einigen Wochen beschrieben hast, geht es ihm schon wieder sehr gut. Ich vermute, du hast Recht und es war vor allem sein fehlender Lebenswillen, der Jocelyn so schwer krank hat werden lassen«, erwiderte Robin nachdenklich. Philips langes, verfilztes Haar war mittlerweile gekämmt und bis auf Schulterlänge geschnitten. Auch sein blonder Bart war gestutzt. Früher hatte Philip keinen Bart getragen. Aber das war nicht das Wesentliche, das sich an ihm verändert hatte.

»Warum siehst du mich auf einmal so prüfend an, als wäre ich eine seltene Heilpflanze, die du nicht richtig einschätzen kannst?«, fragte Philip ein wenig amüsiert.

»Du bist anders geworden«, sprach Robin ihre Gedanken aus.

»Du kannst ruhig offen sagen, dass ich endlich erwachsen geworden bin. Inzwischen freue ich mich richtig darauf, meine Güter bewirtschaften zu können. Etwas, das ich früher nie für möglich gehalten hätte.« Philip nahm seine – Robin altvertraute – lässige Haltung ein.

»Ja, du bist reifer geworden«, bestätigte sie. »Ich will damit sagen«, fügte sie hastig hinzu, »mutig und zuverlässig warst du schon immer. Und du weißt, dass ich dir immer vertraut habe. Aber das Leben war wie ein großes Paradies für dich. Du kanntest keine wirklichen Schwierigkeiten.«

»Ich fürchte, damit hast du nur zu Recht. So hatte mein missglückter Versuch, an Richards Kreuzzug teilzunehmen, ja immerhin doch etwas Gutes.« Wieder wurde Philip ernst. »Robin, auf dem Schiff hierher waren wir kaum einmal allein. Und auf der Reise nach England wird es nicht anders sein. Deshalb möchte ich jetzt gerne über etwas Bestimmtes mit dir sprechen.«

Robin erwiderte nichts. Sie ahnte, was Philip beschäftigte. In der kurzen Stille, die seinen Worten folgte, konnte sie die Brandung hören.

»Als ich dich plötzlich in dem Olivenhain erblickte, war ich überglücklich«, fuhr Philip nach einer kurzen Pause schließlich fort. »Und seitdem war ich in jedem weitern Moment glücklich, den ich in deiner Nähe verbringen konnte.«

Die Spiegelung der erleuchteten Fensteröffnung in dem Wasserbecken war verschwunden. Die Wasseroberfläche wirkte nun schwarz und glatt wie polierter Stein. »Ich habe Simon begleitet, da ich mir Sorgen um dich machte und dich wiedersehen wollte«, sagte Robin leise.

»Weil du mich liebst, oder weil du dir Sorgen um einen guten Freund gemacht hast?«

»Ich glaube, weil ich dich liebe ...«

»Aber diesen Cederick liebst du auch immer noch ...« Auf dem Schiff nach Akkon, in einem der wenigen Augenblicke, in denen sie unter all den Reisenden für sich gewesen waren, hatte Robin Philip von sich und Cederick und ihrem Streit mit Luce erzählt.

»Ja, obwohl ich es nicht will«, flüsterte Robin. Sie hob den Kopf und blickte Philip an. Er wirkte nicht verletzt, nur traurig. »Gab es denn in den letzten Jahren in deinem Leben keine Frau, in die du dich verliebt hast?«, fragte sie.

»Dinah, die jüdische Ärztin, die meinen zerschundenen Rücken behandelte, nachdem Karim mich ausgepeitscht hatte – ja, ich glaube, wenn sie nicht verheiratet und ich nicht eine Art Sklave gewesen wäre, hätte ich mich ernsthaft in sie verliebt.«

Impulsiv griff Robin nach seiner Hand und sagte: »Philip, in meinem Leben ist so viel durcheinandergeraten.

Manchmal kenne ich mich selbst nicht mehr. Ich möchte dich aufrichtig lieben. Bitte, würdest du mir Zeit geben, bis ich mir über mich selbst klar geworden bin?«

»Nun, wenn mich die Zeit in Hasans Gefängnis eines gelehrt hat, dann Geduld.« Philip nickte. »Nimm dir die Zeit, die du brauchst.«

Ein Teil von Robin wünschte sich, dass er sie küssen würde. Ein anderer Teil war froh, dass er es nicht versuchte, sondern nur sagte: »Allmählich wird es hier draußen kühl. Wir sollten ins Haus gehen.«

# 10. Kapitel

Der Himmel über der Burg von York war grau und der Regen mit Schnee durchsetzt. Während Cederick einem Diener über den gepflasterten Hof und zu den Gemächern Johns folgte, musste er an die Wochen und Monate denken, die er im Orient und auf dem Mittelmeer verbracht hatte. Seit er sich wieder in England aufhielt, erschienen ihm die Farben hier, verglichen mit den Farben in den südlichen Ländern, seltsam stumpf, als wären sie mit einem Grauschleier überzogen.

Er hatte es nicht fassen können, dass es Robin in Aleppo wieder gelungen war, ihm zu entkommen. Außer sich vor Zorn und Enttäuschung hatte er sie und ihren Onkel nach Antiochia verfolgt, war aber zu spät dort eingetroffen, um sie im Hafen noch abfangen zu können. Deshalb war er fest entschlossen gewesen, sich über Gilbert Hérails Bedenken hinwegzusetzen und die beiden, wenn es nicht anders ging, in Hakims Haus festzunehmen. Aber widrige Winde hatten sein Schiff nur langsam vorankommen lassen. Als er schließlich in Akkon eingetroffen war, hatte er erfahren, dass er wieder zu spät gekommen war. Denn Robin und Simon hatten am Morgen desselben Tages ein Schiff nach Marseille bestiegen. Er hatte sich damit abfinden müssen, dass sie ihm vorerst entkommen waren.

Cederick hatte beschlossen, seinem Halbbruder nichts davon zu erzählen, dass er Robin im Heiligen Land begegnet war und er vergebens versucht hatte, sie gefangen zu nehmen. Dies war eine Sache zwischen ihm und Robin, die Edward nichts anging. Schließlich würde er seinen Halbbruder mit allen seinen Kräften dabei unterstützen, Robin in England gefangen zu nehmen.

John und Edward erwarteten Cederick wieder in der Halle der Burg. Klatschend wehte ein Regenschauer gegen die Fenster. Das Feuer im Kamin brannte unruhig.

»Hoheit …« Cederick verbeugte sich vor John, ehe er seinem Halbbruder grüßend zunickte.

»Vor einer guten Woche ist Gilbert Hérails Gesandter hier eingetroffen. Ich muss sagen, Ihr habt wirklich gute Arbeit geleistet, Cederick. Ich bin mit den Vertragsbedingungen mehr als zufrieden.« John schenkte ihm ein huldvolles Lächeln, nur um gleich darauf einen sorgenvollen Seufzer auszustoßen. »Dies sind leider momentan die einzigen guten Neuigkeiten, von denen wir berichten können …«

»Wie meint Ihr das, Hoheit?«, fragte Cederick höflich.

Mit einer müden Handbewegung wandte sich John Edward zu: »Unterrichtet Ihr Euren Verwandten. Ich bin es mittlerweile leid, diese unerfreulichen Dinge aussprechen zu müssen …«

»Nach allem, was wir durch unsere Späher wissen, hat Königin Eleonor inzwischen einen großen Teil des Lösegelds für Richard eingetrieben.« Edward verzog angewidert den Mund. »Damit nicht genug, bereitet uns Luce de Nonant ständig Ärger. Im Auftrag der Königin überfällt er fortwährend unsere Geldeintreiber. Eigentlich leben in dem Gebiet um Oxford und Winchester, wo er zurzeit sein Unwesen treibt, überwiegend Adelige, die John treu ergeben sind. Aber je wahrscheinlicher eine Rückkehr Richards wird, desto weniger können wir auf deren Unterstützung zählen.«

»Offen abgefallen ist von diesen Adeligen bislang noch kaum einer, denn das wagen sie nicht. Aber sie lassen diesen Luce de Nonant gewähren.« Johns Stimme klang hoch und weinerlich, wie die eines verzogenen Kindes. »Glücklicherweise verfüge ich mittlerweile über einen Spitzel am Hof der Königin, der diesen Kerl verabscheut.«

»Und mit Hilfe dieses Spitzels, Hoheit«, Edward beugte sich eifrig vor, »wird es uns gelingen, Luce de Nonant eine Falle zu stellen.«

»Sobald er in unserer Gewalt ist, gilt auf jeden Fall mein Versprechen.« Während sich John Edward zuwandte, erschien ein dünnes Lächeln auf seinem Gesicht. »Bevor ich ihn hinrichten lasse, dürft Ihr Euch eine Weile mit ihm vergnügen.«

»Worauf ich mich schon sehr freue.« Edward erwiderte das Lächeln. Cederick wurde plötzlich übel. Ja, er hasste Luce und er wollte, dass er starb. Aber er legte nicht den geringsten Wert darauf, ihn zu foltern. Robins sich überschlagende Stimme, die ihm die Anschuldigungen gegen seinen Vater entgegenschleuderte, gellte durch seinen Kopf.

*

»Was war denn vorhin mit dir los? Du bist ja plötzlich ganz bleich geworden?«, fragte Edward Cederick, nachdem John sie entlassen hatte und sie auf den Burghof hinausgetreten waren.

»Ich habe mich nach all den Wochen im Süden einfach noch nicht richtig an das englische Wetter gewöhnt«, wehrte Cederick ab.

Zu Cedericks Erleichterung akzeptierte Edward diese Erklärung. Er legte ihm die Hand auf den Arm und sagte: »Ich bin sehr stolz auf dich, Bruder. Dadurch, dass du den Kredit zu so günstigen Bedingungen für John bekommen hast, hat sich unsere Position an seinem Hof noch mehr gefestigt. Wenn Richard nicht nach England zurückkehren wird – und ich werde alles in meiner Macht Stehende tun, um dies zu verhindern –, wird John uns sicher reich belohnen. Bestimmt winkt uns der Titel eines Earls oder vielleicht sogar der eines Herzogs.«

»Daran liegt mir nicht viel.« Cederick zuckte mit den Schultern.

»Aber mir sehr wohl«, erwiderte Edward scharf, ehe er den Kopf schüttelte und sagte: »Cederick, manchmal frage ich mich wirklich, was unser Vater von dir halten würde. Sicher, du hast John gute Dienste erwiesen. Aber ich weiß, dass du es nicht aus wirklicher Überzeugung tust. Auf dieser Welt wird einem nun einmal nichts geschenkt. Man muss sich nehmen, was man an Macht, Reichtum und Einfluss bekommen kann.«

»Ich habe unseren Vater kaum gekannt – war er grausam?« Im nächsten Moment bereute Cederick schon, die Frage gestellt zu haben.

Edward betrachtete ihn mit leicht zusammengekniffenen Augen. »Was meinst du damit?«

»Auf dem Weg hierher habe ich Leute so etwas reden hören«, log Cederick, »ich wüsste einfach gerne, ob das wahr ist.«

»Unser Vater war ein harter Mann und musste es auch sein, nachdem sein Vater von diesem Bastard Ethan getötet wurde und unsere Familie bei König Stephen in Ungnade fiel.«

»Hart ist nicht das Gleiche wie grausam …«

»Ich erinnere mich daran, dass er einmal einem Leibeigenen, der ihm eine Münze stehlen wollte, zur Strafe die rechte Hand abhacken und ihn danach wie einen Hund im Hof anketten ließ, bis er schließlich starb. Aber nun ja, der Kerl hatte nichts anderes verdient«, antwortete Edward gleichmütig.

Ein Windstoß blies eine dunkle Rauchwolke aus Richtung der Küchengebäude über den Hof. Cederick schluckte, um den beißenden Geruch aus Nase und Mund zu bekommen. *Auch andere Adelige hätten so gehandelt wie mein Vater,* dachte er. Trotzdem fürchtete er plötzlich, dass Robins Vorwürfe nur zu wahr sein könnten.

Undeutlich nahm er wahr, dass eine Gruppe vornehm gekleideter Frauen den Hof überquerte. Er schreckte erst auf, als ihm Edward die Hand auf den Arm legte und in Richtung der Frauen nickte. Eine junge Adelige, die einen taubenblauen Umhang trug, sah kurz in ihre Richtung, wandte dann aber gleich wieder schüchtern den Blick ab.

»Du erinnerst dich doch hoffentlich noch an Claire of Kendal?«, fragte Edward.

»Ja, sie ist eine Hofdame von Johns Gemahlin.«

»Die Gattin des Earls von Northumbria hat mich wissen lassen, dass sie es gutheißen würde, wenn du um ihr Mündel wirbst. Ich hatte also Recht damit, dass Claire of Kendal ein Auge auf dich geworfen hat. Wie ich dir schon einmal sagte – sie ist eine erstklassige Partie …«

Cederick verfolgte, wie sich die Frauen unter dem nun wieder heftiger einsetzenden Regen duckten und in Richtung der Halle hasteten. Auf dem Rückweg nach England hatte er ein paar Mal mit Frauen geschlafen und so versucht, Robin zu vergessen. Die Befriedigung, die ihm diese Frauen geschenkt hatten, war nur flüchtig gewesen. Nachdem das kurze rauschhafte Hochgefühl verflogen war, hatte er sich umso mehr gewünscht, Robin in seinen Armen zu halten. Er hasste sie immer noch aus tiefstem Herzen. Gleichzeitig konnte er sich nicht vorstellen, mit einer anderen Frau sein Leben zu teilen.

»Ich werde nicht um Claire of Kendal werben.« Cederick schüttelte den Kopf. »Wie ich dir schon einmal sagte, möchte ich im Moment wirklich keine Ehe eingehen.«

»Überleg es dir noch einmal. Solch eine Möglichkeit zu einer vorteilhaften Heirat erhältst du so schnell nicht wieder …«

»Nein«, erklärte Cederick entschieden.

»Du bist ein verdammter Narr, dass du das Glück, das dir das Schicksal schenken will, einfach wegwirfst.« Edward starrte Cederick zornig an, ehe er ihn stehen ließ und durch den Regen davonstapfte.

*Das Schicksal …* Während Cederick zu seinem Zimmer ging, dachte er bitter, dass das Schicksal ihm einen üblen Streich gespielt hatte, indem es ihm Robin über den Weg geführt und ihn sich in sie hatte verlieben lassen.

*

Robin duckte sich unter einem heftigen Regenschauer. Obwohl sie die Kapuze ihres Umhangs weit heruntergezogen hatte, wehte ihr der Wind einen Schwall kalter Tropfen ins

Gesicht. Der Regen hörte so plötzlich auf, wie er begonnen hatte.

»Ich hätte ja nie gedacht, dass ich mich einmal nach Hitze und einer glühenden Sonne sehnen würde.« Philip, der neben ihr ritt, verzog das Gesicht zu einem ironischen Grinsen. »Aber das Wetter hier oben in Schottland bringt mich allmählich dazu.«

»Das geht mir genauso.« Robin lachte. Seit sie vor einer guten Woche in Whitby an Land gegangen waren, hatte es fast ununterbrochen geregnet. Insofern war der heutige Tag mit seiner Mischung aus Schauern, Schnee und aufklarendem Himmel wirklich eine Verbesserung. Hinter sich hörte sie die Räder eines Karrens über den steinigen Boden rumpeln. Simon lenkte das Gefährt. Jocelyns Gesundheit war immer noch angegriffen. Obwohl er heftig protestiert hatte, hatten Simon, Philip und Robin darauf bestanden, dass er sich auf einem von einer Plane geschützten Wagen fahren ließ, statt zu reiten. Schließlich, nachdem Philip gedroht hatte, nie wieder ein Wort mit ihm zu wechseln, und Simon erklärt hatte, er würde ihn enterben, falls er sich weigern würde den Karren zu benutzen, hatte Jocelyn nachgegeben.

Trotz der Löcher in der Wolkendecke und obwohl nun sogar ein breiter Sonnenstrahl auf die Hügelketten fiel, wirkte die Landschaft auf Robin sehr düster. Sie vermisste die Farben und die Gerüche des Orients immer noch. Manchmal träumte sie davon, über einen Basar zu schlendern, die Aromen der Früchte und die Düfte der Gewürze zu riechen und die Vielfalt der leuchtenden Farben in sich einzusaugen.

Ein Stück vor ihnen querte ein Weg, der teilweise von einem von Ginster und Heidekraut überwucherten Hügelausläufer verdeckt wurde, die Straße. Hinter dem Hang wurde ein Reiter sichtbar. Ein grauhaariger, einfach gekleideter Mann Mitte vierzig, der ein kantiges Gesicht hatte. Robin blinzelte überrascht ein paar Tropfen weg, die ihr nun wieder ins Gesicht sprühten.

»Roderick!«, rief sie gleich darauf aus und trieb ihr Pferd auf ihn zu.

»Miss Robin.« Jetzt erkannte auch er sie. Ein breites Lächeln erhellte seine herben Züge. »Was führt Euch denn hierher? Ach, falls Ihr Euren Bruder suchen solltet, habt Ihr leider einen ungünstigen Zeitpunkt gewählt. Er hält sich zurzeit im Auftrag der Königin und der Äbtissin im Süden auf.«

Robin empfand Erleichterung und doch auch einen Stich des Bedauerns, dass sie Luce nicht begegnen würde.

»Wie schade, dass wir meinen Freund verpasst haben«, meinte Philip, der Robin eingeholt hatte, und überspielte damit den für sie unangenehmen Moment.

»Roderick, befinden sich noch mehr von unseren Leuten in Schottland?«, sagte Robin rasch. »Habt ihr denn …«, sie stockte kurz und schluckte, »… nach dem missglückten Überfall auf die de Thorignys ein neues Lager in den Wäldern aufgeschlagen?«

»Ja, in Lancashire. Etwa fünf Meilen südlich von einem Ort namens Barnacre.« Roderick wollte noch etwas hinzufügen. Doch der Trupp Reiter, der sich nun der Wegkreuzung näherte, ließ ihn abbrechen. An seiner Spitze befand sich, fürstlich gekleidet, die Äbtissin Matilda. Sie musterte Robin und Philip auf ihre übliche kühle Weise.

»Madam …« Robin sprang aus dem Sattel und verneigte sich. Philip tat es ihr gleich.

»Was für ein unverhofftes Wiedersehen.« Matildas Stimme klang trocken. Aber das rasche Aufblitzen in ihren Augen und die Andeutung eines Lächelns um ihren Mund verrieten Robin, dass sie sich über die Begegnung wirklich freute.

»Vater!« Corinnes Schrei zerriss die Stille. Robins Aufmerksamkeit war so sehr auf Matilda gerichtet gewesen, dass sie erst jetzt ihre Base bemerkte. Corinne stürzte auf Simon zu und warf sich in seine Arme. »Vater! Endlich bist du aus dem Heiligen Land zurückgekehrt. Ich habe mir solche Sorgen um dich gemacht. Konntest du Jocelyn finden?« Ein banger Ausdruck huschte über ihr schönes Gesicht.

»Ja, er hat mich gefunden.« Jocelyn war aus dem Karren geklettert. Er stand ein wenig zittrig auf dem Weg und breitete seine Arme aus, um seine Schwester ebenfalls zu umarmen. »Tu mir bitte den Gefallen und sag jetzt nicht, dass ich furchtbar krank aussehe.«

»Aber du siehst wirklich krank aus.« Corinne schob ihn von sich weg und betrachtete ihn kritisch. »Nun gut, dass ich jetzt da bin, um mich um dich zu kümmern.«

Jocelyn stöhnte, während Robin, Philip und Simon sich verstohlen anlächelten.

*

Robin lauschte auf den Regen, der gegen die geschlossenen Läden prasselte. In den Fenstern von Matildas Gemächern befand sich Glas und kein geöltes Leder. Trotzdem blies der Wind durch die Ritzen und brachte die brennenden Kerzen auf einem schweren vergoldeten Leuchter zum Flackern.

*Ja, ich sehne mich nach dem Orient, und das nicht nur wegen der Sonne,* dachte Robin. Dort und auch während der anschließenden langen Reise hatte sie Philips Nähe glücklich gemacht. Aber seit sie sich in England befand, waren ihre Gefühle für Cederick – wie ein lange unterdrücktes Fieber – wieder in ihr erwacht.

Luce, das hatte Robin inzwischen erfahren, war im Auftrag der Königin und Matildas im Süden Englands unterwegs und half, Steuern für Richards Lösegeld einzutreiben. Robin war froh gewesen zu hören, dass es Luce gut ging, zugleich aber auch zutiefst erleichtert darüber, dass ihr Bruder sich nicht auf der Burg befand. Solange sie noch etwas für Cederick empfand, konnte sie ihm nicht gegenübertreten. Sie zuckte ein wenig zusammen, als sich nun die Tür öffnete und Matilda den Raum betrat. Denn sie fürchtete sich ein bisschen vor dem Gespräch mit der scharfsinnigen Frau.

Matilda bedeutete Robin, sitzen zu bleiben, und ließ sich ihr gegenüber nieder. Sie trug ein dunkelgrünes Seidenkleid und einen pelzbesetzten Samtumhang. Ein Goldreif zierte ihren Schleier, und schwere Ringe steckten an ihren Fingern. Robin wusste, dass sie außerhalb Barkings oft die Äbtissinnen-Gewänder ablegte

»Philip de Tallebois wird also mit einer Delegation der Königin nach Deutschland reiten, um mit dem Kaiser die Bedingungen für die Lösegeldübergabe zu vereinbaren«, ergriff Matilda das Wort. Während der Abendmahlzeit, zu der Matilda Robin und ihre Verwandten sowie Philip an ihre Tafel in der Halle geladen hatte, hatte sie ihn gefragt, ob er dazu bereit wäre, und er hatte eingewilligt.

»Wie steht es mit dir, Robin – wirst du hier auf der Burg

bleiben, oder hast du andere Pläne?« Forschend blickte Matilda sie an.

»Ich würde gerne wieder Bruder Oswin helfen, falls er meine Unterstützung noch braucht«, sagte Robin rasch. Auf keinen Fall wollte sie Luce auf der Burg begegnen – was, wenn sie bliebe, früher oder später geschehen würde.

»Ich weiß von deinem Zerwürfnis mit Luce und auch den Grund dafür«, bemerkte Matilda ruhig.

»Das ist auch der Grund, weshalb Ihr mich unter vier Augen sprechen wolltet, nicht wahr?«

»Ja, einer der Gründe.« Matilda nickte. »Ich bin mir sicher, dass Luce den Streit mit dir inzwischen bereut.«

»Ich bereue ihn ja auch.« Robin senkte den Kopf. »Trotzdem kann ich meinem Bruder noch nicht gegenübertreten.«

»Ich nehme es dir nicht übel, dass du dich in Cederick de Molesme verliebt hast«, hörte sie Matilda überraschend sanft sagen.

»Aber ... Ihr habt William de Thorigny doch gehasst ...«

»Ja, ich habe ihn gehasst, und ich hasse ihn immer noch, obwohl er nun schon lange tot ist. Aber Cederick ist nicht sein Vater. Er ist ein eigenständiger Mensch.«

»Der jedoch mit seinem Halbbruder und John gemeinsame Sache macht«, erwiderte Robin heftig.

»Das weiß ich sehr wohl. Aber ich habe gehört, dass die Pflegeeltern, bei denen Cederick aufwuchs und die ihn später als Sohn annahmen, gute Menschen waren. Manchmal zwingt einen das Leben dazu, Bündnisse einzugehen, die man eigentlich nicht eingehen will. Oder man glaubt zumindest, man müsste diese Bündnisse eingehen ...« Für einen Moment wirkte Matildas Blick traurig und nach innen gekehrt, so als sei er in die Vergangenheit gerichtet, und

Robin fragte sich unwillkürlich, ob sie einmal ein solches Bündnis eingegangen war.

*Nein,* beschloss Robin zornig, *ich will kein Verständnis für Cederick haben. Er hat mich angegriffen, und er hätte mich gefangen genommen und zu seinem Halbbruder geschleppt, wenn mir Philip und Jocelyn nicht zu Hilfe gekommen wären.* Außerdem würde Verständnis für ihn bedeuten, dass sie sich noch mehr in ihre Gefühle für ihn verstrickte.

Sie wandte sich wieder Matilda zu. »Ihr habt vorhin gesagt, mein Streit mit Luce sei *einer* der Gründe, weshalb Ihr mich sprechen wolltet.«

»Als du im Heiligen Land warst, hast du wahrscheinlich oft an Matthew, deinen Lehrer, gedacht, nehme ich an?« Robin glaubte einen Anflug von Kummer auf Matildas Gesicht wahrzunehmen.

»Ja, das habe ich. Und ich freue mich darauf, ihm irgendwann von meinen Erlebnissen erzählen zu können. Geht es ihm denn nicht gut? Warum erwähnt Ihr ihn?«, fragte Robin besorgt.

»Als ich vor Johns Leuten aus Barking fliehen musste, schloss sich Matthew meinen Bewaffneten an.« Mit einer müden Geste legte Matilda ihre Hände in den Schoß. »Johns Männer holten uns ein. Es kam zu einem Kampf, den wir ohne Matthews Mut wohl verloren hätten. Leider wurde er schwer verwundet und starb kurz darauf.«

Robins Mund wurde ganz trocken. Sie konnte Matilda nur stumm anstarren.

»Matthew war ein sehr tapferer Mann«, sagte Matilda leise. »Es tut mir leid. Ich weiß, du hast ihn sehr gern gehabt.«

*Wieder ein Mensch, den ich geliebt habe und den die Thorignys auf dem Gewissen haben,* schoss es Robin durch den Kopf.

*

Ein gelbliches Licht lag über den Marschen und dem Watt. Dunkel hoben sich die Klostergebäude vor der Sonne im Westen ab. Ein warmer Wind wehte vom Land meerwärts. Robin sprang neben Philip von ihrem Pferd. Philip hatte darauf bestanden, sie zu begleiten. Auf seinem Weg nach Süden, wo er wieder zu Königin Eleonor und ihrem Gefolge stoßen wollte, bedeutete dies – so hatte er argumentiert – schließlich nur einen kleinen Umweg.

Wie schon während ihrer Reise vom Heiligen Land nach England war Robin wieder glücklich über Philips Nähe gewesen. Zu erfahren, dass John und Williams Söhne Matthew auf dem Gewissen hatten, hatte ihre zwiespältigen Gefühle für Cederick geklärt. Sie hasste ihn wieder aus ganzem Herzen.

»Viel Glück für deine Reise nach Deutschland und für deine Aufgabe.« Sie lächelte Philip an.

»Ich freue mich, der Königin dienen zu dürfen. Aber du weißt ja …« Philip zuckte mit den Schultern. »Ohne meine Erlebnisse auf dem Kreuzzug wäre ich stolz und glücklich gewesen, Richard als meinen König zurück nach England begleiten zu dürfen. Ich bin immer noch davon überzeugt, dass er für England ein guter Herrscher sein wird. Aber ich verehre ihn nicht mehr.«

»Auf jeden Fall ein besserer Herrscher als John …«, sagte Robin ein wenig bitter.

Einige Möwen ließen sich vom Wind tragen und segelten über das Watt. An diesem schönen Abend klangen ihre Schreie nicht düster, sondern fast fröhlich. Vor der tief stehenden Sonne wirkten ihre Körper wie mit Gold betupft.

»Robin …« Philip legte ihr die Hände auf die Schultern, sodass sie ihn ansehen musste. »Wenn ich wieder aus Deutschland zurück bin, darf ich dich dann noch einmal fragen, ob du meine Frau werden willst?«

»Das darfst du.«

Als sie sich zum Abschied umarmten, streiften Philips Lippen ihre Wange. Robin sah ihm und seinen Begleitern nach, bis sie hinter dem hohen Schilfgras am Wegesrand verschwanden. Während sie ihr Pferd an den Zügeln fasste und zum Klostertor ging, konnte sie immer noch Philips sanfte Berührung fühlen.

*

Robin fand Bruder Oswin in seiner Hütte im Kräutergarten. Sie blieb in der geöffneten Tür stehen und sah ihm dabei zu, wie er Tropfen einer Tinktur in flüssiges Bienenwachs rührte. Ein plötzlicher Frieden, wie sie ihn schon lange nicht mehr empfunden hatte, erfüllte sie.

Bruder Oswin spürte ihren Blick und drehte sich um. Ein Lächeln erhellte sein faltiges Gesicht, als er sie erkannte. »Ihr seid also zurückgekommen«, stellte er gelassen fest, als wäre sie nicht fast ein Jahr, sondern nur wenige Stunden fort gewesen.

»Ich würde Euch gerne wieder helfen. Das heißt, falls Ihr meine Unterstützung überhaupt noch benötigt …« Erst jetzt wurde Robin wieder richtig klar, dass ja ein junger Mönch aus einem anderen Benediktinerkloster hierhergekommen war, um Bruder Oswin zu assistieren.

»Nun, Bruder Edwin stellt sich schon ganz geschickt an. Aber manchmal fehlt ihm im Umgang mit den Kranken noch das richtige Gespür. Die Menschen, denen Ihr beigestanden habt, fragen mich oft nach Euch. Sie werden sich freuen, dass Ihr wieder hier seid.« Bruder Oswin musterte Robin aufmerksam. »Zusammen mit Eurem Onkel habt Ihr Euren Vetter und seinen Freund im Heiligen Land gefunden und sicher nach England gebracht.« Es war eine Feststellung, keine Frage.

»Ja, das haben wir.« Robin nickte.

Wie immer spürte es der alte Mönch, wenn sie keine weiteren Fragen beantworten wollte. »Wenn Ihr diese Salbe für mich zubereiten würdet, könnte ich schon einmal ins Hospital gehen«, sagte er. »Heute Morgen wurde ein Bauer mit einer eitrigen Beinwunde von seinen Angehörigen hierhergebracht. Ich würde gerne nach ihm sehen.«

»Sobald ich mit der Salbe fertig bin, komme ich auch ins Spital.« Robin ließ ihr Bündel von der Schulter gleiten und trat an den Tisch.

An der Tür wandte sich Bruder Oswin noch einmal zu ihr um. »Wenn Ihr mögt, könnt Ihr wieder Eure Kammer beziehen. Auch Euer Stickzeug befindet sich noch dort.«

*Ja,* dachte Robin, immer noch von diesem tiefen inneren Frieden erfüllt, während sie sorgfältig die Eibischtinktur in das flüssige Wachs rührte, *es war gut, wieder hierherzukommen.*

*

Luce lehnte sich neben seinem Hengst gegen die Stallwand. Wie so oft, wenn ihn etwas stark beschäftigte oder wenn er uneins mit sich selbst war, hatte es ihn in den Stall gezogen.

Das hatte er sich schon in seiner Kindheit angewöhnt, als ihm die Nähe von Pferden und der Geruch von Heu und Stroh ein Gefühl der Geborgenheit geschenkt hatten.

Vorhin hatte er eine Nachricht von Eleonor an Matilda überbracht und dabei von ihr erfahren, dass Robin heil und gesund zusammen mit Jocelyn, Simon und Philip aus dem Heiligen Land zurückgekehrt war und sie sich kurz auf der Burg aufgehalten hatte. Er war stolz darauf gewesen, dass seine Schwester zur Rettung seines Freundes und seines Vetters beigetragen hatte. Gleichzeitig hatte er wieder das Zerwürfnis mit ihr bedauert.

Ganz neutral – ohne einen Vorwurf – hatte Matilda ihm berichtet, dass sich Robin in ein Kloster in Northumberland begeben hatte, um dort einem Mönch bei der Krankenpflege zu helfen. Während Luce seinem Hengst die Flanke streichelte, was diesen wohlig schnauben ließ, beschloss er, Robin in dem Kloster aufzusuchen und sich mit ihr auszusprechen, sobald er einen letzten Auftrag ausgeführt haben würde.

Nach Informationen von Eleonors Spitzeln plante John, in wenigen Tagen mit einer größeren Geldmenge von York nach Winchester zu reisen; mit dem Geld wollte er Söldner für seinen Kampf gegen Richard anwerben. Unterwegs würde Luce ihn überfallen.

Als sich die breite Holztür öffnete, rechnete Luce damit, dass ein Knecht oder einer von den Rittern in den Stall kommen würde. Doch in dem Viereck, umgeben von Strohstaub, der im Sonnenlicht tanzte, erschien Ailsa. Sie trug ein lindgrünes Kleid aus feiner Wolle und darüber einen Samtumhang in einem ähnlichen Grün. Dies in Kombination mit ihrem kastanienbraunen Haar ließ Luce unwillkürlich an eine hübsche Waldnymphe denken. Forschend sah Ailsa sich in dem dämmrigen Stall um. Dann entdeckte sie ihn und rief, während ein Lächeln ihr Gesicht zum Strahlen brachte: »Luce, Ihr seid es wirklich. Ich habe mich nicht getäuscht, als ich Euch über den Hof gehen sah. Ach, Luce, der Tag ist so schön. Hättet Ihr nicht Lust, mit mir auszureiten?«

Da Luce noch mit seinen Gedanken bei Robin weilte, antwortete er nicht sofort. Ailsa deutete sein Zögern falsch. »Verzeiht«, sagte sie rasch, »ich wollte Euch nicht bedrängen … Ihr habt sicher Wichtigeres zu tun.«

»Nein, überhaupt nicht.« Luce schüttelte den Kopf. »Ich könnte mir im Moment nichts Schöneres vorstellen, als mit Euch auszureiten. Ich habe gar nicht damit gerechnet, Euch in Sterling zu treffen«, fügte er hinzu. »Denn ich dachte, Ihr würdet die Königin nach Deutschland begleiten.« Luce wurde auf einmal klar, dass er sich wirklich außerordentlich freute, Ailsa zu sehen.

»Die Königin hat nur einen Teil ihres Gefolges mitgenommen.« Ailsa schüttelte den Kopf, nur um Luce gleich darauf unsicher anzusehen. »Ihr reitet wirklich gerne mit mir aus?«, fragte sie.

»Wirklich.« Er nickte ernst. Ailsa schien ihm zu glauben, denn ihr Gesicht hellte sich wieder auf.

Ohne die Hilfe von Knechten in Anspruch zu nehmen, sattelten sie ihre Pferde. Der Tag war strahlend schön, und auf den Berghängen brachte die Sonne unzählige Grün- und Braunschattierungen zum Vorschein. Da und dort mischte sich Blau hinein, denn die Schlüsselblumen blühten schon. In der klaren Luft wirkte das Meer ganz nah. Immer wieder konnten sie es hinter den Bergkuppen funkeln sehen.

Während der vergangenen Monate war Luce so sehr von seiner Aufgabe, Königin Eleonor beim Eintreiben des Lösegeldes zu helfen, beansprucht gewesen, dass er nur selten an Ailsa gedacht hatte. Doch nun genoss er es, neben ihr herzureiten und sich ganz zwanglos mit ihr zu unterhalten. Sie erzählte ihm von ihren Pflichten am Hof der Königin und dass sie die – auf den ersten Blick – so einschüchternde Frau schätzen gelernt hatte. Dann berichtete Luce ihr von seinen Erlebnissen. Sie verstand es, dass er mit den Bauern fühlte, für die nicht selten ihr Anteil am Lösegeld eine schmerzhafte Einbuße bedeutete. Luce wurde klar, dass er Ailsa, ohne sich dessen bewusst gewesen zu sein, vermisst hatte.

Oben an einem Hang, von wo aus sie die Burg von Sterling klein wie ein Spielzeug in der Ferne sehen konnten, machten sie Rast. Sie banden ihre Pferde an einer vom Wind zerzausten Kiefer fest und ließen sich dann im Gras nieder.

»Luce«, Ailsa warf ihm einen fragenden Blick von der Seite zu, »Ihr habt mir nie erzählt, dass Ihr eine Schwester habt. Ich habe sie einige Male auf der Burg gesehen. Sie ist sehr hübsch und wirkt, als ob sie ein ganz besonderer Mensch wäre …«

»Ja, das ist sie«, erwiderte Luce knapp. Er hatte es nicht beabsichtigt, aber seine Stimme klang sehr schroff.

Ailsa biss sich auf die Lippen. »Entschuldigt, ich wollte Euch nicht zu nahe treten«, sagte sie verlegen.

Luce wandte sich ihr zu. »Nun entschuldigt Ihr Euch schon wieder. Das passt gar nicht zu Euch«, sagte er lächelnd. »Ihr seid viel mehr Ihr selbst, wenn Ihr mich zornig anherrscht.«

»Das ist nicht wahr!« Nun bemerkte Ailsa, dass Luce sie neckte, und sie entspannte sich wieder.

»Ailsa«, Luce berührte ihre Hand, »Robin und ich haben uns zerstritten, was in erster Linie meine Schuld war. Deshalb habe ich sie Euch gegenüber nie erwähnt.«

»Ihr seid mir keine Rechenschaft schuldig.« Ailsa schüttelte abwehrend den Kopf.

»Das weiß ich. Ich wollte es Euch aber trotzdem gerne sagen, denn Robin ist mir sehr wichtig.«

»Luce …« Ailsa senkte den Kopf. »Guy de Rigord hat bei meinem Vater um meine Hand angehalten.«

»Und, hat Euer Vater den Antrag angenommen?« Luce bemühte sich, seine Stimme neutral klingen zu lassen. Er hatte das Gefühl, für Momente etwas sehr Kostbares besessen und es nun auch schon wieder verloren zu haben.

»Mein Vater hat die Entscheidung mir überlassen …«

»Habt Ihr denn dann den Antrag angenommen?«

»Nein, denn ich habe mich in einen anderen Mann verliebt.«

Luce nahm wahr, dass ein Windstoß in das Gras fuhr und die Halme bog, sodass sie wie silbrige Wellen wirkten. »Dann wünsche ich Euch viel Glück mit diesem Mann«, erklärte er scheinbar ruhig, während ihn gleichzeitig eine heftige Eifersucht erfasste.

Ailsa starrte ihn mit gerunzelter Stirn an, als versuchte sie, in ihm zu lesen. Alle Freude war von ihrem Gesicht verschwunden. Trotzdem war Luce überrascht, als sie plötzlich aufsprang und ihn zornig anfuhr: »Luce de Nonant, ich habe Eure Gegenwart satt. Ich möchte sofort zur Burg zurückkehren.«

»Ailsa, wenn Ihr das wünscht, brechen wir natürlich sofort auf«, erwiderte Luce begütigend. »Aber ich verstehe nicht, warum Ihr plötzlich so zornig auf mich seid.«

Sie warf den Kopf in den Nacken. »Von Eurem Stand her mögt Ihr ja ein Ritter sein. Aber Euer Benehmen ist völlig ungehobelt. Ihr seid schlimmer als jeder Bauer …«

»Ailsa …«, versuchte Luce es noch einmal.

»Hört auf, mich wie ein Kind zu behandeln.« Luce sah ihr an, dass nicht viel gefehlt hätte, und sie hätte mit dem Fuß aufgestampft.

»Wenn Ihr Euch wie eines benehmt …« Allmählich wurde auch Luce zornig.

»Wie könnt Ihr es wagen! Ihr unverschämter, unhöflicher Kerl.« Ailsas Schlag traf Luce mitten ins Gesicht. Gleich darauf sah sie ihn erschrocken aus weit aufgerissenen Augen an. »Oh, Luce, das wollte ich nicht. Es tut mir so leid …«, stammelte sie.

Luce holte tief Atem und rang um Beherrschung. »Ailsa, wenn Ihr mir bitte erklären würdet, warum Ihr so wütend auf mich seid …«

»Ich … Ach, Luce …« Sie seufzte, während sie ungeduldig den Kopf schüttelte und flammend rot wurde. »Ihr seid wirklich ein Bauer …« Sie senkte die Augen.

Luce betrachtete sie nachdenklich. »Ihr reagiert häufig wütend, wenn Ihr Euch in die Enge getrieben fühlt«, sagte er schließlich langsam. »Und nun fühlt Ihr Euch anscheinend sehr in die Enge getrieben …« Eine Hoffnung keimte in ihm auf und brachte ihn zum Lächeln.

»Versteht Ihr denn überhaupt nicht …«

»Doch, ich glaube, ich verstehe Euch …«

»Das wurde auch langsam Zeit …« Sie bedachte ihn mit einem hochmütigen Blick, ehe sie wieder seufzte und kleinlaut hinzufügte: »Ich nehme es Euch nicht übel, dass Ihr Euch nicht in mich verliebt habt. Nun ja, wenigstens nehme ich es Euch nicht sehr übel … Schließlich habe ich mich Euch gegenüber oft ziemlich abscheulich verhalten.«

»Ich habe Euch doch vorhin gerade gesagt, dass ich Euch mag, wenn Ihr mich wütend anherrscht.« Luce zog Ailsa an sich.

»Das heißt …« Sie forschte ungläubig in seiner Miene.

»Ja, aber jetzt fände ich es schön, wenn du einfach einmal still wärest.« Sanft nahm er ihren Kopf in seine Hände und beugte sich über sie.

»Was fällt dir ein«, murmelte Ailsa, nur um gleich darauf ganz in Luces Kuss zu versinken.

*

Normalerweise hielt sich Cederick gern auf seinem Gut bei Colchester auf. Er liebte die sanft gewellte Landschaft mit dem weiten Himmel darüber und den Fluss Stour, der mit den Gezeiten kam und ging. Er hatte gehofft, dass ihn ein Ausritt durch die sommerlichen Wiesen und Felder auf andere Gedanken bringen würde. Doch als er an diesem Nachmittag durch das Tor seines Anwesens ritt, fühlte er sich immer noch bedrückt. Robins Vorwürfe gegen seinen Vater hatten sich wie ein Gift in ihm festgesetzt. Es gelang ihm einfach nicht, sich davon zu befreien.

Vor den Stallungen eilte ein Knecht auf ihn zu. »Herr«, sagte er, »Euer Bruder ist vor ein paar Stunden auf dem Gut eingetroffen. Er erwartet Euch in der Halle.«

Irritiert fragte sich Cederick, was dies wohl zu bedeuten hatte. Edward hatte eigentlich nicht geplant, ihn zu besuchen. Als er sich dem großen, weiß gekalkten Gutshaus mit dem Dach aus Holzziegeln näherte, trat Edward aus dem Dämmerlicht der Halle. Er hatte offensichtlich nach ihm Ausschau gehalten. Er wirkte gut gelaunt und strahlte eine unterdrückte Erregung aus.

»Gibt es Schwierigkeiten mit dem Lösegeld für Richard?«, fragte Cederick.

»Nein, aber andere gute Nachrichten.« Edward legte ihm den Arm um die Schultern, eine brüderliche Geste, die für ihn ungewöhnlich war, und führte ihn in den schattigen, angenehm kühlen Raum. Ihren Streit wegen Claire of Kendal hatte er anscheinend vergessen. Vor den offenstehenden Fenstern eines Erkers ließen sie sich nieder.

»Vor ein paar Tagen ist ein Ritter der Königin bei John aufgetaucht. Ein gewisser Guy de Rigord.« Edward grinste. »Er hat John gegenüber beteuert, dass er in ihm den wahren Herrscher über England sieht und sich ihm deshalb unbedingt anschließen will.«

»Er hat ziemlich lange gebraucht, um zu diesem Entschluss zu gelangen«, konnte Cederick sich nicht verkneifen trocken zu bemerken.

»John und ich wissen ohnehin, dass das nur eine Ausrede war. Aber das ist auch völlig unerheblich. Guy de Rigord hat nämlich Luce de Nonant an uns verraten.«

»Wie bitte?«, fuhr Cederick auf.

»Ja, er hat uns den Kerl gewissermaßen appetitlich angerichtet auf einer Silberplatte präsentiert. Guy konnte einen Brief Matildas an Eleonor an sich bringen. Darin unterrichtet Matilda die Königin davon, dass Luce de Nonant einen Geldtransport Johns überfallen wird. Das ist eine Abschrift des Briefes.« Edward warf einen Pergamentbogen auf den Tisch. Die schwarzen Buchstaben verschwammen vor Cedericks Augen, während ein warmer Windstoß den Geruch nach Gras und Erde in die Halle wehte. Ein Geruch wie der Duft des Heus in dem zerfallenen Schober, wo er und Robin sich geliebt hatten.

*Ob Robin bei dem Überfall mit dabei sein wird?*, durchfuhr es ihn.

»Von einem Spitzel an Matildas Hof haben wir erfahren, dass eine junge hübsche Lady, die Guy de Rigord heiraten wollte, ihn wegen Luces abgewiesen hat.« Edward lachte. »Es ist doch immer gut, die eigentlichen Beweggründe der Menschen zu kennen. Jedenfalls ist es eine glückliche Fügung, dass wir uns Guys Eifersucht zu Nutze machen können und *wir* dieses Mal diejenigen sein werden, die Luce de Nonant eine Falle stellen.« Edward sah Cederick abwartend an. »Ich gehe doch davon aus, dass du dabei bist?«

»Ja, natürlich.« Cederick nickte. Wenn Robin bei diesem Überfall anwesend war, dann wollte er sie selbst gefangen nehmen.

*

Luce ließ den Blick über seine Leute schweifen. Roderick und viele andere Männer, die ihn nach Schottland an Matildas und Eleonors Hof begleitet und ihn später beim Eintreiben von Richards Lösegeld unterstützt hatten, waren darunter. Luce war dankbar für ihre Treue. »Ich hoffe, dass Richard bald nach England zurückkehren und endlich wieder Frieden herrschen wird«, erklärte er. »Und dass wir bald alle wieder auf unseren Höfen und Gütern leben werden, ohne unser Leben im Kampf gegen John riskieren zu müssen. Ich jedenfalls sehne mich danach, endlich wieder meine Felder bewirtschaften zu können.«

»Das tun wir auch.«

»Ja, auf Richards baldige Rückkehr.« Zum Zeichen ihrer Zustimmung schlugen die Männer auf ihre Schilde. Dann schwangen sie sich wie Luce auf ihre Pferde.

Der Ort, wo sie John und seinen Tross überfallen wollten, lag etwa zwei Wegstunden entfernt. Luce hatte ihn ausgespäht. Eine schmale Straße, die an einer Seite von einem bewaldeten Hang und auf der anderen von einem Bach begrenzt wurde, an dessen Ufer hohe Sträucher wuchsen. Sowohl die Bäume als auch das Strauchwerk würden ihnen eine gute Deckung bieten.

Es war noch früh am Morgen. Zwischen den Bäumen am Rand der Waldlichtung hingen noch Dunstfetzen. Einige Vögel flatterten, aufgeschreckt von der plötzlichen Bewegung auf der Lichtung, von den Zweigen hoch. Ihr Zwitschern erschien Luce sehr süß und schön.

Noch immer konnte er nicht ganz fassen, dass er und Ailsa sich wirklich ineinander verliebt hatten. Und doch fühlte es sich sehr vertraut und richtig an. Wie etwas, das ganz selbstverständlich zu ihm gehörte. Zum ersten Mal, seit Edward de Thorigny sein Gut bei Salisbury überfallen und er von dort hatte fliehen müssen, war Luce wieder glücklich, und das Leben erschien ihm leicht und voller Verheißung.

*Du hast einen wichtigen und gefährlichen Auftrag zu erfüllen,* ermahnte er sich. *Dies ist weder die richtige Zeit noch der Ort, um über Ailsa nachzusinnen.* Trotzdem konnte er es nicht verhindern, dass seine Gedanken immer wieder zu ihr wanderten. Wie schnell ihre Stimmungen umschlugen. Er musste unwillkürlich lächeln. Ebenso unvermittelt, wie an einem Apriltag Sonnenschein auf Regen folgte. Er liebte es, wenn sich ihre eben noch zornige Miene ganz plötzlich in ein Lächeln verwandelte. Und sie war genauso eigensinnig wie Robin.

*Ja,* schwor Luce sich wieder, *wenn ich diesen Auftrag zu Ende geführt habe, werde ich mich mit Robin versöhnen.*

Sie hatten etwa die Hälfte ihres Weges zurückgelegt und ritten durch ein enges Tal, als Luce zwischen den Bäumen etwas aufblitzen sah – so, als ob Sonnenlicht auf Metall träfe. Es war mehr ein Instinkt als die Gewissheit, der ihn ausrufen ließ: »Achtung, schützt euch mit den Schilden!«

Er hatte kaum seinen eigenen Schild hochgerissen, als ein Hagel aus Pfeilen auf sie niederprasselte. Der Mann vor Luce wankte im Sattel, als ein Pfeil sein Kettenwams durchschlug. Männer schrien auf. Pferde wieherten schmerzerfüllt und panisch. Luce wusste, dass es sinnlos war, aus dem Tal fliehen zu wollen. Ihre Gegner hatten sicher den Ein- und Ausgang mit Hindernissen versperrt. Er selbst hätte an ihrer Stelle auf jeden Fall so gehandelt.

Nein, ihre einzige – kleine – Chance bestand darin, ihre Feinde im direkten Kampf zu besiegen. »Schließt euch eng zusammen, gebt euch Deckung!«, schrie er wieder. Nach einem erneuten Pfeilhagel von beiden Seiten des Tals – ein Pfeil ritzte Luce den Arm auf, doch er bemerkte es kaum – drangen bewaffnete Fußsoldaten und Reiter aus dem Hinterhalt auf sie ein.

Luce riss mit der Rechten sein Schwert aus der Scheide. Mit der Linken ergriff er seinen Dolch. Er focht wie ein Wahnsinniger, fügte vielen Gegnern Verletzungen und tödliche Wunden zu und wurde auch selbst von zahlreichen Hieben und Stichen getroffen. Doch diese Verletzungen bemerkte er – ebenso wie die Pfeilwunde – kaum.

Er entdeckte Edward de Thorigny im selben Augenblick im Kampfgetümmel wie dieser ihn. Zwischen den kämpfenden Männern und den ineinander verkeilten Pferdeleibern tat sich eine Lücke auf, in die Luce seinen Hengst trieb. Edward de Thorigny wurde von der Wucht seines Angriffs überrumpelt. Es gelang Luce, Edward den Schild aus der Hand zu schlagen, und er nutzte den Moment, um mit seinem Schwert auf die ungeschützte linke Köperseite seines Feindes einzustechen. Die Spitze traf auf Edwards Kettenhemd, als sich eine Waffe tief in Luces Oberschenkel bohrte. Der Schmerz durchzuckte ihn wie Feuer und ließ seine Hand mit dem Schwert schwanken, sodass sein Schwert von dem Kettenhemd abrutschte.

Instinktiv drehte sich Luce dem anderen Gegner zu – und blickte in Cederick de Molesmes von kalter Genugtuung erfülltes Gesicht. Blut tropfte von der Spitze des Schwerts in seiner rechten Hand. Luce wollte seine Waffe gegen ihn richten, als sich ein Pfeil in seinen Rücken bohrte. Alles um ihn herum verlangsamte sich, und das Geschrei der Kämpfenden wurde plötzlich ganz leise, drang nur noch wie ein dumpfes Brausen an sein Ohr. Der Pfeilschuss verursachte ihm, anders als die Wunde in seinem Bein, keinen Schmerz. Er bekam nur keine Luft mehr. Während er im Sattel vornüberfiel, schoss es ihm durch den Kopf: *Es darf nicht sein, dass Edward und Cederick mich töten, so wie William meinen Vater getötet hat.*

Mit letzter Kraft richtete er sich noch einmal auf und versuchte sich gegen die Halbbrüder zu verteidigen. Doch sein Körper gehorchte ihm nicht mehr. Das Schwert und der Dolch entglitten seinen Händen, ehe er aus dem Sattel stürzte und zwischen die stampfenden Pferdehufe fiel.

Sehr weit über sich und doch sehr deutlich sah er, wie Edward de Thorignys Gesicht sich zu einem triumphierenden Lächeln verzog. Luce wandte den Blick von ihm ab. Edward de Thorigny sollte nicht das Letzte sein, das er erblickte, ehe er starb. Dicht neben Luces Kopf lagen – das erkannte er jetzt – einige abgerissene Blätter. Sie waren grün wie Ailsas Kleid. Für einige Momente glaubte er, wieder mit ihr über die Hügel zu reiten. Dann wurde alles um ihn herum schwarz.

*

»Was für ein Glück, dass uns dieser Kerl endlich in die Hände gefallen ist.« Zufrieden betrachtete John Luce, der angekettet in einem Verlies der Burg von Oxford lag. Luces Wunden waren versorgt worden. Soweit Cederick wusste, war Luce de Nonant, seit er zwischen die Pferdehufe gestürzt war, nicht mehr zu sich gekommen. Der Pfeilschuss in seinen Rücken war lebensbedrohlich, und der Schwerthieb, den Cederick ihm zugefügt hatte, hatte ihn viel Blut verlieren lassen. Dann waren auch noch die Pferde über ihn weggetrampelt. Sein Gesicht war völlig blutleer, und sein Atem ging mühsam, als ob ihm jedes Luftholen schwerfiele.

*Es ist ein Wunder*, ging es Cederick durch den Kopf, *dass er überhaupt überlebt hat.* Im Licht der Fackel, die er in der Hand hielt, kam es ihm plötzlich vor, als ob Robin auf dem Stroh läge. Zum ersten Mal nahm er eine Ähnlichkeit zwischen den Geschwistern wahr, und er fühlte einen Stich in der Brust.

*Robin …* Während des ganzes Kampfes hatte Cederick nach ihr Ausschau gehalten, sie aber nicht entdecken können. Außer einigen von Luces Männern, die hatten entkommen können, waren alle tot. Unter den Leichen hatte Robin sich – zu Cedericks grenzenloser Erleichterung – nicht befunden.

»Ich werde diesen Kerl am Fest meines Namenspatrons öffentlich hängen lassen«, verkündete John jetzt. »Das wird meinen Gegnern zeigen, dass mit mir nicht zu spaßen ist.«

»Es wird ein Vergnügen sein, ihn an einem Galgen baumeln zu sehen. Hoffentlich dauert es recht lange, bis er seine verfluchte Seele aushaucht.« Edward grinste und trat Luce mit aller Kraft in die Seite. Dieser stöhnte vor Schmerz, kam aber nicht zu sich. »Sobald er aus seiner Ohnmacht erwacht ist, würde ich ihn gerne foltern lassen. Bevor er stirbt, soll er für das, was er uns angetan hat, gebührend bezahlen.« Eine grausame Freude erhellte sein Gesicht, die Cederick innerlich erschaudern ließ.

Hatte Robin tatsächlich Recht? Hatte auch sein Vater Freude dabei empfunden, ihre Mutter zu quälen? *War mein Vater wahnsinnig?*, durchzuckte es ihn. *Und sind Edward und ich es vielleicht ebenfalls?*

Ehe John etwas erwidern konnte, sagte Cederick rasch und betont gleichmütig: »Ich würde davon abraten, Luce de Nonant zu foltern. Körperlich geschwächt, wie er ist, stirbt er uns sonst noch, bevor er gehängt werden kann.«

»Ich stimme Euch zu.« John lächelte dünn. »Dieses Risiko können wir nicht eingehen.«

»Nun, ein guter Henker wird wenigstens dafür sorgen, dass er einen langen Todeskampf am Galgen hat.« Wieder spielte ein grausames Lächeln um Edward de Thorignys Mund.

Cederick hatte plötzlich das Gefühl, es keinen Augenblick länger in dem Verlies aushalten zu können. Er musste herausfinden, was für ein Mensch sein Vater gewesen war. Vorher, das begriff er, würde er keinen Frieden mehr finden.

*

Unterhalb der Anhöhe, auf der Cederick sein Pferd angehalten hatte, in einem breiten Tal und umgeben von einer hohen Hecke, lag ein L-förmiges Gebäude. Fachwerkbalken gliederten die Fassade in senkrechte Streifen. Die von Wind und Wetter ausgebleichten Dachschindeln wirkten im Sonnenlicht, als wären sie von einer dünnen Reifschicht überzogen. Das Haus war viel kleiner, als Cederick es in Erinnerung hatte. Seit seine Großeltern seine Mutter gezwungen hatten, ihn zu seinen Pflegeeltern wegzugeben, war er nicht mehr hier gewesen.

Er nahm an, dass das Gut nun dem ältesten Bruder seiner Mutter gehörte. Er wusste es nicht genau, und es war ihm auch gleichgültig. Seinen Großeltern hatte er nichts bedeutet. Er hatte es ihnen seinerseits nie verziehen, dass sie ihm nicht erlaubt hatten, zur Beerdigung seiner Mutter zu kommen. Vor ein paar Jahren hatte ihn dann die Nachricht erreicht, dass seine Großmutter und kurz darauf auch sein Großvater gestorben waren. Beides hatte ihn nicht berührt. Im Grunde genommen waren sie Fremde für ihn gewesen.

Cederick ritt über den Hügel hinter dem Anwesen und dann zu dem kleinen Dorf – eigentlich eher eine Ansammlung von Häusern –, das sich in eine Flussschleife schmiegte. Einen Bauern, der einen Weidenzaun reparierte, fragte er, wo er Enid finden könne. Der Bauer, ein ältlicher Mann, musterte den vornehmen Reiter neugierig und ließ sich Zeit mit der Antwort. Cederick fürchtete schon, er sei zu spät gekommen und seine Amme sei nicht mehr am Leben.

Doch schließlich deutete der Mann auf ein strohgedecktes Haus, das ganz am Ende des Weges etwas abseits auf einer Wiese stand, und erklärte, dort wohne Enid bei der Familie ihrer Tochter. Nun erkannte Cederick das Haus wieder. Enid hatte, wie es für eine Amme und Kinderfrau üblich war, auf dem Anwesen seiner Großeltern gelebt und in seinem Zimmer geschlafen. Doch ein paarmal hatte sie ihn auch mit zu sich nach Hause genommen.

Als Cederick kurz darauf den Garten von Enids Familie betrat, kam eine Frau Ende dreißig aus dem niedrigen Haus. Ihre Ähnlichkeit mit ihrer Mutter war unverkennbar. Sie hatte die gleiche stämmige Figur und das gleiche runde Gesicht mit den warmherzigen Augen. Auch sie betrachtete Cederick neugierig. Cederick stellte sich vor und erklärte, dass er gerne seine frühere Amme sprechen würde.

»Ihr habt Glück.« Enids Tochter lächelte ein wenig. »Seit ein paar Monaten ist meine Mutter an manchen Tagen sehr schwach und manchmal kaum ansprechbar. Aber heute geht es ihr gut, und sie wollte unbedingt, dass ich sie in den Garten bringe.«

Enids Tochter geleitete Cederick um das Haus herum und zu einem Apfelbaum, in dessen Schatten eine alte Frau in einem mit Decken ausgepolsterten Stuhl saß. Cederick erschrak, als er sah, wie klein und gebrechlich seine Amme geworden war.

»Mutter, du hast Besuch«, sagte ihre Tochter.

»Wer ist dieser Herr?« Enid musterte Cederick aus trüben Augen. Als ihr Blick auf seinen verkürzten linken Arm fiel, erhellte sich ihr faltiges Gesicht. »Cederick, mein Junge ... Wie schön, dass ich dich noch einmal sehe, bevor ich sterbe.«

»Mutter«, sagte ihre Tochter mit liebevollem Tadel, »dieser Herr ist nicht mehr dein Junge.«

»In gewisser Weise bin ich das schon noch, schließlich hat mich Enid sieben Jahre lang großgezogen«, wehrte Cederick lächelnd ab, während er sich neben seine Amme auf eine Bank setzte. Die struppige Krone des Apfelbaums hing voll von grünen Äpfeln. In wenigen Wochen würden die Früchte reif sein. »In diesem Baum bin ich als Junge herumgeklettert«, sagte er. »Damals stand auch schon eine Bank darunter. Ich erinnere mich noch, dass die Äpfel sehr süß schmeckten.«

»Du konntest sehr gut klettern. Trotz deines verkrüppelten Arms.« Mit ihrer knotigen und von Altersflecken übersäten Hand ergriff Enid seine Rechte und streichelte sie. »Ich habe gehört, dass deine Pflegeeltern dich an Sohnes statt angenommen haben und du nun ein reicher und vornehmer Herr bist«, sagte sie. »Aber du wirkst nicht glücklich.«

»Enid«, kam Cederick auf den eigentlichen Grund seines Besuchs zu sprechen, »du hast meinen Vater gekannt. Was war er für ein Mensch?«

»Ich habe ihn nicht sehr gut gekannt. Er war ein viel beschäftigter Mann, und deine Mutter war, fürchte ich, nicht seine einzige Geliebte. Er besuchte sie nicht sehr oft ...«

»Enid«, meinte Cederick sanft, aber bestimmt, »du weichst mir aus ...«

Die alte Frau seufzte. »Ehrlich gesagt, hatte ich immer Angst vor ihm ...«

»Warum das denn?«

»Er machte auf mich immer den Eindruck, als ob er aus dem geringsten Anlass töten würde.«

Cederick beobachtete, dass eine Wespe sich auf einen der unreifen Äpfel setzte, die im Gras lagen, dann jedoch zu bemerken schien, dass er noch nicht süß genug war, und weiterflog. »Hatte meine Mutter auch Angst vor meinem Vater?«, fragte er schließlich.

»Nein, sie liebte und verehrte ihn. Er war auch ein Mensch, der andere für sich einnehmen konnte, wenn er das wollte.« Enid streichelte weiter Cedericks Hand. »Deine Großeltern waren durchaus stolz darauf, dass ein reicher Baron, der hoch in der Gunst des Königs stand, ihre Tochter zu seiner Geliebten gemacht hatte. Aber ich glaube, im Grunde genommen fürchteten sie deinen Vater ebenfalls, und obwohl sie ihn sehr ehrerbietig behandelten, wenn er deine Mutter besuchte, waren sie doch immer erleichtert, wenn er das Gut wieder verließ. Ich vermute, sie waren eigentlich ganz froh darüber, als er starb, denn damit verschwand er aus ihrem Leben.«

»Mein Vater soll eine Frau gefoltert haben ...«

»Unter den Dienern gab es Gerüchte, dass dein Vater eine Gefangene zu Tode quälen wollte. Doch sie soll befreit worden sein.«

»Und, hast du diese Gerüchte geglaubt ...?« Es fiel Cederick schwer, die Frage auszusprechen.

Enid nickte, ehe sie leise sagte: »Ja, ich habe sie damals für wahr gehalten, und ich tue es immer noch ...« Ihre Worte schienen in dem stillen Garten widerzuhallen.

»Die Frau soll eine Hexe gewesen sein ...« Cederick konnte sich noch nicht eingestehen, dass das, was er so lange für die Wahrheit gehalten hatte, eine einzige Lüge war.

Denn dies würde sein ganzes bisheriges Leben in Frage stellen.

»Ach, soviel ich weiß, war sie heilkundig.« Enid schüttelte den Kopf. »Heilkundige Frauen geraten schnell in den Ruf, Hexen zu sein. Ich bin überzeugt, dass dein Vater seinen rechten Unterarm wegen einer Wunde verlor, die sich entzündete, und nicht wegen irgendwelcher böser Zaubersprüche.«

Die Stille dröhnte in Cedericks Ohren. »Ich hatte einen Alptraum, den ich nicht vergessen kann. Darin betrete ich ein Zimmer, in dem sich meine Mutter und mein Vater aufhalten«, zwang er sich schließlich weiterzusprechen. »Ich möchte ihnen eine silberne Platte voller kleiner Kuchen bringen. Aber die Platte gleitet mir aus den Händen, und alle Süßigkeiten fallen auf die Steinfliesen. Ich sehe den Kuchen noch erschrocken nach, wie sie unter die Möbel kullern. Dann ist mein Vater auch schon bei mir, packt mich wie einen jungen Hund im Genick, drückt mich auf den Boden und prügelt auf mich ein ... Meine Mutter fleht ihn an, mich gehen zu lassen. Doch er hört nicht auf sie.«

»Das war kein Traum ... Als deine Mutter dich zu mir brachte, warst du mehr tot als lebendig.«

»Warum hat er ...?« Cedericks Stimme versagte.

»Dein Vater hat dich nie geliebt.« Enid seufzte. »Falls er überhaupt in der Lage war, jemanden wirklich zu lieben, was ich bezweifle. Er hat dich schon als Säugling abgelehnt.«

»Wegen meines verkrüppelten Armes?«

»Ja, er konnte keine Schwäche ertragen. Und als er schließlich selbst seinen rechten Unterarm verlor, hat er dich regelrecht gehasst. Deshalb wollte deine Mutter auch nie, dass du deinem Vater unter die Augen kommst. Ach, mein Junge«, Enid sah ihn bekümmert an, »warum willst du all diese schrecklichen Dinge über deinen Vater wissen? Er ist doch schon so lange tot. Du siehst deinem Vater zwar ähnlich, jetzt, da du erwachsen bist. Was auch kein Schaden ist, denn bei all seinen Fehlern war er ein gut aussehender Mann. Aber innerlich gleichst du ihm kein bisschen. Du bist ein guter Mensch. Das habe ich schon gewusst, als du noch ein Kind warst, und ich spüre es auch jetzt.«

Doch Enids Worte konnten Cederick nicht trösten. *Ich habe die Wahrheit über meinen Vater schon mein ganzes Leben lang gekannt,* dachte er, während er über sich selbst erschrak, *aber sie einfach nicht sehen wollen. Was für ein erbärmlicher Feigling ich doch gewesen bin.*

*

Vorsichtig lockerte Robin die Erde um einen Lavendelstrauch mit einer kleinen Harke. Am vergangenen Abend hatte es heftig geregnet. Der Morgen und der Vormittag waren dann sehr heiß gewesen, was die Erde fest wie Ton hatte werden lassen. Glücklicherweise hatte der Kräutergarten den Regenguss und den Wind erstaunlich gut überstanden. Kaum eine Pflanze war beschädigt.

Robin hielt einen Moment inne und ließ den Blick über den Garten schweifen. Der Lavendel, das Johanniskraut und der Keuschlammstrauch standen in voller Blüte. Der ein wenig herbe Geruch des Korianders mischte sich mit dem mandelartigen des Mädesüß.

*Meine Mutter hätte diesen Garten geliebt,* ging es ihr durch den Kopf. Wie immer, wenn Robin mit Kräutern arbeitete oder Kranke behandelte, fühlte sie sich Adela sehr nahe. Wenn Richard nach England zurückkehrte und dann hoffentlich endlich wieder Frieden herrschte, würde sie ihren eigenen Kräutergarten anlegen, das hatte sie schon lange beschlossen. Im Inneren der Hütte hörte sie Bruder Oswin hantieren. Ein friedliches Geräusch, das sich mit dem Plätschern des kleinen Brunnens in der Mitte des Gartens mischte.

*Ob Philip wohl schon mit der Königin nach Deutschland gesegelt ist?*, überlegte Robin weiter, während sie Erdkrumen von der Harke wischte und einige trockene Zweige des Lavendelstrauchs mit einem Messer abschnitt. Die vergangenen Wochen hatten ihr endgültig Klarheit geschenkt – wenn Philip sie noch einmal fragte, ob sie seine Frau werden wollte, würde sie einwilligen.

Ein großer, etwas dicklicher Mann, der wie ein Kaufmann oder ein wohlhabender Handwerker gekleidet war, betrat nun den Garten. Er sah Robin nicht, die von einigen Heckenrosenbüschen abgeschirmt war, und strebte auf die Hütte zu. Beim Gehen zog er das rechte Bein ein wenig nach. Wahrscheinlich, vermutete Robin, suchte er deshalb Bruder Oswin auf.

Tatsächlich bestätigte sich gleich darauf ihre Annahme. In der Nachmittagsstille dröhnte die Stimme des Fremden sehr laut wider, als er Bruder Oswin schilderte, wie er sich am vergangenen Tag, beim Absteigen von seinem Pferd, das Bein verrenkt hatte.

Mit halber Aufmerksamkeit verfolgte Robin, wie Bruder Oswin Fragen stellte, von wo genau der Schmerz ausging, und der Mann sie beantwortete.

»Eurer Sprache nach zu schließen, kommt Ihr aus Nordengland«, sagte Bruder Oswin jetzt. Wahrscheinlich tastete er gerade das Bein des Mannes ab.

»Das stimmt«, erwiderte der Fremde. »Ich bin Wollhändler und unterwegs nach Carlisle. Sechs Bewaffnete habe ich angeheuert, damit sie mich und meine Ware beschützen. Schlimme Zeiten sind das. Nun ja, die Tage von Johns Herrschaft sind wohl gezählt. Ich werde dem Kerl jedenfalls keine Träne nachweinen.« Der Mann keuchte kurz auf, als Bruder Oswin den gezerrten Muskel berührte. Eine Hummel ließ sich auf dem Lavendelstrauch nieder. Robin stand auf, um zu einem Beet voller Ringelblumen zu gehen.

»In York habe ich gehört, dass John einen von Richards Gefolgsleuten gefangen genommen hat«, redete der Händler weiter. »Dieser Mann soll Johns Anhänger ausgeraubt und die Königin beim Eintreiben des Lösegeldes unterstützt haben. Nun ja, für den armen Kerl kommt Richards Rückkehr auf jeden Fall zu spät. John wird ihn am Johannistag in Oxford hängen lassen.«

Robin blieb auf dem schmalen Weg stehen. Ihr Herz hämmerte wie wild in ihrer Brust. Mit einem tiefen Summen flog die Hummel an ihr vorbei und suchte sich einen neuen Platz.

»Was für ein sinnloses und grausames Vorhaben«, erwiderte Bruder Oswin bekümmert.

»Nun, anscheinend hat nicht nur John ein Hühnchen mit dem Mann zu rupfen. Auch seine engsten Gefolgsleute, Edward de Thorigny und dessen Halbbruder, hassen ihn. Die Familie dieses Mannes soll mit den de Thorignys schon lange verfeindet sein. Luce de Nonant ist, glaube ich, sein Name.«

*Nein!*, dachte Robin. *Nein … Das kann nicht sein. Der*

*Händler muss sich täuschen und Luces Namen verwechselt haben …* Reglos, wie unter einem Bann stehend, verfolgte sie, wie die Hummel weiter summend durch den Garten flog. Das Insekt war das einzig Wirkliche auf der Welt.

Schließlich hörte sie, wie sich der Händler von Bruder Oswin verabschiedete, und starrte ihm hinterher, während er durch den Garten davonging. *Nein, er kann nicht die Wahrheit gesagt haben …*, dachte sie wieder.

»Robin …« Bruder Oswin entdeckte sie. Das Lächeln auf seinem Gesicht verschwand. Er fasste sie am Arm und führte sie zur Bank vor der Hütte. »Um Himmels willen, Robin, Ihr seid ja totenbleich. Was hat Euch denn so erschreckt?«, fragte er besorgt.

»Der Händler …« Ihre Stimme brach.

Der Mönch begriff. »Ihr kennt den Mann, den John hängen lassen will?«

»Er ist mein Bruder …«, flüsterte Robin. Erst jetzt, da sie es ausgesprochen hatte, konnte sie die Nachricht des Händlers wirklich glauben.

»Gebe Gott, dass John seine Absicht doch noch ändert oder die Königin Euren Bruder retten kann.« Bruder Oswin drückte ihre Hand, ehe er leise hinzufügte: »Ich werde für Euren Bruder beten.«

»John wird seine Absicht sicher nicht ändern.« Robin schüttelte den Kopf. »Und die Königin hält sich wahrscheinlich schon in Deutschland auf. Sie und ihre Leute werden es nicht mehr rechtzeitig bis zum Johannistag nach Oxford schaffen …« Allmählich wich die Erstarrung von ihr, und ihre Gedanken griffen wieder ineinander. »Ich werde nach Oxford reiten und versuchen, Luce zu retten«, sagte sie.

»Ich fürchte, dass Ihr Euch nur selbst in Gefahr bringen werdet.« Bruder Oswin blickte sie bedrückt an. »Gegen Johns Leute und Edward de Thorigny und seinen Halbbruder werdet Ihr nichts ausrichten können.«

»William de Thorigny hat meinen Vater getötet, meine Mutter zum Krüppel gemacht und beinahe ihre Seele zerstört«, erwiderte Robin heftig. »Ich werde nicht zulassen, dass seine Söhne mit Johns Hilfe auch noch meinen Bruder umbringen.«

»Ich kann Euch ja verstehen …« Bruder Oswin seufzte. »Gibt es denn niemanden, der Euch unterstützen kann?«

»Vielleicht unsere Leute, die sich in Lancashire verstecken. Vielleicht auch die Äbtissin Matilda.« Robin besann sich kurz. »Würdet Ihr Euren Abt bitten, einen Boten zu Matilda nach Sterling zu schicken, der sie von Luces Gefangennahme und Johns Plan unterrichtet?«

»Natürlich werde ich das.« Bruder Oswin nickte.

»Dann werde ich sofort aufbrechen. Bis zum Einbruch der Dunkelheit müsste ich noch zehn Meilen zurücklegen können.« Robin stand auf. Jetzt, da sie ihre Entscheidung getroffen hatte und etwas tun konnte, hatte die Nachricht ein wenig von ihrem lähmenden Schrecken verloren.

Bruder Oswin umarmte sie. »Gott behüte Euch. Ich werde auch für Euch beten.«

»Eure Gebete werde ich sicher brauchen können.« Robin lächelte traurig. Ja, wahrscheinlich würde es eines Wunders bedürfen, damit sie Luce retten konnte. Aber, das schwor sie sich, sie würde alles tun, damit dieses Wunder Wirklichkeit werden konnte.

*

Der Wächter drehte den Schlüssel im Schloss. Dann öffnete er die Tür von Luces Gefängnis, verneigte sich und ließ Cederick eintreten. Cederick wusste selbst nicht genau, was ihn eigentlich hierhertrieb. Er richtete den Schein seiner Lampe auf Luce, der auf einem Strohhaufen lag. Von Johns Medicus hatte er erfahren, dass der Gefangene vor einigen Stunden zu sich gekommen war und auch begriffen hatte, in welcher Lage er sich befand. Mittlerweile war er in einen unruhigen Schlaf gefallen und wälzte sich stöhnend hin und her. Offensichtlich litt er unter starken Schmerzen.

Wieder wurde Cederick von Luces Ähnlichkeit mit Robin berührt, und für einige Augenblicke sehnte er sich so sehr nach ihr, dass es ihn körperlich peinigte. Doch gleich darauf wappnete er sich wieder gegen seine Gefühle. Auch wenn Robin und ihr Bruder allen Grund hatten, seinen Vater zu hassen – und nach seinem Gespräch mit Enid zweifelte Cederick nicht mehr daran –, er hatte nun einmal John die Treue geschworen. Luce hatte Johns Soldaten überfallen und ausgeraubt. Deshalb hatte er den Tod verdient. Richard hätte im umgekehrten Fall nicht anders gehandelt.

Luces Lider zuckten. Als er die Augen öffnete, war sein Blick ganz klar, und er erkannte Cederick. Seine Miene spiegelte einen so tiefen Hass, dass Cederick unwillkürlich zurückwich. So hatte ihn auch Robin angesehen, als er sie in dem Olivenhain angegriffen hatte.

Luce richtete sich mühsam auf dem Strohlager auf. »Verdammter Bastard«, kam es keuchend und voller Verachtung über seine Lippen.

»Nun, ich glaube nicht, dass Ihr in der Lage seid, Beschimpfungen auszustoßen.« Von Cederick unbemerkt, hatte Edward den Kerker betreten und musterte Luce voller grausamer Freude.

»Bastard …« Luce spuckte ihn an.

Edward schlug so schnell zu, dass Cederick nicht eingreifen konnte. Sein Hieb traf Luce mitten ins Gesicht, ließ Blut aus dessen Nase schießen und schleuderte ihn auf das Lager zurück.

Ehe Edward noch einmal zuschlagen konnte, trat Cederick zwischen seinen Halbbruder und Luce. »Edward«, schrie er ihn an, »der Mann ist gefesselt und außerdem schwer verletzt …«

»Umso besser, wenn er wehrlos ist.« Edward zuckte gleichmütig mit den Schultern.

Luce spuckte Blut auf den Boden. »John und Ihr könnt mich hängen«, sagte er stöhnend. »Aber früher oder später werdet Ihr dafür bezahlen.«

»Ich nehme an, Ihr hofft da auf Richard.« Edward lächelte höhnisch. »Aber noch ist er nicht nach England zurückgekehrt, und noch hat er die Herrschaft nicht wieder an sich gebracht. Ich jedenfalls werde alles in meiner Macht Stehende tun, dass John zum König gekrönt wird und die Güter, die Eure Familie den de Thorignys geraubt hat, in unserem Besitz verbleiben. Eure verdammte Schwester wird uns früher oder später auch in die Hände fallen. Ich bin sicher, meinem Halbbruder wird es dann noch sehr viel mehr Freude bereiten, sich mit ihr zu vergnügen, als bei seinen letzten Treffen mit ihr. Nun, da er weiß, wer die Hexe wirklich ist. Und ich werde ebenfalls meinen Spaß mit ihr haben. So wie ihn schon mein Vater mit Eurer Mutter hatte …« Edward holte wieder zu einem Hieb aus. Doch nun gelang es Cederick, ihm in den Arm zu fallen und ihn aus dem Kerker zu ziehen.

»Was hast du eigentlich?« Wütend wandte sich Edward seinem Halbbruder zu. »Der Kerl ist wieder bei Bewusstsein. Ein paar Schläge werden ihm schon nicht schaden.«

»Edward …« Seit er nach Oxford zurückgekehrt war, hatte Cederick immer wieder überlegt, wie er mit seinem Halbbruder über das sprechen sollte, was er von Enid erfahren hatte. Dennoch war es ihm nie gelungen, einen Anfang zu finden. Hier und jetzt, in dem Gang vor dem Kerker, war sicher nicht die beste Gelegenheit, aber Cederick konnte nicht länger an sich halten. »Adela de Nonant war keine Hexe«, sagte er entschieden. »Außerdem hat sich unser Vater ihr gegenüber maßlos grausam verhalten.«

»Wie kommst du denn darauf?« Edward starrte ihn aus zusammengekniffenen Augen an. In dem von einer Fackel erhellten Gang wirkte sein Gesicht wie eine Fratze.

»Weil ich mit meiner früheren Amme geredet habe.« Edward hörte Cederick unbewegt zu. Als er geendet hatte, zischte er: »Und du glaubst diesem alten Weib?«

»Ich habe am eigenen Leib erfahren, wie unser Vater sein konnte. Er hat mich fast zu Tode geprügelt.«

»Du übertreibst.«

»Nein, das tue ich nicht.« Plötzlich begriff Cederick mit aller Klarheit, dass es seinem Vater wirklich völlig gleichgültig gewesen wäre, wenn er an den Schlägen gestorben wäre. Als Krüppel war er für ihn genauso wenig wert gewesen wie ein mit einem Makel geborenes Tier.

Ehe Cederick reagieren konnte, packte Edward ihn an der Schulter und stieß ihn grob gegen die Steinwand. »Mein kleiner Halbbruder«, sagte er mit kalter Verachtung in der

Stimme, »ich glaube, die Tochter der Hexe hat dir den Verstand geraubt. Über eines sei dir jedoch im Klaren: Falls du dich jemals auf die Seite der Nonants stellen solltest, wirst du nicht länger mein Bruder sein, und ich werde dich ohne zu zögern töten.«

Ohne ihn noch eines weiteren Blickes zu würdigen, ging Edward davon. Während seine Schritte in dem Gang verhallten, zweifelte Cederick nicht daran, dass er seine Drohung – sollte er ihm einen Anlass geben – umgehend wahr machen würde.

*

Schon vor einer Weile war die Sonne hinter den Hügeln untergegangen, und zwischen den Bäumen lag tiefe Dämmerung. Robin verwünschte sich dafür, dass sie sich entschlossen hatte, erst das Lager aufzusuchen und dort um Hilfe zu bitten, statt gleich nach Oxford zu reiten. Rodericks Beschreibung, wo das Versteck zu finden sein würde, war sehr allgemein gewesen – und damals, als sie ihn in der Nähe der Burg von Sterling getroffen hatte, hatte für sie ja auch keine Veranlassung bestanden, genauer nachzufragen. Seit dem frühen Nachmittag irrte sie nun schon in dem Waldgebiet umher.

Die ersten Sterne wurden am Himmel sichtbar. Wenigstens würde die Nacht klar sein. Robin beschloss, noch zwei Meilen in Richtung Westen zu reiten, ehe sie endgültig umkehren würde. Etwa eine halbe Meile lang war sie einem Bach gefolgt, als sie ganz in ihrer Nähe ein Käuzchen schreien hörte. Für jeden anderen hätte sich dies einfach wie der Schrei eines kleinen Tieres angehört. Doch während ihrer Zeit mit Luce und den anderen im Wald hatte

Robin oft nachts Wache gestanden und kannte die Warnrufe der Gruppe.

»Ich bin es, Robin«, rief sie und zügelte ihr Pferd. Erst regte sich nichts, und sie fürchtete schon, sie hätte doch nur ein Käuzchen gehört. Doch schließlich raschelte es laut in den Büschen, und eine schattenhafte Gestalt erschien neben ihr.

»Miss Robin«, sie erkannte Pauls Stimme, »wie kommt Ihr denn hierher? Ist Euer Bruder Luce bei Euch?«

»Nein, ich bin allein.« Robin brachte es nicht über sich, Paul zu sagen, dass Luce Johns Gefangener war. »Bitte, bring mich zu dem Lager.« Zu ihrer Erleichterung stellte Paul keine Fragen. Er ging vor ihr her, am Bach entlang, und bog dann nach Süden ab. Vor dem klaren Nachthimmel erkannte Robin die knorrigen Formen von Eichen. Nachdem sie noch einem Pfad durch ein Dickicht gefolgt waren – er war so schmal, dass Robin absteigen und ihr Pferd am Zügel hinter sich herführen musste –, roch sie ganz schwach Rauch in der kühlen Nachtluft. Gleich darauf traten sie auf eine Lichtung hinaus. Dunkle Erhebungen – die Dächer der Erdhöhlen – gruppierten sich um zwei Feuerstellen, in denen Äste glommen.

»Danke, Paul«, sagte Robin. »Ohne dich hätte ich niemals hierhergefunden.«

»Tja, es ist ein wirklich gutes Versteck. Euer Bruder hat es ausgekundschaftet«, erwiderte Paul mit einem stolzen Lächeln.

Ein Hund rannte auf sie zu. Er schnupperte an Robins Hand. Als er sie erkannte, begann er zu winseln und mit dem Schwanz zu wedeln. Robin spürte plötzlich einen Kloß im Hals. *Warum habe ich mich nur mit Luce zerstrit-*

*ten und unsere Leute verlassen?*, dachte sie, während sie den Kopf des Tiers streichelte.

Flammen züngelten an einem Ast in einer der Feuerstellen. Ihr Schein fiel auf eine stämmige Frau, die, einen schweren Eimer schleppend, nun zwischen den Hütten hervortrat – es war Caitlyn. Sie entdeckte Robin im selben Augenblick wie diese sie. Sie stellte den Eimer ab, ohne sich darum zu kümmern, dass ein Schwall Wasser herausschwappte, und eilte mit ausgestreckten Händen auf Robin zu.

»Miss Robin!«, rief sie. »Wie schön, dass Ihr gekommen seid. Begleitet Euer Bruder Euch denn? Wir haben ihn schon so lange nicht mehr gesehen.«

Aufgestört von Caitlyns Rufen kamen Männer und Frauen aus den Erdhütten und umringten Robin. Fragen und Willkommensgrüße umschwirrten sie. Schließlich befreite sich Robin aus Caitlyns Umarmung.

»Miss Robin?« Ein besorgter Unterton schlich sich in Caitlyns Stimme. »Eurem Bruder geht es doch hoffentlich gut?« Stille senkte sich über das Lager. Nein, sie konnte nicht länger verschweigen, weshalb sie gekommen war.

»John, Edward de Thorigny und dessen Halbbruder Cederick haben Luce gefangen genommen.« Robin kam es vor, als ob nicht sie selbst, sondern eine Fremde spräche. »Luce soll am Johannistag gehängt werden. Ich will versuchen, ihn aus der Burg von Oxford zu befreien, und bin hier, da ich eure Hilfe brauche.«

*

Schaum flockte aus dem Maul seines Hengstes, doch Philip trieb das Tier an, noch schneller zu galoppieren. Hinter ihm donnerten weitere Pferdehufe auf die Straße. Auch seine Begleiter verlangten ihren Tieren das Letzte ab. In einem halben Tag hatten sie mehr als zwanzig Meilen zurückgelegt, und doch erschien es Philip, als ob sie nur quälend langsam vorwärtskämen.

Er hatte das Wetter verflucht, das die Königin und ihr Gefolge daran gehindert hatte, von Dover in die Normandie zu segeln und von dort aus in das deutsche Kaiserreich weiterzureisen. Mehr als zwei Wochen lang waren die Winde an der Küste so stürmisch gewesen, dass nicht daran zu denken gewesen war, den Kanal zu überqueren.

Für Kurzweil war gesorgt gewesen: Philip hatte Eleonor auf Jagdausflügen begleitet, hatte an Spielen teilgenommen und dem Gesang von Barden gelauscht. Doch die ganze Zeit über hatte er sich so unruhig und unzufrieden gefühlt wie damals in Akkon, als er sich dagegen entschieden hatte, mit Richard nach England zurückzukehren.

Aber schließlich hatte es sich als ein Segen erwiesen, dass sie in Dover festgesessen hatten. Denn Eleonor hatte Philip zu sich rufen lassen und ihm mitgeteilt, dass Luce gefangen genommen worden war und John plante, ihn hinzurichten. Sie war sofort bereit gewesen, ihm eine große Zahl Bewaffneter zur Verfügung zu stellen, die ihm helfen sollten, den Freund zu befreien.

Wobei Philip nicht nur die Sorge um Luce peinigte. Wieder einmal betete er, dass Robin durch eine glückliche Verkettung von Umständen in ihrem abgelegenen Kloster von all dem nichts erfahren würde. Denn er war sich darüber im Klaren, dass sie, sobald sie von Luces Gefangennahme wusste, sofort aufbrechen würde, um ihren Bruder zu befreien.

*Ich muss vor Robin in Oxford eintreffen und sie davon abhalten, tollkühn zu handeln*, dachte Philip, während er sorgenvoll registrierte, wie weit im Westen die Sonne schon stand. *Robin darf nicht in die Hände ihrer Feinde fallen.*

# 11. Kapitel

Robin legte einen Stoffstreifen über ihr rechtes Auge und verknotete ihn am Hinterkopf. Danach beugte sie sich vor und betrachtete ihr Spiegelbild in einer mit Wasser gefüllten Holzschüssel. Ihre Haut war sehr dunkel, denn sie hatte ihr Gesicht mit Walnussöl eingerieben. Umrahmt wurde es von braunen Strähnen – sie hatte ihr auffälliges rotes Haar mit Eichenrinde gefärbt. Darüber trug sie einen fadenscheinigen Schleier, und auch ihr Kleid und ihr Umhang waren mehrmals geflickt. Sie war sich darüber im Klaren, dass Cederick sich wahrscheinlich in der Burg aufhalten würde, und hatte deshalb lange über eine Verkleidung nachgedacht. Er hatte sie fast immer im Gewand eines Jungen gesehen – Robin schob die Erinnerung weg, wie sie nackt in seinen Armen gelegen hatte –, deshalb hatte sie sich für Frauenkleider entschieden.

»O Gott, Miss Robin …« Caitlyn war unter die zwischen zwei Büschen gespannte Plane getreten und schlug die Hände zusammen. »Ich hätte Euch fast nicht erkannt. Und wenn ich es nicht besser wüsste, würde ich wirklich glauben, dass Ihr Euer Auge verloren habt.«

»Dann hoffe ich, dass meine Maskerade auch andere täuschen wird.« Robin erhob sich aus ihrer kauernden Position. »Sind die Kuchen fertig gebacken?«

Caitlyn nickte. »Ja, wir können aufbrechen.«

Alle aus dem Lager hatten sie in die Wälder um Oxford begleitet, wo sie sich während der vergangenen beiden Tage verborgen gehalten und Vorbereitungen für Luces Rettung getroffen hatten. Robins Plan sah so aus, dass sie und Caitlyn mit den Kuchen zur Burg gehen würden. Unter dem Vorwand, die Backwaren verkaufen zu wollen, hofften sie, das Tor passieren zu dürfen. Wenn sie erst einmal in der Burg waren, wollte Robin versuchen, sich irgendwo zu verstecken. Vielleicht hatte sie auch Glück, und in der Küche wurde eine Hilfe gebraucht. Aber darauf konnte sie nicht bauen. Caitlyn würde die Burg wieder verlassen und sich einigen Männern aus der Gruppe anschließen, die sich als Bettler in der Nähe des Burgtores aufhalten würden, damit sie Robin schnell zu Hilfe kommen konnten. Alles Weitere würde sich dann ergeben. Robin war nicht wirklich zufrieden mit dem Plan, denn sehr viel hing dabei von Zufällen ab. Aber einen besseren hatte sie im Moment einfach nicht.

Als Robin auf die Lichtung trat, stieg noch Rauch von den Feuerstellen auf, wo Caitlyn zusammen mit den anderen Frauen die Kuchen gebacken hatte. Ein Maultier war schon vor den Karren gespannt, auf dem die Körbe mit dem Gebäck standen. Daneben warteten die Männer, die Robin und Caitlyn nach Oxford begleiten würden. Alle anderen Männer und Frauen hatten sich um die Feuerstellen versammelt und blickten Robin angespannt und bedrückt entgegen. Einige Kinder, die sie eigentlich gut kannten, wichen ängstlich vor ihr zurück, als wäre sie eine Fremde.

*Meine Verkleidung scheint tatsächlich gelungen zu sein*, dachte Robin und empfand trotz ihrer Sorge um Luce einen Funken Erleichterung. »Ich danke euch allen, dass ihr mich hierherbegleitet habt«, wandte sich Robin an ihre Leute. Sie konnte nicht verhindern, dass ihre Stimme ein bisschen zitterte. »Ich hoffe, dass wir uns wiedersehen werden.«

»Bringt Euren Bruder zu uns zurück«, meinte ein alter Mann, der in dem Lager bleiben würde. »Er ist ein guter Mensch und ein guter Herr.« Seine Stimme brach, und er wischte sich über die Augen.

Robin ertrug den Abschied nicht länger. »Lasst uns gehen«, sagte sie zu Caitlyn und den Männern neben dem Karren. Paul, der auf dem Bock saß, zog an den Zügeln, und das Maultier trottete los. Als sie den Rand der Lichtung erreicht hatten, sah sich Robin noch einmal um. Alle standen immer noch um die Feuerstellen und blickten ihr schweigend nach. Niemand hatte seinen Platz verlassen. Die Kinder drängten sich an die Erwachsenen.

»Ihr werdet Euren Bruder befreien«, hörte Robin Caitlyn sagen, während die alte Frau ihre Hand drückte. Robin war dankbar für den Zuspruch. Sie wünschte sich nur, Caitlyns Zuversicht teilen zu können, denn sie fühlte sich plötzlich so ängstlich und mutlos wie noch nie zuvor in ihrem Leben.

*

»Gott steh uns bei«, murmelte Caitlyn, als sie und Robin am Nachmittag auf das Tor der Burg von Oxford zugingen. Jede von ihnen trug einen großen Korb voller Kuchen am Arm. Einige Meilen vor der Stadt hatten sie sich von ihren Begleitern verabschiedet, denn es war besser, wenn sie nicht zusammen gesehen wurden.

Der Tag war sonnig. Kinder lärmten zwischen den Fachwerkhäusern herum und spielten Fangen. Ein Junge trieb eine Schar Gänse vor sich her, die sich von dem Hin-und-her-Gerenne gestört fühlten, die Flügel aufstellten und mit weit aufgerissenen Schnäbeln drohend zischten. Auf einer Bank saß eine Frau und stopfte einen Strumpf. Es schien, als sei für ein paar Stunden der Schatten des Krieges, der über dem Land hing, verschwunden. Als gäbe es keine Grausamkeiten, und als würde kein Unschuldiger von einer Hinrichtung bedroht.

Auch die Wachen vor dem Tor wirkten recht gelassen, als seien sie von der friedlichen Stimmung angesteckt. Dennoch klopfte Robins Herz bis zum Hals, als sie nun an die beiden Männer herantraten.

»Meine Tochter und ich würden gerne unsere Kuchen in der Burg verkaufen«, übernahm Caitlyn, wie sie es abgesprochen hatten, das Reden. »Sie sind knusprig und zart, mit Waldbeeren und Nüssen belegt ...«

»Vorhin war erst ein Bäcker hier, der Waren geliefert hat«, versuchte eine der Wachen sie loszuwerden, ein Mann Mitte vierzig, der einen struppigen schwarzen Bart hatte. »Auf eure Kuchen ist hier niemand angewiesen.«

»Aber sie sind sehr gut und können es mit der Ware jedes Bäckers aufnehmen«, ließ Caitlyn sich nicht abwimmeln. Ehrliche Entrüstung darüber, dass jemand ihre Künste anzweifelte, schwang in ihrer Stimme mit. »Wollt Ihr nicht einmal kosten?« Sie brach ein Stück von einem der Kuchen ab und hielt es den Wachen hin. Der Bärtige weigerte sich, davon zu essen. Doch sein Kamerad, ein junger, sommersprossiger Mann, griff zu.

»Ja, wirklich lecker«, sagte er nach dem ersten Bissen

und leckte sich die Lippen, ehe er sich seinem Gefährten zukehrte und sagte: »Henry, es schadet doch nicht, wenn die beiden Frauen zur Küche gehen und die Kuchen anbieten. Dann kann der Aufseher selbst entscheiden, ob er sie kaufen möchte oder nicht. Die zwei haben es doch wahrscheinlich ohnehin schon schwer genug.« Sein mitleidiger Blick streifte die Binde über Robins Auge.

»Gott segne Eure Güte«, sagte Caitlyn rasch. »Es war ein böser Tag, als meine Tochter vor zwei Jahren ihr Auge durch einen Unfall verlor, und seitdem hatten wir viele schlimme Tage.«

»Gut, von mir aus können die Frauen zur Küche gehen«, brummte der Bärtige, während er Robin nun neugierig musterte. »Ohne die Verletzung wäre das Mädchen wahrscheinlich ein recht hübsches Ding.«

»Gott segne Euch«, wiederholte Caitlyn. Sie fasste Robin am Arm, als ob diese die Ermutigung ihrer energischen Mutter benötigen würde, und nebeneinander schritten sie durch das Tor. Als sie den von Fachwerkbauten gesäumten Hof erreichten, stieß Caitlyn einen leisen Seufzer der Erleichterung aus.

*Nun*, dachte Robin, während Caitlyn auf einen Knecht zusteuerte und sich den Weg zur Küche beschreiben ließ, *das erste Hindernis haben wir überwunden*. Sie senkte den Kopf, als ob die fremde Umgebung sie einschüchterte, während sie sich verstohlen umsah und versuchte, sich die Lage der Gebäude einzuprägen. Hier irgendwo zwischen den hohen Burgmauern wurde Luce gefangen gehalten. In den mit Schindeln gedeckten Häusern waren wahrscheinlich höherrangige Soldaten und Dienstleute untergebracht. Ein Haus, das nur in den oberen Stockwerken kleine Fenster hatte, diente wohl als Waffenlager oder Speicher für Nahrungsmittel.

Caitlyn, die die gewünschte Information erhalten hatte, kehrte wieder zu Robin zurück. Ihr Weg führte sie in einen weiteren Hof, an dem große Steingebäude lagen. Ein lang gestreckter Bau, der ein Ziegeldach und Glasfenster hatte und über dessen Portal sich ein in Stein gehauenes Wappen befand, beherbergte die Halle der Burg. *Der Ort, wo sich die Mächtigen aufhalten,* ging es Robin durch den Kopf. Hier tafelte Cederick zusammen mit seinem Bruder und John. Unwillkürlich wandte sie das Gesicht ab.

Nachdem sie und Caitlyn noch einen weiteren Hof durchquert hatten – hier befanden sich die Stallungen –, erreichten sie den Wirtschaftstrakt, in dem auch die Küchengebäude lagen.

»Ich werde, wie wir es besprochen haben, versuchen, Euch als Magd unterzubringen«, raunte Caitlyn Robin zu. Diese konnte nur nicken. Denn die Anspannung verschlug ihr die Sprache.

Die Küche entpuppte sich als ein riesiger Raum, in dessen Mitte lange Tische aus Eichenholz standen. Darauf schnitten und putzten Mägde Gemüse und kneteten Teige in großen Tonschüsseln. An den Wänden befanden sich acht große Feuerstellen. Über einer hing ein Schwein an einem Spieß über den Flammen. An anderen wurde Geflügel gebraten. Knechten drehten die Spieße oder legten Holz nach. In großen Kesseln siedeten Fleisch und Würste. Ein bulliger Mann traktierte auf einem Hackklotz eine Rinderhälfte mit einem Beil. Ein Windstoß wehte Rauch in den Raum. Dies zusammen mit den unterschiedlichen Gerüchen verursachte Robin Übelkeit.

Caitlyn wandte sich an eine ältliche Frau, die in einer Ecke saß und eine Gans mit weit ausholenden Armbewegungen rupfte. »Wo finde ich den Aufseher über die Küche?«, fragte sie energisch.

»Dort …« Ohne in ihrer Arbeit innezuhalten, deutete die Frau mit einem Kopfnicken in Richtung des Mannes am Hackklotz. Trotz des Lärms in der Küche hatte dieser das kurze Gespräch mit angehört – oder vielleicht hatte er auch die Bewegung der Frau gesehen –, denn er brüllte quer durch den Raum: »He, ihr beiden, was wollt ihr von mir?«

»Euch unsere Kuchen verkaufen.« Caitlyn eilte geschäftig auf ihn zu.

»So ein Trampel von unaufmerksamer Magd hat vorhin einen ganzen Ofen voller Gebäck verbrennen lassen«, knurrte der Aufseher. »Lasst mich einmal eure Waren versuchen.«

»Ihr werdet damit mehr als zufrieden sein.« Caitlyn strahlte ihn an. Der Bullige grunzte nur. Doch nach dem ersten Bissen fragte er: »Wie viele Kuchen habt ihr?«

»Vierzig«, erwiderte Caitlyn.

»Ich nehme alle.« Während die beiden über den Preis feilschten, wünschte sich Robin, Caitlyn würde es mit ihrer Rolle weniger genau nehmen. Doch endlich hatten sie und der Aufseher sich auf einen Preis geeinigt. Während der Mann Münzen aus dem Beutel an seinem Gürtel nahm und sie in Caitlyns Hand abzählte, sagte sie beiläufig: »Ihr könnt nicht vielleicht eine Küchenmagd gebrauchen? Meine Tochter ist ein bisschen schüchtern, aber ansonsten sehr geschickt und fleißig.«

»Nun, den Trampel, der die Kuchen hat verbrennen lassen, habe ich davongejagt …«, erwiderte der Aufseher zögernd. Sein Blick ruhte auf Robins Augenbinde.

Caitlyn begriff. »Oh, meine Tochter hat zwar ein Auge verloren, aber mit dem anderen sieht sie so gut wie ein Falke. Nicht wahr, mein Mädchen?« Sie knuffte Robin aufmunternd in die Seite.

»Ja, ich kann gut sehen«, flüsterte Robin, »und ich wäre sehr gerne Magd in Eurer Küche.«

»Schüchtern ist sie wirklich.« Der Aufseher grinste. »Aber manchmal ist es ja gut, wenn Frauen den Mund halten können. Einverstanden, ich werde es mit deiner Tochter versuchen. Sie kann ein paar Tage zur Probe hier arbeiten.«

Robin konnte ihr Glück kaum fassen, während Caitlyn sie zum Abschied umarmte und sie ermahnte, fleißig zu sein. Sie hörte noch, wie Caitlyn ihr zuflüsterte: »Wir sind in der Nähe des Tors.«

Dann folgte sie dem Aufseher zu den Tischen und begann auf seine Anordnung hin, Lauch in dünne Ringe zu schneiden und Kräuter klein zu hacken.

*

»He, du da, Mädchen!« Fünf Stunden später benötigte Robin einige Augenblicke, bis sie begriff, dass der Aufseher sie meinte, und unterbrach ihre Arbeit – sie war damit beschäftigt gewesen, schmutziges Geschirr beiseitezuräumen.

Der Aufseher deutete auf einen großen Kessel voller Suppe, der auf einer der Feuerstellen vor sich hin köchelte. »Füll davon etwas in eine Tonschüssel und schneide eine Scheibe Brot ab. Beides gibst du, zusammen mit einem Krug voller Wasser, in einen Korb, den du dann an die Tür stellst. Beeil dich, denn der Haushofmeister wird den Korb gleich holen.«

»Wieder einmal die Speise für den Gefangenen?«, fragte ein Knecht, ein junger, drahtiger Mann, der einen an einem Bratspieß steckenden Ochsen mit Fett einpinselte.

»Das geht dich nichts an!«, herrschte der Aufseher den Knecht an.

*Ob es sich bei diesem Gefangenen um Luce handelt?*, durchfuhr es Robin. Sie zwang sich, ruhig zu dem Kessel zu gehen und die Suppe, wie es ihr der Aufseher befohlen hatte, in eine Tonschüssel zu schöpfen, die sie mit einem Deckel verschloss. Danach schnitt sie eine Scheibe von einem Brot ab, das zwischen anderen Laiben auf einem Regal lag. Nachdem sie einen Krug in einen Bottich voller Wasser getaucht und ihn gefüllt hatte, richtete sie es so ein, dass sie an dem Knecht vorbeiging. Der Aufseher befand sich, wie sie sich schnell vergewisserte, am anderen Ende der Küche, wo er mit einem Kaufmann verhandelte, der Schinken und Würste geliefert hatte.

»In der Burg gibt es einen Gefangenen?«, wandte sich Robin, als wäre sie einfach auf einen Schwatz aus, an den jungen Knecht. Der Lärmpegel in der Küche war wie immer hoch. Eine Magd schlug einen Teig mit Hilfe eines Holzlöffels, Fett von bratendem Fleisch verdampfte zischend in den Flammen, Bedienstete riefen sich Anweisungen zu – und alles wurde übertönt vom kreischenden Hin und Her einer Säge, mit der zwei Knechte die Knochen eines Rindes zerkleinerten, damit diese später für eine Suppe verwendet werden konnten.

Der junge Mann ließ kurz seinen Pinsel sinken und blickte sich um, als wollte auch er sich vergewissern, dass sie nicht belauscht wurden. »Prinz John will den Mann hängen lassen. Wenn du mich fragst, ist es wirklich schade um ihn. Der Mann hat der Königin gedient und soll auf der Seite der Armen gestanden haben.«

Ja, der Gefangene, für den der Korb bestimmt war, war Luce … »Der Prinz scheint ihn ja gut zu behandeln, wenn er ihm von der Suppe, die auch die Bediensteten essen, bringen lässt.« In Robins Ohren hörte sich ihre Stimme sehr hoch und brüchig an. Aber der junge Knecht schien dies nicht zu bemerken.

»Der Gefangene soll schwer verletzt gewesen sein, als man ihn auf die Burg brachte«, sagte er, wieder mit einem raschen Blick zu dem Aufseher, der immer noch damit beschäftigt war, die Fleischwaren zu begutachten und über den Preis zu feilschen. »Dem Prinzen und Edward de Thorigny und dessen Halbbruder ist es wohl wichtig, dass er nicht vor der Hinrichtung stirbt. Deshalb lassen sie seine Wunden behandeln und sorgen dafür, dass er regelmäßig zu essen bekommt. Wobei ich dem armen Kerl ja gewünscht hätte, dass er im Kerker gestorben wäre, statt vor den Augen einer gaffenden Menge langsam an einem Galgenstrick zu ersticken.« Er schauderte.

*Wenn ich ihn frage, ob er weiß, wo sich der Kerker befindet, ist das zu auffällig*, dachte Robin. Doch der Knecht wandte sich ohnehin hastig wieder der Feuerstelle zu und strich mit dem Pinsel über das bratende Fleisch. Robin ging weiter – keinen Moment zu früh, denn der Aufseher hatte seinen Handel beendet und ließ seinen Blick aufmerksam durch die Küche schweifen. Robin stellte auch den mit Wasser gefüllten Krug in den Korb und trug ihn zur Tür, wie es ihr aufgetragen war.

Gleich darauf erschien der Haushofmeister, ein ältlicher Mann, der einen langen grauen Bart und ein schmales, faltiges Gesicht hatte, und holte den Korb. Der Wichtigkeit des Gefangenen war es geschuldet, dass er, ein hochrangiger Bediensteter, diese Aufgabe übernahm. Als er schon fast zur Tür hinausgegangen war, sah Robin zwischen den Falten seines Gewandes einen Schlüsselbund hängen.

Robins Gedanken überschlugen sich. Vielleicht bewahrte der Haushofmeister noch einen zweiten Schlüsselbund in seiner Kammer auf … Wenn es ihr gelänge, diesen Schlüsselbund an sich zu bringen und damit Luce aus seinem Kerker zu befreien … Philip hatte ihr natürlich von seiner und Jocelyns abenteuerlichen Flucht berichtet. Sie hatte verschiedene Fluchtmöglichkeiten durchgespielt und auch ein Fläschchen mit Mohnsaft mitgebracht, um die Wachen betäuben zu können. Aber dies war sehr gefährlich. Vielleicht gab es ja noch einen anderen Weg …

Sie wollte dem Haushofmeister schon nachschlüpfen, doch der Aufseher deutete auf einen Berg Gemüseabfälle auf einem der Tische und rief ihr zu, sie solle die Abfälle zum Misthaufen bringen.

So schnell ihr dies möglich war, schüttete Robin die Abfälle in einen Holzeimer und hastete nach draußen. Doch der Haushofmeister war nirgends mehr zu sehen. Jetzt, gegen Abend, wehte ein frischer Wind, der die Wärme des Sommertages vertrieb. Es kam Robin vor, als ob sie sich schon viel länger als nur wenige Stunden in der Burg aufhielte. Und noch immer war sie, was Luces' Rettung betraf, nicht wirklich weitergekommen.

Niedergeschlagen hatte sie eben den Eimer auf dem Misthaufen ausgeleert, als ein junger Mann, seiner Kleidung nach zu schließen ein Knappe, aus dem angrenzenden Hof kam und zum Stall ging. Er hatte ein rundes, freundliches Gesicht. Kurz entschlossen trat Robin auf ihn zu.

»Habt Ihr vielleicht den Haushofmeister gesehen?«, fragte sie rasch.

»Ja, er ging zu dem Lagerhaus gegenüber der Halle. Wahrscheinlich hat er wieder einmal dem Gefangenen das Essen gebracht.« Seine Stimme klang mitleidig.

*Dort also befindet sich Luces Kerker …* Robins Herz klopfte ihr bis zum Hals. »Der Aufseher über die Küche hat mir aufgetragen, frische Kohlen in das Zimmer des Haushofmeisters zu bringen«, improvisierte sie. »Er hat mir beschrieben, wo ich das Zimmer finde. Aber ich bin noch neu hier und habe es vergessen …« Schüchtern blickte sie zu Boden.

»Der Raum, wo der Haushofmeister schläft, liegt in dem Gebäude rechts neben der Halle. Am Ende des zweiten Stocks«, sagte der Junge hilfsbereit, ehe er mit einem Grinsen hinzufügte: »Es wundert mich nicht, dass der Alte um Kohlen bittet. Er ist auch in der Halle der Bediensteten immer auf einen guten Platz am Feuer aus.«

»Der Haushofmeister nimmt an den Mahlzeiten der Bediensteten teil?«, fragte Robin nach, in der sich eine Idee zu formen begann.

»Ja, an der Morgenmahlzeit. Abends speist er in der Halle.« Der Knappe nickte. »Kohlen für die Bronzebecken findest du übrigens in einer Schütte in der Scheune, neben einer Reihe von Körben.«

Robin bedankte sich und schlug den Weg zur Scheune ein. Drinnen war es gerade noch so hell, dass sie die Kohlen fand. Hastig gab sie einige Schaufeln davon in ihren Eimer. Mit gesenktem Kopf lief sie über die Höfe. Ja, in dem Gebäude, das ihr der Knappe beschrieben hatte, waren einige Fensteröffnungen dicht über dem Boden vergittert. Sie zwang sich ruhig weiterzugehen. Doch niemand der Bediensteten und Soldaten, denen sie begegnete, beachtete sie. In der Halle brannte bereits Licht. Bald würde dort die Mahlzeit beginnen.

Sie hatte eben das Wohngebäude erreicht, als ein lautes Knarren und gleich darauf ein dumpfer Laut ertönten – das Burgtor war für die Dauer der Nacht geschlossen worden. Einen Moment lang hatte sie das Gefühl, in einer Falle zu sitzen.

Im Inneren des Wohngebäudes eilte Robin eine steinerne Wendeltreppe hinauf und dann einen mit Steinplatten ausgelegten Gang entlang. Im Zimmer des Haushofmeisters waren die Läden noch nicht geschlossen. Licht aus der Halle fiel in den Raum. Hastig sah sie sich um. Eine Bettstatt, neben der ein Bronzebecken stand. Wandhaken, an denen einige Mäntel hingen. Noch ein Wandhaken mit einem Schlüsselbund daran. Nein, es war zu gefährlich, ihn jetzt schon mitzunehmen. Das Fehlen der Schlüssel würde sofort auffallen, und das Burgtor war ohnehin schon zugesperrt.

Robin schüttete die Kohlen in das tatsächlich leere Bronzebecken und machte sich eilig zurück auf den Weg zur Küche.

»Kannst du mir verraten, wo du gesteckt hast?«, herrschte sie der Aufseher an, kaum dass sie die Küche betreten hatte. »Falls du glaubst, dass du eine Pause einlegen kannst, wenn es dir passt, kannst du gleich wieder gehen. Faulenzer brauche ich hier nicht.«

»Als ich den Eimer mit den Abfällen ausgeleert habe, hat mir ein Knappe gesagt, dass der Haushofmeister Kohlen für sein Zimmer wünscht«, sagte Robin demütig.

»Gut, das ist etwas anderes«, brummte der Aufseher. »Mach dich jetzt wieder an die Arbeit. Es müssen noch Mandeln für die Mandelmilch gebrüht und gehäutet werden.«

Während Robin dem Befehl nachkam, kreisten ihre Gedanken unablässig um Luces Rettung. Was, wenn sie den Schlüsselband des Haushofmeisters während der Morgenmahlzeit an sich nahm und auch einen seiner Mäntel? Und damit zu Luce Gefängnis eilte? Wenn Luce den Mantel überzog und sie dann zum Tor gingen, so als wäre auch er ein Bediensteter? Vielleicht würden die Wachen sie ja ungehindert passieren lassen. Und falls nicht, befanden sich Caitlyn und die Männer in der Nähe und würden ihnen zu Hilfe kommen können.

*

Cederick war froh, dass das Mahl in der Halle allmählich dem Ende zuging, denn die Gegenwart Johns – und auch, selbst wenn es ihm schwerfiel, sich dies einzugestehen, die Edwards – wurde ihm immer unerträglicher. Bedienstete trugen die Platten und Schüsseln des Fleischganges ab, während andere Süßigkeiten brachten. Ein Knappe füllte Wein und Wasser erst in Johns Kelch nach und dann in Edwards und Cedericks.

Nun hob John seinen Kelch und prostete den Gästen an seiner Tafel zu. »Wie überaus erfreulich es doch ist, dass meine Mutter immer noch in Dover festsitzt«, sagte er, während ein Grinsen über sein hässliches Gesicht huschte. »Ich werde unserem Hauskloster in Reading eine große Geldsumme spenden, um Gott für den Sturm über dem Kanal zu danken. Bis meine Mutter und ihr Gefolge mit dem Kaiser verhandeln können, werden meine Söldner längst in England eingetroffen sein. Dank des Templer-Darlehens, das ich mit Eurer Unterstützung erhalten habe«, er lächelte Cederick an, »konnte ich zweitausend Mann anwerben. Vielleicht dauert dem Kaiser das Warten auf das Lösegeld ja ohnehin auch zu lange, und mein Bruder kommt vor der Übergabe zu Tode.« Das Grinsen auf Johns Gesicht vertiefte sich.

*Ist es möglich, dass John dem Kaiser Geld dafür geboten hat, Richard umzubringen?*, durchfuhr es Cederick. Er hielt es nicht für ausgeschlossen. »Ich hoffe nicht, dass der König eines unnatürlichen Todes sterben wird«, sagte er scharf.

»Ich wollte nicht andeuten, dass ich den Kaiser für einen Mörder halte.« Johns Augen verengten sich, während er seinen Kelch hart auf dem Tisch abstellte. »Aber, Cederick, Ihr habt wohl vergessen, dass ich Euer Herrscher bin.«

*Noch seid Ihr nicht gekrönt*, wollte Cederick sagen. Doch er bezwang sich. »Ja, Ihr seid mein Herrscher«, antwortete er stattdessen steif, »denn Euch habe ich den Treueid geschworen.«

»Wie schön, dass ich Euch daran nicht erinnern muss«, erwiderte John leichthin, doch ein drohender Unterton schwang in seiner Stimme mit, ehe er sich seinem Tischnachbarn zuwandte und ein Gespräch über die Falkenjagd begann. Cederick nahm wahr, dass Edward ihn wütend anstarrte. Ein Trupp bunt gekleideter Spielleute kam in die Halle. Sie stellten sich vor dem Podium auf und verneigten sich vor John und seinen vornehmen Gästen.

Während die ersten Töne durch die Halle schwebten, hatte Cederick das Gefühl, plötzlich keine Luft mehr zu bekommen. Er wusste, dass es einer Beleidigung gleichkam, wenn er die Tafel ohne Johns Erlaubnis verließ. Aber dies war ihm in diesem Moment gleichgültig. Er stieg die Stufen von dem Podium hinunter und durchquerte die Halle, wobei er sich bewusst war, dass ihm viele Blicke durch den von Kerzenrauch und Essensdünsten erfüllten Raum bis zum Portal folgten.

Nach Atem ringend blieb er im Hof stehen. Eine Magd überquerte das Geviert. Cederick nahm wahr, dass ihr Gesicht von einer Augenbinde entstellt wurde, und empfand ein flüchtiges Bedauern für sie. Geistesabwesend sah er ihr nach, bis sie im angrenzenden Hof verschwand.

*

»He, du da, Mädchen!« Kurz zuvor sah Robin müde von dem Tisch, den sie gerade mit einer Pottaschemischung schrubbte, hoch. Mittlerweile erhellten Fackeln die Küche. Während der vergangenen Stunden hatte eine emsige Betriebsamkeit geherrscht, denn das Mahl für die hohen Herrschaften in der Halle war zubereitet worden. Vor kurzem war der letzte Gang aufgetragen worden – kandierte Früchte, Fettgebackenes und gezuckerte Nüsse und Mandeln für die Männer an der Tafel des Königs. Die Kuchen, die Caitlyn und die Mägde gebacken hatten, hatten die niederen Adeligen und Ritter unten in der Halle zu essen bekommen.

»Ja, du da, nun mach schon!« Der Aufseher winkte Robin ungeduldig zu sich. »Hol frisches Wasser am Brunnen.«

Während Robin den Eimer füllte, überlegte sie rasch, ob

sie es wagen sollte, zu dem Gebäude zu schleichen, in dem Luce gefangen gehalten wurde; sie wollte es, und vor allem auch die Tür, unbedingt noch einmal vor dem Morgen in Augenschein nehmen. Oder sollte sie nicht doch lieber bis spät in der Nacht warten, wenn alle sich schlafen gelegt hatten?

Aus der Küche kam niemand, und auch in den angrenzenden Höfen schien alles ruhig zu sein. Kurz entschlossen stellte Robin den Eimer neben dem Brunnen ab. Sie rannte in den Hof, an dem die Stallungen lagen, und von dort weiter bis zu dem nächsten, wo sie sich im Schatten verbarg.

Aus der Halle drang Stimmengewirr und Gelächter zu ihr. Da die Läden vor den verglasten Fenstern nicht geschlossen waren, fiel Licht in großen goldgelben Vierecken auf den gepflasterten Boden. Robin wagte sich noch ein Stück weiter vor, bis sie vor dem Lagerhaus stand. Im Lichtschein der Fackeln erkannte sie, dass das Türschloss sehr groß und wuchtig war. Ein entsprechend massiver Schlüssel musste dazugehören.

Robin widerstand der Versuchung, sich vor den vergitterten Fensteröffnungen niederzuknien und leise Luces Namen zu rufen. Sie hatte sich eben umgedreht und den Rückweg zur Küche angetreten, als, angestrahlt von Kerzenlicht, ein Mann aus dem Portal der Halle trat. Das Licht verschwand sofort wieder, als der Türflügel geschlossen wurde. Doch der Moment hatte ausgereicht, damit Robin Cederick erkannte.

Sie hatte damit gerechnet, ihm zu begegnen, trotzdem war es ein Schock für sie. Sie erahnte mehr, als dass sie es wirklich sah, dass er vor dem Portal stehen geblieben war.

Noch befand sie sich in einem schattigen Teil des Hofes, und er konnte sie wahrscheinlich nur schemenhaft erblicken. Doch wenige Schritte vor ihr wurde das Geviert von einer Fackel erhellt. Sollte sie umkehren? Sich tiefer in den Schatten zurückziehen? Nein, damit würde sie sich nur verdächtig machen.

Robin zwang sich weiterzugehen, als wäre sie einfach eine Magd, die einen Auftrag erledigte. Nun fiel das Licht der Fackel voll auf sie. Aus den Augenwinkeln nahm sie wahr, dass Cederick in ihre Richtung blickte. Ein Schritt, noch ein Schritt und noch einer – dann befand sie sich wieder im Dunkeln. Cederick hatte weder zornig ihren Namen gerufen, noch war er auf sie zugestürmt und hatte versucht, sie zu ergreifen. Er hatte sie nicht erkannt.

Als Robin den Eimer neben dem Brunnen hochhob, zitterten ihre Hände so sehr, dass ein Schwall kalten Wassers auf ihre Füße schwappte.

*

Die Tür von Cedericks Zimmer flog auf, und Edward stürmte herein. Cederick hatte damit gerechnet, dass sein Halbbruder die Szene während des Mahls nicht einfach auf sich beruhen lassen würde. Trotzdem prallte er vor dessen wutverzerrtem Gesicht und den zu Fäusten geballten Händen unwillkürlich zurück.

»Wie kannst du es wagen, dich John gegenüber derart respektlos zu verhalten.« Edwards Stimme überschlug sich. »Man hätte fast annehmen können, dass du John verdächtigst, er wolle Richard töten lassen.«

Cederick hatte sich wieder gefasst. »Ehrlich gesagt, halte ich das durchaus für möglich«, gab er kühl zurück.

»Ich ebenfalls. Und wenn schon.« Edward winkte ab. »Aber es ist eine Sache, das nur zu denken. Und eine ganz andere, John vor seinen Gästen einen Brudermord zu unterstellen.«

»Dir wäre es wirklich völlig gleichgültig, wenn John seinen Bruder töten lassen würde?«

»Ja, ich hasse Richard.« Edward zuckte mit den Schultern. »Mir ist jedes Mittel recht, das John benutzt, um endlich die Herrschaft an sich zu bringen. Außerdem ... Würdest du dich gefälligst daran erinnern, dass John auf unserer Seite steht – und nicht Richard? Falls Richard wieder über England herrschen sollte, können wir froh sein, wenn er uns einige unserer angestammten Ländereien überlässt. Die Güter der de Nonants werden wir auf jeden Fall verlieren. Und wahrscheinlich auch einen Großteil unserer anderen Besitztümer. Vielleicht erklärt er uns ja auch für vogelfrei. Ich habe jedenfalls keine Lust, als Bettler auf der Flucht mein Leben zu fristen.«

»Ich hasse Richard ebenfalls, und ich würde ihn ohne Gewissensbisse töten, wenn ich ihm in einer Schlacht begegnen würde. Aber ich kann keinen Herrscher respektieren, der plant, einen heimtückischen Mord in Auftrag zu geben.«

Stille senkte sich über den Raum. Im Kerzenlicht wirkten Edwards zusammengekniffene Augen schwarz und bedrohlich wie Pfeilspitzen. »Ob du John nun respektierst oder nicht – du hast ihm die Treue geschworen«, zischte er schließlich. »Als uns die meisten hochrangigen Adeligen noch wie Abschaum behandelten, hat er uns unterstützt. Das solltest du dir vor Augen halten, wenn dich die Gewissensbisse plagen. Ohne John wärst du ein besserer Bauer auf einer Klitsche in Ostengland. Kein Mann mit Zugang zum Hof und Aussicht auf eine herausragende Stellung. Von den Gütern der de Nonants, die wir zurückerhalten haben, einmal ganz zu schweigen.«

»Manchmal wünschte ich, John hätte mich nicht als Knappen an seinen Hof berufen«, sagte Cederick impulsiv. »Und ich lege keinen Wert auf geraubte Güter.«

»Du verdammter Idiot!« Edwards Hand zuckte zum Dolch in seinem Gürtel. Auch Cederick machte sich bereit zu kämpfen. Doch schließlich bezwang Edward sich und zog die Waffe nicht. »Die Tochter dieser verdammten Adela hat dich anscheinend wirklich verhext«, stieß er höhnisch hervor. »Ich sage es dir zum letzten Mal – falls du dich gegen John und mich stellst, bist du nicht länger mein Bruder, sondern mein Feind.« Mit diesen Worten drehte er sich um und stürzte davon.

Schwer atmend blieb Cederick stehen. *Edward und ich hätten wirklich beinahe gegeneinander gekämpft,* durchfuhr es ihn. Ja, ihr Vater hatte Robin und ihrer Familie schweres Unrecht zugefügt. Aber Edward war sein Halbbruder, und er hatte John die Treue geschworen. In erster Linie war er den beiden verpflichtet.

Nachdem Cederick eine ganze Weile in dem Zimmer auf und ab gegangen war, legte er sich schließlich, angekleidet wie er war und ohne die Kerzen zu löschen, auf das Bett. Irgendwann schlief er ein.

In seinem Traum stand er wieder vor der Halle und sah die Magd, deren Gesicht von einer Augenbinde entstellt wurde, im Fackelschein vor sich. Doch nun kam die Magd plötzlich auf ihn zu. Während sie sich ihm näherte, verwandelte sie sich in Robin. Cederick empfand eine brennende

Sehnsucht und ein tiefes Verlangen nach ihr. Beides erfüllte ihn immer noch, als er erwachte.

*

Es war schon dämmrig, als Philip de Tallebois zusammen mit zwei Reitern und einem Töpfer, der seine Waren auf einem Karren beförderte, das westliche Tor von Oxford durchquerte. Er war froh, noch rechtzeitig eingetroffen zu sein, ehe die Tore geschlossen wurden. Tatsächlich hörte er, kaum dass er der Straße ein Stück in Richtung der Burg gefolgt war, ein Quietschen in seinem Rücken. Als er sich umdrehte, sah er, dass Soldaten die beiden mächtigen Torflügel zuzogen. Gleich darauf wurde der Riegel vorgeschoben. Für die Dauer der Nacht würde er die Stadt nicht mehr verlassen können. Das Gefühl des Unbehagens, das Philip seit seiner Gefangenschaft immer wieder einmal heimsuchte, wenn er irgendwo eingeschlossen war, verflog, als er an Luce und an Robin dachte.

*Wie es Luce wohl geht?*, fragte er sich wieder einmal. Und wieder hoffte er inständig, dass Robin noch nichts von der Gefangenschaft ihres Bruders erfahren hatte.

Die Soldaten, die ihn von Dover nach Oxford begleitet hatten, hatte Philip einige Meilen entfernt im Wald zurückgelassen. Denn es war ihm ratsam erschienen, die Stadt und die Burg – irgendwie würde er es am nächsten Tag schaffen, dorthin vorzudringen, auch wenn er zurzeit noch keinen genauen Plan hatte – allein auszukundschaften. So konnte er sich am unauffälligsten bewegen.

Da und dort fiel Licht zwischen Ritzen in den Fensterläden auf die Straße, und an manchen Häusern hingen Lampen über den Toren. Aber verglichen mit den orientalischen

Städten, die meist bis lange nach Einbruch der Dunkelheit von vielen Lichtern erhellt wurden, war Oxford sehr dunkel. Wieder musste Philip daran denken, wie er Robin unversehens in dem Olivenhain begegnet war. Seitdem sie sich vor dem Kloster verabschiedet hatten, hatte er sie schmerzlich vermisst.

»Herr, eine milde Gabe für eine arme Bettlerin. Nur ein paar Münzen«, hörte er eine Frauenstimme jammern. Geistesabwesend holte Philip ein paar Geldstücke aus dem Beutel an seinem Gürtel und wandte sich der Bettlerin zu, einer alten Frau, die in ein zerrissenes Gewand gekleidet war und neben einer Toreinfahrt kauerte. Während er sich vorbeugte, um ihr die Münzen zuzuwerfen, kam ihm ihr Gesicht irgendwie bekannt vor. Aber er war zu sehr mit seinen eigenen Gedanken beschäftigt, um sie genauer anzusehen.

Er hatte genügend Soldaten bei sich, um es mit der Burgbesatzung aufnehmen zu können. Allerdings war ein Angriff sehr riskant, denn Philip war davon überzeugt, dass Edward de Thorigny, Cederick und John Luce lieber töten würden, als ihn ihren Gegnern zu überlassen.

»Herr, Gott segne Euch für Eure Güte.« Die Alte war ihm nachgegangen und umklammerte seinen Arm. Philip wollte ihr freundlich, aber bestimmt klarmachen, dass sie nicht mehr Geld von ihm zu erwarten hatte, als sie ihren Schleier ein wenig hob. »Herr«, flüsterte sie, »erkennt Ihr mich denn nicht? Ich bin es, Caitlyn, Yvains Köchin.«

»Was tust du denn hier? Hält sich Robin etwa auch in der Stadt auf?«, gab Philip erschrocken, aber ebenso leise zurück.

»Geht weiter, bis Ihr zu einer großen Kirche kommt. Wartet dort in einem Winkel bei dem rechten Seitenschiff auf mich«, murmelte Caitlyn, ehe sie ihm noch einmal laut und überschwänglich dankte und dann in der Dunkelheit verschwand.

*

»Caitlyn, hält sich Robin auch in der Stadt auf?«, wiederholte Philip hastig, als die Köchin einige Zeit später wieder vor ihm stand. Sie war zu dem vereinbarten Treffpunkt an der großen Kirche gekommen, in der gerade eine Messe oder ein Chorgesang stattfand. Über ihnen erglühte ein Fenster in gedämpften Farben, und Bruchstücke eines getragenen lateinischen Gesangs klangen durch die Dunkelheit, die Philips Nervosität noch steigerten.

»Sie hat sich heute Nachmittag als Magd verkleidet in die Burg eingeschlichen.«

Philip stieß einen Fluch aus. Caitlyns Antwort übertraf seine schlimmsten Befürchtungen. Seine Gedanken überschlugen sich. Es musste ihm gelingen, Luce so schnell wie möglich zu befreien, ehe Robin entdeckt wurde … Wenn er nur wüsste, wo der Freund gefangen gehalten wurde … Dann könnte er eventuell einen Überraschungsangriff wagen …

»Wie viele von Robins und Luces Leuten halten sich in der Stadt auf?«, fragte er.

»Außer mir noch acht Männer. Und vor der Stadt befinden sich noch einmal zwanzig Männer.«

*Zusammen mit meinen Soldaten sind das hundertzwanzig Mann*, überlegte Philip rasch. »Hast du eine Ahnung, welche Wirtshäuser die Burgsoldaten in ihrer dienstfreien Zeit aufsuchen?«, wandte er sich wieder an die Köchin. Er hatte keine große Hoffnung, dass sie ihm weiterhelfen könnte, denn sie befand sich ja noch nicht lange in der Stadt. Aber zu seiner Überraschung lächelte Caitlyn und antwortete: »Das Wirtshaus ›Zum roten Stier‹ etwa in der Straße, die zum Burgtor führt. Ich habe dort in der Nähe gebettelt und immer wieder Soldaten hineingehen sehen.«

»Sind unter euren Männern welche, die mich kennen?«

Caitlyn nickte. »John und Paul sind Euch auf Yvains Hof öfter begegnet.«

Philip traf seine Entscheidung. »Sag den beiden, dass sie möglichst schnell zu diesem Wirtshaus kommen sollen. Sie sollen auf mein Zeichen achten, aber vor den anderen Gästen nicht zu erkennen geben, dass sie mich kennen.«

»Was habt Ihr vor, Herr?«

Philip lächelte grimmig. »Einen Soldaten entführen und von ihm in Erfahrung bringen, wo sich Luces Gefängnis befindet.«

*

Die Luft in dem Wirtshaus »Zum roten Stier« war zum Schneiden dick und stank nach angebranntem Kohl, Zwiebeln, Bier und dem Rauch der Feuerstelle. In dem niedrigen Raum herrschte ein dichtes Gedränge. Fast alle Plätze an den Tischen waren besetzt. Männer würfelten, aßen oder tranken. Andere schäkerten oder betatschten diverse aufreizend gekleidete Huren. Philip arbeitete sich zu der Feuerstelle durch, wo ein großer Bronzekessel über dem Feuer hing, und ließ sich von dem schmuddeligen Wirt Bier in einen Tonkrug füllen.

Auf einer Bank vor einer der rußgeschwärzten Fachwerkwände fand er noch einen freien Platz. Robin in der Burg, in der Nähe ihrer Todfeinde … Wie konnte sie nur so verrückt sein, dieses Wagnis einzugehen … Philip empfand einen hilflosen Zorn über sie, und doch liebte er sie gerade, weil sie so tollkühn handelte und alles für die Menschen tat, die ihr am Herzen lagen.

»Ihr seid neu in der Stadt?« Der Mann rechts neben Philip – er hatte ein schmales Gesicht unter weizenblonden Haaren und war, seiner einfachen Kleidung nach zu schließen, wahrscheinlich ein nicht sehr begüterter Handwerker – sprach ihn an.

»Ja, mich führen Geschäfte hierher«, blieb Philip eher vage. Falls sich das Gespräch weiterentwickelte, würde er sich als Kaufmann ausgeben. Aber er legte nicht sehr viel Wert auf eine Unterhaltung.

»Anscheinend seid Ihr nicht wegen der Hinrichtung gekommen, die am Johannistag stattfinden wird.« Der Mann musterte ihn abwägend.

»Nein, ich sehe mir keine Hinrichtungen an. Meistens trifft es ja ohnehin nur arme Teufel.«

Dies schien den Handwerker davon zu überzeugen, dass er Philip trauen konnte. »Ich bin jedenfalls froh, wenn der Bruder des Königs und seine Leute endlich wieder die Stadt verlassen.« Er wies unauffällig auf einige Soldaten, die miteinander würfelten und dabei grölend lachten und sich Schimpfworte zuriefen.

Die Tür des Wirtshauses ging auf, und Philip sah, dass John und Paul hereinkamen. Die beiden gingen wie er gerade eben zu dem Wirt und kauften sich ein Bier. An einem Tisch in Philips Nähe wurden nun einige Plätze frei, da Männer aufstanden und nach draußen gingen. Als die zwei Knechte sich setzten, nickte Paul, als ob er etwas zustimmte, das John gerade gesagt hatte. Aber Philip war davon überzeugt, dass er ihn erkannt hatte und das Nicken für ihn bestimmt gewesen war.

In einer Runde von Soldaten klapperten wieder die Würfel auf den Tisch. Gleich darauf sprang ein stämmiger Mann von der Bank auf und brüllte: »Verdammte Betrüger, ihr habt die Würfel gezinkt.«

»Halts Maul, Irwin, du hast einfach Pech im Spiel«, versuchten die anderen ihn zu beruhigen. »Setz dich wieder hin.«

Doch der Soldat beachtete das Zureden nicht. Verwünschungen vor sich hin murmelnd, schnallte er seinen Schwertgurt um und stapfte zur Tür. Das war die Gelegenheit, auf die er gewartet hatte.

»Zeit für mich, mich aufs Ohr zu legen«, verabschiedete sich Philip von dem Handwerker, ehe er sich auf den Weg zur Tür machte. Nur wenige Augenblicke später kamen auch die beiden Knechte nach draußen.

»Ihr habt es auf den Soldaten abgesehen?«, flüsterte Paul.

»Ja, lenkt ihr zwei ihn ab …« Während sie dem Mann folgten, zog Philip seinen Umhang aus. John und Paul überholten den Soldaten und stellten sich ihm in den Weg. »Könnt Ihr uns sagen, wie wir zur Korngasse kommen?«, fragte John. Der Soldat ahnte, dass dies womöglich eine Falle war, und griff zu dem Schwert an seinem Gürtel, doch ehe er es ziehen konnte, hatte ihm Philip schon von hinten den Umhang über den Kopf geworfen, und Paul hielt ihm ein Messer an die Kehle.

»Wenn Ihr Euch wehrt oder schreit, steche ich zu«, zischte er. Blitzschnell fesselte John die Handgelenke des Mannes mit seinem Gürtel. Dieser unternahm keine Gegenwehr. Die beiden Knechte schubsten ihn eine schmale

Gasse entlang – Philip vertraute ihrer Ortskenntnis – bis zu einem Durchgang, der auf die Rückseite einiger Gärten führte. Dort stießen sie ihn zu Boden.

Während Paul dem Mann immer noch das Messer an die Kehle hielt, kniete sich Philip neben ihn und sagte: »Ich will von Euch wissen, wo sich Luce de Nonant, Johns Gefangener, befindet. Wenn Ihr mir die Wahrheit sagt, seid Ihr morgen wieder ein freier Mann. Andernfalls werde ich Euch töten.« Und seine harte Stimme ließ keinen Zweifel daran aufkommen, dass er seine Worte ernst meinte.

*

Cederick verbrachte eine unruhige Nacht. Immer wieder träumte er davon, dass sich die Magd in Robin verwandelte, und erwachte mit einem brennenden Verlangen nach ihr. Kurz nach Anbruch der Dämmerung stand er auf. Nachdem er aufgestanden war, ließ er sich von einem Bediensteten Brot und heißes Wasser bringen, denn ihm war nicht danach zumute, in der Halle zu essen und dort Edward und John zu begegnen. Er beschloss auszureiten. Vielleicht, so dachte er, würde ihm dies helfen, wieder einen klaren Kopf zu bekommen.

Doch Cederick hatte kaum sein Zimmer verlassen, als ihm ein Diener entgegenkam, der ihm sagte, dass John ihn zu sprechen wünsche. Cederick war beinahe erleichtert. Auch John war also nicht bereit, die Szene vom Vorabend auf sich beruhen zu lassen. Falls John ihm die Treue aufkündigen und ihn aus seinem Dienst entlassen würde – womit er fest rechnete –, würde er endlich wieder frei sein. Rasch ging Cederick durch die Burg zu den Gemächern des Herrschers.

John trug noch sein Nachthemd und darüber einen roten Umhang. Auf dem Tisch vor ihm standen ein vergoldeter Kelch mit Würzwein, Weißbrot und eine zur Hälfte geleerte Schale Getreidebrei. Sein schütteres Haar war zerzaust, und seine Augen waren verquollen. Auch der Duft des Würzweins konnte nicht übertönen, dass sein Körper ungewaschen roch.

»Hoheit …« Während Cederick sich verbeugte, musterte John ihn einige Augenblicke nachdenklich. Schließlich sagte er: »Ihr scheint auch eine schlechte Nacht verbracht zu haben.« Ehe Cederick etwas erwidern konnte, hob er die Hand und fuhr fort: »Ich hoffe nicht, dass Euch unsere kleine Auseinandersetzung um den Schlaf gebracht hat. Denn ich weiß Ehrlichkeit durchaus zu schätzen. Und auch wenn wir beide des Öfteren unterschiedlicher Meinung sind, bin ich trotzdem überzeugt, dass ich mich unbedingt auf Euch verlassen kann. Ach, Cederick …«, John hob den Kelch und trank einen Schluck Wein, ehe er weiterredete, »… jeder Herrscher ist von Schmeichlern umgeben. Umso mehr zählt jeder aufrichtige, treue Mann für ihn.«

*Sag, dass du ihn verachtest,* schoss es Cederick durch den Kopf, *dass du ihm nicht glaubst und dass du wünschst, ihm nicht mehr verpflichtet zu sein.* Doch er brachte die Worte nicht über die Lippen und verbeugte sich nur stumm.

John betrachtete ihn noch einige Momente, während die Andeutung eines Lächelns um seinen Mund spielte. Dann hob er wieder die Hand und sagte: »Schön, dass wir uns verstanden haben, Cederick. Nun könnt Ihr gehen.«

Nein, John würde ihn niemals von der unsichtbaren Kette lassen, die ihn an ihn band, begriff Cederick. So wie er erzogen war, war ein einmal geleisteter Treueschwur bindend für alle Zeit. Aber was, wenn er den Mann, dem er die Treue geschworen hatte, immer mehr verachtete? Wenn dieser Mann – wovon er überzeugt war – noch nicht einmal vor Mord zurückschrecken würde, um die Krone für sich zu gewinnen? Konnte er es wirklich verantworten, einen Mann zu unterstützen, der dazu fähig war?

Bedrückt und uneins mit sich betrat Cederick den Pferdestall. Ein Knecht eilte herbei und wollte seinen Hengst satteln. Doch Cederick schickte den Mann weg und übernahm die Arbeit selbst. Er hatte den Hengst, der seinen inneren Aufruhr spürte und unruhig reagierte, eben aus dem Stall geführt, sich in den Sattel geschwungen und war ein Stück über den Hof geritten, als er in dem angrenzenden Geviert wieder die Magd mit ihrer Augenbinde sah. Für einen Moment verschwamm sie, wie in seinem Traum, mit Robin. Unwillkürlich zügelte Cederick sein Pferd und blickte ihr nach, wie sie zum Brunnen ging und dort einen Eimer ins Wasser tauchte.

*Sie bewegt sich wirklich genauso wie Robin,* dachte er. *Anmutig und doch voller Energie.* Um nicht wieder an sie erinnert zu werden, presste er seinem Hengst die Fersen in die Flanken und ließ ihn weiterschreiten.

*

Nachdem Robin den Eimer voll Wasser in die Küche gebracht hatte, half sie, Getreidebrei und Suppe in Schüsseln zu füllen und Brot in Scheiben zu schneiden. Ungeduldig wartete sie, bis endlich alles auf große Tabletts gestellt und in die Halle der Bediensteten getragen wurde. Rasch nahm sie einen Korb in die Hand und schloss sich den Bediensteten an.

Draußen ging sie ruhig weiter, als ob sie einen Auftrag auszuführen hätte, bis zum angrenzenden Hof. Dort verbarg sie sich hinter einem Holzstoß neben der Scheune, von wo aus sie einen guten Blick auf das Geviert hatte. Auf dem Weg zur Halle der Bediensteten musste der Haushofmeister an ihr vorbeikommen. Tatsächlich dauerte es nicht lange, bis sie ihn mit eiligen Schritten den Hof überqueren sah.

Robin verließ ihr Versteck und hastete weiter. Auf der Wendeltreppe des Wohngebäudes begegnete ihr ein Diener, der jedoch, als er den Korb sah, anzunehmen schien, dass sie etwas aus einem der Zimmer holen sollte, und ihr keine Fragen stellte. In der Kammer des Haushofmeisters riss sie den Schlüsselbund und einen Mantel von den Haken und versteckte die Schlüssel unter dem Gewand.

*Hoffentlich finde ich schnell den Schlüssel, der in das Schloss des Lagerhauses passt,* dachte Robin, während sie die Treppe wieder hinunterrannte. *Und dann muss ich auch noch den Schlüssel zur Tür von Luces Verlies finden.* Und was, wenn Luce noch so schwach war, dass er es nicht schaffte, mit ihr zum Tor zu gehen? Doch sie durfte jetzt nicht anfangen, darüber nachzugrübeln. Sie musste eine Sache nach der anderen tun …

Robin hatte fast das Lagerhaus erreicht, als ihr ein Soldat entgegenkam, dessen Gesicht von einem schwarzen Bart umrahmt wurde. Es war der Mann, der am Vortag am Tor gestanden hatte, als sie und Caitlyn um Einlass in die Burg gebeten hatten, wie Robin jetzt erkannte.

Sie nickte ihm kurz zu und wollte an ihm vorbeigehen. Doch er stellte sich ihr in den Weg. »Der Handel mit den Kuchen hat aber lange gedauert«, sagte er mit einem Grinsen.

»Der Aufseher über die Küche war so freundlich, mich probeweise als Magd einzustellen. Wenn Ihr mich nun bitte entschuldigen würdet, ich muss meiner Arbeit nachkommen«, erwiderte Robin, der nur zu bewusst war, dass ihr die Zeit davonrann, abweisend.

»Ach, die Bediensteten nehmen gerade ihr Frühstück ein. Niemand wird dich vermissen.« Sein Grinsen vertiefte sich, während er einen Schritt auf sie zutrat. »Wenn du nicht dein Auge verloren hättest, wärst du wirklich sehr hübsch. Aber auf deine Figur hat deine Verstümmelung ja ohnehin keinen Einfluss. Deine Brüste sind zwar recht klein. Aber ich wette, sie liegen einem angenehm in der Hand, wie pralle, samtige Pfirsiche.«

Robin hatte vorhergesehen, dass er versuchen würde, ihre Brüste zu betatschen, und wich ihm aus. Doch anstatt dass er sie, wie sie gehofft hatte, nun endlich in Ruhe lassen würde, stachelte ihn dies erst recht an. »He, du Krüppel, du solltest froh sein, dass sich überhaupt ein Kerl für dich interessiert«, fauchte er.

»Lasst mich in Ruhe!«, herrschte sie ihn an. Als der Soldat wieder nach ihr griff, schlug sie, ohne nachzudenken, seinen Arm weg. Dabei berührten seine Finger die Binde über ihrem Auge und streiften sie ab.

Erst als der Soldat sie völlig verblüfft anstarrte, begriff Robin, was geschehen war. »Du ... du hast dein Auge ja gar nicht verloren!«, stammelte er. Robin ließ den Korb fallen und riss den Dolch aus ihrem Gürtel. Sie hatte keine andere Wahl. Sie musste den Soldaten niederstechen und zum Schweigen bringen. Nur so hatte sie vielleicht noch eine Möglichkeit, Luce zu befreien.

Ihr Gegner erkannte, was sie vorhatte. Doch statt selbst

seine Waffe zu ziehen, starrte er sie, als ob er unter einem Bann stehen würde, weiter fassungslos an und taumelte einen Schritt zur Seite. Dabei stolperte er über den Korb und warf ihn um. Der Schlüsselbund rutschte unter dem Mantel hervor und fiel klirrend auf den harten Boden.

Das metallische Geräusch weckte den Soldaten aus seiner Erstarrung. Er wich Robin im letzten Moment aus, so dass ihn ihr Dolch statt in die Seite nur am Arm traf, und schrie gellend: »Eine Kundschafterin ist in der Burg! Lasst sie nicht entkommen!«

Robin rannte in Richtung des Tors. Aber noch bevor sie den Hof zur Hälfte überquert hatte, drangen von allen Seiten Männer auf sie ein. Sie duckte sich unter zwei Soldaten weg und zog einem anderen den Dolch über die Hand, als er sie festhalten wollte, sodass er mit einem Schmerzensschrei von ihr abließ.

Aus den Augenwinkeln nahm Robin wahr, wie sich das Portal der Halle öffnete und Edward de Thorigny neben einem schmächtigen Mann in königlicher Kleidung auf den Hof trat.

»Was hat dieser Aufruhr zu bedeuten?«, hörte sie ihn rufen. Alles um Robin herum verlangsamte sich, und die schreienden Männer schienen plötzlich ganz weit weg zu sein. *Es ist mir egal, wenn sie mich ergreifen und foltern und töten,* dachte sie, *wenn es mir nur gelingt, Edward de Thorigny umzubringen.* Luce, das wusste sie, würde ihren Entschluss verstehen und billigen.

Sie bemerkte kaum, dass ein Messerstich ihren linken Arm aufritzte und eine andere Waffe sie in die Schulter traf, als sie sich auf Edward de Thorigny zubewegte. Sie sah nur ihn und seltsamerweise den Teil eines Wandgemäldes in der

Halle. Blumenranken in dem gleichen Grün wie die Stickerei, die sie vor langer Zeit einmal begonnen hatte. Nun stand Robin vor Edward de Thorigny. Sie hob ihren Dolch und schrie: »Das ist für meine Mutter!«

Seine Augen weiteten sich, als er begriff und seine Rechte zu spät zur Waffe an seinem Gürtel zuckte. Die Spitze von Robins Dolch war nur noch einen Fingerbreit von seiner Brust entfernt, als ein heftiger Schlag ihren Hinterkopf traf und sie ohnmächtig zu Boden sackte.

*

»Du Miststück, du verdammte Schlampe …« Ein Tritt traf Robin in den Bauch und weckte sie aus ihrer Ohnmacht. Noch halb bewusstlos, krümmte sie sich und versuchte, von ihrem Peiniger wegzukriechen. Doch sie konnte ihre Arme und Beine nicht bewegen. Ein erneuter Tritt ließ sie die Augen aufreißen. Edward de Thorigny stand breitbeinig über ihr und betrachtete sie feixend. Hinter ihm konnte Robin ein vergittertes Fenster erkennen. Benommen erinnerte sie sich. Der Kampf vor der Halle … Ein Schlag auf den Kopf hatte ihr die Besinnung geraubt …

Instinktiv zerrte sie an den Stricken, mit denen ihre Arme und Beine gefesselt waren. Doch sie schnitten ihr nur qualvoll ins Fleisch. »Ja, versuch nur, dich zu befreien, bis du dir die Haut von den Gelenken geschürft hast. Mir wirst du nicht mehr entkommen«, höhnte Edward de Thorigny. Ein erneuter Tritt ließ Robin sich wieder vor Schmerzen krümmen und sich hustend übergeben.

*Nein*, dachte sie, *nein, es kann nicht sein, dass ich mich in Edward de Thorignys Gewalt befinde …* Vergebens versuchte sie gegen die Panik anzukämpfen, die sie zu überwältigen drohte. Ehe sie irgendwie reagieren konnte, packte er sie, zog sie in eine sitzende Position und kniete sich auf sie. Dann riss er ihren Kopf an den Haaren nach hinten, so dass sie ihm ins Gesicht blicken musste. In seinen braunen Augen lag ein grausamer, irrer Glanz.

»Erst hatte ich ja vor, John zu überreden, dass er dich zusammen mit deinem Bruder hängen lässt. Es ist eine schöne Vorstellung, euch beide nebeneinander am Galgen baumeln zu sehen und zu beobachten, wie das Leben langsam aus euch weicht«, sagte er leise, fast flüsternd. »Aber dann habe ich es mir anders überlegt. Nur zwei Tage lang Spaß mit dir zu haben wäre viel zu wenig. Du sollst dabei zusehen, wie dein verdammter Bruder stirbt, und danach werden du und ich uns noch sehr lange miteinander vergnügen. John hat mir versprochen, dass ich mit dir tun kann, was ich will. Du gehörst mir. Genau so, wie deine verdammte Mutter meinem Vater gehört hat.« Ein Grinsen breitete sich auf Edwards Gesicht aus, während Speichel von seinen Lippen auf Robins Gesicht tropfte. Nun roch sie glimmende Kohlen. Edward de Thorigny ließ von ihr ab und ging zu einem Bronzebecken, in dem ein Metallstab steckte.

Nein, sie würde sich nicht kampflos wie ein Stück Vieh von ihm brandmarken lassen, wie sein Vater es mit ihrer Mutter getan hatte! Der Hass half Robin, ihre Panik zu bezwingen.

Als Edward de Thorigny mit dem Stab in der Hand zu ihr zurückkehrte und sich zu ihr hinunterbeugte, um ihren rechten Arm zu packen, warf sie sich gegen seine Unterschenkel. Er verlor das Gleichgewicht und stürzte neben ihr zu Boden. Robin drehte sich herum und trat mit den gefesselten Beinen nach ihm. Sie traf ihn gegen die Knie, was ihn am Aufstehen hinderte. Doch dann war er aufgesprungen und trat und schlug auf sie ein. Einer seiner Hiebe schmetterte ihren Kopf gegen die Steinwand und raubte ihr wieder fast die Besinnung.

*Lieber soll er mich umbringen, als dass er mich vergewaltigt*, ging es ihr benommen durch den Kopf. Mit letzter Kraft trat sie noch einmal nach ihm. Doch sie traf ihn nicht, und Edward de Thorigny schien auch ihre Absicht zu erahnen. Denn er hörte auf, auf sie einzuprügeln. Stattdessen löste er seinen Gürtel und ließ seine Hose herunter. Dann kniete er sich auf Robins Oberschenkel, griff hinter sich und zerschnitt ihre Fußfesseln blitzschnell mit einem Messer, nur um sogleich ihre Beine auseinanderzuzerren und ihr Kleid zu zerreißen.

Robin wand sich unter ihm, doch seine Hände auf ihren Schultern nagelten sie auf dem Boden fest. »Ich bringe dich zu deinem Bruder, wenn ich mit dir fertig bin. Er soll sich an deinem Anblick freuen«, zischte er, während er sich auf sie warf. Robin biss die Zähne zusammen und machte sich bereit für den Schmerz, wenn er gewaltsam in sie eindringen würde. Wie aus weiter Ferne hörte sie, dass eine Tür aufgerissen wurde und gegen eine Wand krachte. Von den Schlägen war ihr Blick ganz getrübt. Bildete sie es sich nur ein, dass Cederick in ihrem Kerker erschienen war? Eine schwache Hoffnung regte sich in ihr, nur um sofort tiefer Verzweiflung zu weichen. Cederick hasste sie ja ebenfalls. Wahrscheinlich würde er gleich zusammen mit seinem Halbbruder über sie herfallen.

*

Aufgewühlt und durcheinander, wie er war, war Cederick einfach immer nur weitergaloppiert, ohne darauf zu achten, wo er sich befand. Schließlich, als er bemerkte, dass sein Hengst allmählich ermüdete, kam er wieder zu sich. Er bemerkte, dass ein Stück von ihm entfernt die Themse durch weidengesäumte Wiesen floss. Er ritt zum Fluss, sprang ab, und, nachdem er die Zügel über einen Busch geworfen hatte, setzte er sich ans Ufer. Das Wasser war grün, aber dennoch klar, und im Sonnenlicht konnte er bis auf den steinigen Grund hinuntersehen.

Dem langsam dahinfließenden Wasser zuzusehen half Cederick, seine Gedanken zu klären. Sein Vater war ein grausamer Mann gewesen. Auch John war grausam und würde ein ungerechter und brutaler Herrscher werden, falls Richard nicht nach England zurückkehrte. Sicher, John hatte ihm geholfen, als die Familie de Thorigny in Ungnade gefallen war. Aber diese Verpflichtung, die er als Junge eingegangen war, konnte nicht bedeuten, dass er sich ein Leben lang an einen Verbrecher band. Es war besser, unehrenhaft und mit einem gebrochenen Treueschwur zu leben, als einem solchen Mann zu dienen.

Als Cederick aufstand und zu seinem Pferd ging, fühlte er sich wie von einer schweren Last befreit. Auch wenn ihn Richard wirklich von seinen Gütern vertreiben sollte, war ihm dies gleichgültig. Er würde irgendeine Möglichkeit finden, sein Leben zu fristen.

In der Nähe eines Dorfes begegnete er einem Bauern, der mit einem Ochsengespann unterwegs war. Diesen fragte er, wo er sich befand. Erst auf die Antwort des Mannes hin begriff er, dass er sich mehr als fünfzehn Meilen von Oxford entfernt hatte. Da er seinem Hengst nicht schon wieder einen stundenlangen Galopp zumuten wollte, kam er erst am frühen Nachmittag wieder in der Burg an. Er beschloss, sofort John aufzusuchen und ihm seinen Entschluss mitzuteilen.

Doch schon als Cederick durch das Tor ritt, nahm er die seltsam angespannte Atmosphäre wahr. Vor dem Pferdestall standen einige Knechte zusammen und unterhielten sich leise und aufgeregt über etwas. Als Cederick auf sie zuritt, trennten sie sich hastig. Er warf einem von ihnen die Zügel zu und fragte: »Ist etwas geschehen?«

Cederick rechnete damit, dass wahrscheinlich während seiner Abwesenheit ein Bote in der Burg eingetroffen war und Nachrichten über Richard überbracht hatte. Doch zu seiner Überraschung erwiderte der Knecht: »Ja, Herr, eine Kundschafterin wurde entdeckt und gefangen genommen. Die Frau muss eine Hexe sein, denn sie hat gekämpft wie ein Mann und einige Soldaten verletzt. Wahrscheinlich hätte sie sogar Euren Halbbruder getötet, wenn sie nicht im letzten Moment niedergeschlagen worden wäre.«

Die Magd, die er in der vorigen Nacht im Hof und am Morgen beim Wasserholen gesehen hatte und die sich in seinen Träumen in Robin verwandelt und ihn mit brennender Sehnsucht nach ihr erfüllt hatte ... Noch ehe Cederick den Gedanken richtig klar zu fassen bekam, verstand er schon in seinem Herzen, dass diese Magd tatsächlich Robin gewesen war. Ganz sicher hatte sie sich in die Burg eingeschlichen, um ihren Bruder zu befreien.

»Vor einer Weile ist Euer Halbbruder zu dem Verlies der Hexe gegangen«, hörte er den Knecht weitersprechen. »Sie wird es wohl ziemlich bald bedauern, sich mit ihm und John angelegt zu haben. Euer Halbbruder soll beabsichtigen, sie zu foltern. Nun, das geschieht dem verdammten Weib ganz recht, finde ich.«

Einen Moment lang starrte Cederick den Knecht fassungslos an. Dann drehte er sich um und stürmte zu dem Lagerhaus.

*

»Du Schwein, lass sie los!«, hörte Robin Cederick brüllen. Im nächsten Moment wurde Edward hoch und von ihr weg gerissen. Cederick schmetterte ihn gegen die Wand.

»Die Hexe hat dich wirklich völlig betört!«, höhnte Edward, während er blitzschnell auf Cederick losging und ihm einen Faustschlag gegen das Kinn versetzte, der ihn zum Taumeln brachte. Edwards mordlüsterner Blick ließ nicht den geringsten Zweifel daran, dass er seinen Bruder töten wollte. Er bückte sich zu seinem Schwertgurt, der auf dem Boden lag, und wollte die Waffe aus der Scheide ziehen. Doch Cederick hatte sich schon wieder gefangen und hieb seinem Halbbruder beide Fäuste in den Bauch. Während Edward vornübersackte, griff Cederick nach dem Eisenstab, mit dem Edward Robin hatte brandmarken wollen, und zog ihn seinem Halbbruder über den Schädel. Mit einem Röcheln brach Edward ohnmächtig zusammen.

»Robin …« Nun kniete Cederick neben ihr und löste ihre Handfesseln mit einem Messer. »Hat Edward dich …?« Seine Stimme brach. Sie schüttelte stumm den Kopf, immer noch halb betäubt von den Schlägen.

Cederick half ihr auf die Füße. Robin musste sich an ihn klammern, um nicht zu stürzen. Er zog seinen Mantel aus und legte ihn ihr um die Schultern, um ihr zerfetztes Gewand zu verdecken.

»Ich bringe dich von hier weg, in Sicherheit«, sagte er rau.

»Ich gehe nicht ohne Luce«, flüsterte Robin.

Cederick zögerte kurz, doch dann nickte er.

»Ich glaube, dein Bruder hat den Schlüssel zu Luces Verlies bei sich.« In ihrem Kopf hörte Robin ihn wieder sagen: *Ich bringe dich zu deinem Bruder, wenn ich mit dir fertig bin. Er soll sich an deinem Anblick freuen*, und für einen Moment begann sich der Kerker um sie zu drehen.

»Es ist alles gut. Ich lasse nicht zu, dass dir noch einmal jemand ein Leid zufügt«, hörte sie Cederick sanft sagen, während er seinen Arm fester um sie legte, um sie zu stützen. Er stand nicht auf der Seite Johns und Edwards … Robin konnte noch immer nicht wirklich fassen, dass er ihr zu Hilfe gekommen war.

»Luce …«, wiederholte sie nur, während sie sich von ihm losmachte und sich gegen die Steinwand lehnte. Es fiel ihr schwer, die Lippen zu bewegen, denn sie waren von Edward de Thorignys Schlägen aufgeplatzt.

Cederick bückte sich wortlos und durchsuchte die Kleider seines Halbbruders. Tatsächlich fand sich in einer Tasche seines Hemdes ein Schlüssel. Nachdem sie den Kerker verlassen hatten, kehrte Cederick zu Robins Verwunderung noch einmal in das Verlies zurück und kam dann mit Edwards Umhang auf den Gang heraus. Er verschloss die Tür mit dem Schlüssel, der noch außen im Schloss steckte. Robin folgte ihm den Gang entlang bis zu einer weiteren Tür aus dickem Eichenholz, die mit einem schweren Schloss gesichert war. Der Schlüssel, den Edward de Thorigny bei sich gehabt hatte, passte, und die Tür ließ sich öffnen.

»Luce …« Robin schob sich an Cederick vorbei und lief

in die Zelle. Ihr Bruder richtete sich auf seinem Strohlager auf. Seine Augen weiteten sich erstaunt, als er sie erkannte. Während Robin neben ihm auf die Knie sank und ihn umarmte, registrierte sie, wie hager er geworden war, seit sie ihn zum letzten Mal gesehen hatte.

»Luce … Ach, bitte verzeih mir …« Sie begann zu weinen.

»Ich muss dich um Verzeihung bitten.« Auch Luce kämpfte gegen seine Tränen an. Dann schob er Robin ein Stück von sich weg und musterte ihr zerschlagenes Gesicht. »Hat er dir das angetan?«, fragte er mit einem hasserfüllten Blick auf Cederick, der stumm in einer Ecke des Verlieses stand.

»Nein, er wird uns retten.« Robin schüttelte den Kopf.

*Bitte!*, flehten ihre Augen Cederick an. Er schien zu verstehen. Denn nun kam er zu ihr und Luce und ließ sein Schwert auf die Kette, die ihren Bruder an die Wand fesselte, niederfahren. Nach ein paar Hieben zersprang das Eisen.

»Zieht Edwards Mantel über«, sagte er knapp und reichte Luce das Gewand. »Hoffentlich haben wir Glück, und keine der Wachen erkennt Euch, und ich kann mit Euch und Eurer Schwester ungehindert das Tor passieren. Und du«, er berührte Robin an der Schulter, »schlag die Kapuze über deinen Kopf, um dein Gesicht zu verbergen.«

Die Berührung löste Robins Starre. *Ich liebe ihn*, begriff sie. *Und Cederick muss mich ebenfalls lieben, denn sonst hätte er sich ja nicht gegen John und Edward gestellt, um mich und Luce zu retten.*

Sie hatten eben das Lagerhaus verlassen, als plötzlich Geschrei und Waffengeklirr ertönte. »Was …?«, schrie

Cederick zornig und erschrocken auf, während er sein Schwert aus der Scheide riss und sich vor Robin und Luce stellte, um sie zu schützen.

»Gebt mir Euren Dolch«, hörte sie Luce sagen, der neben Cederick trat. Doch in diesem Moment stürmte ein Trupp Bewaffneter in den Hof. Allen voran ein blonder Mann mit zornig blitzenden blauen Augen. Robin glaubte schon, sie habe eine Vision. Doch nun hörte sie Luce mit einem wilden Lachen rufen: »Philip, bei Gott, es ist wirklich Philip ...«

Philip fuhr herum. Er erkannte Robin und rannte auf sie zu.

»Philip ...« Sie streckte die Arme nach ihm aus.

In dem Moment, als er sie an sich zog, wurde ihr schwarz vor Augen. Als sie wieder klar sehen konnte, war Cederick verschwunden. Robin wollte Philip und Luce nach ihm fragen. Doch Philip hob sie schon hoch. Bewaffnete, unter denen Robin einige ihrer Leute erkannte, drängten sich schützend um sie beide und Luce. Sie umgaben sie wie ein Schildwall und kämpften ihnen den Weg zum Tor frei. Auch dort fochten Männer gegen Johns Soldaten. Andere hatten sich in den Nebenstraßen verborgen gehalten. Als Philip, Robin und Luce aus dem Tor kamen, sprengten sie auf Pferden zu ihnen.

Philip schwang sich in den Sattel eines Tiers und zog Robin zu sich hinauf. Auch Luce sprang auf ein Pferd. Verschwommen nahm Robin wahr, dass Philip sein Schwert hochriss und einen Soldaten niederstach, der ihn angriff. Dann sprengten sie los, die Straße hinunter, an Menschen vorbei, die ihnen erschrocken auswichen. Ein Stand voller Töpferwaren stürzte um, Gänse flatterten zornig zischend hoch, Hunde rannten kläffend zur Seite. Dann hatten sie das Stadttor durchquert, und Felder und Wiesen erstreckten sich vor ihnen. Sie waren entkommen.

*

Robin humpelte durch das Waldlager. Bei jedem Schritt schmerzte ihr Körper von den Hieben und Tritten Edward de Thorignys und von den Verletzungen des vorherigen Kampfes, und ihr Gesicht war stark geschwollen. Als sie in dem Versteck angekommen waren, war sie von dem Ritt wieder halb ohnmächtig gewesen. Mittlerweile war es schon dämmrig. Caitlyn hatte ihr gesagt, dass sie Philip bei den Verwundeten finden würde. Und tatsächlich trat er eben aus dem aus Stoffbahnen und Ästen improvisierten Zelt.

»Philip, ich muss mit dir sprechen«, sagte Robin.

Er nickte. »Lass uns ein Stück in den Wald gehen.« Sie folgte ihm einen schmalen Pfad entlang, der zwischen Laub- und Nadelbäumen hindurchführte, bis sie den Rand einer kleinen, fast kreisrunden Lichtung erreichten. Ein Hase, den sie aufgeschreckt hatten, hoppelte in den Schutz der Bäume davon.

»Haben wir viele Tote und Verwundete zu beklagen?«, fragte Robin.

»Drei Soldaten der Königin und zwei eurer Männer wurden getötet. Zehn Männer wurden verwundet, davon zwei schwer.« Philip seufzte. »Ich kann gar nicht sagen, wie satt ich dieses sinnlose Blutvergießen habe und wie sehr ich hoffe, dass bald wieder Frieden einkehren wird.«

»Danke, dass du dein Leben aufs Spiel gesetzt hast, um Luce und mich zu retten«, sagte Robin leise.

»Nun, ich konnte unmöglich zulassen, dass John und

Edward de Thorigny Luce hängen würden. Auch wenn ich wünschte, dass du dich nicht in Gefahr gebracht hättest. Aber ich schätze, darüber wolltest du nicht mit mir sprechen.«

»Nein, du hast Recht …« Wie sollte sie nur einen Anfang finden? Robin schluckte. »Philip, ich …«, begann sie.

»Ich nehme an, du willst mir sagen, dass du Cederick liebst und dich für ihn entschieden hast.« Philips Stimme klang ganz ruhig.

»Ja … Ich habe ihn immer geliebt, und als er sich gegen seinen Halbbruder und John stellte, um mich zu retten …« Robin brach hilflos ab.

»Ich habe es schon geahnt, als ich dich und Luce zusammen mit ihm im Burghof sah.«

»Er war plötzlich verschwunden. Weißt du, wohin er gegangen ist?« *Was, wenn Cederick von Johns und Edwards Leuten getötet worden ist?*, durchfuhr es Robin.

»Einer von unseren Leuten glaubt, ihn auf der Straße nach Watford gesehen zu haben«, sagte Philip zu Robins Erleichterung. Watford lag in der Richtung von Colchester, wo Cederick ein Gut besaß.

»Ich muss zu ihm …«

»Ich würde dich zwar gerne begleiten, um dich zu beschützen und zu wissen, dass du in Sicherheit bist. Aber dich gewissermaßen selbst meinem Rivalen zuzuführen, das kann ich nicht.« Philip lächelte traurig. »Du musst mir jedoch versprechen, dass du dich nicht allein auf den Weg machen, sondern ein paar von unseren Leuten mitnehmen wirst.«

»Ich verspreche es dir. Ach, Philip …«, sagte Robin impulsiv.

»Tu mir den Gefallen und bitte mich jetzt nicht, dein Freund zu bleiben.« Philip seufzte. »Du wirst meine Freundschaft immer besitzen. Aber jetzt will ich nichts davon hören. Denn ich liebe dich nun einmal.«

»Du bist mehr als ein Freund für mich. Ich liebe dich auch …«

»Aber Cederick liebst du mehr?«

»Wenn ich mit ihm zusammen bin, ist es so, als ob ich ganz wäre, als ob eine alte Wunde in mir, von der ich gar nicht wusste, dass sie mich quälte, plötzlich verheilt wäre«, versuchte Robin ihre Gefühle in Worte zu fassen.

»Ich wünsche dir, dass du mit ihm glücklich wirst«, erwiderte Philip leise. Robin spürte, dass er seine Worte ehrlich meinte, und war ihm dankbar dafür. »Nun muss ich meinen Entschluss noch Luce mitteilen«, erklärte sie bedrückt.

»Es wird ihm sicher nicht leichterfallen als mir, ihn zu akzeptieren.« Philip lächelte schief. »Soll ich mit ihm sprechen?«

»Nein, das ist meine Sache.«

Ein Rascheln zwischen den Bäumen ließ Robin zusammenzucken. Doch es war nur Luce, der – als würde sie und ihn ein unsichtbares Band verbinden und als hätte er ihre Not gespürt – auf die Lichtung trat.

»Hier finde ich euch also.« Er lächelte sie und Philip an.

*Wahrscheinlich wirken wir wie ein Liebespaar, das sich heimlich davongestohlen hat*, begriff Robin wehmütig.

»Dann lasse ich euch beide besser allein.« Philip drückte kurz ihre Hand, ehe er davonging.

»Was hat er denn?« Luce blickte ihm verwundert nach. »Philip hat so ernst gewirkt. Du hast hoffentlich nicht wieder einen Antrag von ihm abgewiesen«, scherzte er.

»Doch, das habe ich …« Ihrem Bruder zu offenbaren, dass sie Cederick liebte und sich für ihn entschieden hatte, war noch viel schwerer, als dies Philip gegenüber zu tun. Doch sie überwand sich und gestand es ihm. Und wie sie gefürchtet hatte, wich Luces Lächeln erst Verwunderung, dann Ärger und Unwillen.

»Robin, ich weiß, Cederick hat uns gerettet. Aber er ist und bleibt nun einmal Williams Sohn«, erklärte er zornig. »Ich verstehe einfach nicht, wie du ihn lieben kannst.«

»Cederick ist er selbst, ein eigenständiger Mensch. Für mich hat es keine Bedeutung mehr, dass er Williams Sohn ist«, erklärte Robin entschieden. Das hatte Matilda gesagt, aber das hatte auch sie selbst im Grunde ihres Herzens schon immer gewusst. Sie empfand plötzlich eine große Freiheit.

»Luce«, Robin legte ihm die Hand auf den Arm und sah ihn bittend an, »ich werde zu Cederick gehen, ob du es gutheißt oder nicht. Aber ich habe so sehr unter dem Zerwürfnis mit dir gelitten. Und wir haben uns doch gerade erst wiedergefunden. Lass uns nicht erneut im Streit auseinandergehen.«

»Ich weiß, dass ich dich von nichts abhalten kann, was du dir einmal in den Kopf gesetzt hast.« Luce seufzte. »Ich billige deinen Entschluss nicht, aber ich trage ihn dir auch nicht nach.« Dann umarmte er Robin fest. Sie erwiderte seine Umarmung, während sie erleichtert dachte: *Ja, wir haben uns wiedergefunden.*

*

»Ich habe mich leider in Eurem Halbbruder getäuscht.« John bedachte Edward de Thorigny, der ihm mit blutunterlaufenen Augen gegenübersaß, mit einem lauernden Blick. »Ich hätte nie gedacht, dass er sich auf die Seite meiner Feinde schlagen und diesem Luce de Nonant und dessen Schwester helfen würde zu entkommen. Gut möglich, dass er auch den Soldaten der Königin geholfen hat, in die Burg einzudringen.«

Dies glaubte John zwar nicht wirklich. Nach allem, was er in Erfahrung gebracht hatte, waren die Soldaten am Tor so tölpelhaft gewesen, sich von den Angreifern überrumpeln zu lassen. Aber es konnte nicht schaden, Edwards Zorn noch weiter anzustacheln.

»Dieser verdammte Bastard …« Schwerfällig schüttelte Edward de Thorigny den Kopf. Er wirkte immer noch mitgenommen von dem Schlag, den ihm sein Halbbruder auf den Schädel verpasst hatte. Sein Gesicht spiegelte Scham und Wut.

*Nun, an seiner Stelle wäre es mir auch höchst peinlich gewesen, halb nackt und ohnmächtig in einem Kerker eingesperrt entdeckt zu werden,* dachte John bissig, während er gleichzeitig das endgültige Resümee seines Verhältnisses zu den Halbbrüdern zog. Er hatte sich in beiden getäuscht. Er hatte geglaubt, mit Edwards Hilfe seine Herrschaft über England festigen zu können, aber dabei dessen Talente überschätzt. Und Cederick hatte sich letztlich nicht durch seinen einmal geleisteten Treueschwur nach Belieben manipulieren lassen. Wobei John mittlerweile Cederick für den viel fähigeren der beiden Männer hielt. Aber diese Erkenntnis war nun belanglos.

John wies auf den Kelch, der vor Edward de Thorigny stand, und sagte scheinbar mitfühlend: »Trinkt von dem Wein. Er wird Euch bestimmt guttun.«

Hastig stürzte Edward den Inhalt des Kelchs hinunter, nur um dann weiter vor sich hin zu stieren. Auch John trank nun einen Schluck Wein. Wenn er ehrlich gegen sich selbst war – und nachdem er in seiner Burg überrumpelt und sein wertvoller Gefangener gewissermaßen vor seinen Augen befreit worden war, mochte er sich eigentlich keinen Illusionen mehr hingeben –, glaubte er nicht mehr daran, Richard die Krone abspenstig machen zu können. Aber wenn seine Pläne schon scheiterten, sollten die, die ihn enttäuscht hatten, ebenfalls dafür bezahlen.

»Aber was beschwere *ich* mich über Cederick«, sagte John sanft, während er Edward nicht aus den Augen ließ. »Für Euch muss es ja noch viel bitterer sein, so von ihm hintergangen worden zu sein. Bei allem, was Ihr für ihn getan habt …« Er ließ seine Worte mit einem Seufzen ausklingen.

»Dieser Bastard, ich bringe ihn um«, knurrte Edward.

John unterdrückte ein Lächeln. Dies war genau das, was er sich von Edward erhofft hatte.

*

Cederick ließ sich von seinem Hengst gleiten. Er war so steif von dem stundenlangen Ritt, dass er sich an der Flanke des Tiers abstützen musste, um nicht zu stürzen. Am liebsten wäre er bis zur völligen Erschöpfung weitergaloppiert. So lange, bis das Bild in ihm ausgelöscht worden wäre, wie sich Robin in Philip de Tallebois' Arme warf. Aber sein Hengst war schon einige Male gestrauchelt. Er wollte das Pferd nicht quälen.

Er rieb den schweißnassen Pferdeleib so gut es ging mit der Satteldecke trocken, ehe er den Hengst zu einem Bach am nahen Waldrand führte, wo er ihn trinken ließ. Eine Dunstschicht verdeckte die Sterne, und auch aus dem Bach stieg Nebel auf, der Cederick frösteln ließ.

Nachdem sein Pferd genug getrunken hatte, führte Cederick es in den Wald, wo er sich im Schutz einiger Bäume niederlegte. Mit offenen Augen starrte er zu den Ästen hinauf, die ein dunkles Gitter vor dem Nachthimmel bildeten. Er hatte sich noch überzeugt, dass Robin und ihr Bruder bei Philip de Tallebois in Sicherheit waren. Dann hatte ihn nichts mehr in der Burg gehalten. Irgendwie hatte er es geschafft, die kämpfenden Gruppen zu umgehen und unbehelligt aus dem Tor und aus der Stadt zu gelangen.

*Wie habe ich nur hoffen können, dass Robin mich lieben könnte?*, dachte Cederick müde. Er schauderte bei der Erinnerung, was Edward ihr angetan hatte, auch wenn er es gerade noch hatte verhindern können, dass sein Halbbruder sie vergewaltigte. Wenn er noch irgendwelche Zweifel daran gehabt hätte, dass seine Amme ihm die Wahrheit über seinen Vater gesagt hatte, wären sie in dem Moment, als er Edward auf Robin liegen sah, beseitigt gewesen. Sie beide waren die Söhne ihres Vaters. Williams Blut floss auch in seinen Adern.

Cederick versuchte sich zu sagen, dass es besser für Robin war, Philip de Tallebois zu lieben und nicht ihn. Dennoch fasste er, bevor ihn endlich der bleierne Schlaf der Erschöpfung überfiel, an sein Handgelenk, wo er vor langer Zeit einmal das Seidenband getragen hatte, das Robin ihm geschenkt hatte.

*

Geistesabwesend streichelte Philip die Flanke seines Hengstes. Das Tier war bei der Flucht aus der Stadt verletzt worden – ein Dolchstich hatte es am Hals gestreift –, und er war auf die Weide gegangen, um nach ihm zu sehen. Aber es war ihm ohnehin ganz lieb, eine Weile für sich zu sein. Am frühen Morgen war Robin mit sechs Männern zu Cederick de Molesmes Gehöft aufgebrochen. Er hatte es irgendwie geschafft, sich von ihr zu verabschieden, hatte es sogar fertiggebracht, mit ihr zu scherzen, denn er wollte nicht, dass sie wegen ihm ein schlechtes Gewissen hatte.

Noch hatte er es nicht richtig begriffen, dass er Robin verloren hatte, aber allmählich begann sich ein dumpfer Schmerz in ihm zu regen. So wie ein Körper, nachdem er eine schwere Wunde erlitten hatte, häufig anfangs wie betäubt reagierte.

Während sich die Flanke des Hengstes unter seiner Hand hob und senkte, erinnerte sich Philip daran, wie er und Robin damals in den walisischen Bergen die Frau aus dem vom Erdrutsch bedrohten Haus gerettet hatten und wie er ihr plötzlich in dem Olivenhain vor den Mauern von Aleppo gegenübergestanden war. Ihre gemeinsame Reise vom Orient nach Schottland und wie er Robin dann zu dem Kloster am Meer gebracht hatte, zog durch sein Gedächtnis. Nein, er würde für keine andere Frau so viel empfinden können wie für Robin.

»Philip!« Luces Ruf vom anderen Ende der Weide ließ ihn aufschrecken. Schon an der Stimme des Freundes hörte er, dass etwas Schlimmes geschehen war. Philip eilte ihm über die Wiese entgegen. Die Miene des Freundes war erschrocken und tief besorgt.

»Philip«, brachte Luce keuchend hervor, »einer unserer

Leute ist davon überzeugt, dass er Edward de Thorigny auf der Straße nach Watford gesehen hat. Edward hatte um die sechzig Männer bei sich.«

Die Straße nach Watford führte weiter nach Colchester, wo Cedericks Gehöft lag. Philip gab sich nicht der Illusion hin, dass dies ein Zufall sein könnte. Nein, Edward war bestimmt dorthin unterwegs, um sich an seinem Halbbruder für dessen Verrat zu rächen. Früher oder später würden er und seine Leute auf Robin treffen.

*Ach, warum habe ich nicht meinen dummen Stolz und meine verletzten Gefühle zurückgestellt und Robin begleitet*, verwünschte er sich. Er würde es sich nie verzeihen können, wenn ihr etwas zustieße. In Luces Augen sah er seine eigene Angst gespiegelt.

»Wir müssen sofort aufbrechen«, sagte er.

Luce nickte stumm.

*

Langsam ritt Cederick eine Hügelkuppe entlang. In der Ferne konnte er unter dem bewölkten Himmel ein Getreidefeld sehen. Der Wind blies durch die fast reifen Halme, ließ sie sich senken und wieder aufrichten wie Wellen an einem Strand. Cederick liebte das Gehöft, auf dem er bei seinen Pflegeeltern aufgewachsen war. Doch als er am Vorabend dort angekommen war, hatte er sich völlig fremd gefühlt, und die unausgesprochene Sorge seiner Bediensteten, die fühlten, dass ihn etwas quälte, hatte ihn zusätzlich belastet.

So viel war in den letzten Wochen geschehen. Er hatte die Wahrheit über seinen Vater erfahren und akzeptiert, und er hatte auch endlich begriffen, was für ein Mensch Edward war. Aber das Wichtigste und Quälendste war, dass seine nie wirklich eingestandene Hoffnung, Robin könnte ihn vielleicht doch lieben, endgültig erloschen war.

Cederick kam sich vor wie ein Mensch, der sich nach einer langen schweren Krankheit erst wieder im Leben zurechtfinden musste. Deshalb hatte er beschlossen, sich für die nächsten Tage in die etwa zehn Meilen von dem Gehöft entfernte kleine Jagdhütte zurückzuziehen. So lange, bis er wieder Klarheit über sich und sein Leben gewonnen hatte.

Unten im Tal entdeckte Cederick nun eine Gruppe von Reitern. Er hatte seinem Verwalter eingeschärft, falls Edward bei dem Anwesen erscheinen sollte, ihm auf keinen Fall das Tor zu öffnen und sich weder von Schmeicheleien noch von Drohungen beeindrucken zu lassen. Nein, stellte er erleichtert fest, die Reiter trugen weder das Wappen der de Thorignys noch das Johns. Sie waren, wie er jetzt sah, als sie näher kamen, eher einfach gekleidet.

An der Spitze der Reiter galoppierte ein zierlicher Mann, eigentlich eher ein Junge. *So hat Robin immer auf einem Pferd gesessen*, durchfuhr es ihn, nur um sich gleich darauf zu sagen, dass seine Sehnsucht nach ihr ihm wieder etwas vorgaukelte.

Cederick wollte gerade wieder zurück in den Wald und zu der Jagdhütte reiten, als der Mann an der Spitze der Gruppe sein Pferd kurz zügelte, nur um es dann den Hang hinauf und in seine Richtung zu lenken.

*Es ist wirklich Robin*, begriff Cederick. Für einen Moment raubten ihm Überraschung und Freude schier den Atem. Doch dann erfüllte ihn eine jähe Angst. Er war der Sohn seines Vaters. Ihn zu lieben würde Robin nur unglücklich machen. Er durfte ihr das nicht antun.

*

Während des Ritts nach Ostengland hatte der Wunsch, Cederick wiederzusehen und ihm zu sagen, dass sie ihn liebte, Robin vorwärtsgetrieben. Dieser Wunsch hatte sie auch die Schmerzen ihres geschundenen Körpers aushalten lassen. Es war mehr eine Ahnung gewesen, die Robin ihr Pferd den Hügel hinauf hatte lenken lassen. Doch nun, da sie erkannte, dass der Mann auf dem Hengst wirklich Cederick war, verspürte sie ein tiefes Glücksgefühl, und sie trieb ihre Stute noch mehr an.

Doch Robins Glücksgefühl verwandelte sich in Unsicherheit, als Cederick nicht etwa auf sie zuritt, sondern von seinem Pferd sprang und ihr – wie es schien – unwillig entgegenblickte. Hatte sie sich etwa getäuscht, und er liebte sie gar nicht und hatte sie und Luce nur gerettet, da er ohnehin mit seinem Halbbruder und John brechen wollte?

Als Robin Cederick erreicht hatte, sprang auch sie ab. Sie hatte sich vorgestellt, auf ihn zuzulaufen und sich in seine Arme zu werfen. Doch er sah sie beinahe so feindselig an wie damals in dem Olivenhain.

»Cederick, ich …«, begann sie.

»Du hättest mir nicht hierher folgen sollen.« Er schüttelte abwehrend den Kopf.

»Cederick, ich liebe dich«, flüsterte Robin.

»Ich bin der Sohn meines Vaters. Meine Familie hat deiner Familie bisher nur Unglück gebracht.«

Verhielt er sich deshalb so abweisend? Robin versuchte in seinem Gesicht zu lesen, doch es war ganz starr. »Ich liebe dich«, wiederholte sie, »und es ist mir völlig gleichgültig, wer dein Vater ist. Für mich bist nur du wichtig. Cederick, ja, dein Vater hat meiner Familie sehr viel Leid zugefügt, und ich werde ihn immer hassen. Aber gerade deshalb werde ich es nicht zulassen, dass er nun auch noch unsere Liebe zerstört.«

Als Cederick nichts erwiderte, ergriff Robin seine Hände. »Sag mir, dass du mich nicht liebst«, befahl sie zornig, »los, sag es mir.«

»Das kann ich nicht.« Ein trauriges Lächeln huschte über sein Gesicht. »Denn ich liebe dich mehr als mein Leben. Aber ich habe Angst, dass dich meine Liebe nicht glücklich machen wird.«

»Und ich weiß, dass sie mich glücklich machen wird.« Robin sah ihn unverwandt an. Sie nahm wahr, wie der Wind mit seinem Haar spielte und seinen Umhang blähte. Nun war sein Gesicht nicht mehr starr. Freude und Sorge kämpften darin. Nein, es durfte nicht sein, dass die Vergangenheit ihrer beider Leben zerstörte.

Und dann, endlich, zog Cederick sie mit einem Aufseufzen, als hätte er einen langen Kampf ausgefochten, an sich. Sein Kuss war voller Sehnsucht und Leidenschaft und ließ alles um Robin herum versinken.

*

Hatte sie es nur geträumt, wieder mit Cederick zusammen zu sein? Eine plötzliche Angst durchfuhr Robin. Doch als sie die Augen öffnete, lag er schlafend neben ihr auf dem gestampften Lehmboden der Jagdhütte. Frühes Morgenlicht fiel schräg durch die Ritzen der Bretter, und die Luft war frisch und kühl. Sie schmiegte sich enger an ihn und horchte auf seinen gleichmäßigen Atem. Nachdem sie sich auf dem Hügel getroffen hatten, hatte Cederick Robins Begleiter zu seinem Anwesen geschickt und war mit ihr zu der Hütte geritten.

Robin war froh darüber gewesen, mit ihm allein zu sein. Ihr ganzes Denken und Fühlen hatte ohnehin nur um Cederick gekreist. Sie hatten sich lange und intensiv geliebt, was ihr wieder das Gefühl beschert hatte, verwundbar und gleichzeitig stark und lebendig und ganz sie selbst zu sein – so wie sie es ohne Cederick nie erlebt hatte. Sie beugte sich zu ihm hinunter und küsste ihn sanft, was ihn aufweckte. Ein Lächeln zog über sein Gesicht, als er sie ansah und dann vorsichtig ihre Wange berührte, die von den Schlägen Edwards blau verfärbt war.

»Ich wünschte, ich wäre nicht so entstellt, sondern schön für dich«, murmelte Robin.

»Du bist schön.« Cederick küsste die Verletzung, dann wanderten seine Lippen ihren Hals hinunter zu ihren Brüsten und liebkosten sie, bis Robin aufstöhnte und auf ihn glitt. Nachdem sie sich noch einmal lange geliebt hatten, blieben sie erschöpft nebeneinander liegen.

Robin betrachtete das Strohdach und die rohen Bretterwände. »Dieser Ort ist dem Heuschober so ähnlich, in dem wir uns das erste Mal geliebt haben«, sagte sie leise, während sie ihre Hand über Cedericks Brust wandern ließ. »Ach, ich wünschte so sehr, dass wir uns niemals als Feinde betrachtet hätten. Dass wir nicht so viel Zeit verloren hätten, in der wir miteinander hätten glücklich sein können.«

»Wir haben uns wiedergefunden. Nur das allein ist wichtig«, erwiderte Cederick entschieden. »Ich würde dich heute gerne zu meinem Gut bringen, damit du es und meine Bediensteten kennen lernst«, fügte er nach einer kurzen Pause hinzu. »Mit dir werde ich mich dort nicht mehr fremd fühlen.«

»Ja, ich möchte das Gut und deine Leute gerne kennen lernen.« Robin nickte. Da sie und Cederick die vergangenen Stunden ganz für sich gehabt hatten, freute sie sich darauf.

Sie zogen sich an und aßen von dem Brot und dem Käse, die Cederick unter seinen Vorräten im Jagdhaus gehabt hatte. Danach bestiegen sie ihre Pferde. Während sie durch den Wald ritten, dachte Robin, dass sie diese Momente für immer festhalten wollte. Die Bäume, deren dichtes Laub alle möglichen Grünschattierungen hatte. Den Geruch von Erde und Gras und vor allem den Anblick von Cederick, der vor ihr ritt. Hoch aufgerichtet und sicher und von seinem verkrüppelten linken Arm nicht im Geringsten beeinträchtigt. Sie wünschte sich, wieder mit ihm schlafen und mit ihm verschmelzen zu können, und tröstete sich damit, dass sie von nun an ein ganzes gemeinsames Leben vor sich hatten.

Sie hatten den Wald bereits weit hinter sich gelassen und ritten durch eine Landschaft aus Wiesen und Feldern, als Robin auf einem nahen Hügel eine Reitertruppe auftauchen sah. Im selben Moment hatte auch Cederick die Reiter bemerkt und das Wappen auf ihren Schilden erkannt. »Es sind Edward und seine Leute!«, schrie er. »Reite zurück in den Wald! Ich versuche sie aufzuhalten.«

»Es sind viel zu viele. Du kannst sie nicht aufhalten.«

»Ich will, dass wenigstens du ihnen entkommst.«

»Ich bleibe bei dir. Lieber sterbe ich, als dich zu verlassen.«

»Nein …!« Ehe Robin reagieren konnte, hatte Cederick ihrer Stute seine Peitsche über den Kopf gezogen. Das Tier, das eine solche Behandlung nicht gewohnt war, wieherte wild auf, stieg hoch und galoppierte dann davon. Die Zügel entglitten Robins Händen, und ihre Füße verloren den Halt in den Steigbügeln. Sie musste sich an der Mähne festklammern, um nicht abgeworfen zu werden.

Erst dicht vor dem Waldrand gelang es ihr, die Kontrolle über die Stute zurückzugewinnen und sie zum Stehen zu bringen. Robin wandte sich um. Einige Reiter waren ihr gefolgt und hielten auf sie zu. Die anderen bildeten einen Ring auf einer der Wiesen. Nun bewegte sich einer der Reiter ein Stück zur Seite und gab so den Blick auf Edward de Thorigny und Cederick frei, die auf ihren Pferden gegeneinander kämpften. Wie ein Berserker drang Edward auf seinen Halbbruder ein. Cederick dagegen parierte seine Hiebe und Stiche kühl und geschickt.

Aber spätestens, wenn Cederick Edward besiegen würde, würden seine Leute über ihn herfallen. Robin riss ihr Pferd herum. Während sie einen Bogen ritt, um ihren Verfolgern auszuweichen, nahm sie wahr, dass noch eine Gruppe von Bewaffneten den Hügel hinabgaloppierte und auf die Kämpfenden zuhielt. *Sicher Verstärkung für Edward de Thorigny*, dachte sie dumpf.

Sie hatte den Ring der Soldaten fast erreicht, als Edward unter einem Hieb Cedericks im Sattel schwankte. Wütend und voller Angst brüllte er einen Befehl. Ehe Cederick noch einmal mit der Waffe zustoßen konnte, sprang einer von Edwards Männern vor und rammte Cederick seinen Dolch in die Seite.

»Cederick!«, schrie Robin auf. Hilflos verfolgte sie, wie die Waffe seinen Händen entglitt und Edward, der das Gleichgewicht wiedergefunden hatte, mit dem Schwert ausholte. Das Sonnenlicht spiegelte sich in dem Metall. Wie durch einen Schleier beobachtete Robin, wie sich die Waffe auf Cederick zubewegte und ihn in die Brust traf. Cederick bäumte sich auf, dann stürzte er aus dem Sattel und blieb reglos am Boden liegen.

Robin riss ihren Dolch aus dem Gürtel und sprengte auf Edward de Thorigny zu. Sollten seine Leute sie ruhig umbringen – doch vorher würde sie ihn töten!

»Robin, er gehört mir!« Eine vertraute Stimme ließ sie ihr Pferd zügeln. Luces Stimme ... Erst jetzt sah sie, dass sich Philip und Luce an der Spitze der Reiter befanden, die sie für Edward de Thorignys Leute gehalten hatte. Alle Energie wich von ihr, und sie ließ ihren Dolch sinken. Der Ansturm der Gegner sprengte Edward de Thorignys Bewaffnete auseinander.

Edward fuhr herum, nur um sich Luce gegenüberzusehen, der mit dem Schwert auf ihn eindrang. Edward führte einen Verteidigungshieb aus. Ihre Waffen klirrten gegeneinander. Dann sah Robin, wie Edward de Thorigny das Schwert aus der Hand geschleudert wurde, während fast gleichzeitig Luces Waffe die Glieder seines Kettenhemdes durchdrang und sich tief in seine Brust bohrte, an der gleichen Stelle, an der auch Edward Cederick tödlich verwundet hatte. Wie aus weiter Ferne nahm Robin noch Edwards zornigen und verzweifelten Todesschrei wahr. Dann sprang sie aus dem Sattel und rannte zu Cederick. Blut drang aus seinem Mund, doch er atmete noch ganz schwach. Robin wollte es nicht wahrhaben, aber sie wusste, dass er jeden Moment sterben würde.

»Cederick ...« Robin kniete sich neben ihn und bettete seinen Oberkörper in ihren Schoß.

Er schlug die Augen auf, als er ihre Stimme hörte.

»Du … hättest … doch nicht …«, brachte er mühsam hervor. »Edward …«

»Er ist tot. Mein Bruder hat ihn mit dem Schwert getötet. Ich bin in Sicherheit.«

Cederick entspannte sich ein wenig. »Ich liebe dich«, flüsterte er, »du hast mich so glücklich gemacht.«

Statt einer Antwort küsste Robin ihn auf den Mund, und für einen Moment erwiderte er ihren Kuss. Dann wurde sein Körper ganz schlaff in ihren Armen. Robin wollte seinen Namen schreien, ihn anflehen, sie nicht zu verlassen. Doch kein Ton entrang sich ihrer Kehle, und sie brach über ihm zusammen.

Irgendwann spürte sie, dass sich eine Hand auf ihre Schulter legte. Ohne aufzublicken, wusste sie, dass Philip neben ihr kniete.

»Du musst Cederick loslassen«, hörte sie ihn sagen.

»Nein …«, murmelte sie.

»Er würde es wollen, dass du weiterlebst.«

Robin schüttelte stumm den Kopf. Doch sie wehrte sich nicht, als Philip sie sanft, aber bestimmt von Cederick wegzog und in seine Arme nahm. Ihre Erstarrung wich. Den Kopf an seine Brust gebettet, konnte sie endlich anfangen zu weinen.

# Epilog

Vorsichtig legte Robin den schlafenden Säugling auf die Decke und stellte den Korb dann in den Schatten neben der Bank, denn die Junisonne war sehr heiß.

Der Junge stieß einen kurzen Protestlaut aus, ohne aber wirklich aufzuwachen. *Cedericks und mein Sohn*, dachte sie zärtlich, während sie das kleine Gesicht, das nun wieder ganz friedlich war, betrachtete. Manchmal konnte sie es immer noch nicht fassen, dass sie wirklich ein Kind von Cederick hatte. Schon als sie bemerkt hatte, dass sie schwanger war, war ihr dies wie ein Wunder erschienen. Es hatte ihr ihren Lebensmut wiedergeschenkt, denn sie wusste, dass sie um dieses Kindes willen stark sein musste. Und mit der Geburt des Jungen hatte sich dieses Wunder noch einmal vergrößert. Zehn Monate war ihr Sohn jetzt alt.

Da der Junge rothaarig war wie sein Urgroßvater Ethan und er sich schon als ganz kleiner Säugling in der Gegenwart von Pferden zu entspannen schien, hatte Robin ihn Ethan genannt. Sie war überzeugt, dass Cederick ihre Wahl gutgeheißen hätte.

Im Schlaf bewegte ihr Sohn nun seine Arme. *Du hast mich glücklich gemacht, Cederick*, dachte sie, *auch wenn es mich schmerzt, dass du unseren Sohn nicht aufwachsen siehst.*

Robin griff nach dem Stickzeug, das, in ein feines Leinentuch eingeschlagen, auf der Bank lag. Wenn ihr Sohn schlief, arbeitete sie häufig an dem Altartuch für Bruder Oswins Kloster. Der alte Mönch hatte es ihr durch einen Boten schicken lassen. Das Altartuch für das Kloster von Barking war unwiederbringlich verloren. Aber sie hatte Farben und Motive davon in die neue Stickarbeit einfließen lassen.

Gleichmäßiges Hämmern, das nun ertönte, ließ Robin innehalten und über den Hof blicken. Luce tauchte, ein Werkzeug in der Hand, hinter einer Bretterwand auf. Zusammen mit den Knechten baute er eine Scheune. Die neuen Mauern des Gutshauses, das Edward de Thorigny hatte niederbrennen lassen, standen schon.

Bald nach Ethans Geburt war Robin mit ihren alten Bediensteten auf Yvains Gut zurückgekehrt. Luce besuchte sie häufig, um beim Wiederaufbau des Anwesens zu helfen. Seine Frau Ailsa, die Robin sehr mochte, hatte ihn oft begleitet. Doch da sie nun schwanger war, war sie auf dem Gut bei Salisbury geblieben. Auch das Gut in der Normandie, das vor vielen Jahren die Kaiserin Matilda Robins Großmutter Aline geschenkt hatte, war wieder in Luces Besitz übergegangen.

Sobald Richard im Frühjahr des vergangenen Jahres an Englands Küste gelandet war, hatte John auf alle Herrschaftsansprüche verzichtet. Matilda und Eleonor hatten dafür gesorgt, dass Richards Gefolgsleute schnell ihre von Johns Anhängern zu Unrecht enteigneten Güter zurückerhielten. So lebten nun auch Simon, Corinne und Jocelyn wieder auf ihrem Anwesen, und Roderick und die Dorfbewohner waren in ihre Heimat zurückgekehrt.

Robin registrierte, dass das Hämmern verstummt war.

Dort, wo früher die Küchengebäude gestanden hatten, stieg Rauch von einer Feuerstelle in den klaren Himmel auf. Sie lächelte. Caitlyn hatte das Regiment über Nahrungsmittel und Speisen wieder übernommen, als stünde ihre Küche noch und als hätte sie das Gut niemals verlassen, um sich in den Wäldern zu verstecken.

Adelas Kräutergarten war völlig verwildert gewesen. Aber während der vergangenen warmen Tage hatte Robin dort gejätet, und vorhin, als sie mit ihrem Sohn auf dem Arm zwischen den Beeten umhergegangen war, hatten sich da und dort die ersten frischen Triebe aus dem Boden gestreckt. Robin war dies wie ein Sinnbild erschienen, dass das Leben stärker als alle Schrecken der Vergangenheit war.

Neben dem Wohngebäude hörte Robin nun Schritte. Sie rechnete damit, dass Luce zu ihr und Ethan kommen würde, denn zu ihrer großen Freude liebte er seinen Neffen sehr. Doch es war Philip, der um die Hausecke bog.

»Philip!«, rief sie überrascht. »Wie schön, dich zu sehen.«

Bis zu Richards Rückkehr hatten sie und Luce auf Philips Anwesen gelebt. Philip war stets für sie da gewesen, wenn sie ihn brauchte, und hatte viel dazu beigetragen, dass sie sich in den ersten schlimmen Wochen nach Cedericks Tod, als sie noch nichts von ihrer Schwangerschaft wusste, nicht aufgab.

»Du wirkst zufrieden«, sagte Philip, nachdem sie sich zur Begrüßung umarmt hatten, und mit einem Blick auf das schlafende Kind fügte er lächelnd hinzu: »Und dein Sohn auch.«

»Es geht uns gut.« Robin nickte, während sie begriff: *Ich habe Philip vermisst.* Sie ahnte, weshalb er gekommen war, und sie wusste nicht, was für eine Antwort sie ihm geben sollte.

Philip betrachtete ein paar Vögel, die sich zwitschernd in den dicht belaubten Ästen der Linde hinter dem Scheunenrohbau niederließen, ehe er sich ihr zuwandte und sagte: »Ich habe dich bereits zweimal gefragt, ob du meine Frau werden willst, und du hast jedes Mal abgelehnt. Heute werde ich dir – das verspreche ich dir – zum letzten Mal diese Frage stellen und dich, falls du wieder ablehnen solltest, für immer damit in Ruhe lassen.« Er lächelte sein selbstironisches Lächeln, aber seine Augen waren sehr ernst.

»Cederick wird immer ein Teil meines Lebens bleiben«, erwiderte Robin tastend.

»Ich erwarte nicht, dass du ihn vergisst.« Philip schüttelte den Kopf.

»Und ich habe einen Sohn von ihm.«

»Ich werde eurem Jungen ein guter Vater sein. Auch das verspreche ich dir.« Als Robin nichts antwortete, ergriff Philip ihre Hand. »Du musst nicht aus Mitleid einwilligen, mich zu heiraten«, erklärte er bestimmt. »Du hast damals, als ich dir zum ersten Mal meine Frage stellte, gesagt, dass ich mich bestimmt schnell wieder verlieben würde. Ja, wahrscheinlich werde ich früher oder später eine andere Frau finden, die ich heiraten und mit der ich Kinder haben und ein sehr zufriedenes Leben führen werde. Du wirst mich mit einer Ablehnung also nicht in ein lebenslanges Unglück stürzen. Aber du wirst für mich immer die Frau bleiben, die ich am meisten geliebt habe.«

»Und wenn Cederick für mich dieser Mann wäre – den ich am meisten geliebt habe?«

Philip schwieg einen Moment, bevor er schließlich sagte: »Dann würde mich das erst einmal in meinem Stolz verletzen, aber ich würde es akzeptieren, weil ich dich liebe.«

Seine Offenheit entwaffnete Robin. *Vielleicht habe ich Cederick ja gar nicht mehr, sondern anders als Philip geliebt,* ging es ihr durch den Kopf. *Cederick hat mir das Gefühl geschenkt, ganz zu sein. Durch ihn hat die Vergangenheit keine Macht mehr über mich.*

»Was hast du? Du lächelst ja?« Philip blickte sie erstaunt an.

»Ich liebe dich sehr«, entgegnete Robin, »und ja, ich würde gerne deine Frau werden.«

Ihr Sohn begann zu weinen. Sie stand rasch auf und hob ihn aus dem Korb. Als Philip die Arme nach ihm ausstreckte, gab sie ihm den Jungen zu halten. Zuerst wollte das Kind nicht bei ihm bleiben, doch als Philip es wiegte und sanft auf es einredete, beruhigte es sich und begann mit dem Ärmel seines Kittels zu spielen.

»Na, siehst du, er scheint sich ganz wohl bei mir zu fühlen.« Philip grinste sie an.

*Cederick hat sich gewünscht, dass ich glücklich werde*, ging es Robin durch den Kopf. *Mit Philip werden Ethan und ich glücklich sein.* Sie beugte sich zu Philip und küsste ihn. Und als er ihren Kuss erwiderte, hatte sie das Gefühl, nach Hause gekommen zu sein.

# Nachwort

»Die Wächterin der Krone« ist ein Roman. Wie immer in meinen historischen Romanen habe ich Fakten und Fiktion gemischt. Richard I. brach, kurz nachdem er zum englischen König gekrönt worden war, zu einem Kreuzzug ins Heilige Land auf. Richard war – nach allem, was man über ihn weiß – ein sehr abenteuerlustiger und alles andere als frommer Mann. Deshalb hat ihn sicher kein religiöses Ziel ins Heilige Land getrieben, sondern der Wunsch nach Abenteuer, Ruhm und Ehre – so wie ich es auch in meinem Roman beschrieben habe.

Ich habe mir jedoch, was die genauen Daten und die Dauer dieses Kreuzzuges betrifft, Freiheiten genommen. Richard verließ England Anfang Dezember 1189. In meinem Roman habe ich den Beginn des Kreuzzuges in das darauf folgende Frühjahr verlegt.

Im Oktober 1192 trat Richard von Akkon aus die Heimreise nach England an. Ende Dezember wurde er dann in Wien durch Herzog Leopold V. gefangen genommen und im Frühjahr 1193 an Kaiser Heinrich VI. übergeben. Aus dramaturgischen Gründen habe ich Richards Abreise aus Akkon, seine Gefangennahme und sein anfängliches Verschollensein um etwa ein halbes Jahr vorverlegt.

In den Quellen verbürgt ist das in meinem Roman erwähnte Zerwürfnis zwischen Richard und Herzog Leopold. Wahrscheinlich gab Richard den Befehl, das Banner des Herzogs in die Latrine von Akkon zu werfen, denn Richard ärgerte sich über das anmaßende Verhalten des Herzogs. Falls er nicht direkt den Befehl gab, ist davon auszugehen, dass seine Soldaten zumindest mit seiner Billigung handelten. Denn sie wurden nicht bestraft.

Richard muss eine sehr komplexe Persönlichkeit gewesen sein. Ritterlich, tollkühn, sehr gebildet und musisch sehr begabt, aber auch jähzornig und brutal bis zur Grausamkeit.

Verbürgt ist so leider auch das Massaker, das Richard vor den Toren Akkons an etwa dreitausend gefangenen muslimischen Soldaten und Offizieren verüben ließ. Auch mittelalterliche christliche Geschichtsschreiber verurteilten diese Tat. Allerdings ist die Rolle Saladins – Richards großer muslimischer Gegenspieler auf diesem Kreuzzug – hier durchaus zwiespältig. Denn es ist nicht gesichert, ob er die Gefangenen tatsächlich freikaufen wollte und nicht nur gegenüber Richard auf Zeit spielte, indem er die Zahlung eines Lösegeldes hinauszögerte.

Historisch verbürgt ist, dass Richards jüngster Bruder John versuchte, während Richards Abwesenheit auf dem Kreuzzug und seiner anschließenden Gefangenschaft die Herrschaft über England an sich zu reißen. (Vor seiner Abreise übertrug Richard John zwar formell die Herrschaft über England, jedoch mit der Auflage, dass John drei Jahre lang keinen englischen Boden betreten dürfe, was John sehr bald missachtete.)

Dass Kaiser Heinrich VI. 150.000 Pfund in Silber für Richards Freilassung forderte, ist verbürgt. Ebenfalls, dass Richards Mutter, Königin Eleonor, sich tatkräftig für das

Eintreiben der Summe einsetzte und auch den englischen Kronschatz für das Lösegeld verwendete.

Zu der Zeit, in der mein Roman spielt, gab es in Jerusalem einen Großmeister des Templerordens namens Gilbert Hérail. Dass John jedoch versuchte, von dem Templerorden einen Kredit zu bekommen, um Söldner anwerben zu können, ist allein meine Erfindung. Ebenfalls, dass John mit dem Gedanken spielte, Kaiser Heinrich VI. zu bestechen, damit dieser Richard ermorden ließ.

Der schottische König William I. gehörte zu Eleonors Gefolgsleuten, und sie hielt sich während Richards Kreuzzug auch auf Sterling Castle auf. Ansonsten habe ich mir jedoch, was ihre und Johns jeweilige Aufenthaltsorte betrifft, Freiheiten genommen. Das gilt auch für die Ausgestaltung der Burganlagen.

Die Familie de Thorigny ist ganz allein meine Erfindung – somit auch die Verwicklung Edwards und Cedericks in Johns Machenschaften.

Das Benediktinerinnen-Kloster von Barking hatte eine Äbtissin namens Matilda, die möglicherweise eine uneheliche Tochter Henrys II. und somit Richards Halbschwester war. Diese Äbtissin spielt schon in dem Vorgängerband »Die Rache der Heilerin« eine wichtige Rolle. Sie ist eine Figur, die ich sehr mag und die für Adela, Robins und Luces Mutter, sehr wichtig ist. Deshalb wollte ich sie auch in »Die Wächterin der Krone« vorkommen lassen. Dass die »historische« Äbtissin Matilda Königin Eleonor tatkräftig unterstützte, ist jedoch nicht verbürgt.

Bonn, im Juni 2014
Beate Sauer

Beate Sauer

Beate Sauer wurde 1966 in Aschaffenburg geboren. Sie studierte Philosophie und katholische Theologie in Würzburg und Frankfurt am Main. Sie lebt und arbeitet als freie Autorin in Bonn.
Mehr zur Autorin und ihren Büchern unter www.beate-sauer.de

Mehr von Beate Sauer:

Der Stern der Theophanu. Roman
(nur als E-Book erhältlich)
Am Hofe der Löwin. Roman
(auch als E-Book erhältlich)
Die Rache der Heilerin. Roman
(auch als E-Book erhältlich)